MICHAEL KATZ KREFELD
Totenbleich

Lesen erleben

Buch

Der ehemalige Detective Thomas Ravnsholdt, bekannt als Ravn, wurde vom Dienst suspendiert, als er nach der Ermordung seiner Freundin Eva einen Zusammenbruch hatte. Seither lebt er auf seinem alten Boot im Christianshavn-Kanal in Kopenhagen und ertränkt seinen Kummer im Alkohol. Erst als ihn ein Freund bittet, eine junge Frau zu finden, die seit ein paar Jahren spurlos verschwunden ist, kehrt Ravn durch die privaten Ermittlungen langsam ins Leben zurück. Und diese führen ihn von der Unterwelt Kopenhagens ins abgründigste Rotlichtmilieu Stockholms. Dort geht ein Serienmörder um, der es auf Prostituierte abgesehen hat – und der sich offenbar als Künstler versteht. Sein Fachgebiet: Tierpräparation ...

Autor

Michael Katz Krefeld, 1966 geboren, lebt und arbeitet in Kopenhagen. Er hat bereits mehrere Drehbücher für namhafte dänische TV-Serien sowie erfolgreiche Spannungsromane geschrieben. 2012 wurde er als bester dänischer Thrillerautor ausgezeichnet. Seine neue Serie um den Ermittler Ravn wurde in 18 Länder verkauft.

Michael Katz Krefeld

Totenbleich

Thriller

Aus dem Dänischen
von Knut Krüger

GOLDMANN

Die Originalausgabe erschien 2014 unter dem Titel
»Afsporet« bei Lindhardt og Ringhof, Kopenhagen.

Dieses Buch ist auch als E-Book erhältlich.

Verlagsgruppe Random House FSC® N001967
Das FSC®-zertifizierte Papier *Pamo House* für dieses Buch
liefert Arctic Paper Mochenwangen GmbH.

1. Auflage
Taschenbuchausgabe September 2015
Copyright © der Originalausgabe 2013
by Michael Katz Krefeld & Lindhardt og Ringhof Forlag
Copyright © der deutschsprachigen Ausgabe 2015
by Wilhelm Goldmann Verlag, München,
in der Verlagsgruppe Random House GmbH
Published by agreement with Salomansson Agency
Umschlaggestaltung: UNO Werbeagentur München
Umschlagmotiv: © Gettyimages/Photographer's Choice; Don Farrall
Redaktion: Hanne Hammer
AG · Herstellung: Str.
Satz: omnisatz GmbH, Berlin
Druck und Bindung: GGP Media GmbH, Pößneck
Printed in Germany
ISBN 978-3-442-48219-1
www.goldmann-verlag.de

Besuchen Sie den Goldmann Verlag im Netz:

»Always the same theme
Can't you see
We've got everything going on.
Every time you go away
you take a piece of me with you.«

DARYL HALL

Prolog

Stockholm 2013

Im Licht der aufgehenden Sonne segelten schreiende Möwen über den Schrottplatz bei Hjulsta. Am Ende des Platzes kämpfte sich eine alte Planierraupe voran und schickte eine schwarze Rauchwolke in den frostklaren Himmel. Im Fahrerhaus saß Anton in einer Daunenjacke mit dem Schrottplatzlogo auf der Brust und einer speckigen Ohrenklappmütze aus Leder, die er weit nach unten gezogen hatte. In der Hand hielt er eine mit Kaffee gefüllte Thermoskanne. Er blickte müde aus dem Fenster, während er der Popmusik lauschte, die aus dem Transistorradio schepperte. Dort, wo sich verschrottete Motorblöcke und ausrangierte Autoteile zu einem kleinen Hügel stapelten, sah er etwas, das seine Aufmerksamkeit erregte. Er nahm den Fuß vom Gas und stellte seinen Becher auf dem Armaturenbrett ab. Dann stieg er aus der Kabine und ging zu dem Hügel. Sein Blick wanderte zum höchsten Punkt hinauf, wo eine dürre nackte Frau mit dem Rücken zu ihm stand und über den Schrottplatz blickte. Anton zog einen Fausthandschuh aus und fischte sein Handy aus der Brusttasche. Rasch tippte er eine Nummer ein.

Die anorektische Gestalt steckte bis zu den Knien im Schrott, um nicht weggeweht zu werden. Die Haut spannte sich über den vorstehenden Knochen. Ihr Körper war mit weißer Farbe beschmiert, sodass sie einer Marmorstatue glich. Selbst ihre Augäpfel waren weiß.

»Hey, hier ist Anton«, sagte er. »Ich hab schon wieder eine gefunden …«

»Was hast du gefunden?«, fragte sein Chef mürrisch.

»Einen der weißen Engel.«

»Bist du sicher?«

»Ja, ich stehe genau davor. Sie sieht aus wie die anderen vier … was soll ich tun?«

Er hörte ein tiefes Seufzen am anderen Ende. »Da müssen wir wohl wieder die Polizei rufen.«

1

Kopenhagen, 16. Oktober 2010

Die heruntergekommene Wartungshalle lag im Dunkeln. Nur das Brummen des Generators durchdrang die drückende Stille. Aus der schmalen Schmiergrube in der Mitte der Halle schimmerte schwaches bläuliches Licht. Eine Inspektionslampe lag unten auf dem Boden. Neben der Lampe krümmte sich eine nackte Frau auf dem dreckigen Zementboden. Ihr Körper war übel zugerichtet, Arme und Beine waren mit großen Blutergüssen übersät. Getrocknetes Blut klebte in ihren langen blonden Haaren. Über Po und Rücken zogen sich lange schlangenförmige Wunden, als wäre sie kürzlich ausgepeitscht worden.

Masja riss die Augen auf und starrte in das fluoreszierende Licht der Lampe. Sie schnappte nach Luft. Spürte die Angst und das Adrenalin, das durch ihren Körper gepumpt wurde. Jeder Muskel war angespannt, ihr Hals vom Durst wie zugeschnürt. Langsam versuchte sie sich aufzurichten, doch die Schmerzen in ihrem Unterleib waren zu stark. Sie wusste nicht, wie sie in diesem stinkenden Loch gelandet war. Ihr ganzer Körper tat weh, und sie konnte keinen klaren Gedanken fassen. Schließlich gelang es ihr halbwegs, auf die Beine zu kommen. Sie stützte sich an der feuchtkalten Betonmauer ab. Die Temperatur in der Halle näherte sich dem Gefrierpunkt, und sie zitterte vor Kälte. Ein Stück von ihr entfernt erblickte sie einen Kleiderhaufen. Ein rotes Seidenkleid, einen Tanga und hellbraune Wildlederstiefel. Sie erkannte die Sachen sofort. Es waren ihre. Jemand musste sie ihr vom Leib gerissen haben. Doch sie konnte sich immer noch nicht an die Umstände erinnern. In diesem Moment hörte sie das Knarren einer Tür, die am anderen Ende der Halle aufging. Masja richtete sich langsam auf. Nachtluft drang durch die offene Tür und verdrängte für einen Moment den ekelhaften Gestank des Schmieröls. Sie stellte sich auf die Zehenspitzen, sodass sie soeben über den Rand der Schmiergrube spähen konnte. Mehrere Gestalten näherten sich ihr. Sie wurden in ihre Richtung geschoben. Drei kleine und zwei breite. Den kleinen wurde bedeutet, die Treppe in die Schmiergrube hinunterzusteigen. Masja bückte sich nach ihren Sachen, um sich mit ihrem Seidenkleid zu bedecken. Sie betrachtete die drei Mädchen, die zu ihr in die Grube kamen. Sie mochten achtzehn bis zwanzig Jahre alt sein, Mädchen in ihrem Alter. Dürre slawische Mädchen. Die Letzte von ihnen hielt sich nur schwankend auf den Beinen, sie stand offenbar unter Drogen. Die beiden anderen legten beschützend die Arme um sie, während sie schluchzten und beteten. Masja kannte ihre Gebete. Es waren dieselben orthodoxen Strophen, mit denen sie selbst aufgewachsen war. Sie verstand etwas von dem geflüsterten Wortwechsel der Mädchen. Sie sprachen russisch.

»Wir kommen hier nie wieder raus ... nie wieder«, schluchzte die Jüngste.

Masja wollte etwas sagen, doch sie hatte ihre Stimme verloren. Es kratzte im Hals, als sie einen Versuch machte. »Wer ... seid ... ihr?«, krächzte sie. »Wo ... sind wir hier?«

Die Mädchen antworteten nicht, sondern klammerten sich stumm aneinander. Masja spähte erneut über die Kante, sah die beiden Männer jedoch nicht mehr, die die Mädchen hierhergebracht hatten. Rasch zog sie ihr Kleid an, das mit

Öl und Blut beschmiert war. Dann drückte sie sich an den Mädchen vorbei und ging zu der Treppe, die aus der Grube herausführte. Sie musste von hier verschwinden! Sofort!

Im selben Moment öffnete sich erneut die Tür, und fünf Männer betraten die Halle. Die Neonröhren, die an der Schmiergrube entlangliefen, flammten auf. Masja erstarrte wie ein wildes Tier im Lichtkegel eines Autos. Sie versuchte, sich mit der Hand vor dem grellen Licht zu schützen, doch es kam jetzt von allen Seiten, und sie kroch instinktiv zu den anderen Mädchen zurück. Die fünf Männer thronten jetzt über ihnen. In der eiskalten Halle dampfte der Atem aus ihren Mündern, als wären sie Drachen. Masja hörte, dass einer von ihnen russisch sprach. Die anderen Sprachen kannte sie nicht. Sie tippte auf Serbisch, Albanisch oder etwas Ähnliches. »Die da!«, dröhnte eine Stimme aus dem Dunkel. »Die haben wir schon zugeritten!«

Masja erkannte die Stimme wieder. Ihren rauen Klang, der an ein Stöhnen erinnerte. Dieser Mann hatte den anderen Befehle erteilt – hatte die Vergewaltigung gesteuert. Hatte den Gürtel geschwungen. Ihre Beine begannen zu zittern. Sie bekam keine Luft mehr. »Hilf mir«, murmelte sie. »Hilf mir, Igor …« Dann stürzte sie auf den Zementboden des tiefen, dunklen Grabens.

2

2 Tage zuvor

Ragnar Bertelsen saß auf dem Hotelbett und schaute auf den kleinen Fernseher, der ihm gegenüber an der Wand hing. Er war Mitte fünfzig, und je dünner die Haare auf seinem Kopf wurden, desto stärker sprossen sie auf Brust und Rücken. Um die Hüften hatte er sich ein Handtuch mit dem Logo des Hotels geschlungen und es in dem Versuch, seinen beträchtlichen Bauch zu kaschieren, ziemlich straff gebunden. Ragnar nippte an seinem Glas Prosecco. »Wirklich beeindruckend«, sagte er in seinem melodiösen Norwegisch, während sich seine Augen an der Mattscheibe festsaugten. »Echt unglaublich«, murmelte er vor sich hin.

Masja kam aus dem Badezimmer. Auf ihrem nackten Körper mit den schmalen Hüften und den festen kleinen Brüsten glänzte noch die Feuchtigkeitscreme, mit der sie sich eingecremt hatte, nachdem sie aus der Wanne gestiegen war. Ragnar riss sich für einen Augenblick von dem Bildschirm los und betrachtete ihren Po, während sie ihren schwarzen Tanga vom Boden aufhob. »Das ist wirklich fantastisch.«

Masja drehte sich um, und Ragnar wandte rasch seinen Blick ab.

»Was?«, fragte sie und zog ihren Slip an.

»Die Grubenarbeiter in Chile. Die waren mehr als zwei Monate in der Mine eingeschlossen, und jetzt ist es der Rettungsmannschaft gelungen, sie da rauszuholen. Ist das nicht unglaublich?«

Er wies mit seinem Glas auf den Fernseher. CNN strahlte grobkörnige Bilder aus, auf denen die befreiten Minenarbeiter gemeinsam mit der Rettungsmannschaft und dem Präsidenten des Landes für die Kameras posierten.

»Und die waren alle zusammen eingesperrt, sagst du?«

Ragnar runzelte die Stirn. »Also nur die, die jetzt eine Sonnenbrille tragen. Darüber wurde doch seit Wochen ständig berichtet. Hast du das gar nicht mitbekommen?«

»Ich lese eben lieber Bücher, statt fernzusehen.«

»Ach, wirklich?« Ragnar warf ihr einen skeptischen Blick zu. »Hätte ich nicht gedacht.«

Masja zuckte die Schultern und schlüpfte in ihr kurzes dunkelrotes Kleid. »Und warum tragen sie Sonnenbrillen?«

»Weil sie sich nach den vielen Wochen im Dunkeln erst wieder an das Tageslicht gewöhnen müssen. Ohne die Sonnenbrillen würden ihre Augen Schaden nehmen.«

»Mein Freund hat genau dieselbe Brille. Der steht da total drauf. Das ist das Radar-Modell von Oakleys. Früher musste es unbedingt ›M-frame‹ oder ›Jawbone‹ sein – alle sauteuer, aber er meint, sie sind es wert.«

Ragnar wusste nicht genau, wovon sie redete, doch er nickte freundlich, ehe er sich wieder dem Bildschirm zuwandte.

Sie nahm ihre schmale Handtasche von dem runden Tisch vor dem Panoramafenster, blieb kurz stehen und genoss die Aussicht aus dem sechzehnten Stock. Der Verkehr über die Langebro zum Rathausplatz hatte zugenommen. Drüben in Christianshavn funkelte der goldene Turm der Erlöserkirche in der Mittagssonne. In den hatte Igor sie bei ihrem ersten Treffen vor drei Monaten eingeladen, doch der Turm war an diesem Tag geschlossen gewesen, und seitdem hatte er seine Einladung nicht wiederholt. Es war ohnehin schon lange her, dass sie gemeinsam etwas unternommen hatten, doch heute Abend, das hatte er versprochen, wollten sie Sushi essen gehen. Das war wie ein kleines Fest. »Bis bald, Liebling«, sagte sie und drehte sich um.

Ragnar stand höflich vom Bett auf. »Kann ich dich mit einem Glas Champagner vielleicht noch zum Bleiben überreden?«

»Nein, danke. Vielleicht das nächste Mal.«

Sie war bereits an der Tür.

»Ich darf dich also wieder anrufen?«

»Aber natürlich«, antwortete sie. »Du warst total *süß*!«

Ragnar eilte zu Masja und öffnete ihr die Tür. Sie trat auf den Flur hinaus. »Und du warst ... *fantastisch*«, erwiderte er mit einem Lächeln, dem man ansah, dass er es ernst meinte. »Ein kleiner Abschiedskuss?«

»Auf die Wange«, antwortete sie und drehte den Kopf zur Seite.

Ragnar küsste sie sanft. »Dann bis bald, *Karina*.«

Masja schlenderte zum Aufzug und drückte auf den Knopf. Ehe sie eintrat, warf sie Ragnar ein schwaches Lächeln zu. Auf dem Weg nach unten zählte sie das Geld, das er »Karina« für die Reitstunde bezahlt hatte.

Karina war der Name, den sie beruflich benutzte. Er hörte sich dänisch genug an, um ihre litauische Herkunft zu verbergen. Den Kunden war es sowieso egal, woher sie kam; Hauptsache, sie erbrachte den vereinbarten Service. Und das tat Karina. Allen gegenüber, die bereit waren, 1700 Kronen und mehr für eine Stunde Escort-Service zu berappen. All die »Teddybären«, die sich in den Hotels der Gegend aufhielten. Bei Masja war das etwas anderes. Masja hatte einen Freund, der Igor hieß und unten in der Lobby auf sie wartete.

3

Masja und Igor überquerten den halb leeren Parkplatz vor dem Radisson Hotel. In ihren hochhackigen Schuhen versuchte sie, mit ihm Schritt zu halten. Igor bewegte sich wie ein Gangsta-Rapper, obwohl er aus St. Petersburg kam. Er wiegte sich in den Hüften, seine Muskeln waren gespannt, und die Sonnenbrille saß ihm stets auf der Stirn – ein Stil, der nicht aus dem Ghetto kam, aus dem er stammte, sondern der direkt von MTV importiert war. »Fuck, mein Hals ist ganz trocken«. Er warf ihr über die Schulter hinweg einen kurzen Blick zu, während er sein Handy ans Ohr presste und darauf wartete, dass die Verbindung zustande kam. »Da drin gab's nichts anderes als Erdnüsse.« Er zeigte zurück in Richtung Hotelbar, in der er auf sie gewartet hatte.

»Schatz, ich hab doch gesagt, dass du mich nicht fahren musst«, entgegnete sie.

»Und wer soll dann auf dich aufpassen?«

»Ich kann auf mich selbst aufpassen, die alten Teddys sind doch harmlos.«

»Ich hasse sie«, murmelte er. »Du bist viel zu gut für sie.« In diesem Moment hörte er eine Stimme am anderen Ende, die augenblicklich seine ganze Konzentration beanspruchte. Er stellte sich auf Russisch vor, sagte, er sei bereit, und dankte für das Vertrauen, das sie ihm entgegenbrachten. Er wiederholte, wie dankbar er sei, mit im Boot zu sitzen. Masja bemerkte, wie demütig er klang, was so gar nicht zu Igor passte.

Er zog den Autoschlüssel aus der Tasche seiner Lederjacke und drückte auf den Knopf. Der schwarze BMW 320i mit Heckspoiler und glänzenden 18-Zoll-Felgen gab ein paar hohe Pieptöne von sich. Igor beendete das Gespräch und setzte sich hinter das Steuer.

»Wer war das?«, fragte sie und zog die Tür hinter sich zu.

»Niemand, war was Geschäftliches«, murmelte er, lehnte sich über sie und öffnete das Handschuhfach, in dem mehrere Wunderbaum-Packungen lagen. Er riss eine von ihnen auf und ersetzte den Baum, der am Rückspiegel baumelte, durch einen neuen. Masja hasste den ekelhaften synthetischen Geruch nach »Grüner Apfel« und hielt sich die Nase zu. »Ich habe über etwas nachgedacht ...«, begann sie, »was das *Geschäftliche* angeht.«

»Ja, Baby?«, antwortete er geistesabwesend. Er tippte eine neue Nummer in sein Handy ein und ließ den Motor an.

»Ich will aufhören. Ich hab keine Lust mehr. Ich will etwas anderes machen.«

»Echt? Warum?«

Sie sah ihn enttäuscht an. »Ich dachte, du würdest dich freuen. Aber dir ... dir ist wohl ziemlich egal, was ich mache.«

Er zuckte die Schultern und hielt sich das Handy ans andere Ohr, während er darauf wartete, dass die Verbindung zustandekam. »Ich misch mich da nicht ein«, sagte er zu ihr. »Aber ich kann dich verstehen. Ich meine, dass du Geld verdienen willst. Ich hab keine Vorurteile, das weißt du. Das ist dein *Ding*.«

»Geld ist nicht alles. Wir kommen auch mit weniger zurecht.«

Er lachte höhnisch. »Geld ist *alles* auf dieser Welt. Wenn du kein Geld hast, bist du ein Nichts, dann pissen dir die Leute ins Gesicht. Glaub mir ... Hey, Janusz, was geht ab?«, rief er in sein Handy. »Du wirst es nicht glauben, aber ich bin drin! Der Alte lässt mich mitspielen, ist das nicht krass?«

Während sie den Amager Boulevard in Richtung Christianshavns Torv entlangrollten, erzählte Igor seinem Kumpel Janusz von der Pokerrunde, die am selben Abend bei Kaminskij steigen sollte. Das Hinterzimmer wurde von jeher als »Königssuite« bezeichnet, wo nur die Privilegiertesten mit am Tisch sitzen durften. Das war der Ort, an dem sich die wirklich dicken Fische trafen. Nicht all die kleinen Scheißer, die mit ihren Online-Turnieren angaben. Hier kam echtes Balkanvolk zusammen. Leute mit dicken Brieftaschen und noch dickeren Eiern, aber wenig Pokerface. Igor erzählte, wie er monatelang daran gearbeitet hatte, in diesen erlauchten Kreis aufgenommen zu werden, wie er Kaminskij gezeigt hatte, dass er in der Lage war zu gewinnen, damit der Alte seine 28 Prozent vom Gewinn einstreichen konnte. »Kannst einen drauf lassen, dass ich ein *Player* bin«, sagte er und lachte ins Handy.

Masja sah ihn fragend an, nachdem er aufgelegt hatte. Er lächelte selig.

»Du willst heute Abend Poker spielen?«, fragte sie spitz.

»Ja, Baby. Eine super Chance.«

»Wir wollten doch Sushi essen gehen.«

Er holte tief Luft.

»Das ist eine Wahnsinnsgelegenheit.«

»Aber du hast es versprochen.«

Die Ampel vor ihnen schaltete auf Rot. Igor bremste. Dann drehte er sich zu ihr um und nahm seine Oakleys ab. Er schaute sie mit seinen sanften braunen Augen an. Es war derselbe bewundernde Blick wie damals vor drei Monaten, als sie sich das erste Mal begegnet waren. Der Blick, der sie hatte dahinschmelzen lassen. »Du weißt doch, dass du das Wichtigste auf der Welt für mich bist ...«

»Wir hatten eine Abmachung«, maulte sie mit Schmollmund.

»Ich werde es wiedergutmachen, ganz bestimmt, aber die heutige Chance darf ich mir echt nicht entgehen lassen.«

»Aber ich hab uns zuliebe schon was anderes abgesagt.«

»Ich mach das alles nur für uns beide, Baby. Das ist ein superwichtiges *Game*. Da sind haufenweise alte Teddybären, die bloß darauf warten, richtig ausgenommen zu werden.« Er knipste sein Lächeln an, drehte seinen Charme auf.

»Morgen feiern wir richtig, das verspreche ich dir.«

»Ich will nicht feiern, sondern einfach mit dir zusammen sein.«

»Das will ich doch auch, Baby. Das will ich doch auch. Er nahm ihr Kinn, schob es sanft nach oben und küsste sie auf die Lippen. Sein exakt rasiertes Bärtchen, das seinen Mund einrahmte wie ein dünner Strich, kitzelte sie sanft. Hinter ihnen hupte ein Auto, um zu signalisieren, dass die Ampel wieder auf Grün gesprungen war. Doch Igor küsste sie weiter und strich mit den Fingern zärtlich über ihre Wange. Sie rochen nach »Grüner Apfel«, aber das störte Masja nicht.

4

Es war 03.30 Uhr, und die vier Männer im Hinterzimmer von Kaminskij spielten seit über fünf Stunden Texas Hold'em. Die Verteilung der Chips war bis jetzt ziemlich gleichmäßig gewesen, doch allmählich zeichnete sich eine deutliche Tendenz ab. Die höchsten Chipstapel lagen vor Igor und Lucian, einem schwergewichtigen Serben mittleren Alters, der eine Hose in Tarnfarben und ein Hawaiihemd trug. Es war nur eine Frage der Zeit, bis die beiden anderen Spieler, Milan und Rastko, am Ende sein würden. In dem kleinen Raum roch es nach Schweiß und Zigarettenqualm sowie nach der Rote-Bete-Suppe, die in der Teeküche auf dem Herd stand und in der Kaminskij behutsam rührte. Wer ausschied, bekam als schwachen Trost für seine Verluste einen Teller Suppe – so war das bei Kaminskij.

Aus dem vorderen Zimmer hörte man Gäste rufen, die vor dem Fernseher saßen und das Fußballspiel irgendeiner osteuropäischen Liga ansahen. Zu Kaminskij kam man, um Sport zu gucken, Karten zu spielen, zu trinken und Geschäfte zu machen – Geschäfte, die in der Regel das Tageslicht scheuten. Die meisten Gäste stammten aus den Ländern um den Kaukasus, aus Weißrussland, der Ukraine und den Baltischen Staaten. Allesamt ehemalige Sowjetrepubliken, was dem ehemaligen Friseursalon in der Colbjørnsensgate den Spitznamen »Little Soviet« eingebracht hatte. Wohl auch deshalb, weil Kaminskij mit seinem buschigen Schnurrbart und der unberechenbaren Laune bedenklich an den alten Stalin erinnerte.

Milan wischte sich die schweißnassen Hände an seinem Hemd ab, ehe er seine letzten Chips in den Pot schob. Er warf einen verstohlenen Blick auf die Suppe, als ahnte er bereits, dass diese Runde seine letzte werden würde. »Wahnsinnsgeschichte, das mit diesen Minenarbeitern, die sie da rausgeholt haben ...«

Rastko, der ihm gegenübersaß, kratzte sich gähnend seinen graumelierten Vollbart. »Wenn das nicht alles Homos sind, die es da unten miteinander getrieben haben, dürften die nach zwei Monaten ganz schön spitz sein.«

Milan lehnte sich grinsend zurück. »Gehst du mit, Igor?«

Igor nickte und erhöhte den Einsatz um 500 Euro. Er bemerkte das leichte Zucken von Lucians Auge. Diese Runde war seine, ganz gleich, wie sehr Lucian den Einsatz erhöhen würde. Verdammt, es lief noch viel besser als erwartet. Je höher sein Chipstapel geworden war, desto mehr war er versucht gewesen, sich zu Kaminskij umzudrehen, um einen anerkennenden Bick einzuheimsen, doch er hatte der Versuchung widerstanden.

»Ich hab gehört, dass einer der Bergleute von seiner Frau und seiner Geliebten erwartet wurde, als er aus dem Schacht rauskam – das dürfte ziemlichen Ärger gegeben haben«, sagte Milan und lachte so sehr, dass sein ganzer Körper bebte.

»Wahrscheinlich wäre er am liebsten gleich wieder in den Schacht gesprungen«, entgegnete Rastko.

Lucian warf wütend seine Karten weg. »Wird hier gespielt oder über Weiber gequatscht?«

Igor drehte das Blatt und zeigte seine beiden Neunen, die zusammen mit den Karten, die auf dem Tisch lagen, sowie den Gemeinschaftskarten mehr als ausreichten, um ihm den Einsatz zu sichern. Er schaufelte die Chips zu sich hin. Da Rastko und Milan sich nun ihrer Suppe widmeten, saßen nur noch Igor und Lucian am Tisch.

Sie spielten eine weitere Stunde, ohne dass Chips in größerer Zahl den Besitzer wechselten. Igor hatte vor Lucian nur 1000 Euro Vorsprung – zu wenig, um eine Entscheidung zu erzwingen. Obwohl er bis jetzt reichlich Gewinn gemacht hatte, strapazierte die Situation seine Nerven. Lucian war erschöpft, ausgelaugt von den vielen Stunden am Spieltisch, ein wenig zu betrunken vom Sliwowitz, zu rotäugig von den Drina-Zigaretten, die er ohne Unterlass rauchte. Eigentlich wirkte er wie ein leichtes Opfer, doch bis jetzt hatte er es vermieden, in die Fallen zu tappen, die Igor immer wieder für ihn auslegte.

Als die nächste Runde begonnen hatte, sah Igor sofort, dass Lucian ein mehr als brauchbares Blatt hatte. Mit den beiden Buben auf dem Tisch konnte er sich leicht ausrechnen, dass er einen König in der Hand hielt. Lucian erhöhte den Einsatz und schob die Hälfte seines Stapels in den Pot. 10.000 Euro. Igor pfiff auf Lucians Buben, er hatte zwei Damen, Herz und Pik. »Ich gehe mit und erhöhe um zehntausend. Igor nahm seine Chips und ließ sie mit ausgestrecktem Arm auf die anderen regnen, sodass sie sich über den ganzen Tisch verteilten.

»Hör auf, mit den Chips rumzuschmeißen«, fauchte Lucian.

»Mit meinen Chips mache ich, was ich will«, gab Igor ungerührt zurück, um Lucian zu provozieren. Das Ergebnis ließ nicht lange auf sich warten. Als Igor die River Card legte, einen Kreuz König, schob Lucian all seine Chips in den Pot. Er zog sein Portemonnaie aus der Tasche und riss ein paar Scheine heraus. »Ich erhöhe weiter, damit der Welpe hier endlich seinen Schwanz einzieht!«

Im Raum wurde es totenstill. Igor drehte sich zu Kaminskij um, der aufgehört hatte, in der Suppe zu rühren. Alle wussten, dass man kein Bargeld bei sich trug und dieses schon gar nicht auf den Tisch legte. Man brachte Kaminskij nicht derart in Verlegenheit, falls zufällig die Bullen auftauchen sollten. Kaminskij strich sich über seinen Schnurrbart. Betrachtete Igor, der siegesgewiss lächelte. »Seht zu, dass ihr fertig werdet«, sagte er. Dann rührte er weiter in der blutroten Suppe.

Igor drehte sich wieder zu Lucian um, der die Arme verschränkt hatte. »Spiel nur mit deinen Chips, solange du noch welche hast«, sagte er siegessicher.

Igor schob all seine Chips in den Pot. Lucian konnte ihn nicht bluffen. Der hatte keine Könige. Der sammelte Buben. Deshalb hatte er gleich zu Beginn den Einsatz erhöht. Aber gegen Igors Damen hatte er keine Chance. Das Ganze war fast zu einfach gewesen. Selbst nachdem er Kaminskij ausgezahlt haben würde, wäre sein Gewinn größer, als er sich das je erträumt hatte. Genug für ein neues Auto plus einem Flachbildschirm für zu Hause. Ach, was soll's, er würde lieber gleich in eine neue Wohnung ziehen.

»Deine Chips sind gerade mal die Hälfte wert«, brummte Lucian.

»Ein Telefonanruf reicht für die andere Hälfte«, entgegnete Igor und beugte sich über den Tisch. »Jedenfalls schmeiße ich hier nicht mit Bargeld um mich wie irgendein Kanake. Aber ich gehe mit allem mit, was du da in deiner dicken Brieftasche hast.« Er nickte zu Lucians verschlissenem Lederportemonnaie hin.

Lucian sah ihn mit glasigen Augen an, ehe er zu Kaminskij hinüberschaute, dessen Miene sich verfinstert hatte. »Ich glaube dir«, brummte er. »Lass sehen.«

Igor lächelte. »Dieser König hier«, er tippte auf die Karte, die zwischen ihnen auf dem Tisch lag, »hilft dir nicht. Schon gar nicht, wenn du Buben sammelst. Darf ich dir meine Damen vorstellen?« Er drehte sein Blatt um. »Mit ihrer Schwester auf dem Tisch keine schlechte Verbindung, oder?«

Lucian starrte auf die Karten und nickte anerkennend. Dann rieb er sich mit dem Handrücken über seine schwitzige Stirn und widmete sich seinem eigenen Blatt. »Was den Buben betrifft, hast du recht. Der hat nicht geschadet. Er zeigte einen Kreuz-Buben. »Zusammen mit seinem Vater, dem Kreuz-König, der Kreuz-Zehn und der Neun auf dem Tisch hätte er wahre Wunder vollbringen können.« Er lächelte wehmütig. »Weißt du, wie groß die Wahrscheinlichkeit ist, dass ich seine Mutter, die Kreuz-Dame, hier in der Hand halte? Kennst du die Wahrscheinlichkeit für einen Royal Flush?«

»Natürlich«, antwortete Igor mit einem Lächeln. »Eins zu sechshunderttausend oder so. Nicht gerade sehr wahrscheinlich.«

Lucian nickte und nahm seine Karten auf. »Dann wäre ich der größte Glückspilz auf der ganzen Welt, oder? Dann hätte ich mehr Glück als diese chilenischen Grubenarbeiter, von denen alle reden, stimmt's?«

Igor zuckte die Schultern. »Wir werden sehen.«

»Ja, das werden wir.« Lucian drehte sein Blatt um.

Igors Welt brach zusammen. Alles um ihn her verschwand, zurück blieb nur eine Kreuz-Dame, die ihn förmlich blendete. Mit offenem Mund starrte er sie an. Er bekam keine Luft mehr, spürte, wie sich alles in ihm zusammenschnürte. Er glaubte, sterben zu müssen. Vielleicht hoffte er es auch. In dieser Situation wäre es eine Erlösung gewesen.

»Gut, dass dein Mund schon offen steht, mein Junge, denn jetzt ist es Zeit für die Suppe«, sagte Lucian.

Die beiden anderen Serben traten an den Tisch und betrachteten die Karten, die darauf lagen. »Ach, du Scheiße«, murmelte Milan. »Was für ein Blatt. Was für ein Spiel.

Das wird in die Geschichte eingehen. Wie viel liegt da auf dem Tisch?« Er überschlug rasch die Stapel an Chips sowie die vielen Geldscheine, die sich auf der Tischplatte häuften. Dann lächelte er Lucian an. »Respekt! Du hast gerade 30.000 Euro gewonnen. Und du, mein Freund ...«, er klopfte Igor auf die Schulter, »musst jetzt wohl den teuersten Anruf deines Lebens tätigen.«

»Ich ... ich ...«, stotterte Igor. Er versuchte zu lächeln, doch er hatte nicht einmal genug Luft zum Atmen. »Ich ... ich war wohl etwas voreilig.«

»Was soll das heißen?«

»Natürlich habe ich einen Teil ... ganz klar, aber ...« Igor ließ eine Hand nervös durch die Chips gleiten und blickte Lucian flehentlich an.

Die drei Serben richteten eiskalte Blicke auf ihn. »Heißt das, dass du nicht zahlen kannst?«

»Das meiste schon, aber ...«

»Das meiste reicht nicht«, sagte Milan.

»Ganz und gar nicht«, ergänzte Rastko.

»Vielleicht ziehst du eine serbische Maniküre vor?« Lucian steckte die Hand in seine Jackentasche, zog eine kleine rostige Heckenschere heraus und ließ sie auf den Tisch fallen. »Ohne Finger lässt sich allerdings schlecht spielen.«

Igor starrte die Heckenschere panisch an. Er schob seinen Stuhl zurück und wollte aufstehen, doch Milan war bereits über ihm und drückte ihn zurück auf seinen Platz. »Nicht so schnell.«

»Leg das Ding weg!«, kommandierte Kaminskij, der hinter ihnen stand. Er ließ die Suppenkelle los und drehte das Gas ab. Dann trat er in aller Ruhe an den Tisch. »Und zwar sofort.«

Lucian blickte zu Kaminskij hoch, der ihn durchdringend ansah. Zögernd ließ er die Heckenschere wieder in seiner Tasche verschwinden. »Ich will nur mein Geld, sonst nichts.«

»Igor besorgt dir das Geld. Du kannst ihm vertrauen, sonst säße er ja wohl nicht hier mit am Tisch. Verstanden?«

»Natürlich, Kaminskij«, antwortete Lucian, ohne den Blick zu heben. Er verschränkte die Arme. »Entschuldige mein Temperament. Es war nicht respektlos gemeint, das weißt du. Wie viel hast du, Junge?«

Igor blickte zu Boden. »Ungefähr 40.000 ... dänische Kronen.«

Lucian warf Milan einen fragenden Blick zu, der den Kopf schüttelte. »Das reicht nicht ... längst nicht.«

»Du hast vierundzwanzig Stunden Zeit, sonst ...« Lucian hob seine rechte Hand und bewegte zwei Finger wie eine Schere. »Schnipp, schnapp.«

5

Christianshavn, 2013

»Everytime you go away«, drang aus der Jukebox im Café Havodderen. Es war Freitagabend, und die Traditionskneipe, direkt am Kanal gelegen und inzwischen wieder ein angesagter Treffpunkt, war zum Bersten voll. Im Havodderen konnte man für zwanzig Kronen ein Bier trinken, den alten Hits aus der Jukebox lauschen, die nächste Runde auswürfeln oder ungestört in einer Ecke herumknutschen.

Nachdem die letzten Zeilen von Daryl Hall verklungen waren, stand Thomas von seinem Barhocker auf. Er schwankte kurz, bevor er das Gleichgewicht wiederfand. Dann signalisierte er Johnson hinter der Theke, dass er noch ein »Set« haben wollte. Thomas trank Jim Beam aus dem Shotglas und Hof aus der Flasche.

»Hast du nicht schon genug, Ravn?«, fragte Johnson.

»Hab noch nicht mal richtig angefangen.«

Johnson hob die Brauen und nahm die Bestellung entgegen. Er war gerade sechzig geworden und breit wie ein Ochse, die Arme voller Tattoos. Man konnte nicht erkennen, was sie darstellen sollten, da sie noch aus seiner Wehrpflichtzeit bei der dänischen Marine stammten.

Thomas schlängelte sich an ein paar Gästen vorbei und ging zu der alten Wurlitzer-Jukebox, die dort gestanden hatte, solange er denken konnte. Er suchte in seiner Jackentasche nach ein paar Münzen, während er die Fotos betrachtete, die an der Wand hingen. Es waren alles signierte Schwarz-Weiß-Porträts von Künstlern und Musikern, die im Laufe der Zeit hier zu Gast gewesen waren. Gasolin', Lone Kellermann, Clausen und Petersen, Kim Larsen und Thomas' persönlicher Favorit: Mr. D. T. mit schwarzlackierten Fingernägeln, Filzhut und weißem Smoking. Thomas steckte ein Fünfkronenstück in den Musikautomaten. Er brauchte nicht einmal auf die Tasten zu blicken, um genau zu wissen, was er hören wollte. F-5. *Take it away, Daryl*. Das charakteristische Ticken des Metronoms und die Klänge der Hammondorgel setzten den alten Schlager in Gang. Hinter ihm erklangen Buh-Rufe einiger Gäste, die ihn aufforderten, etwas anderes aufzulegen. Thomas ignorierte sie und schlenderte zu seinem Barhocker zurück.

»Hey, Matrose!«, rief jemand, als er sich gerade setzen wollte.

Thomas drehte sich halb um und blickte zu einem der Tische hinüber. Ein muskelbepackter Rocker in einem viel zu engen T-Shirt sah ihn durch seine gelbgetönte Sonnenbrille an. »Das Lied haben wir jetzt oft genug gehört, verstanden?«

»Das ist ein Klassiker«, nuschelte Thomas.

»Das macht ihn nicht besser. Ist immer noch Schwulenmusik.«

Seine beiden Begleiter grinsten. Beide trugen Lederwesten mit Rückenaufnähern und hatten Würfelbecher in der Hand.

»Dann nenn mich eben schwul, eine bessere Nummer ist nie geschrieben worden.«

»Also ich mag die Originalversion lieber«, meldete sich eine Frau mittleren Alters am anderen Ende der Theke zu Wort. Sie trug ein kariertes Tweedjackett und hatte graue Haare, die in alle Richtungen von ihrem Kopf abstanden, als hätte sie gerade einen elektrischen Schlag bekommen.

Thomas drehte sich lächelnd zu ihr um. »Das *ist* die Originalversion, liebe Victoria. »Daryl Hall hat den Song 1980 geschrieben und eingespielt – fünf Jahre bevor Paul Young ihn berühmt gemacht hat. Bei allem Respekt, aber Paul kann Daryl nicht das Wasser reichen.« Mit diesen Worten nahm Thomas seinen Barhocker wieder ein. Victoria schickte unbeeindruckt eine Rauchwolke zur Decke. »Wie auch immer, ich mag die andere Version lieber.«

»Nichts dagegen einzuwenden«, entgegnete Thomas mit einem Schulterzucken. »Wir leben in einem freien Land.«

Johnson blickte zu den Rockern hinüber, während er eine Flasche Bier vor Thomas auf den Tresen stellte und das Shotglas mit Bourbon füllte.

»Ravn, meinst du nicht, dass du langsam nach Hause gehen solltest?«

Thomas schüttelte den Kopf und griff nach dem Shotglas. »Nur über meine Leiche, wie es so schön heißt.« Er leerte es in einem Zug und spülte mit Bier nach. Fünf Minuten später war Daryl Hall zum Ende des Lieds gekommen, und Thomas glitt abermals von seinem Barhocker. In seiner Tasche waren noch ein paar Münzen.

Der Rocker mit der gelben Sonnenbrille schaute von seinem Würfelbecher auf und erblickte Thomas vor der Jukebox. »Das darf doch wohl nicht ...«, rief er und stand auf. Er schob sich um den Tisch herum und bahnte sich unsanft seinen Weg durch die anderen Gäste, bis er bei Thomas war. »Ich glaube, du hast dein letztes Lied für heute Abend gespielt«, sagte er und stieß Thomas weg. Dann warf er selbst eine Münze in die Jukebox. Im nächsten Moment dröhnte AC/DCs »Highway to Hell« durch die Kneipe. Der Rocker drehte sich um, streckte die Arme in die Höhe und stampfte zu seinen Freunden zurück, die im Takt der Musik mit den Köpfen wippten.

Thomas schwankte, während er versuchte, den Blick scharfzustellen. Dann leerte er seine Taschen in der Hoffnung, noch ein paar passende Münzen zu finden, die er oben auf die Jukebox legte. Nachdem er auf diese Weise sämtliche Kleidungsstücke durchforstet hatte, lagen einige Fünf- und Zehnkronenstücke neben einem altmodischen Handy und seinem zusammengeknüllten laminierten Polizeiausweis. Er stopfte Ausweis und Handy zurück in die Tasche, ehe er begann, die Maschine mit Münzen zu füttern. Er hatte noch Geld für fünfzehn Titel. Fünfzehn Mal »Everytime you go away«. Es versprach ein schöner Abend zu werden. Er ging zu seinem Barhocker zurück, bestellte ein weiteres »Set« für sich und einen Wermut für Victoria, die ihn einen Engel nannte.

Im nächsten Moment setzte die Hammondorgel wieder ein, und Daryl hob zu singen an. Hinter Thomas brach ein Tumult los. »Jetzt reicht's aber endgültig!« Der Rocker mit der gelben Sonnenbrille war mit wenigen Schritten an der Jukebox. Er ging leicht in die Knie und mobilisierte all seine Kräfte, sodass die Muskeln unter seinem T-Shirt anschwollen. Dann hob er den Wurlitzer an und ließ ihn hart auf den Boden krachen. Die Musik erstarb. Die Jukebox hatte ihren Geist aufgegeben. In der Kneipe herrschte so ein Trubel, dass nur diejenigen, die ganz in der Nähe standen, die Episode mitbekommen hatten. Johnson beobachtete, wie der Rocker an seinen Platz zurückstapfen wollte. Doch als er an Thomas vorbeikam, sprang dieser von seinem Hocker. Er blickte dem keuchenden Mann, der anderthalb Köpfe größer war als er, in die Augen. »Du schuldest mir 75 Kronen«, sagte er.

»Was?«, fauchte der Rocker.

In diesem Moment kam Victoria und legte Thomas eine Hand auf die Schulter. »Lass gut sein, Ravn.« Sie lächelte den Rocker kühl an. »Jedem das seine.«

»Nie im Leben.« Thomas schüttelte den Kopf. »Ich hab 75 Kronen in die Jukebox geworfen, die du kaputt gemacht hast, also schuldest du mir 75 Kronen.«

Der Rocker musterte Victoria von Kopf bis Fuß, ehe er den Blick auf Thomas richtete. »Vielleicht solltest du auf deine lesbische Freundin hören, ehe hier noch was passiert.«

»Sie ist nicht lesbisch, sie trägt nur gerne Tweed«, murmelte Thomas.

»Sieht trotzdem wie 'ne Lesbe aus.«

Victoria kniff die Augen zusammen. »Komisch, dass ein Mann mit Hängetitten so an der Sexualität anderer Leute interessiert ist.«

Dem Rocker fiel die Kinnlade herunter, während er perplex zwischen Thomas und Victoria hin und her schaute.

Thomas verschränkte die Arme vor der Brust. »Wenn ich näher darüber nachdenke, schuldest du auch Victoria eine Entschuldigung für deine Bemerkung und nicht zuletzt Daryl Hall, weil du sein Lied unterbrochen hast. Das war wirklich nicht nett von dir. Welche Entschuldigung willst du zuerst loswerden?«

»Hat dir jemand ins Hirn geschissen?«

»Kann schon sein, aber du schuldest mir immer noch 75 Kronen sowie eine Entschuldigung für Daryl und eine für Victoria.«

»Niller?«, rief einer der Kumpel des Rockers.

»Was ist?«, bellte er und fuhr herum.

Der Mann warf ihm einen bekümmerten Blick zu. »Der Typ ist 'n Bulle«, sagte er und machte eine Kopfbewegung in Thomas' Richtung. »Lass ihn lieber in Ruhe.«

Niller schob seine Brille herunter und spähte ausdruckslos über die Kante. »Der Penner da?«. Er zeigte auf Thomas.

Der Mann nickte. »Der hat mich und Rune letzten Sommer wegen einer Platte Marokkaner drangekriegt.«

Niller drehte sich zu Thomas um und verschränkte die Arme. »Echt, du bist 'n Bulle?«

»Völlig egal, was ich bin. Du schuldest mir immer noch 75 Kronen und zwei Entschuldigungen, eine an Victoria und eine an Daryl.«

»Sag schon!« Niller stob der Speichel aus dem Mund, während er die Hände sinken ließ und die Fäuste ballte.

»Hast Glück, dass er im Urlaub ist. Somit brauchst du heute nicht in die Ausnüchterungszelle«, sagte Victoria und leerte ihr Glas.

»Du hast Urlaub? Wirklich?« Nillers Mund verzog sich zu einem boshaften Lächeln, ehe er seinen rechten Arm in Thomas' Richtung schwang.

Thomas wich blitzschnell in Richtung Theke zurück und entging Nillers Schwinger. Niller schickte sofort einen linken Haken hinterher, den Thomas abwehrte und seinen Ellbogen gegen Nillers Schläfe rammte. Normalerweise hätte dieser Schlag ausgereicht, wen auch immer auf die Bretter zu schicken, doch in seinem angetrunkenen Zustand zielte Thomas nicht ganz exakt und streifte nur Nillers Kopf. Die gelbe Sonnenbrille flog in einem hohen Bogen über die Köpfe der Gäste hinweg, die an der Theke saßen. Er musste unwillkürlich lächeln, ehe ein harter Schlag in seiner Magengrube landete, gefolgt von einer wuchtigen Geraden, die sein Kinn traf und ihn zu Boden streckte. Er hörte ein paar Rufe und nahm wahr, dass sich mehrere Leute in den Kampf stürzten, um Niller von ihm wegzuzerren. Dann verlor er das Bewusstsein.

Zehn Minuten später saß Thomas vor dem Havodderen auf dem Bürgersteig und drückte ein Geschirrhandtuch mit Eiswürfeln gegen sein geschwollenes Kinn. Er hörte, wie die Rocker ein Stück die Straße hinunter Johnson und ein paar Stammgästen, die neben der Tür Aufstellung genommen hatten, etwas zuriefen.

Eduardo beugte sich zu ihm hinunter und betrachtete ihn durch seine dicken Brillengläser. »Mensch, Ravn, was sollte das denn?«, fragte er mit dem leichten Akzent, der seine spanische Herkunft verriet. »*Eres stupida?*«

Thomas schüttelte den Kopf. Es schmerzte so heftig, dass er die Bewegung bereits bereute. »Hat er sich entschuldigt?«

»Ja, natürlich, mit seiner Faust. Fünf Mal hat er sich entschuldigt«, antwortete Eduardo und strich sich durch seine lockigen Haare.

Thomas zuckte die Schultern. »Das war das Einzige, worum ich gebeten habe«, murmelte er. »Außerdem schuldet er mir immer noch 75 Kronen.«

Ein blondes Mädchen tippte Eduardo auf die Schulter und sagte, sie wolle wieder hinein ins Warme. »Kommst du klar?«, fragte Eduardo.

Thomas nickte mit schmerzverzerrtem Gesicht.

Kurz darauf hörte er, wie die meisten Gäste wieder in die Kneipe zurückkehrten. Vorsichtig rappelte er sich auf. »Ich schmeiße eine Runde«, sagte er und taumelte zur Tür.

Johnson hielt ihm die Hand vor die Brust und nahm ihm das Geschirrtuch mit den Eiswürfeln ab. »Geh nach Hause, Ravn.«

»Ach, komm schon. Einen letzten Drink.«

Johnson sah ihn schweigend an, während der letzte Gast hinter ihm in der Kneipe verschwand.

Mit beträchtlichem Abstand zum Kanal schwankte Thomas an der Kaimauer entlang. Er blieb auf dem Bürgersteig und mied bewusst die holprigen Pflastersteine, die im Laufe der Zeit schon viele Betrunkene ins Meer geschickt hatten. Die Kneipen am Kai schlossen eine nach der anderen, und am

Kanal herrschte ein reges Treiben. Am Christianshavns Torv kämpften die Leute darum, Taxis zu ergattern, die sie über die Brücke zu den Nachtclubs in der City bringen sollten. Er selbst musste nur die Straße überqueren, doch er war zu betrunken, um den Abstand zu den vorbeifahrenden Autos richtig einzuschätzen. Eine wütende Hupe machte ihm klar, dass er fast überfahren worden wäre. Er hastete über die Fahrbahn. Als er auf der anderen Straßenseite war, spazierte er die Dronningensgade entlang, bis er die alte Verteidigungsanlage erreichte, neben der seine Wohnung lag. Er suchte nach dem Schlüsselbund und blickte zur obersten Etage hinauf. Beide Fenster waren erleuchtet. Er stieg die Stufen zur Haustür hoch und blickte auf das Klingelbrett. *Thomas Ravnsholdt und Eva Kilde* stand auf dem kleinen Schild. Es war unverkennbar Evas Handschrift. Er wollte gerade den Schlüssel ins Schloss stecken, als er es sich anders überlegte und auf dem Absatz kehrtmachte.

Er schlenderte die Sofiegade entlang, die zum Kanal zurückführte. In der Dunkelheit konnte er soeben die Boote erkennen, die am Ende der Straße vertäut lagen, darunter sein eigenes mit dem kurzen Mast und der Radaranlage am Toppsegel. Das Radar funktionierte zwar nicht, und er hatte das kleine Segel des Trawlers auch nie gehisst, aber der Mast unterschied ihn von allen anderen Booten, und wenn er einen über den Durst getrunken hatte, was ständig vorkam, benutzte er ihn als Peilmarke.

Von der Kaimauer ließ er sich behutsam auf das alte Grand-Banks-Achterdeck gleiten. Eine Ladeluke fehlte. Er ging vorsichtig um das Loch herum und weiter zu der Kajüte. Fluchend zog er die Tür auf, die schief an ihren Scharnieren hing. Eines Tages würde er sie reparieren lassen, dachte er, ehe er eintrat. In der Kajüte stank es nach Schimmel und den Überresten in den Pizzakartons, die sich auf dem stockfleckigen Sofa türmten. Er torkelte an der Küche vorbei und stieg die schmale Treppe nach unten, wo sein Wohnzimmer mit dem eingebauten Bett war. Er warf sich auf die Matratze und schloss die Augen. Lauschte dem Regen, der gerade begonnen hatte, auf die Luke über seinem Kopf zu trommeln. Es war nur eine Frage der Zeit, bis es durch die Ritzen des undichten Dachs tropfen würde, und er wusste, dass er einen Eimer holen und ans Fußende stellen sollte. Doch er brachte die Energie dazu nicht mehr auf, und nasse Zehen waren noch das Geringste seiner Probleme.

6

15. Oktober, 2010

Masja saß mit einer Decke auf dem schwarzen Ledersofa, während es sich Lajka, der Chihuahua, auf ihrem Schoß bequem machte. Sie versuchte sich auf den neuesten Band von »Die Tochter der Drachenhexe« – eine Fantasyserie, der sie gewissenhaft folgte – zu konzentrieren, aber da es schon zehn Uhr vormittags war und sie immer noch nichts von Igor gehört hatte, schweiften ihre Gedanken kontinuierlich ab.

In diesem Moment wurde die Wohnungstür aufgeschlossen, und sie hörte Igors Stimme in der Diele. Lajka sprang auf und begann laut zu kläffen. Sie beruhigte den Hund, um besser verstehen zu können, mit wem Igor telefonierte. Es klang so, als wollte er sein Auto verkaufen, was ihr sehr seltsam vorkam, denn Igor liebte sein Auto, er hatte ihm sogar einen Namen gegeben.

Igor kam ins Wohnzimmer, ohne sie anzusehen. Er schälte sich aus seiner Lederjacke, das Handy ans Ohr gepresst. »Vergiss es, Janusz, wir wissen beide, dass Lola mehr wert ist, du nutzt doch nur die Situation aus …«

Igor beendete das Gespräch und warf das Handy auf den weißen Marmortisch. Er war kreidebleich, hatte dunkle Schatten unter den Augen und stank so penetrant nach Schnaps und altem Schweiß, dass sich Masja an ihre schlimmsten Kunden erinnert fühlte. Lajka bellte immer noch, obwohl Masja alles versuchte, sie zu beruhigen. »Wo warst du die ganze Nacht?«

Igor machte eine abwehrende Handbewegung. »Nicht jetzt, Masja«, sagte er und warf ihr einen gehetzten Blick zu. »Wie viel Bargeld haben wir?« Ehe sie antworten konnte, hatte er den schwarzen Ledersessel auf die Seite gekippt.

»Was machst du da?«, rief sie.

Ohne zu antworten, zog er den dicken weißen Umschlag heraus, der zwischen dem Boden und den Sprungfedern klemmte.

»Das ist mein Geld, das rührst du nicht an!«

Er riss den Umschlag auf. »Ich muss es mir leihen, geht nicht anders.«

»Und die fünftausend, die du mir bereits schuldest?«

Er warf ihr einen raschen Blick zu. »Du wohnst hier immerhin umsonst.«

»Oh, vielen Dank, Igor«, entgegnete sie ironisch.

Er nahm die Scheine heraus und zählte sie hektisch. »Neunzehntausend, hast du echt nicht mehr?«

Ihr Körper zitterte vor Wut. »Du bleibst die ganze Nacht weg, ohne irgendwas zu sagen, und dann kommst du nach Hause und willst mir mein Geld wegnehmen, sag mal, geht's noch?«

»Ist doch nur geliehen. Ist das wirklich alles?« Er ließ den Umschlag fallen und steckte sich das Geld in die Hosentasche.

»Ja! Du hast alles genommen! Bist du jetzt zufrieden?«, rief sie.

Lajka sah sie erschrocken an. Der Hund sprang vom Sofa und verzog sich unter den Tisch.

Igor rieb sich das Gesicht. »Was ist mit deiner Mutter? Kann sie uns was leihen?«, fragte er durch die Finger hindurch.

Masja setzte sich auf. »Meine Mutter?«

»Ja, verdammt. Wie viel kann sie uns leihen?«

Sie lachte höhnisch auf. »Du musst ja echt verzweifelt sein. Meine Mutter arbeitet als Putzfrau und leidet unter chronischem Geldmangel. Ich bin es, die ihr jeden Monat was dazugibt.«

»Okay«, sagte er. »Hast du heute Termine? Irgendwelche Kunden?«

»Warum fragst du mich das jetzt, du Arschloch?«

»Entschuldige, aber ich bin wirklich verzweifelt.« Er schaute sie aufrichtig an. »Hast du?«

Sie war den Tränen nahe. Was war er nur für ein Vollidiot! »Weißt du nicht mehr, was ich gestern gesagt habe? Ich hab keine Lust mehr. Versteh das endlich.«

Er setzte sich neben sie auf das Sofa. »Okay, okay, aber das sind doch langfristige Pläne. Mir geht es um jetzt.«

»Wie viel hast du verloren?«

»Viel zu viel«, antwortete er und senkte den Kopf. »Viel, viel zu viel …«

Sie wollte ihm über den Kopf streichen, doch er stand rasch auf, schnappte sich sein Handy vom Marmortisch und rief erneut Janusz an. »Für vierzig kannst du Lola haben, aber ich will die Kohle noch heute.« Dann legte er auf und wandte sich an Masja.

Sie hatte Mitleid mit ihm. Wie er da stand, sah er aus wie ein begossener Pudel oder wie Lajka, wenn sie im Regen gewesen war. »Komm mal her, mein Schatz.«

»Später, ich muss telefonieren.« Er marschierte ins Schlafzimmer und zog die Tür hinter sich zu.

Masja lehnte sich auf dem Sofa zurück und rief Lajka zu sich. Der Hund sprang wieder auf ihren Schoß und rollte sich dort mit einem zufriedenen Knurren zusammen. Er begann, ihr die Finger abzulecken, bis sie ihm einen Klaps auf die Schnauze gab. Ihr gefiel diese Angewohnheit nicht, die sich Lajka in letzter Zeit zugelegt hatte. Armer Igor. Er war ein Narr, der glaubte, es gäbe in jeder Situation einen einfachen Ausweg. Sie mussten das alles hinter sich lassen, sich etwas anderes überlegen, selbst wenn das Geld knapp werden würde. Selbst wenn sie riskierte, so zu enden wie ihre Mutter, die bei den reichen dänischen Vorstadttussis, die sich für was Besseres hielten, putzte. Doch was konnte sie sonst machen? Und was konnte Igor anderes, als gestohlene Autos nach Polen zu verkaufen und sein Geld zu verspielen?

Igor kam ins Wohnzimmer zurück und setzte sich neben sie.

»Und, hast du's geklärt?«

Er atmete tief durch. »Ich muss dich um einen riesigen Gefallen bitten.«

»Um was für einen Gefallen?«, fragte sie und war sofort auf der Hut.

»Der Typ, dem ich Geld schulde, hat einen Vorschlag gemacht«, sagte er, den Blick auf den Boden gerichtet.

»Was für einen Vorschlag?«

»Dreimal darfst du raten?«

Sie kniff die Augen zusammen. »Hältst du wirklich so wenig von mir? Tust du das, Igor?«

»Nein, Baby, natürlich nicht«, antwortete er mit erstickter Stimme.

»Das ist dein Problem, Igor, nicht meins. Fick ihn doch selber.«

»Du hast keine Ahnung, wie sehr ich am Arsch bin.« Er blickte zu ihr auf, während ihm Tränen über die Wangen liefen. »Die schneiden mir die Finger ab, wenn ich nicht zahle.«

»Wirklich?«, fragte sie misstrauisch und schaute auf ihre

frisch lackierten Nägel. »Dann kannst du jedenfalls nicht mehr spielen.«

Masja registrierte zu spät, dass er ausholte, und konnte die schallende Ohrfeige nicht mehr abwehren. Sie schrie auf und fasste sich an die Wange. Lajka verkroch sich winselnd unter dem Tisch.

»Entschuldige, entschuldige, entschuldige«, schluchzte Igor und brach auf dem Sofa zusammen.

Sie schrie ihn an und trommelte mit den Fäusten auf seinen Rücken, Nacken und Hinterkopf. Igor tat nichts, um sich zu schützen. Schluchzend ließ er ihre Schläge über sich ergehen. Schließlich hatte sie keine Kraft mehr und begann selbst zu weinen.

7

Es war 19.30 Uhr. Masja stand vor dem Badezimmerspiegel und zeichnete mit einem dünnen Strich ihre Lippen nach. Sie trug ihr dunkelrotes Seidenkleid und die hellbraunen Wildlederstiefel. Igor stand im Türrahmen und rauchte eine Zigarette. »Tut mir echt leid, Baby, wirklich.«

Schweigend sprühte sie noch einmal ihre Haare ein und vergewisserte sich, dass auf ihren Vorderzähnen kein Lippenstift war. Dann drehte sie sich zu Igor um. »Wollen wir dann?«

Sie fuhren die Torvegade hinunter, vorbei an den historischen Wallanlagen, bis zur Vermlandsgade. Es war inzwischen dunkel geworden, und außer ein paar Taxis, die auf dem Weg zum Flughafen waren, waren kaum andere Fahrzeuge auf den Straßen. »Ich verspreche dir, dass alles gut wird«, sagte Igor und schaute sie von der Seite an. »Ehrlich, Baby, ich hör mit dem Spielen auf und mit all dem anderen Scheiß. Wir werden es schön haben zusammen, du und ich.« Er legte seine Hand auf ihren Oberschenkel. Masja schob sie weg. »Ich versteh ja, dass du sauer auf mich bist«, fuhr Igor fort. »Ich bin ein Schwein, ein Stück Scheiße ...«

»Kannst du nicht endlich mal die Klappe halten?«

»Natürlich, Schatz, ich wollte nur, dass du das weißt ...« Sie wich seinem Blick aus und sah aus dem Seitenfenster. »Von jetzt an machen wir alles so, wie du es willst. Wir werden eine richtige kleine Familie. Wir beide und ein Baby und so ... Ich such mir eine Arbeit, was Ordentliches, ich kann eine Menge, du wirst sehen.«

»Sei jetzt mal ruhig«, sagte sie, doch weniger aggressiv als zuvor.

Sie rollten die Amagerbane entlang und bogen auf den Yderlandsvej ab, wo es jede Menge Taxi- und Busunternehmen gab. Masja entdeckte ein paar farbenfrohe Doppeldecker, mit denen die Touristen im Sommer auf Sightseeingtour gingen. Nun standen sie einsam und verlassen unter einem Schutzdach. Vor vielen Jahren, als sie und ihre Mutter in dieses Land gekommen waren, hatten sie auch in so einem Bus gesessen. Ihre Mutter war so ausgelassen gewesen, und sie hatte die ganze Zeit aufs Klo gemusst. Masja blickte durch die Windschutzscheibe. Hier waren sie weit weg von den Fünf-Sterne-Restaurants, die sie gewohnt war, hier waren sie weit weg von allem, und allmählich bereute sie, sich auf diese Tour eingelassen zu haben.

»Da sind wir«, sagte Igor und schwenkte auf einen dunklen Parkplatz ein. Vor ihnen lag eine stillgelegte Kfz-Werkstatt. Mehrere Fenster waren eingeschlagen und die Wände mit Graffiti beschmiert.

»Er bekommt eine halbe Stunde und keine Sekunde mehr«, sagte sie, als sie aus dem Auto stieg. Sie überquerten den matschigen Vorplatz, bis sie vor der großen blauen Eingangstür standen. Als sie die alte Wartungshalle betraten, schlug ihnen der Gestank nach altem Schmieröl entgegen. Masja hielt sich unwillkürlich die Nase zu und atmete durch den Mund. Am Ende der Halle saßen vier Männer mittleren Alters an einem kleinen Tisch, der in eine Tabakwolke gehüllt war.

Masja und Igor gingen an der langen Schmiergrube entlang, die sich durch die Halle zog. Die Männer tranken Wodka und Dosenbier. Igor hatte den Eindruck, dass sie seit dem Morgen, als er sie bei Kaminskij verlassen hatte, weitergetrunken hatten.

Lucian drehte sich halb zu ihm um und warf Igor einen kühlen Blick zu, ehe sich seine Augen auf Masja richteten. Er wischte sich mit der Hand den Mund ab. »Hast du mir also deine Freundin mitgebracht«, sagte Lucian und blies den Rauch in die Luft. »Wir werden sehen, ob das genügt.«

Die anderen Männer musterten sie eingehend. Tauschten anzügliche Bemerkungen aus und lachten.

Lucian stand unsicher von seinem Hocker auf. »Ist 'ne hübsche Nutte, das muss ich zugeben, Igor. Da hast du wenigstens mal Glück gehabt.«

Masja kniff die Augen zusammen. »Deine Ausdrucksweise gefällt mir nicht.«

»Warum?«, fragte Lucian und erwiderte ihren Blick. »Du bist doch eine Nutte, oder etwa nicht? Du lebst vom Ficken. Die entscheidende Frage ist nur, ob du auch gut darin bist.« Er ließ seinen Unterleib kreisen.

Die Männer am Tisch lachten.

»Darauf hab ich keinen Bock«, sagte sie und wandte sich an Igor. »Wir gehen, sofort!«

»Wo willst du denn hin?« Lucian war sofort bei ihr und riss sie an den Haaren zurück.

Masja schrie auf und versuchte, sich loszureißen. Sie warf Igor einen hilfesuchenden Blick zu, doch zu ihrem Erstaunen hatte er sich bereits ein Stück weit entfernt.

»Jetzt zieh schon deine Klamotten aus, oder brauchst du Hilfe dabei?« Lucian zerrte an ihrem Kleid. Masja trat nach hinten aus, traf ihn jedoch nicht. Sie starrte panisch zu Igor hinüber, der schon fast an der Tür war. »Jetzt hilf mir doch, Igor, verdammt! Hilf mir!«

Er schüttelte verzweifelt den Kopf. »Tut mir leid, Baby … es geht nicht anders … hab keine Wahl … sorry …«

Lucians große Pranke schloss sich so fest um Masjas Hals, dass sie fast keine Luft mehr bekam. Er riss ihr das Kleid herunter. Sie konnte ihn riechen. Spürte sein klebriges Hemd an ihrer nackten Haut, als er sich von hinten an sie drängte. Spürte die harte Beule in seiner Hose. »Ich kenne nichts Besseres, als junge Schlampen abzurichten«, sagte er mit seiner Reibeisenstimme.

Masja schrie nach Igor, der die Tür hinter sich schloss.

* * *

Igor entfernte sich schwankend von der Wartungshalle, taumelte zu seinem BMW. Er stützte sich auf die Kühlerhaube und erbrach sich über den Kotflügel auf seine neuen weißen Adidas-Schuhe. Hinter sich hörte er Schritte. Er trocknete sich den Mund ab und drehte sich um.

Kaminskij sah ihn kühl an. »Du konntest nichts anderes tun. Die eigene Ehre ist das Wichtigste. Wer Schulden hat, muss sie bezahlen.«

»Das weiß ich.«

»Es wundert mich allerdings, dass du sie hierhergekriegt hast.« Er musterte das abbruchreife Gebäude. »Sie muss dir sehr vertrauen. Dich wirklich lieben.«

Igor öffnete die Tür und setzte sich hinter das Steuer.

Kaminskij beugte sich zu ihm hinab. »Jedenfalls war Lucian großzügig genug, dir das Auto zu lassen. Fahr vorsichtig«, sagte er und schloss die Tür.

8

Christianshavn, 2013

Das ständige Kläffen traf Thomas wie ein Vorschlaghammer. Es war unmöglich, den Lärm zu ignorieren. Er öffnete die Augen. Tageslicht fiel durch die Luke über seinem Kopf und schmerzte bis in die Augenhöhlen. »Halt die Schnauze«, murmelte er. In diesem Moment kroch Møffe zu ihm aufs Bett. Vergeblich versuchte er, die betagte englische Bulldogge wegzuschieben, die ihm hingebungsvoll das Gesicht abschleckte.

»Dein Hund hat bei mir übernachtet«, rief Eduardo aus der Kajüte.

Thomas wollte aufstehen, doch sein Kater zwang ihn umgehend wieder in die Horizontale, was Møffe offenbar als Einladung betrachtete, ihm erneut mit der Zunge durchs Gesicht zu fahren. Thomas wehrte Møffe ab und kraulte ihn hinter dem Ohr, bis sich der Hund mit einem behaglichen Brummen neben seinem Herrchen niederließ.

»Und einen großen Haufen in meinem Cockpit hinterlassen«, fuhr Eduardo fort.

»Besser bei dir als bei mir«, murmelte Thomas.

»Was hast du gesagt?« Eduardo steckte den Kopf zu ihm herein.

»Dass es mir leidtut.«

»Hast du Kaffee?«

Thomas zeigte in der Luft in eine undefinierbare Richtung. Eduardo fing an, Schubladen und Schränke zu durchforsten. Das Knallen der Türen trieb Thomas aus dem Bett. Sofort stieg die Übelkeit wieder hoch. Nichts konnte mehr verhindern, dass er sich erbrach. Er riss die Tür zum Bad auf, ehe ihm einfiel, dass die Toilette verstopft war. Sein Magen zog sich zusammen und wartete nur darauf, sich explosionsartig zu entleeren. Es war nur noch eine Frage von Sekunden. Thomas sprang an Eduardo vorbei in die Küche und stürzte durch die offene Kajütentür nach draußen. Er hatte gerade die Reling erreicht, als sich alles, was er während der gestrigen Sauftour in sich hineingeschüttet hatte, in einem großen Schwall von ihm verabschiedete. Das Deck schwankte unter ihm, und er hatte das Gefühl, sein Schädel würde zerspringen. Ein Blitzlicht erfasste ihn, gefolgt von weiteren. Vom Kanal schallten Stimmen zu ihm herüber. Träge blickte er auf. In diesem Moment glitt eines der Touristenboote auf seiner Rundfahrt durch den Hafen an ihm vorbei. Mit einer Horde von Japanern, die sein Elend dokumentierten. Er kehrte ihnen den Rücken zu und sank auf das Deck. Eduardo erschien in der Tür.

»Wusste gar nicht, dass die schon wieder Saison haben.« Er zeigte mit dem Daumen auf das vorbeifahrende Boot.

»Ich glaube, die haben immer Saison, Ravn.«

»Wirklich?« Thomas griff sich an den Kopf und spürte, dass seine Wange schmerzte und geschwollen war. »Ach, du Scheiße. Ich muss gestern gefallen sein.«

Eduardo nickte stumm.

»Bis bald, Eduardo!«, erklang eine helle Stimme von Eduardos Ketsch, die neben Thomas' Boot vertäut lag. Eduardo drehte sich um und warf der winkenden blonden Frau einen Handkuss zu. »Ich ruf dich an!«, rief Eduardo. Die Blondine sprang ans Ufer und schloss ihr Fahrrad auf.

»Marlene? ... Maria? ... Anna!«, sagte Eduardo lächelnd. »Hab sie gestern im Havodderen kennengelernt.« Er winkte Anna zu, die in diesem Moment an ihnen vorbeirollte.

»Marlene-Maria-Anna, was für ein außergewöhnlicher Name«, bemerkte Thomas ironisch.

»Ist ja auch eine außergewöhnliche Frau.«

Zehn Minuten später fand Thomas das Glas mit dem Pulverkaffee und kochte Wasser für zwei Tassen Kaffee. Sie nahmen den Kaffee mit auf die kleine Brücke über der Kajüte und blickten nun ihrerseits auf die knipsenden Touristen hinab. Eduardo nippte an dem Kaffee und verzog das Gesicht. »Etwas mehr Wasser hätte nicht geschadet.«

»Ist die schnellste Methode, wieder zu sich zu kommen«, entgegnete Thomas und trank einen Schluck. Selbst für ihn war das Gebräu am Rande des Zumutbaren.

Eduardo betrachtete kurz den Atem, der ihm aus dem Mund dampfte. »Ich mache mir Sorgen um dich, Ravn.«

»Nicht nötig«, sagte Thomas rasch und wandte den Kopf ab. »Bin schon wieder auf dem Damm.«

»Ich denke mehr an deinen allgemeinen Zustand.«

»Der war nie besser.«

Eduardo zog die Brauen hoch und blickte ihn zweifelnd an. »Wann fängst du wieder an?«

»Wo? Auf dem Innenstadtrevier?«

Eduardo nickte.

»Keine Ahnung. Ich denke auch nicht ständig darüber nach.«

»Aber die können dich doch nicht dauerhaft suspendieren. Du hast doch auch Rechte.«

Thomas lehnte sich zurück und legte die Beine auf den Stuhl gegenüber. »Ich bin ja auch nicht suspendiert, sondern beurlaubt. Sozusagen krankgeschrieben.«

»Und wie lange noch?«

»Bis ich finde, dass ich wieder gesund bin«, antwortete er mit einem Lächeln.

»Sie wollen dich doch schon zurückhaben?«

Thomas runzelte die Stirn. »Was ist das hier, ein Verhör? Kannst du nicht mit der Arbeit warten, bis du wieder bei deiner linken Scheißzeitung bist?«

»Tut mir leid, ich wollte dich nicht ausfragen.«

Thomas zitterte leicht. Er wusste selbst nicht, ob das an seinem Kater oder an der kühlen Morgenbrise lag.

Eduardo lächelte. »Ich glaube nur, dass es dir guttun würde, wieder zu arbeiten. Schließlich warst du ... *bist* du ein guter Bulle. Lass dir das von einem Linken gesagt sein.« Er kippte den Rest des Kaffees über die Reling.

»Hilft nur nicht viel, wenn einem von ganz oben Knüppel zwischen die Beine geworfen werden.«

»Wie meinst du das?«

Thomas zuckte die Schultern. »Jedenfalls haben sie mich nie an den Fall rangelassen. Haben mich von ihm ferngehalten, solange sie konnten. Und als sie es nicht mehr konnten, haben sie mich beurlaubt.« Er lachte bitter auf.

»Wie lange ist das jetzt her?«

»Dass ich freigestellt worden bin?«

»Nein, ich meine ... das andere.«

»Bald ein Jahr.«

»Ein Scheißjahr.«

»Ja, ein echtes Scheißjahr.«

Eduardo stand von der Bank auf und ging zur Treppe, die hinunter aufs Deck führte. Er nahm ein paar Stufen, ehe er sich zu Thomas umdrehte. »Das ist ein Scheißfall, Ravn, einer der sich nicht lösen lässt.«

»Das weiß ich«, sagte er.

»Vielleicht sollte man das alles hinter sich lassen.«

»Das weiß ich«, wiederholte er.

9

Strängnäs, Oktober 1979

Die trockenen schwarzen Äcker lagen verlassen da. Die ersten Sonnenstrahlen kämpften sich mühsam durch den Morgendunst, der die angrenzenden Bäume einhüllte. Erik saß zusammen mit seinem Vater und Johan Edel – einem seiner Jagdfreunde – auf dem grünen Hochsitz. Erik war gerade zehn Jahre alt geworden, und es war das erste Mal, dass sein Vater ihn mit auf die Jagd nahm. Seit über zwei Stunden warteten sie schon dort oben in ihrem Versteck, dass die Treiber mit ihren Hunden das Wild an ihnen und den anderen Jägern vorbeihetzten. Eriks Hände zitterten vor Kälte und hatten Mühe, das schwere Fernglas zu halten, mit dem er nach den Tieren Ausschau hielt.

»Frierst du, Erik?«, fragte sein Vater Bertil mit leiser Stimme. Er war Ende fünfzig, hatte schwere Tränensäcke und eine rotgeäderte Nase, die davon zeugte, dass er mehr trank, als gut für ihn war.

»Nein, alles … in Ordnung«, stotterte Erik und umklammerte das Fernglas noch fester, damit es ihm nicht aus den zittrigen Händen rutschte.

Der Vater ließ sein Gewehr – eine edle Winchester Magnum mit einem Schaft aus Walnussholz – sinken und tätschelte Erik den Kopf. »Du solltest dich ein bisschen warmklopfen. Das tue ich immer, wenn ich friere.« Er demonstrierte mit beiden Armen, was er meinte. Johan Edel schaute ihn mit seinen eisblauen Augen verärgert an. »Hört sofort auf!«, meckerte er mit nasaler Stimme. »Ihr verjagt noch das Wild.« Johan war ein athletischer Mann in den Dreißigern, dessen blonde, zurückgekämmte Haare an einen englischen Lord erinnerten.

Bertil machte eine entschuldigende Geste. In diesem Moment hörten sie, wie die Hunde am anderen Ende des Feldes anschlugen.

»Siehst du was?«, fragte Bertil seinen Sohn.

Erik spähte durch das Fernglas, doch der Nebel war immer noch zu dick, als dass er bis zum gegenüberliegenden Ende des Felds hätte schauen können. Er schüttelte den Kopf.

»Lass mich mal«, sagte Johan und nahm dem Jungen das Fernglas aus den Händen.

»Das sieht doch gut aus«, sagte Bertil und lud durch. Das Hundegebell wurde lauter.

»Da sind sie, etwa zweihundert Meter weit weg«, sagte Johan und zeigte auf die entfernteste Ecke.

Erik und sein Vater blickten quer über das Feld, doch ohne Fernglas war es bei diesen Sichtverhältnissen unmöglich, die Entfernung abzuschätzen.

Johan gab Erik das Fernglas zurück und blickte zu der Baumkrone über ihnen hoch. Die äußersten Zweige wiegten sich in der schwachen Brise. Er justierte die Zielvorrichtung seiner schlanken, schwarzen Beretta. »Bist du sicher, dass du zuerst schießen willst?«

Bertil nickte. »Bei der Summe, die ich für diese Jagd bezahlt habe, ist das nur gerecht.«

»Natürlich, ich meine ja nur, falls du nervös bist.« Johan entsicherte sein Gewehr und hielt es sich an die Wange.

Bertil tat es ihm gleich und blickte durch das Zielfernrohr. Das erste Tier zeichnete sich im Dunst ab. Es war ein junger Hirsch, der den Kopf hin und her bewegte, während er sein Tempo verlangsamte. Sekunden später erschienen zwei weitere Hirsche. Sie zögerten, auf das freie Feld zu laufen, bis sie das lautstarke Bellen der Hunde dazu veranlasste. Bertil nahm das mittlere der drei Tiere ins Visier. Rasch näherten die Hirsche sich dem Steinwall und dem Wald, der direkt vor ihnen lag.

»Worauf wartest du?«, knurrte Johan.

Bertil drückte sein Gewehr an die Schulter und hielt den Atem an.

»Schieß!«

Bertil löste den Schuss aus, in dem kleinen Hochstand war er ohrenbetäubend laut. Erik zuckte zusammen und presste die Hände auf die Ohren.

Die Hirsche jagten davon. Der erste sprang über den Steinwall, der zweite folgte ihm. Ein weiterer Schuss krachte; der dritte Hirsch erstarrte in der Luft und fiel leblos zu Boden.

»Du hast ihn erwischt?«, fragte Bertil.

»Natürlich«, antwortete Johan und lächelte zum ersten Mal, seit die Jagd begonnen hatte.

Erik blickte zu dem Hirsch hinunter, dessen Beine zuckten. »Er versucht zu fliehen«, sagte er und zeigte auf das Tier.

Johan stand auf. »Der läuft nirgends mehr hin.«

»Das sind nur die Nerven, die Todeskrämpfe«, erklärte sein Vater. »Er ist schon tot.«

»Er spürt also nichts mehr?«

»Nein, das kann ich mir nicht vorstellen.«

Kurz darauf stiegen sie die Leiter des Hochstands hinunter und stapften über den Acker zu dem erlegten Hirsch.

Am Abend, nachdem es dunkel geworden und die Jagd beendet war, versammelten sich die acht Jäger vor der niedrigen schwarz gebeizten Hütte. Erik stand neben seinem Vater und betrachtete beeindruckt das erlegte Wild, das im Schein der Fackeln aufgereiht war. Fünf Hirschböcke und ein Fuchs, den Johan kurz vor Sonnenuntergang geschossen hatte. Der Jagdführer – ein jüngerer Mann mit einem schmalen blonden Schnurrbart – notierte sich, wer welches Tier erlegt hatte. Als die Reihe an Bertil kam, zog Erik den Kopf ein.

»Sagen wir, ich war ganz nah dran«, sagte Bertil munter. »Ich hatte ihn schon direkt vor der Flinte.« Er hob die Hände und machte eine entsprechende Geste.

»Also muss ich wohl eine groß Null aufschreiben«, entgegnete der Jagdführer. »Wie schon bei den letzten drei Jagden.«

Bertil zuckte die Schultern.

»Wir haben nur wenige Plätze zu vergeben, Bertil, und die Statistik spricht eine deutliche Sprache. Wir können nur die Besten berücksichtigen.« Der Jagdführer blickte ihn ernst an.

Bertil lächelte ruhig. »Oder die, die zahlen können.«

Die anderen Jäger lachten.

»Schon wahr«, gab ihm der Jagdführer recht und lachte ebenfalls. »Deshalb lasse ich es mit einer Verwarnung bewenden.«

»Wie du mit deinem Jagdinstinkt an der Stockholmer Börse zurechtkommst, ist mir ein Rätsel«, bemerkte Johan.

Die anderen lachten erneut.

»Geduld ist die Tugend der Älteren«, entgegnete Bertil. Er lächelte den anderen Jägern zu, die ebenso wohlhabend wie er selbst, doch bedeutend jünger waren.

»Komm, Erik«, sagte er und nahm seinen Sohn bei der Hand. Bertil lüftete seinen Hut zum Abschied.

Vater und Sohn schlenderten zu ihrem Mercedes SEL,

dessen Lack wie neu glänzte, und setzten sich hinein. »Bist du müde?«, fragte Bertil und ließ den dröhnenden V8-Motor an.

Erik schüttelte mürrisch den Kopf und schnallte sich an. Sie fuhren auf der dunklen Hauptstraße zurück nach Stockholm. Es war kaum Verkehr. Ein leichter Regen setzte ein; die Scheibenwischer beseitigten rhythmisch die steigende Anzahl der Tropfen. Bertil schaltete das Fernlicht ein, das die von hohen Tannen gesäumte Straße beleuchtete.

»Weißt du, dass man Wild allein durch die Kraft des Lichts erlegen kann?« Er blickte zu Erik hinüber, der nicht antwortete, sondern stumm seine dreckigen Stiefel anstarrte. »Wirklich«, fuhr Bertil fort. »Wenn jetzt ein Hirsch auf die Straße liefe, würde er vom hellen Scheinwerferlicht paralysiert werden, und wir würden ihn überfahren.«

»Dann hätten wir zumindest etwas, das wir mit nach Hause bringen könnten«, sagte Erik leise.

Bertil lachte. »Bereitet dir das Kopfzerbrechen?« Er wuschelte Erik durch die Haare. »Nächstes Mal wird's bestimmt klappen, du wirst sehen.«

Erik zog seinen Kopf zurück. »Die anderen sagen, dass du sowieso nie triffst.«

»Die sagen viel, wenn der Tag lang ist. Hör einfach nicht hin.« Bertil knöpfte seine Öljacke auf und zog einen Flachmann hervor. Er schraubte den Deckel ab und genehmigte sich einen Schluck aus der silbernen Flasche mit dem teuren Brandy. »Mach dir keine Gedanken darüber.«

»Aber sie machen sich über dich lustig, Papa.«

»Was macht das schon?«

»Johan auch«, fügte Erik hinzu und blickte aus dem Seitenfenster.

»Wir lachen doch alle übereinander, daran ist nichts Besonderes«. Bertil leerte die Flasche und ließ sie wieder in seiner Tasche verschwinden. »Von so was darfst du dich nicht verunsichern lassen, Erik, hast du verstanden?«

»Ja, Papa.«

Nachdem sie die Abfahrt nach Mälarhöjden genommen hatten, rollten sie schweigend durch den schlafenden Vorort ihrer Villa entgegen, von der aus man einen weiten Blick über den Mälarsee hatte.

10

Oktober 2010

Vom Bett aus sah Masja den Mann an, der ihr gegenübersaß und mit dem Stuhl wippte. Er trug eine schwarze Lederjacke, eine dunkle Hose, schwere Stiefel und eine protzige goldene Armbanduhr. Sie tippte auf Hublot oder Bulgari. 150.000 bis 200.000 Kronen. Mindestens. Seine gegelten zurückgestrichenen Haare waren pechschwarz, die Augen schmal. Ein spöttischer Zug umspielte die vollen Lippen über dem gestutzten Ziegenbart, als hätte er gerade eine ironische Bemerkung gemacht. Der Mann sah sie schweigend an. Nicht unfreundlich, eher abwartend. Ihr schwindelte, und ihr Körper war seltsam gefühllos, als hätte sie jemand mit Valium vollgepumpt. Die Ereignisse des gestrigen Tages rückten ihr bruchstückhaft ins Bewusstsein: Sie waren aus dem Loch geholt worden, sie und ein anderes Mädchen. Ein Mädchen, das geschrien hatte. Ein Mädchen, das geschlagen worden war. Dann war irgendwas mit einem Auto gewesen. Kilometer um Kilometer waren sie gefahren. Sie erinnerte sich an das Licht der Straßenlaternen, die ihr wie leuchtende Engel erschienen waren. Sie schaute an sich hinunter. Sie trug eine Jogginghose und ein hellrotes T-Shirt, das mindestens drei Nummern zu groß war. Es roch nach einem fremden Parfüm. Nach fremdem Schweiß. Sie blickte sich in dem kleinen Zimmer um. Das verblichene Muster der grünen Tapete erinnerte sie an die Tapete ihrer Großmutter in

Daugai. Masja hatte keine Ahnung, wo in aller Welt sie war. Ihr Hals war trocken, sie schluckte ein paarmal. Der Mann deutete auf den Nachttisch, auf dem ein Glas und eine Kanne Wasser standen. Sie streckte die Hand nach dem Glas aus und trank begierig. Schenkte sich ein weiteres ein und leerte es in einem Zug. Dann trocknete sie sich mit dem Handrücken den Mund ab. »Wer bist du? Wo bin ich?«

Der Mann antwortete nicht, sondern sah sie mit diesem verhaltenen Lächeln unverwandt an.

»Antworte mir!«, rief sie heiser.

Der Mann strich sich durch seinen Spitzbart und zwirbelte ihn ein wenig. Sie bemerkte den großen goldenen Siegelring an seinem kleinen Finger. Darin war ein roter Stein, der sie anglotzte wie ein böses Auge.

»Glaubst du, ich habe Angst vor dir?« Sie richtete sich in dem Bett auf, versuchte, sich hart zu machen. »Warte nur, bis ich hier raus bin und die Polizei alarmiere.«

Der Mann beugte sich vor und ließ den Stuhl auf seinen vier Beinen ruhen. »Es gibt niemanden, der dich festhält, *Masja*«, sagte er mit einem gedehnten slawischen Akzent. »Du kannst gehen, wann immer du willst.« Er zeigte zur Tür. »Du kannst gerne die Polizei alarmieren. Aber ich verstehe nicht recht, was du von denen willst.«

»*Euch* anzeigen.«

Der Mann kehrte die Handflächen nach oben. »Dann viel Glück. Haben sie dir früher schon mal geholfen, Masja? Mir haben sie nie geholfen. Hast *du* ein gutes Verhältnis zu ihnen?«

Sie wandte den Kopf ab. »Woher kennst du meinen Namen? Von Igor, dem Dreckskerl?«

»Dein Name steht in deinem Pass«, antwortete er und klopfte sich auf die Jackentasche, als wäre er dort drin. »Hat mir Igor, der *Dreckskerl*, gegeben«, fügte er lächelnd hinzu.

»Ich will ihn sofort zurück, genau wie meine Kleider, meine Tasche und mein Geld – du holst jetzt alles, auf der Stelle.« Sie wollte aufstehen, doch in ihrem Kopf drehte sich alles. Sie blickte auf die Wasserkanne, vielleicht hatte er etwas hineingetan. »Wer bist du?«

»Du stellst ziemlich viele Fragen, lass mich ein paar davon beantworten. Mein Name ist Slavros. Ich habe dich aus einer sehr unangenehmen Situation gerettet. Dich vor abscheulichen Menschen beschützt, die weder Manieren noch Anstand haben.« Er legte den Kopf auf die Seite. »Man misshandelt Frauen nicht, schon gar nicht, wenn sie so hübsch sind wie du.«

»Und wo bin ich jetzt?«

»Bei mir«, antwortete er, ohne dies zu präzisieren.

»Und du lässt mich einfach so gehen?«

Er breitete lächelnd die Arme aus. »Natürlich ... wann immer du willst. Aber das ändert nichts an der Situation.«

»An welcher Situation?«

»Dass du Schulden bei mir hast.«

Sie schnaubte verächtlich. »Abgesehen davon, dass du meinen Pass und mein Geld hast, haben wir überhaupt nichts miteinander zu tun. Igor hat Schulden bei dir, nicht ich. Warum wendest du dich nicht an ihn?«

Slavros rieb seine Handflächen gegeneinander. »Die Situation hat sich geändert. Dein lieber Igor, der nicht viel besser als das Schwein Lucian ist, hat dich verkauft, um seine Spielschulden von 40.000 Euro zu begleichen. Das mag sich zwar ungerecht anhören, aber damit ist Igor seine Schulden los. Ich hab dich für die Hälfte der Summe freigekauft. Ein guter Deal für alle Beteiligten, wenn man an den großen Betrag denkt, um den es anfangs ging. Egal, ob du jetzt aus dieser Tür gehst oder nicht, ob du die Bullen verständigst, ob du um die halbe Erde oder zum Mond fliegst«, sagte er und zeigte zur Decke, »so ändert das nichts daran, dass du mir 20.000 Euro schuldest. 20.000, über die wir eine Abmachung treffen müssen.«

»Aber Igor hat doch ...«

»Vergiss Igor.« Slavros sah sie kühl an. »Igor ist nicht mehr wichtig. Der ist aus dem Spiel. Du musst jetzt an dich denken, Masja. Musst deine eigenen Möglichkeiten ins Auge fassen. Du solltest dir neue Verbündete suchen. Leute, die es gut mit dir meinen und dich beschützen wollen. Und glaub mir, du hast diesen Schutz dringend nötig.«

»Und ich gehe einmal davon aus, dass du es bist, der mich beschützen will.«

Er holte tief Luft. »Ich kann die Schulden natürlich auch wieder auf Lucian oder auf andere übertragen, die noch schlimmer sind als er. Die dich an Orte bringen, die du dir nicht vorstellen kannst. Gegen die die Werkstatt, in der ich dich gefunden habe, ein Palast ist. Ich kann dich Menschen überlassen, mit denen verglichen Lucian und seine Freunde Heilige sind.« Slavros sah sie betrübt an. »Aber das wünsche ich dir nicht. Du hast schon genug gelitten. Ich will dir helfen, aus dieser Sache rauszukommen. Aber dazu musst du kooperativ sein. Du musst deinen Kopf benutzen, verstehst du?«

»Was willst du, dass ich tue?«

»Das, worin du gut bist. Das, womit du bisher dein Geld verdient hast.«

Sie schaute auf das Laken.

»Das muss dir nicht peinlich sein. In dieser Welt gibt es nur zwei Typen von Menschen – die Überlebenskünstler und die Opfer. Die Kämpfer und die armen Schlucker. Sieh mir in die Augen, Masja.«

Ihr Blick wanderte zu ihm. Er schaute sie durchdringend an. »Wir beide sind aus demselben Holz geschnitzt. Wir tun das, was nötig ist, um zu überleben. Du hast deine Wahl vor langer Zeit getroffen. Du wolltest was aus deinem Leben machen, wolltest dich nicht vorschnell zufriedengeben. Du wolltest nicht arm sterben.« Er runzelte seine kräftigen Brauen. »Das mit Igor, mit Lucian und seinen Freunden ist nur ein kleiner Rückschlag, aber der kann dich nicht aufhalten. Der kann dich nicht von deinem großen Plan abbringen.«

Sie schüttelte den Kopf und kämpfte gegen die Tränen an. »Du weißt nicht, was sie getan haben ...«

»Ebenso wenig wie du weißt, was ich durchgemacht habe. Mein Körper ist voller Narben. Sie stammen aus den Kriegen in Tschetschenien, auf dem Balkan und hier. Wir gehören zu den Überlebenskünstlern, Masja. Und wir tun, was nötig ist, um unser Ziel zu erreichen.«

»Und wie sieht der Plan aus? Was ist das Ziel?«, fragte sie und starrte in die Luft.

»Es ist das gleiche Ziel, dem alle Menschen hinterherjagen ... möglichst viel Geld zu haben, denn Geld bedeutet Freiheit. Die Freiheit, über sein eigenes Leben zu bestimmen. Nicht mehr und nicht weniger.«

Er steckte die Hand in die Jackentasche, und für einen kurzen naiven Augenblick glaubte sie, er wollte ihr ihren Pass zurückgeben, doch stattdessen reichte er ihr ein Heft und einen Kugelschreiber. »Ich bin kein Monster, ich bin Geschäftsmann. Und ich will, dass du genauso denkst. Dass du dich als erfolgreiche Geschäftsfrau siehst. Ich vermute, dass du nicht viel auf der hohen Kante hast, vielleicht ein paar Tausend, der Rest geht für den üblichen Scheißdreck drauf. Für Gucci und Prada. Ab sofort sollst du sparen, dir Ziele setzen im Leben.«

»Ich hatte ein Ziel, bis das hier passiert ist.«

Er schüttelte den Kopf. »Nein, du hattest Träume, das ist etwas anderes. Jeder Idiot kann träumen, doch die wenigsten können dafür sorgen, dass ihre Träume auch in Erfüllung gehen. Ich will, dass du genau Buch führst. Ich nenne dir die Preise, und du bist für die Buchführung verantwortlich. Du bist ein hübsches Mädchen, Masja. Du bist jung. Du bist kostbar. In meinem Club, in meiner Welt ist das das Einzige, was zählt.«

»In deinem Club?«

»Dort wirst du arbeiten. Es ist ein Club der gehobenen Klasse. Gute Kunden. Hohe Sicherheitsstandards. Niemand will dir schaden. Wir sind eine große Familie, in der alle aufeinander aufpassen.« Er blickte auf seine gefalteten Hände und nickte. »Genauso ist es.«

»Wie lange?«

»Wie meinst du das?«

»Wie lange soll ich dort arbeiten?«

Er warf ihr einen nüchternen Blick zu. »Geh von einem Jahr aus, vielleicht etwas kürzer, vielleicht etwas länger. Abgesehen von den zwanzigtausend schuldest du mir das Geld für die täglichen Ausgaben. Nichts gibt's umsonst, verstehst du?« Er zeigte auf das kleine Notizheft. »Schreib alles sorgfältig auf, damit du siehst, wann wir quitt sind. Danach einigen wir uns darauf, wie es weitergehen soll. Ich will dir helfen, Masja, glaub mir. Du sollst frei sein und ein gutes Leben haben.«

Er stand auf und streckte ihr die Hand entgegen. Es wirkte verkehrt, doch schließlich ergriff Masja sie. Die Hand fühlte sich hart und sehnig an. Sie folgte ihm mit den Augen zur Tür. Draußen auf dem Gang stand ein junger Mann und wartete auf ihn. Einer von Slavros Männern. Typischer Yugo-Gangster, dachte sie. Glatze, schwarze Windjacke, Springerstiefel. Die Tür wurde geschlossen. Ganz gleich, was Slavros gesagt und wie er alles dargestellt hatte, sie war hier eingesperrt, genau wie in der schmuddeligen Werkstatt. Sie krümmte sich auf dem Bett zusammen und zog die Beine unter sich. Dann begann sie zu weinen.

11

Christianshavn, 2013

F-5. Die Taste der alten Jukebox leuchtete auf. Thomas fand ein Fünf-Kronen-Stück in seiner Tasche, während Daryl Hall die letzte Strophe sang. Da er zu betrunken war, um den Abstand zum Münzschlitz richtig einzuschätzen, fiel die Münze daneben und landete klirrend auf dem Boden. Er schwankte und musste sich an der Jukebox festhalten, während er nach dem Geldstück vor seinen Füßen tastete. Schließlich gelang es ihm, es aufzuheben.

»Ravn, wenn du die Nummer noch ein einziges Mal abspielst, entferne ich sie für immer aus der Playlist.«

Thomas drehte sich zu Johnson um, der hinter der Theke ein paar Biergläser ins Regal zurückstellte.

»Wie meinst du das?«, lallte Thomas.

»Ist das so schwer zu verstehen?«

Thomas machte eine ausladende Handbewegung und hätte fast das Gleichgewicht verloren. »Ist doch niemand mehr da außer uns beiden, verdammt.«

»Genau, und ich hab keine Lust, mir noch mal diesen Song anzuhören. Mach was anderes an, oder geh nach Hause.«

»Ich versuche nur, dieser Kneipe eine gewisse Klasse zu geben.«

»Dann solltest du's mal mit einer Dusche probieren.«

Thomas ließ erneut sein Fünf-Kronen-Stück fallen, gab

sich aber keine Mühe mehr, es zu suchen. Er schlurfte zu seinem Barhocker. »Noch ein Set, wenn ich bitten darf.«

Johnson griff nach der Jim-Beam-Flasche. »Das ist die letzte Runde, *comprende?*«

»Du klingst schon fast wie Eduardo.«

Als Thomas sehr viel später zu seiner Wohnung kam, blieb er stehen und blickte zu dem hell erleuchteten Wohnzimmer hinauf. Der Regen war stärker geworden, die Tropfen trafen ihn hart im Gesicht. Blinzelnd trocknete er seinen Bart ab und strich seine halb langen Haare zurück. Er betrachtete eine Weile das Fenster, ehe er sich auf die nassen Stufen vor der Haustür setzte. Seine Kleider waren völlig durchnässt, der Regen störte ihn schon lange nicht mehr. In der Hoffnung, sein Handy zu finden, klopfte er die Taschen seiner dünnen Jacke ab. Schließlich fand er es in seiner Hosentasche und rief bei sich zu Hause an. Es dauerte einen Augenblick, ehe der Anrufbeantworter ansprang. Evas Stimme, melodisch und entschieden zugleich. Der klassische Text: *... wir sind im Moment nicht zu Hause ... hinterlassen Sie bitte eine Nachricht ...*

Noch lange, nachdem der Piepton verklungen war, hielt er sein Handy in der Hand. Schweigend lauschte er seinem eigenen Atem. Dann legte er den Kopf in den Nacken und spähte zu der Wohnung hoch. Das Licht im Wohnzimmer, das zur Straße hinausging, brannte immer noch. Nach ein paar Minuten signalisierte ihm ein Klicken in der Leitung, dass der Anrufbeantworter sich abgeschaltet hatte. Er steckte das Handy wieder in die Tasche, stand auf und stapfte zu seinem Boot.

Als er die Tür zur Kajüte öffnete, sprang Møffe vom Sofa und kam laut schmatzend auf ihn zu, wobei er mit dem ganzen Hinterteil wedelte. Thomas tätschelte ihm den Hals, während er sich in der Kajüte umsah. Er hörte den Regen, der ungehindert durch die Luke über seinem Bett platschte. Die Matratze musste inzwischen klatschnass sein. Er würde auf dem Sofa schlafen müssen. Als er zu seinem Bett ging, um die Pizzakartons und die leeren Bierflaschen zu entfernen, sah er, dass Møffe sich mitten auf der Matratze verewigt hatte.

»Verdammt, Møffe …!«, rief er, während er nach etwas zum Saubermachen suchte. Der Hund ließ sich seufzend auf seiner Decke unter dem Steuer nieder. Kurz darauf gab Thomas den Versuch auf, im Dunkeln etwas Papier zu finden. Stattdessen schnappte er sich die halb volle Flasche Arnbitter vom Küchentisch und setzte sich auf den weißen Plastikstuhl, der auf dem Achterdeck an der Reling stand. Schon bald kam Møffe angeschlichen, legte sich neben seine Beine und begann zu fiepen. Der Hund starrte ihn mit seinem leichten Silberblick und dem markanten Unterbiss an.

»Mann, bist du hässlich«, brummte Thomas und wuchtete das übergewichtige Tier auf seinen Schoß. Er trank aus der Flasche. Als sie leer war, stellte er sie auf das Deck und vergrub seinen Kopf im nassen Fell des Hundes. Um ihn her erwachte die Stadt allmählich zu einem neuen Tag.

* * *

»Ravnsholdt … Thomas Ravnsholdt!«

Widerstrebend öffnete Thomas die Augen. Irgendjemand auf dem Kai rief seinen Namen. Es war inzwischen hell geworden und der Regen einer grauen Decke gewichen, die sich über den Kanal gelegt hatte. Seine Glieder schmerzten von den vielen Stunden auf dem unbequemen Plastikstuhl.

»Ravnsholdt!«, hörte er es erneut.

Thomas drehte sich auf dem Stuhl um und riskierte einen Blick. Hoch über ihm auf dem Kai stand der Kaimeister Preben Larsen. Preben war ein klein gewachsener Mann in den

Fünfzigern mit einem kugelrunden Gesicht. Man erkannte ihn leicht an seiner speckigen Jeans, den schmucklosen Clogs und der alten blauen Windjacke mit dem Burmester&Wain-Logo, die er zu jeder Jahreszeit trug.

Thomas lächelte gequält und erbot Preben einen stummen Gruß.

Er sah, wie dieser zu einer Suada ansetzte, deren Wortlaut ihm allzu bekannt war. »Du bist mit deinen Zahlungen immer noch im Rückstand, Ravnsholdt. So geht das nicht weiter.«

»Ich werd heute zahlen. Entschuldige meine Vergesslichkeit. Ich hatte in letzter Zeit viel um die Ohren«, entgegnete er und kehrte entschuldigend die Handflächen nach oben.

Preben verschränkte die Arme und musterte stirnrunzelnd das Boot. »Wir versuchen das hier zu einer attraktiven Gegend zu machen. Du musst endlich was gegen diese Unordnung unternehmen.«

»Wer ist *wir*?«

»Außerdem sind mir Klagen zu Ohren gekommen, dass du dich in den Kanal erleichterst. Das ist nicht erlaubt.«

»Wer hat sich beklagt?«

»Und du sorgst jedes Mal für einen Kurzschluss, wenn du dir Landstrom holen willst.« Er zeigte auf den Elektrokasten am Kai. »Das ist den anderen Bootsbesitzern nicht länger zuzumuten.«

»Ich werd mich drum kümmern.« Thomas erhob sich auf wackligen Beinen. Der gestrige Abend steckte ihm immer noch in den Knochen, und der Kater würde ihn später garantiert mit voller Wucht erwischen.

»Außerdem verlierst du Öl.« Preben zeigte eifrig auf den öligen Film, der sich nahe des Achterdecks auf dem Wasser gebildet hatte. »Dein Boot ist eine schwimmende Umweltkatastrophe.«

»Ich weiß, dass die Bianca schon bessere Tage gesehen hat, aber ich werde sie wieder auf Vordermann bringen, sobald ich … sobald …«

Der Kater meldete sich zu Wort, sodass er nicht mehr wusste, was er sagen wollte. »Ein bisschen neue Farbe …«, fügte er lahm hinzu.

»Mit ein bisschen Farbe ist es nicht getan. Der Kahn säuft doch bald ab. Er ist eine Gefahr für den Hafen, für die Touristen«, er wies mit dem Kopf auf eins der Touristenboote, das gerade vorbeischipperte, »und für uns andere.«

»Was heißt hier absaufen?«, wehrte sich Thomas und trat einen Schritt vor. »Das ist eine Grand Banks, eins der robustesten und renommiertesten Boote, die je gebaut wurden. Aus burmesischem Holz … in Burma gebaut!«

Preben atmete tief durch. »Herrgott, Ravnsholdt! Ich will hier nicht das Arschloch spielen, aber wenn du die Probleme nicht bald in den Griff kriegst und deine Gebühren nicht rechtzeitig zahlst, dann bleibt mir nichts anderes übrig, als dein Boot abschleppen zu lassen.« Er blickte auf seine Clogs. »Natürlich kenne ich … deine Situation. Ich gebe dir also ein paar Tage Zeit.«

»Meine … Situation?« Thomas kniff die Augen zusammen. »Hör zu, Preben, ich geb dir das Geld jetzt gleich.« Er griff in seine Hosentasche und zog ein paar Hundertkronenscheine heraus. »Wie viel kriegst du?«

»Ich nehme kein Bargeld an. Du hast eine Rechnung mit Überweisungsträger bekommen. Ich schlage vor, dass du den benutzt.«

Thomas stopfte die Scheine in die Tasche zurück, dann kehrte er Preben den Rücken zu und setzte sich wieder auf den Stuhl. Kurz darauf hörte er das Klacken von Prebens Holzschuhen auf dem Kopfsteinpflaster.

Thomas ließ seinen Blick über den Kanal schweifen. Es

war eine Scheißsituation. Er musste unbedingt die Gebühren bezahlen. Preben war niemand, der leere Drohungen ausstieß; anderen Bootsbesitzern war wegen weitaus geringfügigerer Vergehen gekündigt worden. Wenn er die Bianca und seinen Liegeplatz am Kanal verlor, blieb ihm nicht mehr viel.

Vor zwölf Jahren hatte er die Bianca für 450.000 Kronen einem alten Säufer namens Volmer abgekauft. Um sie sich leisten zu können, hatte er ein riesiges Darlehen auf seine Wohnung aufgenommen, das er immer noch abbezahlte. Volmer, der sich schon vor Jahren totgesoffen hatte, war in Christianshavn eine Institution gewesen. Wenn er nicht im Havodderen oder einer der anderen Kneipen am Kanal gesessen hatte, war er die Flüsse ganz Europas rauf- und runtergeschippert. Mehrmals war er bis ins Mittelmeer gesegelt und hatte in einem der dortigen Häfen überwintert. Thomas hatte eigentlich geplant, es ihm gleichzutun und einen langen Urlaub zu nehmen, um so exotische Orte wie Gibraltar, Korsika und Piräus anzusteuern. Er hatte davon geträumt, in einsamen Buchten zu ankern und unter funkelnden Sternen zu schlafen. Doch es war bei dem Traum geblieben. Seine Arbeit als Polizist hatte ihn ständig in Atem gehalten, und die Bianca hatte darunter gelitten, dass er zu wenig Zeit gehabt hatte, um das Boot in Schuss zu halten. Dennoch hatte er – sowohl im Øresund als auch auf dem Kanal – viele schöne Stunden an Bord verbracht. Gemeinsam mit Eva.

Er musste in seine Wohnung und nach der verdammten Rechnung suchen.

12

Mälarhöjden, Oktober 1979

Lena versuchte, ihr Lachen am Telefon zu unterdrücken. Ihre vollen roten Lippen berührten den Hörer und hinterließen einen feinen Abdruck auf dem schwarzen Bakelit. Sie war im Juni zweiunddreißig geworden, und das kostbare diamantenbesetzte Tennisarmband, das ihr Bertil aus diesem Anlass geschenkt hatte, funkelte an ihrem linken Handgelenk. Sie trug ein enges mintgrünes Kleid, das ihre Oberschenkel zur Hälfte bedeckte und ihren blassen Teint noch hervorhob. Während sie sprach, strich sie sich ein ums andere Mal durch ihre blonden auftoupierten Haare. »Nein, lass mich ...« sagte sie mit gekünstelter Stimme und lächelte in sich hinein. »Nein, ich kann es jetzt nicht sagen, weil ... du weißt schon.« Sie wickelte das Kabel um einen Finger. »Nein, Bertil ist nicht da, aber ...« Sie beugte sich auf der Chaiselongue vor und blickte durch die beiden Wohnzimmer, die direkt hintereinander lagen, zum anderen Ende, wo der Fernseher lief. »Aber Erik ist da«, fügte sie mit gedämpfter Stimme hinzu.

Erik saß auf dem Perserteppich vor dem großen Fernseher aus Palisanderholz und sah sich die Schwarz-Weiß-Westernserie an, die jeden Sonntagnachmittag ausgestrahlt wurde. Woche für Woche zog Hopalong Cassidy auf seinem treuen Schimmel Topper aus, um hilfsbedürftige Siedler gegen wilde Indianer und blutdürstige Banditen zu verteidigen. Die Serie stammte aus den 50er-Jahren und war so stereotyp, dass Erik keine Mühe hatte, der Handlung zu folgen, obgleich sie auf Englisch war. Er besaß den gleichen glänzenden Colt wie sein Held und hütete ihn wie seinen Augapfel.

Erik tauchte einen Roggenkeks in den Becher mit warmer Milch, der vor ihm auf dem Boden stand. Es war ein schönes Gefühl, wenn sich der warme, weiche Keks allmählich im Mund auflöste, ohne dass man kauen musste. Am anderen Ende des Wohnbereichs lachte seine Mutter so ausgelassen, dass er am liebsten lauter gestellt hätte. Doch er wusste genau, dass sie dann rufen würde, er solle nicht so einen Krach machen, was ihn noch mehr genervt hätte. Dass Hopalong Cassidy bereits den Viehdieb Buck – der Erik an Johan Edel erinnerte – gefangen hatte, war zudem ein untrügliches Zeichen dafür, dass die heutige Folge fast zu Ende war, und er wollte die letzten Minuten ungestört genießen.

In diesem Moment ging die Wohnzimmertür auf, und sein Vater kam herein. Er trug eine dunkle Lederschürze, die sein weißes Hemd und seine graue Flanellhose schützte. Erik hatte diese Schürze noch nie gesehen und fragte sich, was sein Vater vorhatte.

»Was schaust du dir denn da an?«, fragte Bertil, während er zu dem großen offenen Kamin ging.

»Hopalong Cassidy«, murmelte Erik und wandte sich wieder der Mattscheibe zu.

Bertil nahm das Kaminbesteck und stocherte in der Asche.

»Ich gehe davon aus, dass er überlebt.«

»Klar tut er das.«

»Warum siehst du dir den Film dann an, wenn du schon vorher weißt, wie er ausgeht?«

Erik antwortete nicht. Der Kommentar seines Vaters

ärgerte ihn noch mehr als das Lachen seiner Mutter, und gleich war die heutige Folge zu Ende.

»Warum siehst du ihn dir dann an?«, wiederholte sein Vater und hängte den Schürhaken wieder an seinen Platz.

»Weil er spannend ist«, antwortete Erik – genervt davon, ständig unterbrochen zu werden. Auf dem Bildschirm schloss Hopalong Cassidy die Zellentür ab, und Buck ließ sich schwerfällig auf die Pritsche sinken.

Bertil stellte sich hinter Erik. »Wenn du mit mir kommst, zeige ich dir etwas, das viel spannender ist als dieser alte Cowboyfilm.«

»Kann ich ihn nicht erst fertig gucken?«

»Bertil?«, hörten sie Lena fragen, die zu ihnen herüberblickte.

»Ja, ich bin's«, antwortete Bertil. Er sah, dass sie den Telefonhörer gegen die Brust drückte. »Mit wem sprichst du da, Liebling?«

»Äh, was?« Sie schaute ihn verwirrt an, als hätte sie vergessen, dass er sie von seinem Platz aus sehen konnte. »Mit ... mit meiner Mutter. Ich rede mit Mama.«

»Grüß sie von mir.«

Sie entgegnete nichts, sondern zog sich auf die Chaiselongue zurück und verschwand aus seinem Blickfeld.

Bertil schaltete den Fernseher aus. Erik wollte protestieren, doch die ausgestreckte Hand seines Vaters hielt ihn zurück. »Komm«, sagte er, »ich will dir was im Keller zeigen.«

»Im Keller?« Erik stand auf.

Bertil nickte. »Ich denke, es ist an der Zeit.«

Erik schaute ihn überrascht an. Der Keller war bis jetzt tabu gewesen. Verbotenes Terrain hinter einer verschlossenen Tür. Ein heiliger Ort, an den sich sein Vater an seinen freien Abenden zurückzog, um bis spät in die Nacht dort zu bleiben.

Er hatte stets von seinem Rückzugsort gesprochen, ohne zu erklären, was er dort unten eigentlich machte. Erik hatte auch nie gehört, dass seine Mutter danach gefragt oder sich darüber beschwert hatte, dass er so viel Zeit im Keller verbrachte. Was eigentlich seltsam war, da sie ihn ansonsten fast permanent kritisierte.

Die morschen Stufen knarrten unter Eriks Füßen, während er langsam die steile Treppe hinabstieg, die in den Keller führte. Als er hörte, wie sein Vater von innen den Riegel vorschob, beschleunigte sich sein Herzschlag. Es war sehr dunkel und roch nach einer fremdartigen chemischen Substanz, als wäre den Reinigungsmitteln seiner Mutter der schwere süßliche Geruch zugesetzt worden, der bei G. *Nilsson Liv* vorherrschte – Stockholms bestem Schlachter, bei dem sie am Samstagvormittag immer einkauften. Erik zögerte kurz und drehte sich zu seinem Vater um, der auf der Treppe direkt hinter ihm ging.

»Geh schon, Erik, worauf wartest du?«

Erik antwortete nicht, sondern setzte seinen Weg langsam fort. Als sie ganz unten in dem finsteren Keller waren, starrte ihn der leuchtende Lichtschalter an der Wand an wie ein böses Auge. »Was wollen wir hier?«

»Komm jetzt«, drängte sein Vater.

»Soll ich Licht machen?«

»Das wäre eine gute Idee«, antwortete Bertil ungeduldig und nahm die letzte Stufe.

Erik drückte auf den Schalter. Die Neonröhren an der Decke flackerten auf. Erik blinzelte, geblendet von dem hellen Licht, das die Dunkelheit ablöste.

»Ich wollte das schon lange mit dir teilen«, hörte er die Stimme seines Vaters im fluoreszierenden Licht. »Wenn du alt genug sein würdest, um es schätzen zu können.«

Erik ließ seinen Blick durch den länglichen Raum schweifen. Was er sah, beunruhigte und faszinierte ihn gleichermaßen. Er wagte sich zwei, drei Schritte weiter vor.

Auf zahlreichen Podesten aus dunklem Holz waren ausgestopfte Tiere zu sehen, umgeben von Gras und Blättern, als wären sie immer noch im Wald. »Deine Mutter will sie nicht oben im Wohnzimmer haben, aber hier unten machen sie sich auch ganz gut, findest du nicht?«

Erik antwortete nicht. Er hatte ein kastanienbraunes Eichhörnchen entdeckt, das auf einem knorrigen Ast saß und an einer Haselnuss knabberte, die zwischen seinen Vorderbeinen klemmte. Das Eichhörnchen wirkte so lebendig, dass Erik unwillkürlich die Luft anhielt, um es nicht zu erschrecken.

Wie gebannt schritt er an der Reihe der leblosen Tiere entlang: Rebhühner, die sich im Schilf versteckten; ein Hase auf der Flucht; ein Dachs am Eingang zu seinem Bau, den er mit gefletschten Zähnen verteidigte; ein Mäusebussard, der seine Flügel ausbreitete und mit einer Maus in den Krallen davonfliegen wollte. All diese Szenen waren wie eingefrorene Augenblicke, die etwas zu erzählen schienen und Details offenbarten, die einem in freier Natur entgingen.

Erik ging weiter und erblickte noch eigentümlichere Tableaus. Tiere, die er nie zuvor gesehen hatte. Einen schwarzen Raben mit dem Kopf eines Marders; einen Dachs mit vierendigem Geweih; eine Eule mit dem Rumpf eines Hasen sowie eine schwarze Natter mit Taubenflügeln und Rattenfüßen. »Wo ... wo hast du die her?«, fragte Erik verdattert.

»Die mache ich selbst.«

Erik drehte sich zu ihm um, um sich zu vergewissern, dass sein Vater ihn nicht zum Narren hielt. »Nein, im Ernst ...«

»Die habe ich im Ernst alle selbst angefertigt. Das bezeichnet man als Taxidermie, ein sehr spannendes Hobby. Komm«, sagte er und führte Erik zu einem Arbeitstisch, der an der hinteren Wand stand. Darauf befanden sich verschiedene Werkzeuge, Behälter mit farbigen Flüssigkeiten sowie hohe Gläser mit feinen Marderhaarpinseln, die im Licht der Neonröhren schimmerten. Auf den Regalbrettern über dem Tisch lagen gegerbte Häute und eine ganze Reihe bleicher Geweihe. Es war ein magischer Ort.

»Erkennst du es?«, fragte Bertil und zeigte auf das weiche Fuchsfell, das auf dem Tisch lag.

»Nein, woher ist das?«

»Das ist von dem Fuchs, den Johan geschossen hat. Ich kaufe meistens die Beute der anderen Jäger auf – das, was sie selbst nicht haben wollen.

»Aber wie geht das? Wie kannst du sie wieder lebendig machen? Das ist doch nur ein totes Stück Fell.«

Bertil bückte sich und zog lachend die mittlere Schublade des Arbeitstischs auf. Heraus nahm er ein paar nackte gelbliche Korpusse aus Wachs, die er auf den Tisch stellte. Beide waren wie Fuchskörper geformt, der eine in sitzender Haltung, der andere stehend und mit offenem Mund. Durch ihre glatte, muskulöse Oberfläche wirkten die Korpusse wie lebende Tiere, denen man soeben die Haut abgezogen hatte. »Wenn man die Felle gegerbt hat, befestigt man sie auf diesen Dingern. Das erfordert eine große Genauigkeit.« Er nahm einen kleinen Werkzeugkasten aus dem Regal und holte einen Messschieber heraus. »Das ist unser wichtigstes Werkzeug. Man braucht eine sichere Hand, um einen realistischen Eindruck zu schaffen.«

Erik betrachtete die glänzenden Werkzeuge in der Holzkiste und strich mit den Fingern über ihr kühles Metall. Er musste daran denken, was sein Vater ihm auf der Heimfahrt von der Jagd gesagt hatte. Dass es viele Arten gab, ein

Tier einzufangen. Man konnte es mit einer gut platzierten Kugel erlegen oder mit den Scheinwerfern eines Autos blenden. Und nun hatte ihm sein Vater noch eine Methode gezeigt, mit der verglichen die Zurschaustellung der toten Tiere nach der Jagd, die er zuvor bewundert hatte, vulgär und abstoßend wirkte.

»Damit musst du sehr aufpassen!«, sagte sein Vater und nahm ihm die große Kanüle ab, die Erik aus dem Kasten genommen hatte. Bertil legte sie in sicherem Abstand zu seinem Sohn auf den Tisch. »Das ist kein Spielzeug.«

»Entschuldigung, ich wusste nicht, dass das gefährlich ist.«

»Gefährlicher als das schärfste Skalpell. Die Kanüle ist mit Salzsäure gefüllt.«

»Wozu braucht man die?«

»Um das Hirn aus dem Schädel zu ätzen«, antwortete Bertil, um seinen Sohn zu erschrecken. Doch Erik ließ sich nicht erschrecken. Dazu war seine Faszination zu groß.

»Kannst du mir das beibringen, Papa?«

»Vielleicht«, antwortete Bertil und zuckte die Schultern. »Oder anders ausgedrückt: Ich kann dir das Handwerk beibringen, aber das ist nur der halbe Weg ...«

»Wie meinst du das?«

»Ein tüchtiger Präparator, auch wenn er nur ein Amateur ist, muss wie jeder Künstler in der Lage sein, etwas zu gestalten. Er braucht das Gespür für den richtigen Augenblick, muss das Leben dort festhalten können, wo es am unmittelbarsten zum Ausdruck kommt.«

Erik nickte stumm. Es fiel ihm immer noch schwer, sich vorzustellen, dass sein eigener Vater all diese Kreaturen im Keller erschaffen hatte – sein Vater, der von anderen ausgelacht und von seiner Frau ständig kritisiert wurde, der abends mürrisch und verschlossen von der Arbeit zurückkehrte. Es war kaum zu begreifen, dass er all das konnte, was auch Erik unbedingt lernen wollte.

»Es reicht ja nicht aus, Reineke Fuchs das Fell abzuziehen und auf eine vorgefertigte Form zu kleben«, fuhr Bertil fort, nahm den Fuchs an den Vorderbeinen und hob ihn ein wenig an. »Man muss sich den Fuchs in seinem besten Moment vorstellen, der ihn in seiner ganzen Schönheit zeigt. Den Augenblick, in dem er glücklich war, falls ein Fuchs so etwas wie Glück empfinden kann.« Er ließ die Beine des Fuchses los, die schlaff auf die Tischplatte fielen. »Was meinst du, Erik, wie wollen wir diesen Fuchs wiederauferstehen lassen?«

Erik schüttelte den Kopf. »Ich ... ich weiß nicht.«

»Denk gut nach. Was war der beste Augenblick des Fuchses?«

»Ich weiß es wirklich nicht. Ich habe noch nicht so viele Füchse gesehen, nur tote oder welche auf der Flucht.«

»Kein sehr stolzer Augenblick, was?« Sein Vater hob die Brauen.

Erik senkte den Blick. Er ärgerte sich, dass ihm nichts einfiel. Dass er seinem Vater nichts sagen konnte, das diesen mit Stolz erfüllte und Erik ungehinderten Zugang zum Keller ermöglichte, zu all den Tieren und herrlichen Werkzeugen, gegen die er bedenkenlos all sein Spielzeug eingetauscht hätte.

»Vielleicht auf der Jagd?«, kam ihm sein Vater zur Hilfe. »Flach auf dem Bauch, einen Fasan beobachtend, während ihm das Wasser im Mund zusammenläuft und der Blutdurst in seinen Augen funkelt?« Er zog einen weiteren Korpus hervor – in geduckter Position, mit gesenktem Kopf.

Erik nickte rasch.

»Oder sollen wir ihn lieber in aller Ruhe aus einem Bach trinken lassen?«, fragte Bertil, »in den ersten Strahlen der aufgehenden Sonne?«

»Das wäre auch schön.«

»Oder bei der Balz, den Rücken gespannt wie ein Bogen, mit hoch erhobenem Schwanz.« Bertil nahm den buschigen Schwanz und wedelte damit.

Erik lachte. »Ja, oder schlafend in seiner Höhle …« Die Worte sprudelten nur so aus ihm heraus, und er bereute bereits, sie gesagt zu haben.

Bertil nickte. »Auch keine schlechte Idee.«

»Nein?«

»Ein schlafender Fuchs? Immer auf der Lauer, selbst wenn er die Augen geschlossen hat. Ist es das, was du meinst?« Bertil zog einen weiteren Korpus aus der Schublade, einen mit einem zusammengerollten Körper. Bertil hob den Kopf des Korpusses leicht an, sodass er einen wachsamen Ausdruck bekam.

»Nein«, antwortete Erik und schob den Kopf wieder an seinen Platz. »So, als würde er tief schlafen und von all dem träumen, was er am Tag erlebt hat und morgen erleben wird.«

»Interessant. Wovon träumt der Fuchs noch?«

Erik senkte die Stimme. »Dass er in Sicherheit ist, tief unter der Erde, wo ihn niemand sehen oder hören kann. Wo er ganz er selbst sein kann und von allen in Ruhe gelassen wird.«

Sein Vater schaute ihn an. Erik wandte den Kopf ab.

»Es ist gut, dass ich dich in den Keller mitgenommen habe, Erik.« Er strich ihm sanft über die Haare. »Ich glaube, dass du Talent hast.«

»Wirklich?«

Sein Vater küsste ihn auf die Stirn. »Absolut.«

13

29. November 2010

> 29. November 2010. TAG 33. Noch über vierhundert. Ich bin
> Masja. Masja, 21 Jahre. Ich bin in der Hölle gelandet. Das ist
> mein Tagebuch, versteht ihr das. Nur für mich geschrieben. Ich
> weiß, dass ich keine Schriftstellerin bin. Ich weiß, dass dies
> nicht so gut wie »Die Tochter der Drachenhexe« wird. Doch ich
> schreibe, um das alles irgendwie aushalten zu können. Um zu
> überleben. Um mich daran zu erinnern, dass ich noch am Leben bin. Meine Mutter hat immer gesagt, dass ich einmal Lehrerin werden könnte. Und ich hab gefragt, warum ich mich für
> einen Hungerlohn mit den Gören anderer Leute abgeben sollte.
> Jetzt würde ich es gratis tun. Doch ich bin keine Lehrerin. Ich
> bin ein Nichts.

So hatte sie ihr Tagebuch begonnen. Wenige Tage, nachdem ihr Slavros das Notizheft gegeben und sie aufgefordert hatte, Buch zu führen. Hier hatte sie die Preise für die verschiedenen Dienstleistungen eingetragen. Nach dem ersten Tag in Slavros' Club brauchte sie nicht mehr auf die Preisliste zu schauen, ihr Körper erinnerte sich an jeden einzelnen Betrag. Wusste instinktiv, was jede Dienstleistung wert war.

Masja führte den Stier die Wendeltreppe mit dem dicken weinroten Teppich hinauf. Alle Gäste im Key Club wurden als Stiere bezeichnet, wie spärlich sie auch bestückt sein mochten. Ihre Hand verschwand in seiner großen Pranke, und sie spürte das kalte Gold seines Eherings an ihren Fingern. Aus der Bar im Erdgeschoss drang Joe Cockers »You can leave your hat on« zu ihnen herauf. Dazu tanzten die Mädchen an den Stangen. Der Stier war besoffen und stolperte über die oberste Stufe. Masja stützte ihn und schleppte ihn den schmalen Gang entlang, von dem die Zimmer des Key Club abgingen. Offiziell die Privaträume der Mitarbeiter, inoffiziell der größte Puff der Stadt. Das Striplokal war genauso heruntergekommen wie die Mädchen, die auf der Bühne tanzten. Eine schlüpfrige Geldmaschine, deren einziges Ziel es war, den Stieren in möglichst kurzer Zeit möglichst viel Geld aus der Tasche zu ziehen. Ganz gleich, ob sie sich an das lauwarme Bier hielten oder sich mit den Mädchen im Obergeschoss vergnügten. Die Klientel bestand aus einer bunten Mischung aus Handwerkern, Studenten und Geschäftsleuten sowie den fast obligatorischen Junggesellenabschieden. Selbst in den Broschüren der Touristeninformation wurde der Key Club als Stripbar bezeichnet, obwohl allgemein bekannt war, dass die Mädchen nicht nur zum Tanzen da waren. Alle wussten, dass hier *alle* Mädchen käuflich waren, dass es im Key Club keine Grenzen gab, sofern man Slavros und seinen Mitarbeitern die geforderte Summe zahlte.

Sie öffnete die Tür und zog den Stier in das kleine Zimmer. Hier ging sie ihrer Arbeit nach. Hier schlief sie. Hier verbrachte sie ihr ganzes Leben. Das Zimmer hatte kein Fenster, nur ein Bett, einen Kleiderschrank und einen kleinen Schminktisch. Es war noch kleiner als das Zimmer, das sie in der Wohnung ihrer Mutter in der Burmeistergade in Christianshavn bewohnt hatte. Masja hatte versucht, den ekelhaften Geruch der Matratze mit Parfüm zu überdecken, was ihn jedoch nur verstärkt hatte und das Zimmer wie ein Katzenklo stinken ließ. Dennoch hatte sie sich irgendwie an den Geruch der »Hochzeitssuite« – dem besten Zimmer des Etablissements – gewöhnt. Slavros hatte persönlich dafür gesorgt, dass Izabella, eines der dienstältesten Mädchen, in einen der hinteren Räume gezogen war, damit Masja in den Genuss dieser exklusiven Bleibe kam. Was nichts mit Freundlichkeit, sondern nur damit zu tun hatte, dass die Stiere die neuen Mädchen bevorzugten und Slavros versuchte, zumindest den Anschein einer gewissen Exklusivität zu wahren.

Masja stand nackt vor dem Stier und zog ihm das Hemd aus. Während sie seine Hose aufknöpfte, fummelten seine Hände an ihren Brüsten herum und tasteten nach ihrem Schoß. Als er fast vollständig nackt auf dem Bett saß und nur noch seine schwarzen Socken trug, begann er sie zu beschimpfen, nannte sie eine Schlampe und Schlimmeres. Kündigte all die perversen Dinge an, die er mit ihr tun würde – vor allem, um sich selbst aufzugeilen –, während sie eifrig versuchte, ihm zu einer Erektion zu verhelfen. Es gelang ihr so halbwegs. Sie schob ihn aufs Bett und setzte sich auf ihn. Nach ein paar Versuchen begann sie, ihn zu reiten. Der Stier fiel grunzend in ihren Rhythmus ein. Sie schaute auf ihn hinab. Er sah aus wie ein Leichenbestatter beziehungsweise wie die Karikatur eines Bestatters: bleich und aufgedunsen. Die buschigen schwarzen Augenbrauen standen in einem scharfen Kontrast zu seiner hohen Stirn und den dünnen Haaren, die ihm am Kopf klebten. In den ersten Tagen hatten alle Stiere so ausgesehen wie Igor. Igor in Dick, Igor in Alt, Igor als Pakistani, Igor als Sadist, doch im Laufe der Zeit hatten die Stiere seine Spuren ausradiert. Vielleicht verdrängte Masja sie auch willentlich. Ließ ihn hinter sich, wozu Slavros ihr geraten hatte. Sie stöhnte laut, weil sie wusste, dass die Stiere das mochten. Das Ergebnis blieb nicht aus, der Stier unter ihr bewegte sich jetzt schneller. Stieß obszöne Bemerkungen aus und fragte, ob sie schon jemals so einen großen Schwanz gesehen hätte.

»Nein, noch nie«, sagte sie und richtete ihren Blick auf die fleckige Tapete.

Er streckte seine Arme aus, seine Hände schlossen sich wie ein Schraubstock um ihren Hals. »Schau mich an, wenn ich dich ficke!«

»Stopp«, röchelte sie.

Er drückte so fest zu, dass sie keine Luft mehr bekam. Sie versuchte sich loszureißen, schlug nach seinen Unterarmen, doch er war zu stark. Sein Blick verhärtete sich, ein Lächeln umspielte seine schmalen Lippen. »Ja, so ist gut …«

Sie schnappte nach Luft, versuchte, ihm das Gesicht zu zerkratzen, kam aber nicht an ihn heran. Ihre schwache Gegenwehr erregte ihn umso mehr, trieb ihm die Schweißperlen auf die Oberlippe, brachte ihn zum Grinsen, brachte ihn dazu, sich noch heftiger in sie hineinzupressen. Ihr wurde schwarz vor Augen, der Sauerstoffstoffmangel ließ sie schwindeln. Sie glaubte, sterben zu müssen. Sein Brüllen dröhnte ihr dumpf in den Ohren. Speichel stob aus seinem Mund. Sie ließ ihn fertig werden, woraufhin sich seine Hände von ihrem Hals lösten. Masja fiel neben ihm auf das Bett und spürte seinen kalten Schweiß an ihrer Haut. Rasch rückte sie zur Seite.

Als er sich anzog und seine Hose zuknöpfte, schaute er sie mit einem munteren Lächeln an. »Hör schon auf zu heulen, so schlimm war es auch wieder nicht.« Er zog einen zerknitterten Schein aus seiner Hosentasche und warf ihn ihr zu. »Du warst gut. Nächstes Mal komme ich wieder zu dir.«

Nachdem er gegangen war, knüllte sie den Schein zusammen. Ein Klopfen an dem Rohr an der Wand signalisierte ihr, dass der nächste Stier im Anmarsch war. Die Geschäfte liefen gut im Key Club. Die Nachricht von dem neuen Mädchen hatte sich unter den Stieren in Windeseile herumgesprochen. Sie brauchte sie nicht einmal selbst einzufangen.

Nachdem der letzte Stier am Morgen gegangen war und sie hörte, wie der Barkeeper im Erdgeschoss Klarschiff machte, nahm sie das Heft und begann zu schreiben. Das war die einzige Methode, sich irgendwie zu beruhigen und nachher ein wenig Schlaf zu finden. Die einzige Methode, um die Dämonen auf Distanz zu halten. Ihr Hals schmerzte immer noch, nachdem sie gewürgt worden war. In 411 Tagen würde sie frei sein, falls nicht irgendein Psychopath eines Tages so fest zudrückte, dass sie nie mehr zu sich kam. Dieses Risiko bestand immer.

Ich bin Masja. Ich bin ein Nichts.

14

Christianshavn, 2013

Thomas nahm Møffe an die Leine. Der Hund grunzte unzufrieden, es passte ihm nicht, mit an Land zu müssen. Thomas musterte sein Boot. Preben hatte recht: Die Bianca machte nicht mehr viel her, doch immerhin war sie *sein* Boot und *er* der Kapitän dieses sinkenden Schiffs. Er zog an der Leine, und Møffe folgte ihm widerwillig die Sofiegade entlang zu seiner alten Wohnung. Thomas hatte sich nach einem halben Tag der Unentschlossenheit endlich dazu aufgerafft, nach der Rechnung zu suchen und die bestehenden Schulden bei Preben zu begleichen. Obwohl die Aussicht auf eine warme Dusche und frische Kleider verlockend war, quälte ihn der bevorstehende Besuch in der Wohnung.

Møffe winselte, während Thomas den Haustürschlüssel aus der Tasche zog. »Ich weiß, alter Junge«, murmelte er, »ist für uns beide nicht einfach.«

Dann schloss er die Tür auf und stieg die Treppen hoch. Als er den vierten Stock erreicht hatte, öffnete sich die Tür, und eine ältere Dame mit bläulichen Haaren und kantiger Brille streckte neugierig ihren Kopf heraus. »Ketty«, grüßte er sie. Es dauerte ein paar Sekunden, bis sie ihn erkannte. »Thomas ... das ist aber lange her.«

Er zog an der Leine, wollte nicht stehen bleiben.

»Ich dachte, du bist umgezogen«, sagte Ketty.

»Nein, nein, ich war nur eine ganze Weile ... unterwegs.« Er rang sich ein Lächeln ab.

»Was für eine furchtbare Geschichte ...« Ketty trat in den Flur, offenbar erpicht darauf, ihr Gespräch fortzusetzen.

»Ja«, sagte Thomas und flüchtete die Stufen hinauf. »Wir reden ein anderes Mal, Ketty.« In der nächsten Etage blieb er vor seiner Wohnungstür stehen. Von unten hörte er Ketty wieder in ihrer Wohnung verschwinden. Er hielt den Schlüssel in der Hand. An Schloss und Türgriff waren immer noch Spuren des rostroten Aluminiumpulvers, das die Techniker verwendet hatten, um nach Fingerabdrücken zu suchen. Am Türrahmen klebte ein Rest des Absperrbands. Er zog es ab und steckte es in die Tasche. Dann schloss er die Tür auf und drückte sie gegen den Stapel von Briefen und Wurfpostsendungen, die sich auf dem Boden häuften. Er warf einen Blick auf die Fensterumschläge, die sich von der farbigen Reklame unterschieden. Das letzte Mal war er vor drei Monaten hier gewesen.

Er bückte sich und hob die obersten Briefe auf, darunter die Rechnung, die Preben ihm geschickt hatte. *Mission accomplished*. Er spürte den Herzschlag in seiner Brust und bedauerte es, hergekommen zu sein. Zumindest bestand kein Grund, länger zu bleiben als unbedingt nötig. Er beschloss, auf die Dusche zu verzichten, und was seine Kleider anging, so waren die, die er am Leib trug, inzwischen fast trocken. Einen Schnaps, gerne auch zwei – das war es, was er jetzt brauchte. Sein Blick fiel auf Evas Gummistiefel, die im Flur auf mehreren Blättern Zeitungspapier standen. Echte Ilse-Jacobsen-Stiefel. »Die Haute-Couture der Armen«, hatte er gesagt, als Eva damit erschienen war. Sie hatte das nicht gekümmert und war darin in der Wohnung herumstolziert, bis die Blasen sie gezwungen hatten, sie wieder auszuziehen. Er betrachtete die Garderobenhaken an der

Wand. Sah eine ihrer kostbaren Taschen daran hängen. Mein Gott, was war sie verrückt nach Taschen gewesen, dachte er.

Er stopfte sich die Briefe in die Tasche. Ein Lichtkeil fiel durch die halb geöffnete Wohnzimmertür in den Flur. Er wäre am liebsten aus der Wohnung gerannt, dennoch schob er die Tür ein Stück weiter auf und riskierte einen Blick. Das Wohnzimmer sah aus wie immer. Das Montanaregal mit seiner DVD-Sammlung und Evas Büchern. Gesetzestexte, ein paar Krimis und jede Menge Selbsthilfebücher. Der Esstisch von Ilva, der Fernseher in der Ecke, das Sofa aus hellem Alcantara, darüber das blaue Gemälde von einem bekannten toten Maler, an dessen Namen er sich nicht erinnerte und das Eva für 15.000 Kronen erworben hatte. Es war ihr gemeinsames Zuhause gewesen, mit Blick auf die Wallanlagen, hell und ruhig. Eine glückliche Zeit. Bis er sie eines Tages nach dem Spätdienst gefunden hatte. Eva hatte mit zerschmettertem Hinterkopf über dem zersprungenen Glastisch gelegen. Der Kerzenleuchter, der neben ihr auf dem Boden lag, war mit ihrem Blut beschmiert. Er war zu spät gekommen. Hatte ihren kalten, steifen Körper an sich gedrückt. Da war sie schon seit mehreren Stunden tot. Er hatte sich die Lunge aus dem Hals geschrien. Alles war ihm so unwirklich vorgekommen, wie in einem schlechten Spielfilm, in dem er dennoch die Hauptrolle spielte.

Von der Türöffnung aus konnte er immer noch den dunklen Fleck sehen, den das Blut auf dem Parkett hinterlassen hatte. Obwohl er gescheuert hatte wie ein Wahnsinniger, um ihn zu entfernen.

Als er es nicht mehr in der Wohnung aushielt, stürzte er ins Treppenhaus und rannte die Stufen hinunter. Genau wie vor drei Monaten, als er erfahren hatte, dass die Ermittlungen nach intensiver Recherche eingestellt worden waren. An diesem Tag war ihm klar geworden, dass Evas Ermordung zu den vielen unaufgeklärten Fällen gehören würde, weil es weder Spuren noch Verdächtige gab, denen man noch hätte nachgehen können.

* * *

An der Theke der benachbarten Bar roch es säuerlich nach Erbrochenem. Thomas hatte keine Ahnung, wer sich erbrochen hatte und warum, und es war ihm auch völlig egal.

Als er im Havoddern nichts mehr zu trinken bekommen hatte, war er hier gelandet, in dieser Kaschemme, die unmittelbar hinter Christiania lag. Er wusste nicht, wie sie hieß und war auch noch nie hier gewesen. War nur zufällig hier gelandet, weil Johnson ihm nichts mehr gegeben hatte, gesagt hatte, er sei schon viel zu betrunken. War das nicht der Sinn einer Kneipe? Mit dieser Einstellung könnten die meisten Kneipen auch gleich dichtmachen. Außerdem fühlte sich Thomas noch lange nicht betrunken genug. Er konnte sich immer noch einigermaßen auf den Beinen halten, an das heutige Datum und an den Besuch in seiner Wohnung erinnern. Er winkte den Barkeeper heran, bestellte das nächste Glas, leerte es rasch, bestellte noch eins. Allmählich half es. Die Stimmen und Geräusche im Hintergrund verschwanden, Müdigkeit überfiel ihn. Er drückte sich in die Ecke zwischen Theke und Wand. Schloss die Augen. Wollte Nachschub ordern und dem Barkeeper ein Zeichen geben, doch sein Arm gehorchte ihm nicht mehr. Er döste vor sich hin, bis jemand an ihm rüttelte. »Hier hat sich unser *Musikfreund* also verkrochen.« Thomas öffnete die Augen. Vor ihm stand ein großer Kerl. Der Kerl sprach mit irgendeinem Freund. Einem dicken Typen mit einer gelben Sonnenbrille. Thomas war sich sicher, die beiden schon einmal gesehen zu haben, wusste aber nicht, wo.

»Du hast dich bestimmt verlaufen, Freundchen.«

»Was?«, fragte Thomas. Der schwergewichtige Typ mit der gelben Sonnenbrille stand jetzt so dicht vor ihm, dass Thomas den Blick nicht scharfstellen konnte.

»Hier gibt's keine Musik. Nur die, die ich mache.« Er packte Thomas an der Gurgel und drückte ihn gegen die Wand. »Diesmal können deine Scheißfreunde dir nicht helfen!«

Thomas ahnte nicht, wovon er redete, wusste nur, dass es ein böses Ende nehmen würde. »Ich ... kenne dich nicht. Ist mir auch egal. Hol dir einen Schnaps auf meine Rechnung.« Er schwenkte die Hand in Richtung des Barkeepers.

»Danke, ich verzichte.« Sein Schädel war nur Millimeter von Thomas' Nase entfernt. »Aber wie wär's mit einem kleinen Tänzchen?«

»Dein Mundgeruch ist nicht zum Aushalten«, murmelte Thomas. »Hast du gerade gekotzt?«

»Was hast du gesagt?«

Thomas antwortete nicht, sondern hämmerte seinem Gegenüber die Faust in die Nieren. Der schrie auf und ließ ihn los. Der Typ würde morgen Blut pinkeln. Thomas wollte sich an ihm vorbeidrängen, doch der Freund des Dicken warf sich sofort auf ihn und schleuderte ihn gegen die Wand. Die beiden Männer stürzten sich auf ihn. Prügelten ihm die Luft aus der Lunge. Malträtierten seinen Kopf. Drehten ihn durch den Fleischwolf. Ließen nichts aus. Traten auf ihn ein, als er am Boden lag. Die Erinnerungen verschwanden. Er spürte nichts mehr. Macht weiter, Jungs, ich bin immer noch bei mir, dachte er, dann gingen bei ihm die Lichter aus.

Als Thomas wieder zu sich kam, spürte er die Pflastersteine unter sich und atmete den Geruch des Salzwassers ein, der vom Kanal herüberwehte. Über ihm schrien ein paar Möwen. Es war früh am Morgen, die Sonne war gerade erst am Horizont aufgegangen. Er merkte, dass jemand seine Taschen durchsuchte. Als er nichts von Wert fand, ließ er von ihm ab und entfernte sich. Kurz darauf versuchte Thomas aufzustehen, doch seine Glieder schmerzten, und die Augen waren so stark geschwollen, dass er kaum etwas sehen konnte. Schließlich gelang es ihm, die paar Meter zur Kaimauer zu krabbeln, wo ein Wasserhahn war, an dem er sich abstützte. Er drehte ihn auf und hielt seinen Kopf unter das laufende Wasser. Er wusste nicht, wie er zum Kanal gekommen war. Ob sie ihn dort abgeladen hatten oder ob er selbst den ganzen Weg hierher gekrochen war. Er hatte nicht die leiseste Ahnung, was letzte Nacht noch alles passiert war, doch er erinnerte sich ganz genau an seinen Besuch in der Wohnung. Erinnerte sich auch daran, wie er Eva damals gefunden hatte. Er hätte sich gewünscht, sagen zu können, sie habe friedlich wie ein Engel ausgesehen, aber die Wahrheit war die, dass sich das Grauen ihres Todeskampfs allzu deutlich in ihrem Gesicht widergespiegelt hatte. Er würde diesen Anblick nie vergessen und wünschte sich in diesem Moment, der Dicke und sein Freund hätten ihn noch härter rangenommen.

15

Es war halb fünf am Nachmittag. Thomas saß auf dem Achterdeck der Bianca und hatte seine Füße auf den Stuhl gegenüber gelegt. Auf dem Kai rollte Eduardo auf seinem Fahrrad heran. Er klingelte einmal und rief einen Gruß. Thomas drehte sich halb herum und grüßte zurück. Sein eines Auge war dunkel verfärbt und geschwollen, seine Stirnhaare von getrocknetem Blut verklebt. »Was ist denn mit dir passiert?«, fragte Eduardo und stieg vom Fahrrad. »Du siehst ja furchtbar aus.«

»Bin unter'n Wasserbus gekommen. Der hat mich total platt gemacht.« Er machte eine entsprechende Handbewegung.

Eduardo sprang auf das Deck hinunter und musterte ihn. »Mein Gott, Ravn, *madre mia*. Du musst unbedingt in die Notaufnahme. Hast du dir was gebrochen?«

»Nur ein Backenzahn musste dran glauben.«

»Tut es weh?«

»Dreimal darfst du raten.«

Eduardo öffnete seine Ledermappe und zog eine Schachtel Schmerztabletten heraus, die er Thomas gab.

»Dopt ihr euch etwa in der Redaktion?«, fragte Thomas, drückte vier Tabletten aus dem Blister und spülte sie mit kaltem Kaffee hinunter.

»Gibt es eigentlich irgendwelche Tage in der Woche, an denen du nicht trinkst?«

»Ich rechne nicht in Tagen.«

Eduardo beugte sich über die Reling und blickte ihn durchdringend an. »Du musst unbedingt deinen Kurs ändern, Skipper. So kommst du jedenfalls nicht weiter.«

»Der Satz kommt mir irgendwie bekannt vor.«

»Ich sag's auch gerne ein drittes Mal. Willst du etwa enden wie die da hinten?« Er zeigte auf eine Bank, auf der sich zwei Penner mit all ihren Tüten niedergelassen hatten.

Thomas schaute verstohlen zu ihnen hinüber. »Warum nicht. Scheinen doch Spaß zu haben, die beiden.«

»Ach, hör schon auf, Thomas, und versuch ein einziges Mal, ernst zu sein. Du siehst noch schlimmer aus als dein abgefuckter Kahn, der wahrscheinlich nicht mehr lange hier liegen wird.«

Thomas nickte und starrte in seine Tasse. Er atmete schwer. »Ich war gestern in meiner Wohnung.«

»Okay.« Eduardo zog die Brauen hoch. »Vielleicht solltest du bald wieder in deine Wohnung zurückziehen.«

»Wirklich eine brillante Idee. Gestern bin ich nach fünf Minuten panisch davongerannt.« Er blickte mürrisch in seine Tasse. »Es hat sich nicht viel geändert.«

Eduardo löste sich von der Reling. »Das braucht natürlich Zeit. Wenn du willst, komme ich das nächste Mal mit und …«

»Wenn ich damals nur eher zu Hause gewesen wäre …«, sagte er mit gesenktem Kopf. »Wenn ich damals keinen Spätdienst gehabt hätte, wäre sie noch am Leben.«

»Damit darfst du dich nicht weiter quälen.«

»Ein kleiner dreckiger Einbrecher. Ein Versager. Weißt du, dass er sie mit dem Kerzenleuchter erschlagen hat, den wir für 1800 Kronen bei Casa gekauft haben?«

Eduardo nickte. »Das hast du schon …«

»Eva war ganz verrückt danach, wollte ihn unbedingt haben. Ich hatte ehrlich gesagt noch nie so was Hässliches gesehen, aber wir haben ihn ihr zuliebe gekauft.«

»Ja, das hast du erzählt«, erwiderte Eduardo leise. »Es ist eine furchtbare Sache, Ravn, wie man's auch dreht und wendet.«

»Und ein unaufgeklärter Fall. Nicht mal das konnte ich für sie tun.« Thomas stand auf, woraufhin ihm sofort wieder übel wurde. Sie hatten ihn doch schlimmer zugerichtet, als er wahrhaben wollte. Er schlängelte sich an Eduardo vorbei und kletterte an Land.

»Wo willst du hin?«

»Zum Havodderen, kommst du mit?«

»So früh? Außerdem habe ich eine Verabredung.«

»Ein Date?«

Er zuckte die Schultern. »Wohl nur Sex.«

Thomas nickte. Dann ging er den Kai entlang, vorbei an den beiden Pennern, die nebeneinandersaßen und aufeinander rumhackten wie ein altes Ehepaar.

* * *

Außer Victoria, die ihren angestammten Platz an der Theke eingenommen hatte und einem jungen Paar, das beim Billard miteinander flirtete, hatten sich noch keine Gäste im Havodderen eingefunden. Thomas nickte Victoria zu, die ein paar Rauchkringel aufsteigen ließ. »Du siehst ja aus wie sieben Tage Regenwetter«, sagte sie mit ihrer heiseren Stimme.

»Das nehme ich mal als Kompliment«, entgegnete er und setzte sich mit ein wenig Abstand zu ihr an die Theke. »Wo ist Johnson?«, fragte er mit suchendem Blick. Victoria zuckte die Schultern und nippte an ihrem Kaffee.

In diesem Moment schleppte Johnson ein Bierfass heran, das er unter die Zapfanlage stellte. »Genau zur rechten Zeit«, sagte Thomas.

Johnson entgegnete nichts, sondern schloss das Fass schweigend an die Zapfanlage an. Als er damit fertig war, richtete er sich auf und musterte Thomas sorgsam. »Wieder eine harte Nacht gehabt?«

Thomas zuckte mit den Schultern. »Ich muss heute leider anschreiben lassen.« Er klopfte auf seine Taschen, um zu signalisieren, dass sie leer waren.

»Willst du dich nicht bald mal zusammennehmen?«

»Ja, klar«, antwortete Thomas und trommelte ungeduldig auf den Tresen. »Aber vielleicht könntest du mir erst mal ein Bier einschenken.«

Johnson verschränkte die Arme. »Wenn du kein Geld mehr hast, musst du es abarbeiten.«

»Willst du mich verarschen?« Thomas schüttelte den Kopf. »Ich will doch kein Barkeeper werden.«

Johnson stieß ein höhnisches Lachen aus. »Du hast ja wohl auch nicht im Ernst geglaubt, dass ich dir solch eine Verantwortung übertragen würde. Das ist schließlich ein renommierter Laden hier.«

Thomas nickte gleichgültig. »Jetzt schenk schon ein.« Johnson begann ihn zu ärgern.

»Wie gesagt, nur wenn du es abarbeitest.«

Thomas wandte den Blick ab und überschlug seine Möglichkeiten. Er wusste, dass irgendwo auf dem Boot noch Geld sein musste. Nur fiel ihm gerade nicht ein, wo er es deponiert hatte. Außerdem lag seine Kreditkarte bei ihm in der Wohnung. Er konnte Eduardo bitten, sie zu holen, falls es ihm selbst zu schwerfiel. Doch nichts davon half ihm in diesem Moment, in dem er einen quälenden Durst verspürte. Er lächelte Johnson steif an. Er würde diese Geschichte nicht vergessen und es ihm irgendwann heimzahlen, mit Zinseszinsen. »Also, was soll ich tun?«

»Nur eine kleine Polizeisache.«

Thomas musste lächeln. »Und ich dachte schon, ich soll abwaschen oder so was.«

»Nein, Gott bewahre.«

»Und, worum geht's? Hat sich jemand an der Kasse vergriffen oder die leeren Flaschen draußen geklaut?«

Johnson schüttelte entschieden den Kopf. »Nein, es geht da eher ... um eine Personenermittlung.«

»Dann solltest du dich offiziell an deinen Freund und Helfer wenden.«

»Nicht mein Stil. Ich brauche deine persönliche Hilfe.«

»Ich bin krankgeschrieben und davon abgesehen gerade unheimlich durstig.« Thomas gab dem Zapfhahn einen freundschaftlichen Klaps.

»Die Sache ist sehr wichtig für mich, Ravn.«

Thomas holte tief Luft und biss sich auf die Lippe. »Das Gefühl kenne ich sehr gut. Es war mir auch sehr wichtig, als vierzehn Ermittler nach Evas Mörder gesucht haben, aber weißt du was ... Sie haben nichts herausgefunden. Zero.« Er formte Daumen und Zeigefinger zu einer Null, dann kniff er die Augen zusammen. »Zapfst du mir jetzt endlich ein Bier, oder muss ich woanders hingehen?«

Johnson sah Thomas unverwandt an, während er ein Glas aus dem Regal über dem Tresen nahm. Er stellte es unter den Hahn. Die Anlage brummte, ehe die dunkle Flüssigkeit in das Glas lief. Er schob das Glas Thomas hin, der sofort danach griff, doch Johnson hielt sein Handgelenk fest. »Ich hab eine Putzfrau, die ein paarmal in der Woche kommt. Nadja, eine liebenswürdige ältere Dame aus Litauen. Sie kam vor zwölf Jahren mit ihrer Tochter und ihrem damaligen Mann in dieses Land.«

»Und?«

»Vor ein paar Jahren ist ihre Tochter plötzlich verschwunden. Man hat nie wieder etwas von ihr gehört.«

»Wie alt war sie?«, fragte Thomas und zog an dem Glas. Johnson überließ es ihm.

»Um die zwanzig.«

Thomas trank einen großen Schluck und hatte Schaum auf der Oberlippe. »Warum hat ihre Mutter nicht längst eine Vermisstenanzeige aufgegeben?«

»Sie hat sich nicht getraut, zur Polizei zu gehen. Hat nie gute Erfahrungen mit den Bullen gemacht, weder hier noch in Litauen. Es gab da auch gewisse Probleme zwischen Nadja und ihrer Tochter.«

»Was für Probleme?«

Johnson schüttelte den Kopf. »Was weiß ich? Wohl die üblichen Teenagerkonflikte.«

»Also, ich würde auch schreiend davonlaufen, wenn ich in dieser Spelunke sauber machen sollte«, sagte Thomas lachend und schaute sich rasch um.

»*Nadja* macht hier sauber, nicht ihre Tochter. Hör mir doch zu, verdammt.«

»Ich höre, ich höre«, entgegnete Thomas und stellte das halb leere Glas ab. »Aber was soll ich für dich tun? Wahrscheinlich hat sie irgendeinen Typen kennengelernt und ist mit ihm durchgebrannt. Oder sie ist in ihre alte Heimat zurückgekehrt.« Er nahm das Glas und leerte es in einem Zug.

»Nadja hat überall nach ihr gesucht, aber das Mädchen ist wie vom Erdboden verschluckt. Kannst du dich nicht mal umhören?«

»Umhören? Wie meinst du das?«

»Ich kann dir einige Informationen zu dem Mädchen geben. Vielleicht taucht sie ja irgendwo in eurem System auf. Nadja würde alles dafür geben, wenn sie wüsste, was mit ihrer Tochter passiert ist.«

»Ich wiederhole es gerne noch mal für dich: Ich bin krankgeschrieben.«

Johnson nahm das leere Glas vom Tresen. »Du bist ein Arschloch, weißt du das? Ein richtiger kleiner Scheißkerl.«

Thomas stand auf. »Ich glaub, ich geh woanders was trinken, wo die Stimmung besser ist.« Er nickte Johnson zu und drehte sich um.

»Und wenn deine eigene Tochter verschwunden wäre?«

Thomas blieb stehen und warf ihm einen kühlen Blick zu. »*Meine* Tochter? Ich habe keine Tochter. Und weißt du auch, warum? Weil wir nicht so weit gekommen sind. Weil irgendein hergelaufener Dieb Eva den Kopf eingeschlagen hat. Vielleicht jemand aus Osteuropa, der sich hier illegal aufhält, in diese Richtung haben sich die Ermittlungen anfangs jedenfalls bewegt. Warum sollte ich also jemandem von denen helfen?«

»Tja, warum?«, sagte Johnson leise. »Das passt einfach nicht zu dir. Es hätte zu Eva gepasst, die immer aufgeschlossen und hilfsbereit war, stimmt's?«

»Lass Eva aus dem Spiel.«

»Aber es stimmt doch, Ravn. Sie war die Güte in Person. Du ziehst es vor, dich volllaufen zu lassen und in dein Glas zu heulen.«

Thomas entfernte sich von der Theke. »Immer schön, auf einen Plausch vorbeizukommen und sich die Lebensweisheiten eines erfahrenen Wirts anzuhören. Das Bier ist übrigens so warm wie Katzenpisse«, sagte er und zeigte auf den Hahn, ehe er ging.

Thomas schlenderte die Sankt Annæ Gade entlang, am Café Wilders vorbei. Als er die Kreuzung an der Wildersgade erreichte, sah er zur Eifel Bar hin, die ein Stück die Straße hinunter lag. Je nachdem, wer hinter der Theke stand, war es durchaus denkbar, dass er sich dort ein weiteres Bier erschnorren konnte. Zielstrebig steuerte er auf die Kneipe zu, während er überlegte, wie er seine Schulden bei Johnson begleichen sollte.

16

Dezember 2010

Bericht aus der Hochzeitssuite. Tag 67. Ich bin Masja. Ich bin immer noch da. Immer noch am Leben. Izabella hasst mich, seit sie umziehen musste und Slavros mir die Hochzeitssuite gegeben hat. Ich versuche, ihr aus dem Weg zu gehen. Bleibe im Club und hier oben auf Distanz zu ihr. Sie ist eine Hexe und könnte direkt aus »Die Tochter der Drachenhexe« stammen. Wenn Slavros und die anderen nicht da sind, schließe ich die Tür ab aus Angst, dass sie mich überfallen könnte. Ich habe zu viele schreckliche Dinge über sie gehört. Iza ist die Älteste von uns. Eine Abkürzung von Izabella, ihrem Hurennamen. Wir alle haben Hurennamen. Künstlernamen. Namen, hinter denen wir uns verstecken. Namen, die alle Demütigungen durch die Stiere ein wenig erträglicher machen. Ich hasse die Stiere mehr als ich sie fürchte, obwohl ich weiß, dass sie zu allem fähig sind. Obwohl ich weiß, dass die meisten von ihnen uns fertigmachen wollen, damit sie sich selbst großartig und mächtig fühlen können. Die Einzige, die ich wirklich fürchte, ist Iza. Vor allem, wenn sie kokst. Noch nie habe ich so einen wilden Blick gesehen. Schaum vor dem Mund. Ich hab selbst gesehen, wie sie einem Mädchen die Haare ausgerissen hat. Hinterher war da eine kahle Stelle. Das Mädchen musste sich die Haare hochstecken, damit Slavros nichts merkt. Damit es ihm niemand erzählt. Ich hab gesehen, wie Iza ein anderes Mädchen mit einer Schere bedroht hat und ihr die Augen ausstechen wollte!!! Nur weil sie dachte, das Mädchen hätte ihren Eyeliner geklaut!!! Ich hab Gerüchte gehört, dass Iza mal einem anderen Mädchen, das ihr einen Stier ausgespannt hatte, Natronlauge über die Brust gegossen hat, während sie schlief. Die Brüste sollen nachher wie verfaulte Rosinen ausgesehen haben. Mir wird übel, wenn ich nur daran denke. Ich habe viel Geld verloren und Iza viele Stiere überlassen. Vorsichtshalber. Wenn sie sich zu mir und einem der Stiere an den Tisch setzt, denke ich mir eine Entschuldigung aus und gehe. Ich hoffe, sie hat Slavros bald ihre Schulden zurückgezahlt und verschwindet. Von meinen eigenen Schulden komme ich nicht runter, weil wir hier ja nicht umsonst wohnen. Ausgaben, Ausgaben, Ausgaben – und keine HOFFNUNG.

Es war Mittwochabend und der Key Club nur spärlich besucht. Aus den Lautsprechern drang Tina Turners »Private Dancer«, während sich Iza auf der Bühne um die Stange räkelte. Sie war etwas zu füllig für die enge Korsage und etwas zu high, um wirklich anmutig zu wirken, doch den vier Stieren, die am Bühnenrand saßen und sie anglotzten, war das egal. Als sie die Korsage von sich warf und ihre schweren Brüste zeigte, klatschten die Stiere vereinzelt und steckten ihr ein paar Scheine in den Tanga.

Von ihrem Ecktisch aus behielt Masja mit einem Auge die Bühne im Blick. Sie saß dort mit Lulu, einem polnischen Mädchen mit Silberblick und Lippen so breit wie Traktorreifen. Gemeinsam kümmerten sie sich um drei Jurastudenten, die dunkle Markenanzüge trugen, mit ihren Platinkreditkarten zahlten und auch nicht mit großen Scheinen geizten. Kleine Jungs mit Papas Kreditkarte. Was Masja an ihr früheres Leben erinnerte, dessen größte Gefahr darin bestand, sich zu langweilen. Die Jungs, die affektiert sprachen und dämlich grinsten, waren offenbar fest entschlos-

Masja vermutete, dass sie um einiges jünger war. Sie konnte sich nur schwer verständlich machen und sagte fast immer »okay«, ganz gleich in welchem Zusammenhang. Die anderen Mädchen machten sich lustig über sie, stahlen ihre Sachen, nahmen ihr die Stiere weg und ließen sie leer ausgehen, wenn Drogen die Runde machten. Oft bekam sie die schlimmsten Stiere ab. Die, die stanken und komplett durchgeknallt waren.

Harald gab Tabitha mit einer Geste zu verstehen, sie solle sich zu ihm setzen. Sei nicht dumm, Tabitha, dachte Masja. In diesem Moment setzte sich Tabitha neben Harald und Iza. Iza lächelte verlogen.

»Wolltest du mir nicht was zeigen?«, flüsterte einer der Jungs, lehnte sich zu Masja hinüber und fuhr ihr mit der Zunge über den Hals.

»Ich kann's kaum noch erwarten«, antwortete Masja und ließ sich von dem Stier, der eigentlich ein Kalb war, vom Stuhl hochziehen.

* * *

Es war gegen Morgen. Die Nachwirkungen des Kokains, das sie die ganze Nacht geschnupft hatten, hielten Masja wach. Selbst das Valium, das sie vor einer Stunde geschluckt hatte, zeigte keine Wirkung. In dem kleinen Zimmer war es vollkommen still, keine Scheißmusik aus dem Club, kein Stöhnen aus den Nebenräumen. So ähnlich musste sich die Freiheit anfühlen. Es war ein guter Abend gewesen. Ein einfacher Abend. Falls es solche im Key Club überhaupt gab. Jedenfalls hatte sie 1.500 Kronen Trinkgeld bekommen und 4.800 von der Summe abgezogen, die sie Slavros noch schuldete. Sie musste auf die Toilette, scheute aber den langen Weg bis zum Ende des Gangs. Sie kämpfte ein paar Minuten mit sich und überlegte, ob es nicht irgendein Gefäß im Zimmer gab, in das sie pinkeln konnte. Schließlich gab sie es auf, griff nach einem Slip und zog ihn an.

Auf dem Weg zu den Toiletten bemerkte sie einen leichten Brandgeruch, der zunahm, je näher sie den Toiletten kam. Die Toilettentür war nur angelehnt. Ein Murmeln drang durch den Spalt. Vorsichtig schob sie die Tür auf. Im nächsten Moment wurde sie von zwei Armen hineingezogen, hinter ihr fiel die Tür krachend ins Schloss. Vor den Toilettenabteilen hatten sich mehrere Mädchen versammelt. Sie hielten Tabitha an Armen und Beinen fest und drückten sie auf den Boden. Iza saß rittlings auf Tabithas Rücken, in einer Hand ein Bügeleisen, in der anderen eine Zigarette. Auf Tabithas Pobacken hatte das glühende Bügeleisen dreieckige Brandspuren hinterlassen.

»Was ... was geht hier vor?«, fragte Masja geschockt.

»Das siehst du ja wohl«, antwortete Iza mit wildem Blick. »Kleine Lehrstunde für die Niggerin. Wir bringen ihr bei, dass man bestraft wird, wenn man was stiehlt.«

»Du ... du verletzt sie ...«

Iza zuckte die Schultern. »Na, und? Ist doch nicht meine Schuld, dass sie so begriffsstutzig ist.« Sie kniff die Augen zusammen. »Und du kommst auch noch dran.« Iza zeigte mit dem Bügeleisen auf Masja. »Du hast mir mein Zimmer gestohlen. Wie viel gibst du mir dafür?«

»Zeig's ihr, Iza!«, hörte Masja eines der Mädchen rufen. Jemand stieß sie in den Rücken.

»Das war nicht meine Entscheidung«, sagte Masja. »Du weißt genau, dass ich Slavros gebeten habe, mir ein anderes Zimmer zu geben, damit du die Hochzeitssuite zurückkriegst.«

Iza zog an der Zigarette. »Aber du hast sie immer noch, also wirst du dafür bezahlen. Was haben die Jungs dir heute Nacht gezahlt?«

»Tausend ...«

»War bestimmt viel mehr.«

Masja schüttelte den Kopf. »Das war alles, was sie hatten. Den Rest hat Slavros kassiert. Du kannst das Geld haben.«

»Natürlich kann ich das.« Sie drehte sich zu Tabitha um. »Du hast noch nie was bezahlt. Ihr Schwarzen glaubt immer, dass alles umsonst ist. Ihr kommt hierher und beklaut die Leute, die hart arbeiten.« Sie warf die Zigarette weg und musterte eingehend Tabithas Gesicht. »Eigentlich bist du gar nicht mal so hässlich. Du erinnerst mich an eine Puppe, die ich als Kind hatte. Die einzige Negerpuppe in Târgoviste. Ich hab diese Puppe geliebt. Für mich gab es nichts Schöneres auf der Welt als diese kleine Negerpuppe. Hörst du, Tabitha?« Iza strich ihr über die tränennasse Wange.

Ein erstickter Laut drang durch die Unterhose, die man Tabitha in den Mund gestopft hatte. »O... okay.«

»Eines Tages habe ich die Puppe genommen und in den Kachelofen geworfen. Ich weiß nicht, warum. Ich habe sie doch geliebt, aber ich wollte unbedingt wissen, was passiert. Weißt du, was die Flammen getan haben?« Sie zog an der Zigarette und blies Tabitha den Rauch ins Gesicht. »Mein kleiner Schatz ist einfach weggeschmolzen. Das Gesicht löste sich auf und wurde zu einer einzigen glatten Fläche. So was Glattes hast du noch nie gesehen, Tabitha, noch nie.« Lächelnd bewegte Iza das glühende Bügeleisen auf Tabithas Gesicht zu. Tabitha versuchte, sich zu befreien, doch die drei Mädchen hielten sie fest. Als das Bügeleisen nur noch wenige Millimeter von ihrem Gesicht entfernt war, schluchzte Tabitha laut auf.

»Stopp!«, rief Masja.

Die anderen Mädchen drehten sich zu ihr um.

Iza sprang auf und trat einen Schritt auf sie zu. »Vielleicht habe ich mich ja geirrt. Vielleicht war es ja gar keine Negerpuppe, sondern eine kleine blonde Schlampe. Eine wie du. Haltet sie fest!«

Die beiden Mädchen, die zu beiden Seiten von Majsa standen, packten ihre Arme. Iza drückte Masja eine Hand auf die Brust und stieß sie gegen die Wand. Dann hob sie das Bügeleisen.

»Das willst du nicht tun!«, rief Masja erschrocken.

»Bist du sicher?«

»Wenn Slavros rauskriegt, dass du uns arbeitsunfähig gemacht hast, dann hast du Tabithas und meine Schulden am Hals. Dann kommst du hier nie mehr weg.«

»Vielleicht finde ich ja, dass es das wert ist.«

In diesem Moment waren Schritte auf dem Gang zu hören. Im nächsten Augenblick steckte Lulu ihren Kopf herein. »Slavros kommt!«

Iza stellte das Bügeleisen ab und stieß Masja zur Seite. Die anderen Mädchen ließen Tabitha los und liefen aus der Tür. Für einen Moment blieb Masja wie gelähmt stehen und sah zu, wie sich Tabitha die Unterhose aus dem Mund zog. Dann nahm sie ein Handtuch und bedeckte damit Tabithas Blöße. Sie half ihr in die nächste Toilette und schloss die Tür.

»Warum bist du so spät noch auf?«

Masja drehte sich zu Slavros und den beiden Männern mit den kurz geschorenen Köpfen um, die hinter ihm standen.

»Ich konnte nicht schlafen. Musste aufs Klo.«

»Ist irgendwas? Bist du krank da unten?« Er zeigte auf ihren Schoß.

Sie schüttelte den Kopf. »Nein, nein, ich pass auf mich auf.«

Er schnupperte. »Was ist das für ein Geruch?«

»Ich weiß nicht. Ein bisschen verbrannt? Ich glaub, ein paar Mädchen haben sich Extensions gemacht, das riecht immer ein bisschen.«

sen, einmal richtig die Sau rauszulassen. Nichts auszulassen und ein Abenteuer zu erleben, mit dem sie später bei ihren ebenso privilegierten Freunden angeben konnten. Und sie war ein Teil ihres Abenteuers. Ein Teil ihrer Männlichkeitsprobe. Immerhin bezahlten sie gut. Hatten bereits mehrere Tausend an der Bar ausgegeben. Für Bier und Lapdance. Masja hatte ausgerechnet, dass für Lulu und sie bestimmt je fünftausend Kronen herausspringen würden. Und während sie auf Kommando über die Plattheiten der Jungs lachte, fürchtete sie nur, dass Iza kommen und sie ihnen ausspannen würde. Doch noch war Iza an der Stange damit beschäftigt, den Stieren am Bühnenrand eine gute Show zu bieten.

Masja fuhr einem der Jungs über die Innenseite des Schenkels und befeuchtete ihre Lippen. »Wollen wir nach oben gehen?«

Doch die Jungs hatten es nicht eilig. Zuerst wollten sie ihr Bier austrinken und sich dann eine Linie ziehen. »Wie wär's mit etwas Schnee?«, fragte der Älteste und strich sich die blonden Haare aus der Stirn. »Würde euch das gefallen?«

»Schnee iemer gutt«, antwortete Lulu mit breitem polnischem Akzent.

Die Jungs grinsten euphorisch. Ihr Abenteuer ließ sich gut an.

Zehn Minuten später standen sie alle auf der Toilette und teilten sich acht Linien Kokain, die sie auf dem Klodeckel gezogen hatten. Die Jungs waren geil und versuchten, Masja und Lulu einzureden, das Koks wäre Bezahlung genug, aber die ließen nicht mit sich handeln. Gewährten ihnen nur einen Vorgeschmack darauf, was sie oben erwartete, nachdem sie Slavros bezahlt hatten.

Masja spürte die Wirkung des Kokains. Es kribbelte unter der Haut und wärmte bis tief in die Seele. Sie würde ihr Leben schon meistern. Es gab auch ein Leben nach dem Key

Club, sie konnte sich immer noch eine eigene Existenz aufbauen. In diesem Augenblick hatte sie nicht einmal Angst vor Iza. Sie einigten sich darauf, eine letzte Runde zu ordern und sich dann nach oben auf die Zimmer zu begeben.

Als sie in den Club zurückkehrten, fiel Masjas Blick sofort auf Iza. Sie war von der Bühne gestiegen und saß jetzt mit einem älteren Stier am Nebentisch. Es handelte sich um Harald, einen ihrer Stammkunden. Er trug ein fleckiges Polohemd und Holzschuhe. Er besaß ein kleines Taxiunternehmen und ließ nur »Kanaken«, wie er sich ausdrückte, für sich fahren. Iza versorgte ihn mit Getränken und strich ihm über seinen runden Bauch. Harald wirkte gereizt und schob ihre Hand weg.

Bierflaschen und Gläser wurden an Masjas Tisch gebracht, und einer der Jungs schenkte ihr so unsicher ein, dass die Hälfte des Biers auf dem Boden landete. Masja war das nur recht, denn je schneller sie austranken, umso besser. Iza blickte zu ihnen herüber und lächelte die Jungs einladend an. Dann sandte sie Masja einen kühlen Blick und nickte kurz zum Zeichen, dass sie sich verziehen sollte. Masja schluckte und blieb sitzen. Izas Blick verhärtete sich. Sie nickte erneut, diesmal unmissverständlich. Plötzlich fühlte sich Masja allein. Die Wirkung des Kokains – und damit auch ihr Selbstbewusstsein – war verflogen. Ihr blieb keine Wahl. Sie wagte es nicht, sich Iza zu widersetzen. Masja wollte sich gerade bei den Jungs entschuldigen, als Tabitha an Izas Tisch vorbeikam. Harald sagte etwas zu Tabitha, das Masja nicht verstand. Tabitha kam aus Nigeria und war kohlrabenschwarz. Sie blieb stehen und entblößte lächelnd ihre weißen, weit auseinanderstehenden Schneidezähne.

Tabitha hatte Masja erzählt, sie sei achtzehn, doch

Slavros sah sie prüfend an. »Du erzählst mir doch, wenn irgendwas nicht in Ordnung ist, oder? Wenn hier komische Sachen ablaufen.«

»Natürlich, Slavros. Du kannst dich auf mich verlassen.«

»Danke, das weiß ich zu schätzen. Du hast gestern gute Arbeit geleistet. Ordentlich Geld verdient. Mach weiter so.«

Nachdem Slavros gegangen war, öffnete Masja die Toilettentür. Vor ihr stand Tabitha und biss sich in die Fingerknöchel, um nicht zu heulen, während ihr die Tränen über die Wangen liefen. »Du musst vorsichtig sein, Tabitha. Sonst überlebst du hier nicht.«

»Okay«, schluchzte Tabitha.

»Okay zu sagen reicht nicht. Du musst lernen, auf der Hut zu sein. Zu tun, was dir gesagt wird, um das hier noch jahrelang durchzuhalten, verstehst du, Tabitha?« Tabitha hat nur geschluchzt und am ganzen Körper gezittert. Ich hab ihr eine Valium gegeben, meine letzte. Hab ihr geholfen, so wie Tusnelda aus »Die Tochter der Drachenhexe« ihren Freundinnen unter den Ausgestoßenen geholfen hätte. Hab gewusst, dass die Tablette nicht ansatzweise ausreicht, um ihren Schmerz zu dämpfen. Tabithas Schmerz. Hab es vor allem aus Mitleid getan. Hatte ein schlechtes Gewissen. Weiß nicht, warum. Iza ist eine verdammte Psychopathin. Und die anderen, die Mitläufer, sind keinen Deut besser. Die Sache ist noch längst nicht ausgestanden. Je mehr Stiere in den Club kommen, desto mehr böses Blut gibt es. Und bald ist Weihachten. Ich wünsche mir Stiere als Weihnachtsgeschenk. Massenhaft Stiere. Ich wünsch mich hier weg, bevor wir uns eines Tages alle erschlagen.

Es – gibt – keine – Gnade.

17

Christianshavn, 2013

Ein paar Tage nach der Auseinandersetzung mit Johnson spazierte Thomas an »Victorias Antiquariat« vorbei, das an der Ecke Dronningensgade, Mikkel Vibes Gade lag. Er sah rasch die Buchkästen mit den Krimis durch, die vor der Fensterfront standen, ehe er den Innenraum des Antiquariats betrat. In dem kleinen Laden, in dem sich die raumhohen Regale unter der Last der abgenutzten Bücher bogen, war es angenehm warm. Auf der alten Kaufmannstheke stand ein Koffergrammophon, aus dem »Summertime«, gespielt von Charlie Parker, schepperte. Es duftete nach Kaffee, vergilbtem Papier und den selbst gedrehten Petterøs-Zigaretten, die Victoria stets rauchte. Thomas drückte sich an dem Regal mit der Reiseliteratur vorbei und musterte die flachen Kästen mit den gebrauchten CDs, die sich an einer Wand entlangzogen. »Bingo«, murmelte er nach kurzer Suche und nahm »The Essential« des amerikanischen Duos Hall and Oates heraus. Es war ein Sampler ihrer größten Hits der vergangenen dreißig Jahre. Er ging zu Victoria, die hinter der Kasse stand.

»Ravn«, grüßte sie ihn mit heiserer Stimme, eine Zigarette im Mundwinkel. Auf der äußersten Nasenspitze saß ihr billiges Kassengestell. Thomas kannte keine andere Frau, die immer ein kariertes Tweedjackett und Schnürstiefel trug, als wäre sie soeben einem Dickens-Roman entsprungen.

»Was willst du dafür haben?«, fragte Thomas und hielt ihr die CD hin.

Victoria kniff die Augen zusammen. »Siebzig.«

»Siebzig?« Für einen Moment hatte es ihm die Sprache verschlagen. »Ich darf dich darauf aufmerksam machen, dass die gebraucht ist.«

»Ist ein Doppelalbum.«

»Ich werd mir aber nur eine CD davon anhören. Eigentlich geht es mir nur um ein einziges Stück. Ich geb dir dreißig.«

Victoria warf ihm durch ihre Gläser einen nachsichtigen Blick zu und zog an den breiten Hosenträgern. »Ich verkaufe weder halbe Bücher noch halbe CDs.«

»Mit den Preisen kannst du den Touristen das Geld aus der Tasche ziehen …«

»Dann kannst du die CD ja den Touristen überlassen«, entgegnete sie und streckte ihre Hand nach der CD aus.

Thomas entzog sie rasch ihrer Reichweite und steckte sie in die Tasche. »Ich bin dir was schuldig.«

»Ich gebe keinen …«

»Kredit, ich weiß«, erwiderte Thomas und war bereits an der Tür.

»Nächstes Mal bringst du Zimtschnecken mit, eine ganze Tüte, und zwar die aus dem Lagkagehus, kein trockenes Zeug.«

»Versprochen!«, rief Thomas vom Bürgersteig aus und hob die Hand zum Gruß.

Es war fast Mitternacht geworden. Thomas saß auf dem Achterdeck, das CD-Cover in einer Hand, ein halbes Glas Gin in der anderen. Auf das Tonicwater sowie die Musik musste er wohl oder übel verzichten. Ersteres lag an seiner Vergesslichkeit, Letzteres an einer defekten Stromleitung, die er nicht hatte reparieren können. Bei dem Versuch, die Elektrizität zum Laufen zu bringen, hatte er die gemeinsame Stromversorgung am Kai lahmgelegt. Die ersten Bootbesitzer waren schon bei ihm gewesen und hatten sich beschwert. Preben würde morgen ein Riesentheater machen, aber das war jetzt nicht seine Hauptsorge. Solange seine eigene Anlage nicht funktionierte, war er zum Musikhören auf das Havodderen angewiesen, und Johnson war derzeit nicht sonderlich gut auf ihn zu sprechen. Er nippte an seinem Gin. Was war das eigentlich für eine Geschichte mit dieser Putzfrau und ihrer verschwundenen Tochter? Er kannte die Frau nicht, hatte nicht einmal gewusst, dass Johnson in seiner Kneipe eine Putzhilfe beschäftigte. Er schüttelte den Kopf bei dem Gedanken, dass Johnson ihm ein schlechtes Gewissen hatte einreden wollen. In seinen sechs Jahren als Mitglied der polizeilichen Ermittlungsabteilung hatte er genug menschliche Tragödien erlebt, als dass ihm ein entlaufener Teenager schlaflose Nächte bereiten würde. In diesem Moment ging das Licht auf dem Boot wieder an, und aus der Musikanlage in der Kajüte schallte Musik zu ihm herüber. Thomas beugte sich vor und warf einen prüfenden Blick auf den Elektrokasten, der gut zwanzig Meter von ihm entfernt am Kai stand, konnte dort allerdings niemanden erblicken. Dennoch hob er sein Glas und prostete in die Dunkelheit. Er trank einen Schluck Gin, der Alkohol pochte in seinem Frontallappen, und er spürte, wie der Rausch sich allmählich einstellte. Die Episode mit Johnson ging ihm nicht aus dem Kopf. Für die Erwähnung von Eva hätte er ihm eine knallen sollen. Doch er hatte natürlich recht gehabt. Eva war einzigartig gewesen. Hatte andere immer wichtiger genommen als sich selbst. Im ganzen Land hatte es keine bessere Strafverteidigerin gegeben als sie. Unzählige Male hatte er sie bis tief in die Nacht an ihrem Schreibtisch sitzen sehen, um sich auf ein wichtiges Verfahren vorzubereiten. Manchmal war er regelrecht eifersüchtig auf ihre Arbeit gewesen, doch vor allem war er stolz auf sie. Obwohl er es ihr nie gesagt und stattdessen gescherzt hatte, dass er all die Banditen nicht so schnell einbuchten könne, wie Eva sie wieder auf freien Fuß lasse. »Deshalb sind wir ja auch so ein gutes Team«, hatte sie geantwortet. Er hatte sie nicht nur geliebt, er war in all den neun Jahren, die sie zusammen gehabt hatten, auch bis über beide Ohren in sie verliebt gewesen. Die Beziehung zu Eva war das Wichtigste in seinem Leben gewesen, und er konnte sich kaum noch an die Zeit erinnern, bevor er sie getroffen hatte. Sehr deutlich erinnerte er sich hingegen an die ersten Worte, die sie miteinander gewechselt hatten, und er musste immer noch lächeln, wenn er daran dachte.

»Wie heißt dein Hund?«, hatte sie gefragt.

»Møffe«, hatte er geantwortet.

»Hört sich mehr nach einem Schwein an.«

»Das erklärt sein Verhalten.«

Vom Kai aus hatte sie zu ihm heruntergegrinst und ihm zum ersten Mal ihre Lachgrübchen gezeigt. Er erinnerte sich an ihr hellblaues Sommerkleid, das ihr um die Beine geweht war. Er hatte sie auf sein Boot eingeladen, doch sie hatte gezögert, die Einladung anzunehmen. Schließlich hatte er sie doch noch überreden können, und sie hatten bis weit in die Nacht an Deck gesessen und Wein getrunken. Dann hatte sie sich verabschiedet, ohne ihm ihre Telefonnummer oder Adresse zu geben. Er kannte nicht einmal ihren Nachnamen. In den nächsten Tagen hatte er vergeblich versucht, sie aufzuspüren, und sich im ganzen Viertel nach ihr erkundigt. Eduardo, Victoria und nicht zuletzt Johnson hatten ihn aufgezogen, dass es mit seinen Fähigkeiten als Verführer und Ermittler ja nicht weit her sei. Als er schon jede Hoffnung aufgegeben hatte, sie jemals wiederzusehen, stand sie eines Abends erneut am Kai. Er hatte sie sogleich nach ihrer Telefonnummer gefragt, und Eva hatte sie ihm gegeben. Danach war sie zu ihm an Bord gekommen. Sie hatten zusammen Weißwein getrunken und sich geküsst, bis der Morgen graute. Er erinnerte sich an ihr Lachen, das plötzlich direkt hinter ihm war.

Auf seinem Plastikstuhl drehte er sich langsam herum. Sie trug dasselbe blaue Kleid wie bei ihrer ersten Begegnung, doch ihr Gesicht sah ein wenig älter aus. Ihre schulterlangen Haare hatte sie mit einer silbernen Spange hochgesteckt, die er in einem Trödelladen an der Strandgade entdeckt hatte. Er stand auf und musterte sie eingehend. Sie lächelte ihn warmherzig an. »Ich weiß, dass es am Alkohol liegt und du jederzeit wieder verschwinden kannst, aber mein Gott ist es schön, dich zu sehen.« Er wusste nicht, ob er die Worte wirklich aussprach oder sie bloß dachte, doch sie lächelte, als würde sie ihn verstehen. Er blieb unschlüssig stehen, als hätte er Angst, dass sie sich in Luft auflöste, wenn er versuchte, sie zu berühren. »Du machst dir ja keine Vorstellung, wie sehr ich dich vermisst habe«, sagte er.

»Doch, das tue ich«, entgegnete sie sanft. »Du siehst schlecht aus, bist du okay?«

»Nein, mir geht es dreckig. Ich habe so eine schreckliche Sehnsucht nach dir. Und ich bereue so viele Dinge. Es gibt so vieles, das ich so gern getan hätte ...«

»Es gibt keinen Grund, etwas zu bereuen.«

»Doch, ich hätte mehr für dich da sein sollen. Hätte mich mehr am Riemen reißen müssen.«

»Du warst wunderbar. Der beste Mann, den man sich vorstellen konnte.«

»Bestimmt nicht. Ich habe auch nie um deine Hand angehalten, obwohl ich wusste, wie viel dir das bedeutet.«

»Das spielt keine Rolle.« Sie zuckte die Schultern. »Denk nicht mehr darüber nach.«

»Doch, ich war ein großer Egoist.«

»Unsinn, du warst eben nicht der schnellste Skipper im Hafen.« Sie lächelte und brachte auch ihn zum Lächeln.

»Wohl wahr«, sagte er. »Mein Gott, es gibt so vieles, was wir noch zusammen hatten tun wollen.«

»Und so vieles, was wir getan haben.« Sie sah ihn betrübt an. »Du hast das hier nicht verdient. All das, was du dir selbst antust.«

Er wandte den Blick ab, doch nur sehr kurz, als hätte er Angst, sie könnte verschwinden. »Ich halte das einfach nicht aus.«

»So was hätte der Thomas, den ich kannte, nie gesagt. Der hat nie aufgegeben, der hat gekämpft. Der hatte einen ausgeprägten Gerechtigkeitssinn und liebte seine Arbeit.«

»Die Zeiten haben sich geändert …«

»Nein, haben sie nicht. Es gibt keinen Grund, in Selbstmitleid zu versinken. Das weißt du genau.«

Er zuckte hilflos die Schultern. »Ich sehe einfach keinen richtigen Sinn mehr im Leben.«

»Du bist so viel mehr wert.«

Er schüttelte den Kopf und spürte, wie ihm die Tränen in die Augen stiegen. »Ich bin zu spät gekommen. Hab es nicht geschafft, dich zu retten. Wäre ich früher gekommen, hättest du nicht verbluten müssen.«

»Aber das darfst du dir doch nicht vorwerfen.«

»Ich fürchte, ich kann nicht anders.«

»Es war eine Verkettung unglücklicher Umstände. Mehr gibt es dazu nicht zu sagen.«

»Ja, verdammt unglücklicher Umstände«, sagte er mit erstickter Stimme. »Irgendein Psychopath bricht in unsere Wohnung ein, stiehlt nichts als eine Armbanduhr und einen Computer, und du musst mit dem Leben dafür bezahlen. Und ich kann ihn nicht einmal finden. Ich kann den nicht finden, der dich … ermordet hat. Verstehst du, wie unerträglich das für mich ist?«

»Ja«, antwortete sie leise. »Das verstehe ich gut.«

Er trocknete sich die Wangen und schniefte. »Du hast ihn nicht zufällig erkannt? Ich könnte eine Personenbeschreibung gebrauchen.«

Sie lächelte. »Leider nein, mein Schatz. So funktioniert das wohl nicht.« Sie ließ den Blick über das Boot wandern. Bemerkte die Musik und zeigte in Richtung Kajüte. »Ist das nicht …«

»Hall and Oates, ja.«

»Everytime you go away?« Erneut wurden ihre Grübchen sichtbar. »Das haben wir das erste Mal bei Johnson gehört. Du hast gesagt, es wäre …«

»… die beste Nummer, die je geschrieben wurde.«

Sie lachte. »Du hast sie sechs, sieben Mal hintereinander laufen lassen, damit wir weiter dazu tanzen konnten. Johnson war total genervt.«

»Ist er immer noch.«

Sie schaute ihn verliebt an. »Willst du mich nicht zum Tanz auffordern?«

»Du verschwindest nicht wieder?«

»Würde mir niemals einfallen.«

Er machte einen Schritt auf sie zu, schlang die Arme um ihre Hüften und drückte sie an sich. Spürte die Wärme ihres Körpers. Spürte ihren leichten Atem an seinem Hals. Sie wiegten sich im Takt der Musik. Er sog den Vanilleduft ihres Haares tief ein. »Wir werden immer diesen gemeinsamen Moment haben«, flüsterte sie. »Aber du musst sehen, dass du weiterkommst, Thomas.«

»Ssst …«, beschwichtigte er sie.

»Du musst mich gehen lassen, früher oder später. Musst dein Leben wieder in den Griff bekommen.«

»Ich weiß nicht, wie ich das tun soll.«

»Das bist du uns beiden schuldig.«

»Ja, ich weiß«, murmelte er.

Sie küsste ihn sanft auf den Mund, ehe sie sich von ihm löste. »Gib auf dich acht, Schatz.«

Er wollte etwas entgegnen – etwas, das sie zurückhielt, suchte verzweifelt nach den richtigen Worten, konnte sie jedoch nicht finden. Stattdessen beobachtete er, wie sie von Bord ging. Auf dem Kai wischte sie sich die Hände an ihrem Kleid ab und lächelte zu ihm herab. Dann winkte sie und verschwand. In diesem Moment erstarb die Musik, das Licht erlosch, und er saß wieder allein auf dem dunklen Achterdeck.

18

Mälarhöjden, Dezember 1979

Erik stand neben seinem Vater am Arbeitstisch und beobachtete aufmerksam, wie dieser eine kleine weiße Polareule präparierte. So ein Exemplar war in dieser Gegend ziemlich selten und vermutlich auf der Jagd nach einer Möwe gewesen, ehe es seinerseits einem Jäger aus Åkersberga zum Opfer gefallen war. Bertil spannte probeweise einen der Flügel, um den richtigen Winkel zu finden, ihn zu befestigen. »Sieht es so natürlich aus?«, fragte er.

Erik kniff die Augen zusammen. »Vielleicht nicht ganz so hoch.« Er nahm den linken Flügel und zeigte, wie er es meinte. »Ungefähr hier, dann sieht es so aus, als würde sie durch die Luft schweben.«

»Du hast recht. So sieht es majestätischer aus«, erwiderte Bertil.

»Und die weichen Federn auf der Innenseite der Flügel sind gut zu sehen.«

Bertil nickte anerkennend. »Du lernst wirklich schnell, Erik.«

»Bertil!«, schallte Lenas Stimme aus der Küche. Als sie keine Antwort erhielt, rief sie noch einmal.

Bertil legte vorsichtig den Flügel ab. Er atmete schwer. »Was ist?«

»Komm schnell!«, rief Lena ohne eine weitere Erklärung.

Erik folgte seinem Vater die Treppe hinauf. Als sie in die

Küche kamen, stand seine Mutter am Fenster, das zur Straße hinausging.

»Was gibt's denn da zu sehen?«, fragte Bertil und wischte sich die Finger an der Lederschürze ab.

Lena drehte sich rasch um und blies den Rauch ihrer Zigarette in Richtung Decke. »Was hat dieses Auto in unserem Vorgarten zu suchen?«

Draußen parkte ein großer Lieferwagen. Zwei seiner Räder standen auf dem verschneiten Rasen des Vorgartens. Das Fahrzeug sah ziemlich ramponiert aus. Zwischen dem abblätternden grünen Lack zeigten sich große Rostflecken. »Baumfäller Monson«, war in gelber Schrift an der Tür zu lesen, darunter stand eine Telefonnummer. Der Wagen brummte im Leerlauf und brachte Lenas Nippesfiguren auf der Fensterbank zum Klirren.

»Wer ist das, Bertil?«

»Ich habe wirklich nicht die geringste Ahnung.«

In diesem Moment öffnete sich die Beifahrertür. Ein paar leere Bierflaschen kullerten aus dem Fahrerhaus in den Schnee. Danach stiegen drei feixende Jäger in identischer Thermokleidung aus. Der erste von ihnen streckte sich und blickte zur Haustür herüber.

»Ist das nicht Johan?«, fragte Erik.

»Aber natürlich«, sagte Bertil überrascht.

»Johan?«, sagte Lena und ließ den Rauch aus einem Mundwinkel entweichen.

Die Jäger begrüßten Erik und Bertil mit großem Hallo, als sie aus der Haustür traten und die Stufen hinuntergingen. Alle drei waren ziemlich angeheitert. Erik erkannte die beiden Männer, die Johan begleiteten. Sie hießen Söbring und Olofsson, Jagdkameraden seines Vaters. Er wusste, dass der eine aus einer Stahlwerksfamilie kam und der andere ebenso wie sein Vater Bankier war, doch er konnte sich nicht erinnern, wer nun der Banker und wer der Stahlmensch war. Die drei Männer sahen unrasiert und übernächtigt aus und mochten, ihrem Äußeren nach zu urteilen, mehrere Tage lang durchgezecht haben.

»Ihr seht ja topfit aus«, bemerkte Bertil mit einem ironischen Lächeln.

»Ja, nicht wahr?« Söbring legte Bertil den Arm um die Schultern und drückte ihm einen feuchten Kuss auf die Wange. Dann wuschelte er Erik durch die Haare, dem der Gestank von Schnaps und Schweiß in die Nase stieg.

»Wart ihr auf der Jagd?«, fragte er.

Söbring schaute ihn mit glasigen Augen an. »Gewissermaßen, mein Junge«, antwortete er müde. Sein scharfer Atem hätte Erik fast umgehauen.

Bertil befreite sich aus der Umarmung, und Söbring schwankte leicht.

»Hübschen Wagen habt ihr da.« Bertil betrachtete die Spuren im Schnee, die die Reifen sowohl bei ihnen als auch auf dem Nachbargrundstück hinterlassen hatten. »Habt ihr den gestohlen?«

»Gestohlen?«, verwahrte sich Johan. »Wie kommst du denn darauf. Der gehört meinem guten Freund Monson. Monson!«, rief er.

In diesem Moment trat ein schmächtiger Kerl mit Ohrenklappmütze und Steppweste um den Wagen herum. Sein Lächeln offenbarte Erik und Bertil, dass er nicht mehr allzu viele Zähne im Mund hatte. »Mit Monson bin ich auf Kungsholmen zur Schule gegangen.«

Söbring und Olofsson grinsten. »Monson war unser Überflieger, stimmt's Monson?«

Monson antwortete nicht und ließ den beiden ihren Spaß. Offenbar hörte er diesen Spruch nicht zum ersten Mal.

»Wo kommt ihr eigentlich her?«, fragte Bertil.

»Von der Jagd«, antworteten die drei Jäger wie aus einem Mund.

»Und wie lange wart ihr unterwegs?«

»Drei Tage«, sagten sie im Chor.

»Wenn ich mir euren Zustand so ansehe, dürfte die Ausbeute ziemlich mager gewesen sein.«

Johan legte Bertil seinen Arm schwer auf die Schulter. »Jetzt riskier mal nicht so eine dicke Lippe, mein Kleiner, sonst muss dir Oberjäger Monson eine Rüge erteilen.« Bertil ließ sich von ihm widerstrebend zu dem Wagen führen. Erik folgte ihnen auf dem Fuße. Ihm gefiel es nicht, wie sich Johan gegenüber seinem Vater verhielt. Als machte ihn der Alkohol noch überheblicher, als er sowieso schon war.

Als sie zu der Heckklappe kamen, löste Johan die Befestigungshaken, woraufhin die Klappe nach unten fiel und offenbarte, was auf der Ladefläche lag.

»Du lieber Himmel«, sagte Bertil.

Johan trat zufrieden einen Schritt zurück, um Platz für Erik zu machen. »Schau dir das an, Junge. Hast du schon mal ein größeres Exemplar gesehen?«

Vor ihnen lag ein riesiger Elch. Seine Schaufeln waren so breit, dass sie wie ein kleiner Baum wirkten.

»Ist er nicht schön?«

»Ja«, antwortete Erik. »Beeindruckend.«

Johan wandte sich an Bertil. »Den haben wir fast das ganze Wochenende verfolgt, doch erst heute Morgen ist uns der Alte vor die Flinte gekommen. Aus dreihundert Metern hab ich ihn erwischt«, er stieß einen Rülpser aus, »und das mit dem größten Kater aller Zeiten.«

»Wie viele Schüsse hast du gebraucht?«

Johan lächelte. »Einen einzigen, Bertil, direkt ins Herz. Das hättest du sehen sollen.«

Bertil nickte. »Das muss ein großer Augenblick gewesen sein.« Sein Blick wanderte von dem Elch zu Johan. »Und nun? Wo wollt ihr jetzt hin?«

»Nach Hause, ich hab seit Donnerstag nicht geschlafen. Du weißt ja, wie die beiden Schnapsnasen hier sind.«

Die Schnapsnasen hinter ihm lachten.

»Ich meine, was passiert jetzt mit dem Elch?«

»Den haben wir dir mitgebracht.«

Bertil schüttelte den Kopf. »Vielen Dank, aber wir haben schon genug Fleisch in der Tiefkühltruhe.«

Johan legte den Arm um ihn. »Du verstehst mich nicht. Ich will, dass du ihn für mich ausstopfst.«

Bertil lächelte matt. »Ich glaube, der Alkohol ist dir zu Kopf gestiegen.«

»Überhaupt nicht. Der bekommt einen Ehrenplatz bei uns im Eingangsbereich.«

Erik sah seinen Vater erwartungsvoll an. Das wäre ihr größtes gemeinsames Projekt, ihr Meisterwerk. Doch seine Begeisterung erhielt rasch einen Dämpfer.

»Schon möglich, doch *ich* werde ihn nicht für dich ausstopfen«, erwiderte Bertil kühl.

Alle schauten ihn enttäuscht an. »Mensch, Bertil«, sagte Johan, »wir haben fest mit dir gerechnet.«

»Tut mir leid, aber wir kriegen den ja nicht mal die Kellertreppe runter.«

»Kannst du ihn nicht draußen präparieren?«, fragte Söbring. »Wir könnten ihn bei euch in den Garten …«

»Das lässt die Kälte nicht zu«, schaltete sich Erik ein. Er stieg auf das schmale Trittbrett und kletterte auf die Ladefläche. Mit nüchternem Blick betrachtete er das große Tier und umkreiste es langsam. »Wir brauchten mindestens fünf Kilo Alaun und ebenso viel Salz, um das Fell zu gerben.«

»Donnerwetter«, sagte Johan und lachte. »Vielleicht sollte

ich deinen Sohn beauftragen, wenn du nicht genug Mumm hast, Bertil.«

»Komm da runter«, sagte Bertil gereizt zu Erik. Dann wandte er sich an Johan. »Tut mir leid, alter Junge, aber ich bin nicht interessiert.«

In diesem Moment trat Lena aus der Haustür. Sie hatte sich einen grauen Minkpelz um die Schultern gelegt, den sie eng um sich zog. Ihre weißen Beine, die darunter hervorguckten, zogen die Blicke der Männer auf sich. Während sie sich näherte, lächelte sie Johan strahlend an. »Darauf kannst auch nur du kommen, Johan, an einem Sonntag solch ein Spektakel zu veranstalten.« Sie hatte einen dunkelroten Lippenstift aufgetragen, der ein wenig auf einen Vorderzahn abgefärbt hatte.

»Oh, das war nicht meine Absicht«, entgegnete er und grinste verschmitzt.

Söbring und Olofsson murmelten einen Gruß, und sie nickte ihnen höflich zu, während sie zur Ladeklappe schlenderte.

»Nicht, dass dir kalt wird, Lena«, sagte Bertil, dem deutlich anzumerken war, dass er seine Frau nicht hier draußen haben wollte.

»Mein Gott, ist der groß. Hast du den geschossen, Johan?«

Johan kam zu ihr. »Direkt ins Herz«, antwortete er so nüchtern wie möglich.

»Aber war das nicht gefährlich?«

Johan nickte. »Mit Elchen ist nicht zu spaßen. Wenn man sie nicht mit dem ersten Schuss erwischt, können sie so aggressiv werden wie Grizzlys.«

»Grizzlys?«, fragte sie mit leerem Blick.

»Große Bären.«

»Ach so.« Lena hob beeindruckt die Brauen. »Aber du hast dich offenbar getraut.«

Johan lächelte und zuckte nonchalant mit den Schultern. »Das liegt wohl in meiner Natur.«

»Ich kann dir den Kopf machen«, sagte Bertil verärgert.

»Johan löste seinen Blick von Lena und schaute Bertil an. »Im Ernst? Würdest du das tun?«

»Es sei denn, du willst lieber das Hinterteil haben.« Die anderen lachten, und Bertil zwinkerte Erik zu. »Nicht wahr, Erik, wir können den Hintern für ihn ausstopfen.«

Erik lächelte verlegen.

»Sei nicht so vulgär, Bertil«, sagte Lena, ohne dass ihr jemand zuhörte.

»Aber ganz billig wird das nicht«, fuhr Bertil fort.

Johann nickte. »Kein Problem. Wie viel willst du haben?«

»Fünfzigtausend.«

Söbring und Olofsson sahen ihn entgeistert an. »Was? Das ist mehr, als ein neues Auto kostet!«, polterte Söbring.

»Dann kauf dir doch eins«, gab Bertil zurück. »Das steht dir frei, Johan. Meinetwegen könnt ihr den Elch in die Stadt mitnehmen. Dort gibt es ein paar professionelle Präparatoren, ich gebe euch gerne die Telefonnummern. Die machen gute Arbeit für die Hälfte des Geldes. Aber wenn du ihn hierlassen willst, ist das eben der Preis.«

»Du lässt doch wohl ein bisschen mit dir handeln«, erwiderte Johan zögernd.

Bertil schüttelte entschieden den Kopf. »Das ist hier kein Krämerladen.« Mit diesen Worten wollte er sich umdrehen.

»Also gut«, sagte Johan. »Wenn das der Preis ist.«

Söbring und Olofsson schüttelten die Köpfe.

Lena zündete sich lächelnd eine Zigarette an.

»Hast du eine Kettensäge dabei?« Johan wandte sich an Monson.

Monson schaute ihn an, als wäre das die dümmste Frage, die er je gehört hatte. »Natürlich.«

Wenige Minuten später stand Johan mit der lärmenden Kettensäge auf der Ladefläche. Söbring und Olofsson saßen auf dem Rücken des Elchs, um den Körper des Tiers zu fixieren, während Johan damit begann, seinen Kopf abzutrennen. Fleisch und Knochensplitter flogen durch die Gegend und färbten sein Gesicht und seine Kleidung rot.

Lena betrachtete fasziniert das makabre Schauspiel, ehe sie sich ein paar Schritte von dem Fahrzeug entfernte, um sich und ihren kostbaren Pelz in Sicherheit zu bringen.

Kurz darauf ließ Johan den abgesägten Elchkopf von der Ladefläche fallen. Mit einem dumpfen Geräusch landete er im tiefen Schnee. Bertil und Erik betrachteten ihn eingehend.

»Das wird fantastisch«, sagte Erik.

Bertil nickte. »Bringen wir ihn nach hinten zum Kellereingang.«

19

Ein paar Tage später hing der große gehäutete Elchkopf an einem Flaschenzug unter der Kellerdecke. Der oberste Teil des Schädels lag offen, nachdem Erik und Bertil mit der Säge die mächtigen Schaufeln freigelegt hatten. Die Sehnen spannten sich wie Taue durch das Gesicht, und die großen schwarzen Augen des Elchs starrten leer aus dem blutigen Fleisch. Trotz der kühlen Kellertemperatur hatte die Verwesung bereits eingesetzt, und von dem aufgehängten Kadaver ging ein ekelerregender Gestank aus. Doch Erik störte weder dieser Gestank noch der makabre Anblick. Mit einem Messschieber maß er exakt den Kopf des Elchs aus und trug die Zahlen in ein kleines schwarzes Notizbuch ein.

Am Arbeitstisch stand Bertil neben dem enormen Korpus, den sie gekauft hatten. Sobald Erik mit dem Messen fertig war, würde Bertil den Korpus exakt so zuschneiden, dass die Gesichtshaut, die sie in einer Zinkwanne gerbten, darauf passte.

Das Messen und die Präparation der Tierhäute gehörte inzwischen zu Eriks Lieblingsarbeiten während des Konservierungsprozesses. Die Monate im Keller hatten ihn gelehrt, dass ein gutes Endergebnis fast sicher war, wenn man diese vorbereitenden Arbeiten mit größter Sorgfalt erledigte. Und schon jetzt arbeitete er sorgfältiger als sein Vater, was das Messen und Gerben anging. Letzteres diente auch dazu, dass die Häute ihren Glanz behielten.

Bertil holte einen kleinen Pappkarton. Darin lagen vier

Glasaugen. Die farbigen dunklen Kugeln sahen fast identisch aus, dennoch waren die Größe der Pupillen sowie die Form der Augäpfel verschieden. All das würde dazu beitragen, der Trophäe einen ganz eigenen Ausdruck zu verleihen.

Bertil blickte zur Treppe hin, die zur Küche hochführte. »Johan!«, rief er.

Als er keine Antwort erhielt, wandte er sich an Erik. »Kannst du mal Johan holen, damit er mir sagen kann, welche Augen er haben möchte?«

»Ich bin gerade beschäftigt«, murmelte Erik.

»Jetzt gleich«, sagte Bertil, »ehe deine Mutter ihm ein Ohr abkaut.«

Erik legte seufzend den Messschieber weg, dann drehte er sich um und lief die Treppe hinauf.

Als er in die Küche hochkam, sah er sich nach Johan und seiner Mutter um, erblickte jedoch nur ihre leeren Kaffeetassen, die auf dem Esstisch standen. Eine der langen, dünnen Zigaretten seiner Mutter glomm im Aschenbecher, und er wunderte sich, wo die beiden geblieben sein mochten. Er durchquerte die Küche und ging in den langen Flur weiter. Die Tür zum Wohnzimmer war angelehnt, dahinter hörte er leise Stimmen. Er schob die Tür lautlos auf. Im zweiten Wohnzimmer, das in gerader Flucht hinter dem ersten lag, sah er seine Mutter und Johan. Lena lag mit dem Oberkörper über dem Esstisch und hielt sich mit beiden Händen an der Tischkante fest. Ihr Kleid war nach oben geglitten und offenbarte ihre vollen weißen Pobacken. Ihr hellblauer Slip baumelte um ihr Fußgelenk. Johan stand hinter ihr und presste sich in sie hinein. Sein Kopf war knallrot. »Schlampe«, stöhnte er leise. »Du geile Schlampe.«

»Ja«, antwortete sie. »Ja ...«

Erik ging in den Keller zurück. Sein Vater stand vor dem Kadaver und legte den Messschieber an der Augenpartie an. Er drehte sich um und sah, dass Erik allein war. »Wo ist Johan?«

»Ich konnte ihn nicht finden.«

»Was ist das für ein Unsinn«, meckerte Bertil, drängte sich an seinem Sohn vorbei und stellte sich an den unteren Treppenabsatz. »Johan, verdammt, wir brauchen dich hier unten!«

Es dauerte einen kurzen Moment, ehe Johan auf der Treppe erschien. »War nur auf dem Klo«, erklärte er mit immer noch rotem Kopf. Er kam in den Keller hinunter und lächelte Bertil an.

»Ich dachte schon, du wärst reingefallen«, sagte Bertil trocken.

»Keine Sorge«, antwortete Johan und klopfte ihm auf die Schulter. Sein Blick fiel auf die Gesichtshaut in der Wanne, die so zerknittert wie ein alter Mantel war. »Pfui Teufel, was für ein unangenehmer Anblick.«

»Jetzt konzentrier dich auf die Augen. Welchen Ausdruck soll deine Trophäe haben?« Bertil reichte ihm die kleine Schachtel mit den Glasaugen.

Johan warf einen flüchtigen Blick darauf. »Davon verstehe ich nichts. Kannst du nicht einfach welche aussuchen?«

»Dann würde ich diese hier nehmen«, entgegnete Bertil und zeigte auf ein Paar.

»Ja, gut«, sagte Johan, »hoffentlich sieht das Ganze ein bisschen appetitlicher aus, wenn ihr irgendwann mal fertig seid.« Er wies mit einer Kopfbewegung auf den aufgehängten Kadaver.

»Wir werden ihn schon richtig herausputzen«, entgegnete Bertil kühl. »Er wird sein Geld wert sein.«

Erik, der ein Stück entfernt stand, betrachtete seinen Vater und Johan. Aus der Küche über ihnen waren die charakteristischen Schritte seiner Mutter zu hören. Er hatte Schwierigkeiten, das zu verstehen, was er gerade gesehen hatte – wusste nur, dass nichts je wieder so sein würde wie vorher. Früher oder später würde alles auseinanderfallen. Der Keller war kein sicherer Zufluchtsort mehr, und am liebsten wäre er weggelaufen. Nur wusste er nicht, wohin.

20

Christianshavn, 2013

Die Tür zum Havodderen öffnete sich, und Thomas trat ein. Draußen war es ungewöhnlich kalt, und er rieb sich die Arme, um ein bisschen Wärme zu erzeugen. Johnson, der gerade mit seiner morgendlichen Zeitungslektüre beschäftigt war, blickte auf. »Es ist noch sehr früh, selbst für dich. Ich öffne erst in einer Stunde.« Er streckte die Hand nach seinem Kaffeebecher aus und trank einen Schluck. Dann stellte er ihn wieder ab und griff nach der filterlosen Cecil-Zigarette, die im Aschenbecher glomm.

Thomas setzte sich auf den Barhocker ihm gegenüber. »Ich bin nicht gekommen, um zu trinken«, sagte er und zog einen Fünfziger aus der Tasche. Nach einer intensiven Durchsuchung des gesamten Boots belief sich sein Barkapital jetzt auf 675 Kronen. »Damit sind wir quitt, glaub ich.«

Johnson steckte den Schein in die Brusttasche seines karierten Hemds. »Ich öffne trotzdem erst in einer Stunde.«

Thomas zuckte die Schultern. »Wie war das jetzt mit der Tochter deiner Putzfrau?«

Johnson schaute ihn an. »Warum willst du das plötzlich wissen?«

»Du wolltest doch, dass ich dir helfe, oder?«

Johnson drückte die Zigarette im Aschenbecher aus, während er Thomas skeptisch anblickte. »Natürlich wollte ich das.«

»Also, worum geht's?«

»Um Nadjas Tochter. Die ist jetzt, wie gesagt, seit über zwei Jahren spurlos verschwunden.«

»Daran kann ich mich erinnern, doch was genau soll ich für dich tun?«

»Überprüfen, ob ihr bei der Polizei irgendwelche Informationen über sie habt.«

»Wenn bis jetzt keine Vermisstenanzeige erstattet wurde, dann werden kaum irgendwelche Informationen vorliegen. Es sei denn ...«

»Es sei denn ...?«

»Sie ist tot oder sonstwie zu Schaden gekommen. Hat sie sich illegal hier aufgehalten?«

Johnson schüttelte den Kopf. »Glaub ich nicht, aber über ihre private Situation weiß ich nicht viel. Vielleicht wäre es das Beste, du würdest mal mit Nadja reden.«

»Okay, wo finde ich sie?«

»Vermutlich ist sie zu Hause.«

»Und wo ist das?«

»Nur ein paar Straßen von hier.«

Thomas rutschte vom Barhocker. »Dann lass uns zu ihr gehen.«

Sein Vorschlag schien Johnson, der große Augen machte, zu überrumpeln. »Ich kann hier nicht weg, ich mach doch gleich auf.«

»Du machst in einer Stunde auf, und bis dahin sind wir wieder zurück. Komm!«

»Aber sie weiß doch gar nicht, dass wir kommen.«

»Kannst sie ja von unterwegs anrufen.«

Johnson faltete die Zeitung zusammen und nahm seine Schlüssel. Dann leerte er seine Kaffeetasse. »Du benimmst dich wirklich seltsam heute, Ravn. Bist du krank oder nur nüchtern?«

Nadjas Wohnung lag im Keller eines Mietshauses in der Burmeistergade. Sie war ebenso feucht wie die Kajüte auf der Bianca, nur war hier die Decke noch niedriger. Dafür herrschte in dem spartanisch eingerichteten Wohnzimmer mit den vier weißen Plastikstühlen um den Esstisch eine penible Ordnung. Nadja bot ihnen Kaffee und selbst gebackene Plätzchen an. Sie war eine kleine, zartgliedrige Frau mit graumelierten Haaren und dunklen Tränensäcken unter den Augen. Nachdem sie ihnen eingeschenkt hatte, setzte sie sich ans Ende des Tischs. Sie blickte Thomas verwundert an, als könnte sie kaum glauben, dass dieser schmächtige Kerl mit den halb langen Haaren und dem struppigen Vollbart wirklich Polizist war.

»Wie heißt Ihre Tochter?«, fragte Thomas und stellte seine Tasse auf dem kleinen Tisch ab.

»Masja«, antwortete Nadja.

»Und wie alt ist sie?«

»Sie wird nächsten Monat 23, am vierzehnten.« Sie sprach mit breitem Akzent, und Thomas musste sich konzentrieren, um alles zu verstehen, was sie sagte.

»Wann haben Sie Masja das letzte Mal gesehen?«

»Vor zweieinhalb Jahren.« Tränen stiegen ihr in die Augen.

»Und Sie haben keine Ahnung, wo sie geblieben sein könnte?«

»Nein, ich habe überall nach ihr gesucht. Sie ist verschwunden.« Sie schlug verzweifelt mit den Armen aus.

»Sie haben sicher versucht, sie anzurufen.«

»Ja, aber die Leitung ist tot. Ihre Nummer gibt es nicht mehr.«

»Hat sie hier bei Ihnen gewohnt?«

»Am Anfang ja, nachdem wir hierhergekommen waren. Dann ist sie zu einer Freundin gezogen und später zu ihrem Freund.« Sie rümpfte die Nase. »Ich mochte ihn nicht.«

war es also, der geweint hatte, was Erik Angst machte. Mehr, als hätte seine Mutter geweint.

»Ich kann das nicht verstehen, Lena ... ich verstehe es nicht ...« Bertil zuckte ratlos mit den Schultern.

»Weil du es nicht verstehen willst. Wir haben doch schon so oft darüber gesprochen.«

»Dann erklär es mir noch mal!«, sagte Bertil mit solcher Heftigkeit, dass der Speichel aus seinem Mund flog.

»Wenn ich noch lange hier in Mälarhöjden bleibe, sterbe ich. Verstehst du, Bertil? Dann ist nicht mehr Leben in mir als in deinen verdammten Tieren unten im Keller.« Sie bearbeitete mit der Feile den nächsten Nagel.

»Okay, dann lass uns das Haus verkaufen und in die Stadt ziehen, da bin ich dabei.« Bertil setzte sich auf die Bettkante. Lena rückte rasch zur Seite, um ihn nicht zu berühren.

»Wir fangen noch mal neu an«, sagte er. »Dann hab ich's auch nicht mehr so weit zur Arbeit. Wir können öfter ausgehen, ins Restaurant, ins Kino und ins Theater, all das, was du immer vermisst hast.«

»Du verstehst es wirklich nicht.«

»Doch«, widersprach er verzweifelt. »Ich verstehe sehr gut, dass es kein Vergnügen ist, tagein und tagaus im Haus eingesperrt zu sein, also ziehen wir um, so wie du es willst ...«

»Nicht *wir*, Bertil. *Ich* ziehe um. Es ist nicht nur das Leben hier in Mälarhöjden. Ich will auch von dir weg. Wir haben uns einfach ... auseinandergelebt.«

»Wie kannst du nur so kalt sein«, sagte Bertil und senkte den Blick. »Nach so vielen gemeinsamen Jahren.«

»Ich bin nicht kalt, sondern realistisch. Und ich treffe eine Entscheidung, die langfristig gut für uns alle ist.«

»Und was ist mit Erik? Du kannst doch nicht einfach deinen Sohn im Stich lassen.«

»Hör auf, diesen Trumpf auszuspielen. Erik kann mich jederzeit besuchen. Wir finden schon eine Regelung.«

Erik hielt es nicht mehr aus. Er zog den Kopf von der Türöffnung zurück und sank direkt vor dem Schlafzimmer auf den Boden. Er hielt sich die Ohren zu, aber das reichte nicht aus, um die Stimmen seiner Eltern zum Verstummen zu bringen.

»Ich lasse dich nicht gehen«, sagte Bertil.

»Das hast du nicht zu entscheiden.«

»Ich bringe mich um, wenn du das tust. Ich schwöre, dass ich in den Keller gehe und mich aufhänge.«

Erik nahm die Hände von den Ohren und warf einen erneuten Blick ins Schlafzimmer. Sein Vater war vom Bett aufgestanden. Er weinte jetzt wieder. »Lena, ich bitte dich ...«

»Hör auf, Bertil.« Sie beugte sich vor und tätschelte sein Bein. »Du machst alles nur noch schlimmer. Wir ... wir hatten es gut zusammen, aber es ist vorbei.« Sie legte die Nagelfeile auf den Nachttisch, schüttelte eine Zigarette aus der Schachtel und zündete sie an.

Bertil war wie versteinert und starrte auf den Boden. Lena blies den Rauch in seine Richtung. Die Schwaden umhüllten ihn wie ein plötzlicher Nebel. Das hier, dachte Erik, war nicht der beste Augenblick seines Vaters. In dieser Haltung könnte man ihn nicht auf ein Podest stellen. Dennoch hätte sich Erik noch sehr lange an dieses Bild seines Vaters erinnert – wäre nicht Folgendes geschehen: Ohne Vorwarnung sprang Bertil auf das Bett, legte die Hände um Lenas Hals und drückte zu. Die Zigarette fiel ihr aus der Hand auf den Teppichboden. Lena kämpfte darum, sich zu befreien, schlug mit den Händen um sich und strampelte mit den Beinen, um Bertil abzuschütteln, doch er war viel zu schwer für sie. Erik stand wie gelähmt in der Türöffnung. Er wollte seinen Vater anschreien, dass er aufhören sollte, doch es kam kein Laut über seine Lippen. Er wollte seiner Mutter zu Hilfe eilen, doch seine Beine gehorchten ihm nicht. Ein Röcheln drang aus ihrer Kehle, während er beobachtete, wie sich die glimmende Zigarette immer weiter in den Teppich hineinfraß. Vielleicht ist es so am besten, kam es ihm in den Sinn. Sie wollte sie schließlich verlassen.

Bertil stieß einen Schrei aus und fasste sich an die Wange. Lenas lange Nägel hatten sie aufgekratzt, Blut sickerte zwischen seinen Fingern hindurch. Hustend und prustend trommelte sie gegen seine Brust. Er glitt von ihr herunter und landete genau auf der Zigarette, die auf dem Boden lag, doch er schien es nicht zu merken. Saß bloß da und schluchzte verzweifelt. »Du Psychopath«, stieß Lena keuchend hervor. Sie begann, auf seinen Kopf einzuprügeln, doch er tat nichts, um sich vor den Schlägen zu schützen. »Verdammter Psychopath.« Schließlich sank Lena erschöpft auf das Bett. Sie hustete erneut und griff sich an den Hals, wo Bertils Hände dunkelrote Abdrücke hinterlassen hatten, die aussahen wie eine makabre Halskette.

»Entschuldige, Lena ... ich weiß nicht, was in mich gefahren ist.«

»Du bist krank ... in deinem Kopf stimmt was nicht.«

»Es tut mir so leid ...« Er streckte den Arm nach ihr aus.

»Bleib, wo du bist«, sagte sie und stieß ihn weg.

Bertil zog den Arm zurück und starrte mit leerer Miene auf den Boden. »Wenn es wirklich das ist, was du willst, dann werde ich dich gehen lassen. Wir können nach einer Wohnung für dich suchen. Können dafür sorgen, dass du dich in der Stadt erholst. Und in einem halben oder in einem Jahr reden wir noch mal. Vielleicht magst du ja dann zurückkommen. Ich werde jedenfalls auf dich warten ...«

»Stopp! Sprich nicht weiter!«, rief sie mit heiserer Stimme. »Ich will nichts von dir haben.«

»Aber Lena, du kannst doch so nicht gehen. Das Leben in Stockholm ist unglaublich teuer, wie willst du da alleine zurechtkommen? Willst du dir etwa eine Arbeit suchen?« Letzteres sagte er mit einem ironischen Unterton.

»Ich komm schon zurecht, Bertil.«

Bertil betrachtete das Blut an seinen Händen. »Das wäre das erste Mal, es sei denn ... du hast einen anderen.«

Sie hustete erneut, während sie nach der Zigarettenschachtel auf dem Nachttisch griff.

»Wer ist es? Antworte mir!«

Sie zündete sich eine Zigarette an und warf ihm einen langen Blick zu. Dunkle Mascara-Girlanden hingen in ihrem Gesicht. Zusammen mit den Abdrücken an ihrem Hals verliehen sie ihr ein groteskes Aussehen. »Spielt das irgendeine Rolle?«

»Antworte mir!«

»Johan«, sagte sie und ließ sich ins Kissen sinken. »Zufrieden?« Sie schickte eine Rauchwolke zur Decke.

Ohne zu antworten, richtete Bertil sich mühsam auf, schwankte auf die Toilette und schloss die Tür hinter sich ab.

Erik betrachtete seine Mutter durch die Türöffnung. Nie war sie ihm ferner gewesen als in diesem Moment, wie sie da rauchend im Bett saß und irgendeinen Punkt an der Decke fixierte. Dennoch verspürte er den Drang, sich in ihre Arme zu werfen und sein Gesicht in dem seidigen Stoff ihres Nachthemds zu verbergen.

Stattdessen drehte er auf dem Absatz um und verschwand den Gang hinunter.

* * *

Erik machte im Keller Licht. Auf dem Arbeitstisch stand der große Korpus. Darüber spannte sich die Gesichtshaut seinen saubersten Kapuzenpullover und eine dunkelblaue Hose angezogen. Eigentlich hatte er sich auch rasieren wollen, doch er hatte keinen unbenutzten Einmalrasierer gefunden, und für eine elektrische Rasur fehlte ihm nach wie vor der Strom. Der Blick des Wachmanns am Eingang hatte ihm deutlich zu verstehen gegeben, dass sein Vorhaben, einen ordentlichen Eindruck zu machen, nur teilweise geglückt war. Doch zumindest hatten sie ihn hereingelassen.

»Ravnsholdt?«, hörte er eine Stimme hinter sich. Thomas drehte sich um. Polizeidirektor Klaus Brask kam auf ihn zu. Er war Mitte vierzig, relativ korpulent, und sein Schnurrbart war inzwischen deutlich dichter als seine spärliche Haarpracht. Brask schwitzte und hatte die Hemdsärmel hochgekrempelt. Unter seinem Arm klemmten ein paar Dokumentenmappen. »Ich dachte, du hast immer noch Urlaub.«

»Hab ich auch.«

»Und wie geht's dir?« Brask musterte ihn kurz.

»So einigermaßen.«

»Ausgezeichnet«, entgegnete Brask wenig überzeugend. »Gehst du immer noch nach Bispebjerg?«

Thomas lächelte über die eigenartige Formulierung. Mit »Bispebjerg« meinte Brask die psychiatrische Abteilung der Bispebjerg-Klinik, an die er zu Beginn seiner Krankschreibung überwiesen worden war, ohne dort jemals vorstellig geworden zu sein. »Ja, ja, jeden Dienstag, tut mir gut«, log er.

»Ausgezeichnet. Letztendlich müssen sie dort ja entscheiden, wann ... wir dich wiederbekommen.« Er musterte seine Schuhspitzen. »*Ob* du zurückkommen kannst. Hast du deinen Dienstausweis eigentlich abgegeben?«

»Natürlich«, log Thomas lächelnd. Brask lächelte nicht. Stattdessen beugte er sich vor und senkte die Stimme. »Der Oberstaatsanwalt hat übrigens darauf verzichtet, Anklage gegen dich zu erheben.«

»Ich wusste nicht, dass überhaupt Anklage erhoben werden sollte.«

»Wird es ja auch nicht, das meine ich ja!« Brask sah ihn an, als wäre er schwer von Begriff.

Thomas zuckte bedauernd die Schultern. »Und was wollte man mir vorwerfen?«

»Weißt du das wirklich nicht mehr?«

»Nein, wirklich nicht.«

Brask steckte sich die Dokumentenmappen unter den anderen Arm und holte tief Luft. »Es ist ja eigentlich nicht üblich, einem Verdächtigen seine Dienstwaffe in den Mund zu stecken, während man ihn verhört.«

Thomas schaute ihn verblüfft an. »Also daran kann ich mich wirklich nicht erinnern.«

»Dann haben die Leute in Bispebjerg wohl noch einiges zu tun«, entgegnete Brask.

Thomas nickte. »Was ist mit den Ermittlungen zu Eva? Gibt's irgendwas Neues?«

Brask wandte den Blick ab. »Du weißt doch, wie die Dinge liegen.«

»Überhaupt keine Fortschritte?«

»Ich will dich nicht anlügen«, sagte er zögerlich. »Falls nicht doch noch ein Zeuge auftaucht oder wir die Gegenstände finden, die gestohlen wurden, können wir zurzeit nichts mehr tun.« Brask klopfte Thomas auf die Schulter. »Gute Besserung, Ravnsholdt. Das meine ich ehrlich.«

»Danke ...« Er wollte gerade *gleichfalls* hinzufügen, schluckte es aber im letzten Moment hinunter. Dann ging er zu der Ermittlungsabteilung weiter. Allmählich kehrte die Erinnerung an besagtes Verhör zurück, bei dem seine Dienstpistole eine gewisse Rolle gespielt hatte. Das war unmittelbar vor seiner Beurlaubung gewesen. Mikkel und er hatten auf der Køge Bugt Autobahn einen Lieferwagen mit zwei Polen angehalten, in dem sie jede Menge Diebesgut gefunden hatten: Rasenmäher, Kinderfahrräder, Computerbestandteile und Schmuck. Er hatte alles durchwühlt und auf die Reservespur geworfen, daran erinnerte er sich jetzt – und an seine Verzweiflung. Es war der Tag gewesen, an dem sich die Ermittlungen in Evas Fall endgültig festgefahren hatten. Er hatte verzweifelt nach den Gegenständen gesucht, die in ihrer Wohnung gestohlen worden waren, doch er hatte sie natürlich nicht gefunden. Er erinnerte sich, wie er sich auf den einen Polen gestürzt hatte, um ihn dazu zu bringen, den Einbruch in seiner Wohnung und den Mord an Eva zu gestehen, doch an das mit der Pistole erinnerte er sich nicht. Er hatte komplett die Nerven verloren, was ihm bereits damals klar gewesen war. Die Polen waren nicht einmal in der Nähe von Christianshavn gewesen.

Im Gegensatz zu jemand anderem, der ungeschoren davongekommen war. Dieser Gedanke schmerzte ihn noch immer.

In der Ermittlungsabteilung hatte sich nichts verändert. Dasselbe heruntergekommene Büro wie vor ein paar Monaten. Dieselben abblätternden Wände und verschlissenen Büromöbel und Computer aus der Zeit vor der Jahrtausendwende. Angesichts dieser Bedingungen war ihre hohe Aufklärungsrate eigentlich ein Wunder. Einige Beamte in Zivil standen am anderen Ende des Raums vor einem Whiteboard und ließen sich instruieren. Er bemerkte ein paar neue, junge Gesichter. Eigentlich lag ihm nichts an dem Wiedersehen mit seiner alten Abteilung. Sie erinnerte ihn allzu sehr an die vielen Überstunden und die zahllosen Berichte, die man schreiben musste, ehe man irgendwann nach Hause kam. Und sie erinnerte ihn an den Verlust von Eva. Sein Blick fiel auf Mikkel, der wie üblich auf der Kante seines Plastikbechers herumkaute. Millimeter für Millimeter, bis der ganze Rand voller Dellen war. Verdammter Nager.

Wenige Minuten später war das Briefing beendet, und die Beamten gingen wieder an ihre Schreibtische. Als Mikkel seinen Becher in den nächsten Papierkorb warf, erblickte er Thomas. Er breitete die Arme aus und lächelte so breit, dass man die Lücke zwischen seinen Schneidezähnen sah. »Hey, ›Serpico‹, arbeitest du inzwischen undercover oder was?«, fragte er in dem melodischen Jütländisch, das seine Vorfahren aus Aalborg erahnen ließ.

»Wie meinst du das?«, fragte Thomas lächelnd.

»Du siehst aus wie ein Kleindealer aus Christiania. Wie schön, dich zu sehen.« Er umarmte ihn rasch und war schon im nächsten Moment wieder an seinem Computer. Mikkel gab sein Passwort ein. »Leider ein schlechter Zeitpunkt für einen Besuch. Heute geht's rund.«

»Was ist los?«

»Wir bereiten eine Razzia bei den Blågårdsjungs vor. Haben einen anonymen Tipp bekommen, dass die heute eine Ladung Schnee kriegen. Mindestens zehn Kilo, und wir werden sie dabei erwischen.« Mikkel grinste ihn an, und Thomas spürte förmlich das Adrenalin, das durch Mikkels Körper jagte. So war es ihm früher auch gegangen. Es war ein Rausch, von dem man schnell abhängig wurde.

»Dann viel Glück«, entgegnete er.

»Wann fängst du wieder an?«, fragte Mikkel, während er in seinen Unterlagen kramte. »Ich vermisse dich, Kumpel.«

»Ein bisschen wird's wohl noch dauern.«

»Ja, natürlich«, sagte Mikkel und konzentrierte sich wieder auf den Monitor. »Aber wir treffen uns bald mal auf einen Kaffee, ja?«

»Auf jeden Fall. Du, Mikkel, du könntest mir einen Gefallen tun.«

22

Kopenhagen, 2013

Auf dem Innenstadtrevier hatte der übliche Vormittagstrubel eingesetzt. Mehrere nächtliche Arrestanten wurden aus ihren im Keller gelegenen Zellen gebracht und zu den Streifenwagen geführt, die sie zum Haftrichter bringen sollten. Thomas ging an zwei uniformierten Beamten vorbei, die ihre liebe Not damit hatten, zwei junge Handwerker mit fleckigen Overalls und Sicherheitsschuhen in die angestrebte Richtung zu manövrieren. Die Männer sahen ziemlich mitgenommen aus und leisteten trotz ihrer Handschellen beträchtlichen Widerstand.

»Hilfe gefällig?«, fragte Thomas die Beamten.

Der Erste sah ihn misstrauisch an, bis Thomas seinen Dienstausweis aus der Jackentasche zog. Dann schüttelte er den Kopf. »Geht schon«, keuchte er. Er hob die Hände des Arrestanten hoch, die auf dem Rücken fixiert waren, und zwang seinen Oberkörper nach vorn. Die deutlichen Worte, die er dabei verlor, reichten offenbar aus, um die beiden Männer zur Ruhe zu bringen und sich willig zum Ausgang führen zu lassen.

Thomas faltete seinen Dienstausweis zusammen und ließ ihn wieder in seiner Tasche verschwinden. Er ging den langen Korridor entlang, der zur Ermittlungsabteilung führte. Ehe er zum Innenstadtrevier aufgebrochen war, hatte er sich an der Küchenspüle der Bianca notdürftig gewaschen, des Elchs, es fehlte nicht mehr viel bis zur Vollendung ihres Werks. Es kam ihm so vor, als hätten sie den riesigen Elch, der mit seinen dunkelbraunen Glasaugen majestätisch durch den Raum blickte, erneut zum Leben erweckt. Erik betrachtete ihn. Er war bis jetzt ihre größte gemeinsame Arbeit. Sein Vater hatte sie als »Gesellenstück« bezeichnet. Mit seinem halb geöffneten Maul schien ihn der Elch spöttisch anzublicken. Er nahm das Skalpell, das auf dem Arbeitstisch lag, schloss seine Finger fest um den Schaft und stieß es in den Elch hinein. Das Skalpell durchlöcherte das Fell und drang tief in den Korpus vor. Erik zog es wieder heraus und hieb auf das Tier ein, immer wieder und immer schneller. Er begann zu keuchen, während ihm der Schweiß über die Stirn lief. Schließlich brach die Klinge ab und blieb stecken. Er versuchte, sie mit den Fingern herausziehen, doch sie saß zu fest. Mit dem Schaft bewaffnet, ging er zum Angriff auf ein Auge des Tiers über. Es war mit einem starken Spezialkleber fixiert und ließ sich nur schwer entfernen, doch schließlich fiel das große Auge klirrend zu Boden. Er warf das Messer fort und begutachtete das Gemetzel. Das Tier war so verunstaltet, als wäre es von einer Maschinenpistole durchlöchert worden. Er blickte zum Tisch hinüber, auf dem der Werkzeugkasten stand. Die große Kanüle, vor der ihn sein Vater gewarnt hatte, schaute heraus. Er überlegte, sie in den Elch zu rammen, wusste aber nicht wie. Außerdem war er ziemlich erschöpft, also steckte er sie in die Tasche und ging in sein Zimmer zurück.

21

Mälarhöjden, Januar 1980

Erik schlug die Augen auf. Er lag in seinem Bett. Das dunkle Zimmer wurde vom schwachen Mondlicht erhellt, das durch das Fenster drang. Das Mobile aus lackiertem Holz drehte sich im Luftzug des Türspalts halb um die eigene Achse. Erik setzte sich auf. Er schaute auf die Uhr, die neben ihm auf dem Nachttisch stand. Es war fast halb drei in der Nacht. Vom entferntesten Ende der ersten Etage drangen Stimmen zu ihm herüber. Sie kamen aus dem Schlafzimmer seiner Eltern. Sie schienen zu streiten. Einer von ihnen weinte offenbar, aber er konnte nicht ausmachen, wer. Erik schlug die Decke zur Seite und sprang aus dem Bett. Er zog seine gestreifte Pyjamahose hoch, die heruntergerutscht war, und schlich sich zur Tür. Draußen im Flur brannte Licht. Er hörte seine Mutter sich über irgendetwas beklagen, verstand aber nicht, um was es ging. Erik setzte seinen Weg durch den schmalen Flur mit der geblümten Tapete fort. Die Schlafzimmertür seiner Eltern war weit geöffnet, und er zögerte einen Augenblick, ehe er sich zu der Tür schlich. Vorsichtig spähte er ins Schlafzimmer. Seine Mutter saß in einem hellroten Nachthemd auf dem Bett, den Rücken an das Kopfteil gelehnt. Mit einer Feile bearbeitete sie hektisch ihre Nägel. Sein Vater schritt in einem gestreiften Pyjama, der zum Verwechseln seinem eigenen glich, vor dem Bett auf und ab. Erik sah, dass er rote Augen hatte. Er

130

wäre, die für den richtigen Preis ein bisschen Massage anbietet.«

»Glaubst du, dass sie als Prostituierte ihr Geld verdient?«, schoss es aus Johnsons Mund.

Thomas zuckte die Schultern. »Würde mich jedenfalls nicht überraschen.«

»Okay, was machen wir jetzt?«

»Ich muss aufs Revier und sie durch unser System laufen lassen.« Thomas' Auge zuckte ein wenig. »Das wird … merkwürdig werden … nach so langer Zeit.«

Kurz darauf blieben sie vor dem Havodderen stehen. Johnson schaute ihn an. »Kommst du noch mit rein? Das geht aufs Haus.«

»Nein, danke. Ich geb dir Bescheid, wenn ich irgendwas rausfinde.« Damit machte er auf dem Absatz kehrt und entfernte sich.

»Ravn!«, rief Johnson ihm nach. Thomas drehte sich halb um. »Das ist sehr nett von dir.«

Thomas nickte ihm rasch zu und schlenderte der Bianca entgegen.

»Ich werde mich bei der Polizei umhören, ob sie von irgendjemandem gesehen wurde.«

»Bitte keine Probleme mit der Polizei«, entgegnete Nadja besorgt.

»Keine Probleme«, versicherte Thomas und verabschiedete sich.

Thomas und Johnson schlenderten auf dem Rückweg zum Havodderen am Kanal entlang. Der Wind hatte aufgefrischt, Thomas fröstelte in seiner dünnen Jacke.

»Was glaubst du, was mit ihr passiert ist?«, fragte Johnson.

»Keine Ahnung.«

»Überhaupt keine Idee?« Johnson sah ihn enttäuscht an.

»Mit ein bisschen Maniküre lässt sich jedenfalls nicht viel Geld verdienen.«

»Wie meinst du das?«

»Dass man mit ihrem Verbrauch plus der Miete für ihre Mutter jeden Monat ziemlich viel Kohle verdienen muss. Allein diese Taschen, die da an der Wand hingen, kosten mindestens fünftausend pro Stück. Ich hab Eva so eine geschenkt, als sie dreißig wurde. Als die Verkäuferin mir den Preis genannt hat, dachte ich zuerst, sie macht einen Scherz.«

»Glaubst du, dass sie die Taschen gestohlen hat?«

»Könnte schon sein, aber in solchen Läden ist das nicht einfach. Da sind die Waren elektronisch gesichert, und manchmal steht noch ein Aufpasser draußen vor der Tür. Die wissen schon, was ihre Sachen wert sind.«

»Vielleicht hat sie die Taschen ja von … Herrn Wunderbaum bekommen.«

»Ja, vielleicht.«

»Du scheinst nicht überzeugt zu sein. Was denkst du?«

»Dass sie nicht das erste Mädchen in der Weltgeschichte

»Ja«, antwortete Nadja, die im Türrahmen stand. »Sie ist meine Prinzessin.«

Er stellte das Foto behutsam auf den Schreibtisch zurück.

An einem Haken daneben hingen ein paar teure Louis Vuitton-Taschen, mehrere unechte Perlenketten sowie ein zerzauster grauer Mantel aus Kaninchenpelz, an dem ein Ärmel abgerissen war und wie ein gebrochener Arm herunterhing. Thomas ging zu dem Kleiderschrank in der Ecke und öffnete ihn. Auf den Regalbrettern stapelten sich die Kleider, ganz unten lagen jede Menge Stiefel und hochhackige Schuhe neben- und übereinander. »Gehört das alles Masja?«

»Ja«, antwortete Nadja. »Sie liebt Klamotten, Klamotten und Schuhe. Hatte immer was Neues an, wenn sie zu mir kam.«

»Und all diese Sachen?«

»Die sind schon älter. Masja wollte immer was Neues haben. Das war schon immer so.«

»Haben Sie ein neueres Foto von Masja?«

Nadja nickte und verschwand aus dem Zimmer. Kurz darauf kehrte sie mit einem kleinen Umschlag voller Fotos zurück. Sie nahm ein paar heraus und reichte sie Thomas. Auf einem posierte Masja am Kai des Christianshavns Kanals. Hätte der Fotograf ein wenig weiter nach links geschwenkt, hätte man im Hintergrund die Bianca sehen können.

»Das hat eine Freundin gemacht. Sie wollten es an Filmproduktionen und Modefotografen schicken. Masja möchte so gerne Model oder Schauspielerin werden.«

»Hübsch genug ist sie für beides«, entgegnete Thomas und lächelte Nadja freundlich an. »Könnte ich eins der Fotos behalten?«

»Natürlich«, antwortete Nadja. Sie verließen das Zimmer und gingen zur Wohnungstür. Thomas gab ihr die Hand.

»Masja wollte nicht, dass ich ihre Freunde kennenlerne. Sie hat sich hierfür geschämt.« Nadja machte eine Geste, die das Zimmer umfasste. »Ich war ihr peinlich.«

»Was glauben Sie, was mit Masja passiert ist?«

Ihre Augen füllten sich mit Tränen. »Ich befürchte das Schlimmste.«

»Kann es nicht sein, dass sie einen neuen Freund hat – jemand, von dem Sie nichts wissen? Oder dass sie nach Lettland zurückgegangen ist?«

»Litauen«, korrigierte ihn Johnson rasch.

Thomas kehrte entschuldigend die Handflächen nach oben. »Dass sie irgendwohin weggezogen ist. Das wäre doch nicht so merkwürdig.«

Nadja schüttelte den Kopf. »Masja hat immer Kontakt gehalten. Sie kam zwar nur noch selten zu mir, aber ab und zu ist sie gekommen. Sie hat hier immer noch ihr Zimmer. Sie … sie hat auch die Miete für mich bezahlt. Sie war …« Nadja begann zu weinen. »Sie *ist* eine gute Tochter.«

Johnson beugte sich vor und strich ihr über die Schulter. »Wir werden schon herausfinden, was passiert ist. Es ist bestimmt nicht so schlimm, wie es jetzt aussieht.«

»Darf ich mir Masjas Zimmer ansehen?«, fragte Thomas.

Das kleine Zimmer, das auf den Hof hinausging, war offenbar unmittelbar nach ihrer Ankunft in Dänemark eingerichtet und seitdem nicht mehr verändert worden. An den Wänden hingen ein paar Poster von Popstars, unter anderem von Britney Spears. Auf der hellroten Bettdecke reihten sich Kuscheltiere aneinander. Der kleine Schreibtisch gegenüber dem Bett war voller Schminksachen. Auf einem Foto, das vor der Kleinen Meerjungfrau aufgenommen worden war, hielt Nadja ein kleines Mädchen an der Hand. Thomas betrachtete das Foto. »Sind Sie das, mit Ihrer Tochter?«

»Wo wohnt er?«

»Ich weiß nicht. Ich habe ihn nur zwei Mal gesehen, als Masja hier was geholt hat.«

»Wie heißt er?«

»Ivan … oder Igor, ich erinnere mich nicht genau.«

»Wie sieht er aus?«

»Hässlich, er ist Russe. Hat immer so eine Sonnenbrille getragen, wie Radrennfahrer sie haben. Und ein großes Auto gefahren mit diesen Bäumen …«

»Bäumen?«

»Ja, diesen Bäumen, die im Fenster hängen und riechen.«

»Wunderbäume«, sagte Johnson. »Meinst du einen Wunderbaum?«

Nadja nickte und blickte zu Boden. »Ich habe ihn vor über zwei Jahren zufällig auf der Straße getroffen. Habe ihn gefragt, ob er weiß, wo Masja ist. Er hat mich total ignoriert. Ich bin ihm nachgelaufen, hab immer wieder gefragt. Da hat er gesagt, dass er keine Masja kennt und dass ich verrückt bin, *pamišes*.«

»Was hat Masja beruflich gemacht? Hatte sie einen Job?«

»Verschiedene Sachen. Ich wollte, dass sie weiterstudiert, sie hat einen guten Kopf, aber sie wollte lieber Geld verdienen. Das kann man ihr ja nicht vorwerfen.«

»Und womit hat sie ihr Geld verdient?«

»Zuerst hat sie geputzt, mit mir zusammen, aber das hat sie gehasst. Später hatte sie einen Job in so einem Studio.«

»In was für einem Studio?«

»Einem Schönheitsstudio. Hat Maniküre gemacht, Make-up und so was.«

»Und wo ist dieses Studio?«

Sie schüttelte den Kopf. »Ich weiß es nicht. Sie hat mir nie was erzählt.«

»Sie hatte doch bestimmt einen Freundeskreis.«

»Ja?«, entgegnete er geistesabwesend.

»Es geht um eine Personenermittlung. Und so, wie die Dinge derzeit liegen mit meinem Urlaub und so, komme ich nicht ins System rein.«

Mikkel hörte auf zu tippen und sah ihn betrübt an. »Ich hoffe nicht, dass es etwas mit Evas Fall zu tun hat. Nach deiner Nummer auf der Autobahn ist das ein absolutes no go. Außerdem würde es Brask sofort herausfinden.«

»Nein, nein, es geht um was ganz anderes.«

»Okay, schieß los.«

Thomas berichtete ihm in aller Kürze von Masjas Verschwinden und dem Gefallen, den er ihrer Mutter versprochen hatte. Dann gab er Mikkel den Zettel mit Masjas persönlichen Daten, den er bekommen hatte.

»Das bleibt aber unter uns«, sagte Mikkel und loggte sich in das zentrale Kriminalregister ein. Er fütterte es mit den betreffenden Informationen, und nach einer gefühlten Ewigkeit baute sich auf dem Bildschirm langsam Masjas Foto auf. Es war in Verbindung mit einer Festnahme ins System eingespeist worden. »Ein bisschen haben wir jedenfalls«, sagte Mikkel und drehte den Bildschirm zu Thomas hin, damit er besser sehen konnte. »2009 wurde sie festgenommen.« Er überflog den zugehörigen Bericht. »Gelegenheitsdiebstahl und nächtliche Ruhestörung im Hotel Skt. Petri. Ein älterer deutscher Tourist hat sie angezeigt, die Anzeige aber später wieder zurückgezogen.«

»Steht da irgendwo, was sie in dem Hotel gemacht hat?«

»Nein, aber das kann man sich ja denken.«

»Liegt noch was gegen sie vor?«

Mikkel schüttelte den Kopf.

»Kann es sein, dass sie ausgewiesen wurde?«

»Nein, das wäre hier erwähnt. Inzwischen muss auch ziemlich viel zusammenkommen, damit das passiert. Vielleicht läuft sie ja irgendwo da unten rum.« Er zeigte aus dem Fenster in Richtung Skelbækgade. »Obwohl derzeit hauptsächlich Afrikanerinnen auf dem Straßenstrich sind. Vielleicht wurde sie in ein anderes Land geschickt, das machen sie mit den Mädchen ja oft.«

»Wen genau meinst du mit sie?«

»Die Hintermänner, die Balkanmafia, wer weiß. Hatte sie einen Zuhälter?«

»Keine Ahnung, aber sie hatte wohl einen Freund, einen Russen.«

Mikkel zuckte die Schultern. »Ich fürchte, dass die Story kein Happyend hat.«

In diesem Moment kam Dennis Melby vorbei und tippte Mikkel auf die Schulter. »Wollen wir dann?«

Thomas warf ihm einen verstohlenen Blick zu. Er hatte den arroganten Scheißkerl noch nie ausstehen können.

»Noch zwei Sekunden«, antwortete Mikkel.

»Guckt ihr Pornos?«, fragte Melby feixend. »Hübsche Titten, das Mädel.« Er nickte zu dem Foto von Masja hin.

»Ist das deine neue Freundin, Ravn?« Er grinste, bis ihm offenbar klar wurde, dass er zu weit gegangen war.

»Keine sehr intelligente Bemerkung, Dennis«, sagte Mikkel und loggte sich aus.

Melby zuckte mit den Schultern. »Mann, das war ein Scherz. Sorry, Ravn.«

Thomas sagte nichts, sah ihn nur an. Mit Melby hatte es immer Ärger gegeben. Als sie damals auf dem Präsidium anabole Steroide gefunden hatten, wussten alle, dass sie ihm gehörten. Dennoch war es ihm gelungen, aus der Sache herauszukommen. Er war Brask einfach weit genug in den Wohlbewussten gekrochen. Und jetzt schleimte er sich offenbar bei Mikkel ein. Noch ein Wort, dachte Thomas, noch ein Wort …

»Er hat's nicht so gemeint, Thomas.« Mikkel zog ihn von Melby weg Richtung Tür. »Wir treffen uns bald auf einen Kaffee, okay? Tut mir leid, dass ich nicht mehr helfen konnte.« Mikkel gab ihm die Hand, ehe er zu Melby zurückging. Thomas ließ seinen Blick über die gesamte Abteilung schweifen. Sie kam ihm plötzlich sehr fremd vor. Er konnte kaum begreifen, dass dies in den letzten sechs Jahren sein fester Arbeitsplatz gewesen war, und er zweifelte daran, ob er je zurückkommen würde.

23

Dezember, 2010

Weihnachten 2010. Ich erinnere mich daran, Mama, wie du immer an alle zu Hause Weihnachtskarten geschickt hast. An die Familie, an Freunde, deine Freundinnen, alte Kollegen ... Die Post hat wirklich an dir verdient. Du hast immer so gern Karten geschrieben, also schicke ich dir jetzt eine. In Gedanken. Auf der soll stehen, dass es uns gut geht und dass wir glücklich sind. Ich und mein Mann und unsere beiden Kinder. In unserem Haus. Wir verdienen Millionen. Und sind glücklich, hatte ich das schon gesagt? Wir vermissen dich. Tausend Küsse. Nein, eine Million. Was ich nicht schreibe und was du nie erfahren wirst, ist, dass ich den Key Club vermisse. Das hört sich total verrückt an, danke, ich weiß! Aber das zeigt nur, wie verzweifelt meine Situation ist. Vor allem vermisse ich die Wärme. Ich vermisse die Musik und den Rausch, der einem geholfen hat, sich wegzuträumen. Ich vermisse das bisschen Sicherheit, das wir trotz allem gehabt haben. Nachdem wir auf die Straße gesetzt wurden, alle Mädchen aus dem Key Club, schweben wir in Lebensgefahr. Es ist der kälteste Winter seit Jahrzehnten. Minus zwanzig Grad ohne Slip und im Minirock. Wenn die Stiere mich nicht umbringen, tut es die Kälte. Nur in ihren Autos bekomme ich ein bisschen Wärme. Lasse mir extra viel Zeit, um nicht wieder gleich in die eisige Kälte zu müssen. Das Ganze war Slavros' Idee. Wenn die Stiere nicht zu uns kommen, müssen wir zu ihnen kommen. Eine verzweifelte Maßnahme.

Die uns zeigt, dass ihm das Wasser bis zum Hals steht. Hatte im Durchschnitt jeden zweiten Abend einen einzigen Stier. Mehr als die meisten anderen Mädchen. Ich hab es selbst ausgerechnet: So wird es noch fünf Jahre dauern, bis ich meine Schulden bei Slavros abbezahlt habe. Ständig kommen neue Ausgaben auf mich zu. Aber alles ist besser, als hier zu stehen. Und die Stiere auf der Straße haben weniger Geld als die, die den Key Club besuchen. Sie versuchen ständig, uns runterzuhandeln oder zu betrügen. Wollen uns überreden, es ohne Gummi zu machen. Lulu ist nach der dritten Nacht abgehauen. Wollte sich nach Lodz durchschlagen, wo sie zu Hause ist. Auf ihre Schulden pfeifen. Doch das wollte Slavros nicht. Seine Leute haben am Flughafen in Warschau auf sie gewartet. Sie haben Lulu ins nächste Flugzeug zurück gesetzt. Jetzt haben sich ihre Schulden verdoppelt. Nachdem Slavros mit ihr fertig war, konnte sie kaum noch gehen. Er hat sie schlimm misshandelt, ohne dass sie einen einzigen blauen Fleck am Körper hatte. Lulu wollte nicht erzählen, wie, doch sie pinkelt dauernd Blut. Seitdem hat niemand mehr von Flucht geredet. Man könnte uns genauso gut an den Laternenpfählen festketten. Wir sind Gefangene der Straße.

Masja blickte die schneebedeckte Straße entlang. Die reflektierenden Lichter der Scheinwerfer ließen die Fahrbahn wie die Tanzfläche eines billigen Nachtclubs aussehen. Der Schnee knirschte unter ihren Stilettos, während sie über den Bürgersteig stakste. Sie hatte jedes Gefühl in ihren blaugefrorenen Füßen verloren und versuchte vergeblich, in ihrer dünnen Satinjacke warm zu bleiben. Am Ende der Straße lag das Bahngelände. Dorthin gingen sie mit den Stieren, um in deren Autos oder den Geräteschuppen zu vögeln, während die Züge nahe an ihnen vorbeidonnerten und die Oberleitungen Funken schlugen wie bei einem nächtlichen

Feuerwerk. Seit über einer Stunde hatte sie keinen Stier mehr gehabt. Die Kälte hielt sie fern. Nur die Bullen rollten vorbei, waren aber zu faul auszusteigen. Sie hatte zwei Gramm Koks dabei, allerdings war das Zeug so verdünnt, dass es fast lächerlich war. Nicht viel für eine Nacht, aber genug, um von einer Polizeistreife aufgegabelt zu werden. Sie wagte nicht, an die Konsequenzen zu denken, sollte das passieren. Slavros würde sich an ihre Fersen heften und sie erwarten, wenn sie wieder auf freien Fuß kam. Ihr notfalls bis ans Ende der Welt folgen, um ihr anschließend eine dicke Rechnung zu präsentieren. Im Moment fehlten ihr noch 2500 Kronen, um Slavros zufriedenzustellen. Sie spazierte bis zu dem Parken-verboten-Schild und machte auf dem Absatz kehrt. Das Schild markierte die Grenze zwischen ihrem und Izas Territorium. Obwohl Iza mit einem Stier zum Bahnhofsgelände gefahren war, hätte sie die unsichtbare Grenze niemals übertreten. Masja schritt wieder den dunklen Bürogebäuden am anderen Ende der Straße entgegen. Sie brauchte jetzt einen Stier, um nicht vor Kälte umzukommen. Ein paar Autos rollten die Straße entlang. Sie lächelte den dunklen Scheiben zu, doch niemand hielt an. Nachdem sie ein wenig gegangen war, zündete sie sich eine Zigarette an und blickte zu dem klassischen schwarzen Mercedes hinüber, der schon fast den ganzen Abend lang auf der anderen Straßenseite stand. Hinter dem Lenkrad waren die Umrisse des Fahrers zu erkennen. Er beobachtete sie und die anderen Mädchen. In der Regel holten sich diese Spanner einen runter und fuhren wieder, wenn sie fertig waren. Das Ungewöhnliche an diesem war, dass er schon seit Stunden dort saß. Entweder war der Typ gestört, dachte sie, oder es war sein erstes Mal. War Letzteres der Fall, brauchte er vielleicht ebenso nötig eine kleine Hilfestellung wie sie einen neuen Kunden. Sie warf ihre Zigarette weg und schlenderte zu dem Wagen hinüber. Als der Mann hinter dem Steuer sie erblickte, kam Bewegung in ihn. Zuerst dachte sie, er hätte sich erschreckt und wollte rasch weiterfahren, doch stattdessen fuhr die Scheibe der Beifahrerseite nach unten. Masja bückte sich und blickte ins Dunkel. Konnte den Mann, der sich hinter einer Sonnenbrille und einer tief in die Stirn gezogenen Kappe verbarg, kaum erkennen. »Na, Schätzchen, kann ich was für dich tun?«, fragte sie professionell.

»Wie heißt du?«, fragte der Mann mit sanfter Stimme.

»Du kannst mich nennen, wie du willst.«

»Ich möchte gern deinen richtigen Namen wissen.«

»Karina, gefällt dir das?«

Der Mann rieb sich schweigend das Kinn, als würde er über die Frage nachdenken. »Wie alt bist du, Karina?«

»Achtzehn«, log sie und spitzte die Lippen. »Ein gutes Alter, findest du nicht?«

»Nimmst du Drogen? Stichst du dir in die Arme?«

»Nicht, dass dich das was angeht, aber nein, ich bin clean. Also, was kann ich für dich tun? Willst du ein bisschen Spaß haben?«, fragte sie ungeduldig.

»Hast du die Sonne tanzen sehen?«

»Wie meinst du das, Schätzchen?«, fragte sie und zog ihre nachgezeichneten Brauen hoch.

»Mond und Sterne vor deinen Augen tanzen sehen? Das meine ich.«

»Du machst mich an, Baby. Du klingst so, als würdest du es mir richtig besorgen«, sagte sie tonlos. »Wollen wir nicht schnell das Geschäftliche regeln und uns dann ein bisschen amüsieren?«

Er nahm die Hand aus dem Gesicht und legte sie auf das Armaturenbrett. »Ich glaube nicht, dass du schon bereit bist.«

»Natürlich bin ich bereit. Ich mach dir auch einen guten Preis.«

»Nein, du bist noch nicht bereit. Eines Tages werde ich dich holen, eines Tages zeige ich dir meinen Keller.«

»Wovon redest du?« Sie wich rasch von dem offenen Fenster zurück.

»Eines Tages werden wir sehen, ob du das Potenzial hast ... oder nur ein gefallener Engel bist. Aber ich glaube, du bist die Richtige. Deshalb stehst du auch auf der Liste der möglichen Kandidatinnen.« Er drückte auf einen Knopf, woraufhin die Scheibe wieder nach oben fuhr.

»Psychopath!«, rief sie.

Der Mann hob die Hand zum Gruß, ehe sich der schwarze Mercedes in Bewegung setzte. Sie schlug mit der Handtasche auf das Dach. »Du Schwein!«, rief sie ihm nach, ehe der Wagen die Straße hinunter verschwand.

Masja zitterte am ganzen Körper, als sie die Straße überquerte. Seine Stimme und die Art, wie er sich die eigenen Worte auf der Zunge zergehen ließ, signalisierten ihr, dass er wirklich gefährlich war. Er war einer der Stiere, die ihre dunkelsten Gewaltfantasien ausleben wollten. Sie schwor sich, in Zukunft vorsichtiger zu sein – ganz gleich, wie verzweifelt ihre Situation auch sein mochte. Sie kannte so einige Geschichten von Mädchen, die verschwunden und nie wieder aufgetaucht waren. Es gab sogar Gerüchte, man habe einige der toten Ostmädchen misshandelt auf einem Schrottplatz gefunden.

Verdammt, sie musste sich unbedingt eine Linie ziehen, und zwar jetzt gleich.

* * *

Masja stand in einer Einfahrt und ließ ihren Blick über die verlassene Straße schweifen. Sie fischte das kleine Päckchen mit dem weißen Pulver aus ihrer Tasche und schniefte direkt aus dem Tütchen. Sie spürte, wie der Rausch einsetzte, wusste aber auch, wie kurz er andauern würde, und versuchte, jede Sekunde davon zu genießen.

»Masja?«, hörte sie hinter sich eine dünne Stimme.

»Ja, was ist?« Sie warf das leere Tütchen weg und drehte sich um. »Was ist, Tabitha?« Sie wischte sich die Nase ab.

In ihrem kurzen rosa Latexkleid – einem Kleid, für das ihr Masja Geld geliehen, aber nie zurückbekommen hatte – zitterte Tabitha vor Kälte.

»Was willst du, Tabitha?«

»Hast du noch was?«, fragte Tabitha und zeigte auf das Tütchen, das zwischen ihnen auf dem Bürgersteig lag.

»Was? Wovon redest du? Natürlich hab ich nichts mehr. Besorg dir selber was.« Masja drehte sich um und ging weiter.

»Okay«, sagte Tabitha und folgte ihr.

Masja zündete sich eine Zigarette an und entdeckte erst jetzt, dass sich Tabitha an ihre Fersen geheftet hatte. »Warum läufst du hinter mir her? Dein Platz ist da drüben.« Sie wies mit dem Kinn auf die im Dunkeln liegenden Bürogebäude.

»Es gibt sowieso keine Kunden. Will nur reden.«

»Ich bin aber nicht hier, um zu reden. Oder willst du eine Zigarette schnorren?«

»Okay.«

Masja überließ Tabitha ihre Zigarette und zündete sich eine neue an. Tabitha zog daran, ohne zu inhalieren, machte aber keine Anstalten zu gehen.

»Bis später, Tabitha.«

»Masja?«

»Was?«

Tabitha blickte zu Boden. »Ich hab ein Problem.«

»Wir haben alle Probleme. So ist das Leben.«

»Ich weiß nicht, was ich machen soll.«

Masja blickte zu dem roten Auto hinüber, das mit wummernden Bässen an ihnen vorbeirollte. Die beiden ausländischen Jungs, die darin saßen, machten obszöne Gesten. Masja zeigte ihnen den Mittelfinger. »Was gehen mich deine Probleme an?«

»Ich weiß nicht, wem ich es sonst sagen soll.«

Masja sah ihr in die Augen. »Also gut, was für ein Problem hast du?«

Tabitha warf die Zigarette weg und verschränkte die Arme.

»Ich ... ich bin schwanger.«

Masja schüttelte beunruhigt den Kopf. »Nein, bist du nicht.«

»Doch.«

»Wie weit bist du?« Sie löste Tabithas verschränkte Hände von deren Bauch und prüfte, ob irgendetwas zu sehen war. Doch Tabitha war schon immer ein bisschen stämmig gewesen, und ihr Bauch schien unverändert.

»Im vierten Monat. Glaub ich. Ich weiß nicht, was ich machen soll.«

»Slavros flippt aus.«

Tabitha begann zu weinen.

Masja rümpfte die Nase. »Hör auf zu heulen. Das bringt dich jetzt auch nicht weiter.«

»Okay«, sagte Tabitha und heulte weiter. »Ich weiß nicht, was ich machen soll.«

»Du musst mit Slavros reden.«

»Ich trau mich nicht.«

»Du hast keine andere Wahl.«

Tabitha trocknete sich die Augen und sah Masja an. »Kannst du es ihm nicht sagen? Ihn dazu bringen, dass er mir hilft?«

»Nein, dann denkt er bloß, dass ich es die ganze Zeit gewusst habe. Ich will da nicht reingezogen werden.«

»Aber er mag dich, Masja. Er wird dir zuhören. Er hasst mich. Kannst du nicht was machen, dass er mir hilft?« Tabitha zog ein paar zerknitterte Geldscheine aus ihrem BH und hielt sie Masja hin.

»Hier, die 350 sind für dich, wenn du mir hilfst.«

»Hör auf«, sagte Masja und schob ihre Hand weg. Sie betrachtete Tabitha. »So wie du da stehst und heulst, siehst du aus wie ein nasser Schimpanse.«

»Okay.«

»Im vierten Monat«, murmelte Masja und schüttelte den Kopf.

»Vielleicht weiter.«

»Slavros tickt aus. Der wird den totalen Tobsuchtsanfall kriegen.«

24

Mälarhöjden, Januar 1980

Erik betrachtete die drei Koffer, die an der Haustür standen. Darin waren die Kleider seiner Mutter, allerdings nur die notwendigsten. Der Rest würde in den nächsten Tagen von einem Wagen abgeholt werden. Nach der Episode im Schlafzimmer hatten ihm seine Eltern nacheinander die Nachricht von ihrer bevorstehenden Scheidung überbracht. Sein Vater hatte ungewöhnlich lange gebraucht, ihm alles zu erklären, weil er gestottert und fortwährend geweint hatte. Schließlich hatte sich Erik veranlasst gefühlt, ihm zu versichern, dass sie schon klarkommen würden. Seine Mutter hatte mit ihm in der Küche gesprochen, während sie ihm – was sonst nie vorkam – Eis serviert hatte. Zunächst hatte er Schwierigkeiten gehabt, es zu essen, doch schließlich war es heruntergerutscht. Im Gegensatz zu seinem Vater hatte sie keine Probleme damit gehabt, ihm die Situation zu erklären. Sie hatte Erik darüber informiert, dass sie fortan mit *Onkel* Johan in der Stockholmer Altstadt wohnen würde. Die neue familiäre Verbindung zu Johan gefiel Erik überhaupt nicht. Schon beim allerersten Mal, als sie Onkel Johan gesagt hatte, hatte es sich nicht richtig angehört, und es wurde nicht besser davon, dass sie es jedes Mal wiederholte, wenn sie Johan erwähnte.

Erik öffnete die Kellertür und stieg die Treppe hinunter. Es roch scharf nach den Lösungsmitteln, die sie benutzten, um die Fettschicht der Häute vor dem Gerben zu entfernen. Sein Vater war mit einigen der Marderhunde beschäftigt, die zu lange in der Gefriertruhe gelegen hatten. Erik zog seinen Pullover vor Nase und Mund und ging zu seinem Vater, der neben der großen Zinkwanne kniete. In der Wanne schwammen mehrere Häute in einem Lösungsmittel. Auf dem Boden lagen die gehäuteten Tiere, die neugeborenen Säuglingen glichen. Sein Vater schrubbte eine der Häute energisch mit einer Bürste. Er trug dicke Gummihandschuhe sowie einen schwarzen Mundschutz. Der Filter des Mundschutzes verzerrte sein Stöhnen zu einem metallischen Pfeifen.

»Du reibst zu fest«, sagte Erik.

»Halt dich da raus«, entgegnete Bertil und fuhr unverdrossen fort.

»Mama macht sich reisefertig.«

»Und?«

Erik zog den Pullover von seinem Gesicht. »Kannst du nicht mit ihr reden? Sie dazu bringen, ihre Meinung zu ändern?«

Bertil hielt mit seiner Arbeit inne und sah Erik mit geröteten Augen an. »Ich habe mit ihr geredet, habe gebettelt und gefleht, aber da ist nichts zu machen. Wir ... wir sind ihr nicht mehr gut genug.«

Erik schaute weg.

»Sie ist *verliebt*, verliebt in Johan«, knurrte Bertil.

»Kannst du es nicht trotzdem versuchen?«

»Nein, es ist vorbei.« Er fuhr mit seiner Arbeit fort. »Bist du dir klar darüber, wie sehr mich deine Mutter zum Gespött gemacht hat? Weißt du, wie viel über mich gelacht wird?«

»Ich dachte, das würde dir nichts ausmachen.«

»Die eigene Ehre bedeutet alles, verstehst du?« Er pfefferte die Bürste in die Lauge, sodass Tropfen zu Erik aufspritzten.

Erik sah seinen Vater erschrocken an, dann drehte er sich um und lief die Treppe hinauf.

»Erik?«, rief sein Vater. »Erik, entschuldige!«

Das Geräusch der rauschenden Dusche nahm Erik erst wahr, als er die Tür zum Badezimmer aufschob. Hinter der beschlagenen Glasscheibe der Duschabtrennung sah er die Konturen des nackten Körpers seiner Mutter. Er trat ins Bad und ging zu ihr. Sie hatte die Augen geschlossen und spülte sich das Shampoo aus den Haaren. Er sah die Narbe von dem Kaiserschnitt, die sich wie ein knotiger Strich über ihren Bauch zog. Eine hässliche Naht. Der reinste Pfusch. Er betrachtete fasziniert ihr nasses Schamhaar, das sich zu einem kleinen tropfenden Büschel gesammelt hatte. Auf der Innenseite ihres Schenkels bemerkte er einen blauen Fleck von der Größe eines Daumens und fragte sich verwundert, woher der wohl stammen mochte.

»Erik!«, rief seine Mutter erschrocken, als sie die Augen öffnete. Sie drehte ihm rasch die Seite zu. »Was machst du hier drin?«

Erik blinzelte, ohne zu antworten.

»Du weißt genau, dass du nicht im Bad sein sollst, wenn ich dusche.«

»Entschuldigung.« Er senkte den Kopf. »Es ist ja nur, weil du bald fährst.«

Sie trat einen halben Schritt vor und strich ihm mit der feuchten Hand über die Haare. Das fühlte sich nicht gerade angenehm an, doch er ließ sie gewähren. »Es wird alles wieder gut«, sagte sie. »Das verspreche ich dir. Du darfst nicht traurig sein.«

»Wie soll es das denn werden? Du verlässt uns doch.«

»Lass es jetzt gut sein, Erik.« Sie fasste unter sein Kinn und zwang seinen Kopf nach oben. Sie blickte ihm tief in die Augen. »Ich verlasse dich nicht. Sobald Onkel Johan und ich uns richtig eingerichtet haben, kannst du zu Besuch kommen.«

»Also verlässt du uns doch.«

»Du musst jetzt ein großer Junge sein ...« Ihre Stimme brach. »Das ... ist für uns alle ... eine schwierige Situation. Verstehst du?«

In diesem Moment läutete es an der Haustür. »Jetzt schon?«, sagte sie und stellte die Dusche wieder an. »Geh runter und mach die Tür auf. Sag Onkel Johan, dass er die drei Koffer im Eingangsbereich schon mitnehmen kann.«

Erik spürte einen Druck in den Augenhöhlen, weil ihm erneut die Tränen kommen wollten. »Du darfst nicht weggehen, Mama.«

»Nicht jetzt, Erik«, entgegnete sie. »Geh zur Haustür, beeil dich, und lass mich fertigduschen.« Er sah, wie sie versuchte, ihre Tränen zurückzuhalten.

»Willst du nicht doch hierbleiben?«

»Erik, darüber müssen wir ein anderes Mal reden.« Sie kehrte ihm den Rücken zu.

Erik blieb stehen.

Gleich würde alles vorbei sein. Gleich würde sie zum Hahn greifen und das Wasser abstellen. Das Handtuch vom Haken nehmen und sich abtrocknen. Ins Schlafzimmer gehen und sich Slip, Strumpfhose, BH und das kurze blaue Kleid anziehen, das auf dem Bett bereitlag. Viele kleine Schritte, die sie dem Abschied näherbrachten, bis sie schließlich aus der Tür gehen würde, um nie mehr wiederzukommen. *Nie mehr*. Zu den Besuchen, die sie ihm in Aussicht gestellt hatte, würde es nicht kommen. Das hatte sie nur gesagt, um ihn abzuwimmeln. Sie würde in die Stadt ziehen und ihn vergessen. Papa hatte absolut recht gehabt. Sie waren nicht mehr gut genug. Alles war zu Ende. Das war nicht fair.

Erik steckte die Hand in die Tasche und zog die Kanüle heraus, die er dort versteckt hatte. Er entfernte den kleinen Plastikschutz von der Nadel und machte einen Schritt auf seine Mutter zu. Sie streckte ihre Hand nach dem Hahn aus, um das Wasser abzudrehen. In diesem Moment stieß er die Kanüle in ihren Oberschenkel und drückte den Stempel ganz nach unten. Sie schrie vor Schmerz auf und fuhr herum. Sie warf ihm einen entsetzten Blick zu. Die Kanüle steckte immer noch in ihrem Bein und wippte im Takt ihrer Bewegungen. »Was ... was hast du getan?« Sie blickte an sich hinab und sah die Kanüle. Versuchte, sie herauszuziehen, aber sie kam nicht daran. »Was ... was hast du getan, Erik?«

Erik zog sich rasch ein paar Schritte zurück und lehnte sich gegen die Wand. »Ent... Entschuldigung, Mama«, stammelte er.

Lena wurde von ersten Krämpfen geschüttelt. Sie stützte sich an der Glasscheibe ab, um nicht umzufallen. Mit der freien Hand bekam sie endlich die Kanüle zu fassen und riss sie sich aus dem Oberschenkel. Ihr Körper begann unkontrolliert zu zittern, die Kanüle entglitt ihren Händen. Im nächsten Moment knickten ihre Beine ein, und sie fiel krachend zu Boden. Sie versuchte, wieder auf die Beine zu kommen, doch ihre Finger fanden keinen Halt an den glatten Kacheln. Ihre Beine zuckten, schlugen mit solcher Kraft gegen die Glaswand, dass sie zersplitterte. Schaum quoll ihr aus dem Mund und mischte sich mit dem Blut, das sie röchelnd spuckte.

Erik beobachtete ihren Todeskampf unter dem fließenden Wasser. Es schien ihm wie eine Ewigkeit, bis sie sich nicht mehr regte. Die Zunge hing ihr aus dem Mund, der Blick ging ins Leere.

Erneut schrillte die Türklingel.

Wie ein Schlafwandler bewegte sich Erik die Treppe hinunter. Ging an den drei Koffern vorbei und öffnete die Haustür.

»Hallo, Erik, schön, dich zu sehen!«, sagte Johan munter.

»Onkel Johan.«

Johans Blick flackerte, als er Erik die Hand entgegenstreckte. Erik reagierte nicht darauf und ließ die Arme hängen. Johan zog seine Hand zurück.

»Du kannst einfach Johan zu mir sagen. Dieses Onkel-Ding hat sich deine Mutter ausgedacht. Wir beide legen darauf bestimmt keinen Wert, oder?« Er lächelte unsicher.

»Nein.«

Johans Blick fiel auf die drei Koffer im Eingangsbereich. »Sind das Lenas ... ich meine, sind das die Koffer deiner Mutter?«

Erik antwortete nicht.

»Sind sie das?«

»Ich weiß nicht ...«

»Aha.« Johan warf ihm einen beunruhigten Blick zu. »Bist du okay?«

Erik nickte.

»Ist sie schon fertig?«

»Ja«, antwortete Erik tonlos.

»Könntest du sie vielleicht holen?«, fragte Johan, während er von einem Bein auf das andere trat.

»Sie ist oben«, sagte Erik.

Erik ließ die Tür offen stehen, während er sich umdrehte und durch die Diele in die Küche und weiter zur Kellertreppe ging. Unten im Keller hörte er seinen Vater arbeiten. Der Duft nach Tierhäuten und Terpentin stieg ihm in die Nase. Als er nach unten kam, bürstete sein Vater gerade einen der Holzrahmen ab, auf die sie die Häute zum Trocknen spannten. Die schwarze Atemschutzmaske lag auf dem Tisch. Erik nahm sie und zog sie sich über den Kopf. Er straffte die Riemen, sodass die Maske eng über Nase und Mund saß. Für einen Augenblick lauschte er seinem eigenen verzerrten Atem, der fast wie der seines Vaters klang. Das hatte etwas Beruhigendes, ebenso wie die Gerüche im Keller. Erik bückte sich und kroch unter den Tisch. Dort, im Halbdunkel, setzte er sich mit dem Rücken zur Wand, lauschte seinem Atem und dem Bürsten seines Vaters, bis Johans gellender Schrei aus dem ersten Stock alles übertönte.

25

2013

Es war früh am Abend und das Havodderen erst halb voll. Die Jukebox spielte »Crazy« von Patsy Cline. Thomas setzte sich an die Bar und bestellte ein Set. Johnson sah ihn an, während er die Bierflasche öffnete. »Hast du was herausgefunden?«

Thomas machte eine unbestimmte Kopfbewegung, während er darauf wartete, dass das Shotglas gefüllt wurde. Nachdem Johnson bis zum Rand eingeschenkt hatte, leerte er es in einem Zug und spülte mit Bier nach. »Das ist natürlich vertraulich«, sagte Thomas, zog den Reißverschluss seiner Jacke nach unten und angelte sich die Kopie des Polizeiberichts über Masja aus der Innentasche. Er schob Johnson die beiden Blätter über den Tresen zu. Johnson holte seine Brille aus der Brusttasche. Während er las, bewegten sich stumm seine Lippen. Dann blickte er zu Thomas hoch. »Da steht ja überhaupt nichts Konkretes.«

»Es deutet zumindest darauf hin, dass sie irgendwo anschafft.«

»Eben. Aber nicht wo. Damit …«, er wedelte mit den Papieren, »brauche ich Nadja nicht zu kommen.«

»Du kannst es ihr ja schonend beibringen.«

»Schonend?«

»Ja, falls sie nicht ohnehin einen Verdacht hat, womit ihre Tochter ihr Geld verdient hat.«

»Das kann ich nicht beurteilen.« Johnson ließ die Blätter sinken. »Kannst du nicht mal eine Runde drehen?«

»Eine Runde? Wie meinst du das?«

»Dich im Milieu ein bisschen umhören.«

Thomas drehte sich vom Tresen weg. »Nein, das ist absolut ausgeschlossen.«

»Verdammt, Ravn, du kennst dich da doch aus.«

»Eben. Du glaubst ja wohl nicht, dass es mit einem kleinen Spaziergang über die Skelbækgade getan ist.«

»Dort könntest du zumindest anfangen.«

»Nein, und jetzt hör mir gut zu. Ich hatte versprochen, mich auf dem Innenstadtrevier umzuhören, das habe ich getan.« Er zuckte mit den Schultern. »Die Sache ist erledigt.«

Johnson schenkte ihm noch einen Jim Beam ein. »Aber so bekommt Nadja ihre Tochter nicht zurück.«

»Kannst dich ja selbst auf die Socken machen, wenn du meinst, das bringt was.«

»Im Gegensatz zu dir kenne ich mich im Milieu nicht aus.«

»Wenn du noch einmal Milieu sagst, gehe ich.«

Johnson wischte den Tresen mit einem Lappen ab. »Aber du weißt, wie man so was angeht. Schließlich bist du immer noch Polizist.«

»Und bis auf Weiteres beurlaubt.«

»Du hast die Erfahrung, Ravn.« Johnsons Blick ruhte auf ihm.

Er erinnerte Thomas an Møffe: die gleichen hängenden Mundwinkel, das gleiche stumpfsinnige Glotzen und stumme Insistieren, das einen schließlich nachgeben ließ. »Sie kann überall sein«, sagte Thomas, sammelte die Blätter ein und ließ sie wieder in seiner Innentasche verschwinden. »Es ist nicht mal sicher, dass sie noch im Land ist.« Er nippte an dem Jim Beam und sah Johnson nachdenklich an. »Die Einzigen, die was wissen könnten, sind die Mädels vom *Nest*.«

»Das *Nest* klingt nach einer guten Idee«, entgegnete Johnson rasch. »Was ist das *Nest?*«

Thomas kratzte sich an der Stirn. »Eine Hilfsorganisation für Straßenprostituierte. Die haben ihr Büro am Gasværksvej. Ich kenne die Leiterin von früher.«

»Dann frag sie doch mal.«

»Fragt sich bloß, ob sie sich an mich erinnert.«

»Dich vergisst man nicht so schnell, das kannst du mir glauben.« Johnson wollte die Flasche Jim Beam ins Regal zurückstellen, doch Thomas hielt seinen Arm fest. »Ich glaub, ich hab noch ein Gläschen verdient.«

»Kein Problem.« Johnson nickte. »Ich wusste nur nicht, dass du während der Arbeit trinkst.«

* * *

Der Regen prasselte auf den Gasværksvej hinunter. Es war einer dieser Schauer, die jede Straße binnen Sekunden leerfegen können. Thomas eilte über die nasse Fahrbahn, und im selben Moment hörte er das Quietschen von Bremsen, gefolgt von einem langen Hupen. Der Fahrer hinter der Windschutzscheibe gestikulierte wild und unflätig. Thomas warf ihm einen kühlen Blick zu, ehe er dem leuchtenden Schild über dem Eingang des Nests entgegenstrebte.

Er hatte gerade den kleinen Vorraum betreten, als ihm eine kräftige Frau in einem hellroten Jogginganzug den Weg versperrte. »Auch wenn draußen noch so ein Pisswetter ist, hier bist du falsch, mein Freund«, sagte sie mit einer Stimme, die an einen Schneidbrenner erinnerte.

»Ist Rosa da?«, fragte Thomas und schlug die Kapuze seines durchnässten Pullovers zurück.

Sie kniff die Augen zusammen. »Du bist doch ein Bulle, oder?«

»Ich bin mit Rosa verabredet, sie erwartet mich.«

»Hast dich gut getarnt, aber einen Bullen erkenne ich auf den ersten Blick. Jederzeit.«

»Eine wertvolle Fähigkeit«, kommentierte Thomas. »Könnten Sie jetzt Rosa holen?«

Sie führte ihn durch den Aufenthaltsraum, in dem ein paar Frauen saßen und Kaffee tranken, in die dahinterliegende kleine Küche. »Hier ist ein Bulle, der sagt, dass er mit dir verabredet ist.«

Rosa blickte von dem Kochtopf auf, in dem sie gerade rührte. Sie war Ende dreißig, sonnengebräunt und trug ein pfirsichfarbenes Kleid. Ihre blonden Haare wurden von einem breiten Haarband in der Farbe ihres Kleids zurückgehalten.

»Vesterbros Antwort auf Grace Kelly«, sagte Thomas lächelnd.

»Thomas!«, rief sie freudig, während sie ihn musterte. Sie ließ den Kochlöffel sinken und umarmte ihn. »Wie viele Jahre ist das jetzt her? Ich war total baff, als du angerufen hast.«

»Ja, so geht das den meisten Leuten ...«

Er kannte Rosa seit seiner Anfangszeit auf dem Innenstadtrevier. Schon damals war sie als Sozialarbeiterin in der Gegend um die Istedgade und den Halmtorv tätig gewesen. Wenn sie bei den Straßenprostituierten unangemeldete Kontrollen durchführten, hatten sie sich regelmäßig in die Haare gekriegt. So war ihr Verhältnis über einen längeren Zeitraum sehr angespannt gewesen, bis Dänemark Fußballeuropameister wurde und sie sich zufällig – und ziemlich angeheitert – im Fußballstadion über den Weg gelaufen waren. Wider alle Wahrscheinlichkeit waren sie nachher bei ihr zu Hause gelandet, und Thomas erinnerte sich noch an den hemmungslosen Sex, den sie gehabt hatten. Es war bei dem einen Mal geblieben, doch ihr Verhältnis hatte sich nachhaltig entspannt.

»Wir haben uns ja seit einer halben Ewigkeit nicht mehr gesehen. Bist du immer noch auf dem Innenstadtrevier?«

»Ja, äh, schon.«

»Du bist wirklich kaum wiederzuerkennen. Hast dir einen Bart zugelegt und bist irgendwie ... lässiger gekleidet.« Sie betrachtete seine verschlissene Garderobe.

»Man wird älter.«

»Hast du eine Frau? Kinder?«

Er sah weg. »Keins von beidem.«

»Immer noch der einsame Wolf?«

»So was in der Art. Was ist mit dir?«

Sie schüttelte den Kopf. »Ich hab hier schon genug um die Ohren.« Sie zeigte in die Runde. »Und die Zeit vergeht so verdammt schnell.«

Er nickte. »Ja, das stimmt.«

»Hast du Karriere gemacht? Bist du jetzt einer von denen, die das Sagen haben?«

»Im Gegenteil. Ich bin beurlaubt.«

Sie runzelte die Stirn und sah ihn betrübt an. »Hoffentlich steckt nichts Schlimmes dahinter.«

»Nein, nein, ich brauchte nur eine Auszeit, mehr steckt nicht dahinter.« Er wusste, dass er nicht sehr überzeugend klang und Rosa zu den Menschen gehörte, die einen rasch durchschauten. Glücklicherweise fragte sie nicht weiter.

»Hör mal«, sagte er und öffnete den Reißverschluss seiner Jacke. »Ich habe dich angerufen, weil ich ein paar Informationen zu einem Mädchen brauche. Er zog das Foto von Masja hervor, doch ehe er es Rosa geben konnte, legte sie ihm die Hand auf den Unterarm. »Du weißt, dass ich nicht über die Frauen rede, die hierherkommen.«

»Aber ich versuche wirklich nur zu helfen«, entgegnete er rasch.

»Helfen?« Rosa lehnte sich mit verschränkten Armen an

den Küchentisch. »Darunter verstehen wir oft etwas anderes als die Polizei.«

»Ich bin wie gesagt nicht dienstlich hier«, entgegnete Thomas. Er berichtete kurz von Masjas Verschwinden und seiner eigenen Recherche im Polizeiregister, die den Verdacht nahelegte, dass sie sich prostituierte.

»Ihr wird also nichts vorgeworfen? Ihr wollt sie nicht finden, um sie sofort in U-Haft zu sperren?«

»Ich bin hier, weil ihre Mutter sie schrecklich vermisst, das ist alles.«

Rosa nahm ihm das Foto aus der Hand und betrachtete die Aufnahme von Masja am Kanal.

»Hast du sie schon mal gesehen?«

Sie schüttelte den Kopf. »Das Bild sagt mir nichts. Arbeitet sie hier in der Gegend?«

»Das weiß ich nicht. Ich vermute, dass sie sich auf die Hotels konzentriert hat.«

»Mit den Escort-Ladys haben wir nicht viel zu tun. Die bleiben meist unter sich, falls sie nicht irgendwann auf der Straße landen.«

»Gibt's bald Essen?«, hörte Thomas hinter sich eine Stimme. Eine stark parfümierte Frau kam in die Küche. »Ich habe einen tierischen Kohldampf, Rossa.« Ihre falschen Zähne ließen sie lispeln.

»In fünf Minuten«, antwortete Rosa. »Sag mal, Jackie, hast du sie schon mal gesehen?« Sie hielt ihr das Foto von Masja hin.

Jackie beugte sich vor und blinzelte. Der Drogenmissbrauch hatte deutliche Spuren in ihrem ausgemergelten Gesicht hinterlassen. »Nein, ssagt sie, dass ssie mich kennt? Wie heißt ssie?«

»Masja«, antwortete Thomas. »Sie wird schon längere Zeit vermisst.«

»Masjas kenne ich jede Menge. Hört ssich nach Osteuropa an.«

»Sie kommt aus Litauen.«

»Mir egal, wo die herkommen, auss Litauen, Lettland oder weiß der Teufel. Die verssauen die Preisse. Stimmt doch, Rossa.«

Rosa lächelte freundlich. »Aber hast du sie schon mal gesehen, Jackie?«

»Nee.« Sie schüttelte den Kopf. »Gibt's gleich Essen?«

»In fünf Minuten, du bist echt ganz schön ungeduldig heute.« Rosa gab Thomas das Foto zurück. »Danke für die Hilfe«, sagte er. »Einen Versuch war es wert. Schön, dich wiederzusehen, Rosa.«

»Das finde ich auch, Thomas. Vielleicht können wir uns demnächst mal auf einen Wein treffen.«

»Ja, gern.«

»Wir brauchen ja nicht zu warten, bis unsere Nationalmannschaft mal wieder ein Spiel gewinnt«, fügte sie lächelnd hinzu.

»Ich ruf dich an«, entgegnete er und wusste, dass es wohl nicht dazu kommen würde. Er wollte sich gerade umdrehen, als ihm etwas einfiel. »Sie hatte einen Freund, vermutlich ihr Zuhälter. Ein Russe namens Ivan oder Igor, sagt dir das was?«

Rosa schüttelte den Kopf. »Im Moment sind vor allem Nigerianer und Rumänen auf der Straße, aber versuch's doch mal im ›Russenclub‹.«

»Im Russenclub?«

»Liegt gleich da drüben in der Colbjørnsensgade. Da verkehren nur Ganoven und Betrüger.«

»Danke, Rosa.«

26

Es regnete immer noch in Strömen, als Thomas auf die Straße trat. Weit und breit war kein Taxi zu sehen. Er zog sich die Kapuze über den Kopf und stapfte die Istedgade entlang, der Colbjørnsensgade und dem Russenclub entgegen. Es war ein Schuss ins Blaue, von dem Club hatte er noch nie gehört, war sich jedoch sicher, dass Melby ihn kannte. Die Osteuropäer hatten zu seinem Spezialgebiet gehört, zumindest damals, ehe er zu Mikkels Kumpel geworden war. Doch Thomas hatte keine Lust, ihn um Hilfe zu bitten. Als er die Colbjørnsensgade ein Stück hinuntergegangen war, kam er zu einem ehemaligen Geschäft mit mattierten Fenstern. Die Tür war angelehnt. Von drinnen hörte er einen laufenden Fernseher. Er spähte durch den Spalt und sah ein paar slawisch aussehende Männer, die um einen Tisch saßen und ein Fußballspiel ansahen. Das musste der Club sein, von dem Rosa ihm erzählt hatte. Er zog kurz in Erwägung, einfach hineinzugehen, doch selbst wenn sie einen Igor kannten, würden sie das einem hergelaufenen Typen wohl kaum auf die Nase binden. Schon gar nicht, wenn sich der hergelaufene Typ als Bulle erwies. Er ging weiter. Unter den parkenden Autos erblickte er einen schwarzen BMW mit glänzenden Felgen und großem Kofferraumspoiler. Was an sich nichts Ungewöhnliches war. Der Wagen sah aus wie all die anderen aufgemotzten BMWs in dieser Gegend – mit einer Ausnahme. Am Rückspiegel hing ein grüner »Wunderbaum«. Das konnte natürlich Zufall sein, doch seine Intuition sagte ihm, dass der Wagen Igor gehörte.

In einer Toreinfahrt, ein Stück die Straße hinunter, suchte Thomas Schutz. Er war schon klatschnass, doch bei seinen zahllosen Observierungen hatte er es sich zur Gewohnheit gemacht, im Verborgenen zu bleiben. Er versuchte, sich in der Dunkelheit der Einfahrt unsichtbar zu machen, doch er fand keine Ruhe. Die Situation erinnerte ihn allzu sehr an die letzte Überwachungsaktion, die er zusammen mit Mikkel durchgeführt hatte. Sie waren einem anonymen Tipp nachgegangen und hatten einen Bandidos-Rocker überwacht, der eine Ladung Hasch bekommen sollte. Die Ladung war leider nie aufgetaucht, doch der Einsatz war der Grund gewesen, dass Thomas an diesem Abend nicht hatte zu Hause sein können. Dass er Eva nicht hatte rechtzeitig finden können, um die Blutung ihrer klaffenden Kopfwunde zu stillen. Dass ihr Blut auf das Eichenparkett des Wohnzimmers gelaufen war. Er flüchtete aus der Toreinfahrt und lief quer über die Straße zu einem kleinen Lebensmittelladen. Eigentlich wollte er sich ein paar Flaschen Bier kaufen, doch dann fiel sein Blick auf die Schnapsflaschen, die hinter dem breitschultrigen pakistanischen Verkäufer im Regal standen. Er kaufte eine kleine Flasche Tullamore und drei Bier. Genug Proviant für eine schlaflose Nacht auf der Bianca. Der Verkäufer tat alles in eine Tüte und verlangte 175 Kronen. Als Thomas nach seinem Geld suchte, betrat ein junges Pärchen den Laden. Er beobachtete sie aus dem Augenwinkel heraus, während er bezahlte. Die junge Frau war blondiert und trug einen falschen pinkfarbenen Pelzmantel. Der Mann, der sie begleitete, hatte eine schwarze Lederjacke an, und seine Radrennfahrerbrille, Marke Oakleys, hing verkehrt herum um seinen Hals. Er orderte eine Schachtel Zigaretten und schien sich mit seiner Begleiterin auf Russisch zu streiten. Zwischen den Sätzen schniefte er unaufhörlich, und Thomas dachte, dass er sich gerade eine Linie gezogen haben musste. Thomas nahm die Plastiktüte von der Verkaufstheke, verließ den Laden und blieb auf dem Bürgersteig stehen. Kurz darauf kam auch das junge Paar heraus und hielt Kurs auf den schwarzen BMW. Der Mann betätigte die Fernsteuerung, worauf es im Türschloss klickte und die Blinklichter aufleuchteten.

»Igor!«, rief Thomas.

Der Mann drehte sich halb herum und warf ihm einen verstohlenen Blick zu. Offenbar versuchte er, sich an Thomas' Gesicht zu erinnern, was ihm selbstverständlich nicht gelang.

Thomas ging auf ihn zu, während die Flaschen im Rhythmus seiner Schritte klirrten. »Du heißt doch Igor, nicht wahr?«

»Geht dich nichts an«, entgegnete er und öffnete die Tür.

»Warte mal eben, ich habe nur eine kurze Frage an dich.«

»Was willst du? Bist du betrunken oder was?«

»Ich will mit dir über Masja reden.«

Als der Mann den Namen hörte, erstarrte er für einen Moment. »Ich kenne keine Masja. Wer bist du?«

»Das wundert mich doch sehr. Ihr wart doch ein Paar, oder?«

Der Blick des Mannes flackerte. »Wer bist du, verdammt?«

»Weißt du, wo ich sie finden kann?«

»Weiß echt nicht, wovon du redest.«

»Jetzt hör schon auf.« Thomas kniff die Augen zusammen. »Ich kann sehen, wenn mich jemand anlügt, *Igor*.«

Igor stieß ihn hart vor die Brust. Thomas verlor das Gleichgewicht und fiel hintenüber. Er ließ die Tüte mit den Flaschen fallen, die auf dem Asphalt in Scherben gingen.

»Was ist hier los, Igor?«, rief die Frau in dem Pelz.

»Steig ein, verdammt!«, schrie er ihr über das Autodach zu. »Sofort!«

Die Frau gehorchte fluchend.

Igor starrte auf Thomas hinunter. »Lass mich bloß in Ruhe, du Scheißkerl, oder du wirst es bereuen.«

Damit drehte er sich um und setzte sich hinter das Steuer. Er ließ den Motor an und jagte davon.

Thomas stand auf und wischte sich die nassen Hände an seiner Jacke ab. Seine abgeschabten Handflächen brannten. Doch er spürte den Schmerz kaum, weil ein anderes Gefühl überwog – eins, das er lange vermisst hatte und als Jagdinstinkt bezeichnet werden konnte. Er würde Igor, den kleinen Drecksack, erwischen, koste es, was es wolle. Er wollte wissen, was mit Masja geschehen war.

27

Dezember, 2010

In dem kleinen, im hintersten Winkel des Key Clubs gelegenen Büro thronte Slavros hinter einem wuchtigen Mahagonischreibtisch. Der prächtige antike Tisch füllte den Großteil des Raums aus und stand in deutlichem Kontrast zu den billigen schwarzen Ledermöbeln und den Postern mit den nackten Frauen, die an den Wänden hingen. Das Licht war gedämpft, und die rhythmischen Bässe aus dem Club dröhnten wie Stammestrommeln. Zusammen mit einem jungen Mann mit raspelkurzen Haaren packte Slavros Geschenke ein. Seine enge schwarze Lederjacke knirschte dabei. »Nicht so viel Tesafilm, Mikhail«, sagte er, »sonst kriegt man die Päckchen ja nicht auf.«

Mikhail nickte.

Slavros schaute zu Masja hinüber, die vor dem Schreibtisch auf der äußersten Stuhlkante saß. »Ich sage immer nein, wenn mich eine Verkäuferin fragt, ob sie's einpacken soll. Das hier ist persönlicher«, sagte er und hob ein Päckchen hoch. »Nicht wahr?«

Masja nickte und schluckte.

»Nicht, dass die Kinder das merken würden.« Er grinste kurz. »Die sind vor allem am Inhalt interessiert, aber mir bedeutet das was. Es bedeutet, dass man sich Mühe macht.«

Masja nickte. Slavros fluchte, weil der Tesa an seinen Fingern klebte. Er knüllte den Streifen zusammen und warf ihn weg. Dann riss er einen neuen ab und klebte die Schmalseite des Päckchens zu. Zufrieden betrachtete er das Resultat. »Wann machst du endlich den Mund auf und erzählst mir, warum du gekommen bist?« Er griff erneut nach dem Geschenkpapier und maß die Größe für das nächste Geschenk ab.

»Ich ... es ist was passiert – etwas, das nicht hätte passieren dürfen.«

»Das habe ich mir schon gedacht. Worum geht's?« Slavros nahm die Schere und schnitt das Papier zu.

»Eins der Mädchen ist ... in keinem so guten Zustand ...«
»Drogen? Eine Überdosis?«
»Nein, sie ist ... schwanger.«
Slavros legte die Schere weg und betrachtete ihren Bauch.
»Wie weit bist du?«
»Nein, nein, nicht ich. Es geht um ... Tabitha.«
»Die Schwarze?«
»Ja.«
Er schüttelte den Kopf. »Die Schwarzen sind echt zu blöd.«

Mikhail nickte. » Ich hab doch gesagt, dass die nichts bringt.«

Slavros warf ihm einen langen Blick zu. »Wie weit ist sie?«

»Viel zu weit«, antwortete Masja. »Im vierten Monat oder noch weiter. Ich hab es erst gestern erfahren«, fügte sie rasch hinzu.

»Ach so?« Slavros lehnte sich im Stuhl zurück und betrachtete sie. »Erst gestern?«

»Ja.«

Slavros schaute zu Mikhail hinüber. »Erinnere mich dran, dass die nächsten Mädchen nicht dick sein dürfen.«

Mikhail nickte. »Nicht dick, nicht schwarz.«

»Wie hast du es herausgefunden?«

»Sie ist zu mir gekommen und hat mich gefragt, ob ich mit dir reden kann.«

»Es ist nie gut, sich in die Probleme anderer einzumischen.«

»Nein, natürlich nicht. Ich wollte mich auch gar nicht einmischen. Ich kümmere mich um meine Dinge ... und halte mich an unsere Vereinbarung. Ich dachte nur, dass du gerne Bescheid wissen würdest. Ihr vielleicht helfen kannst.« Sie versuchte, ihre zitternden Knie ruhigzuhalten.

Er legte lächelnd den Kopf auf die Seite. »Natürlich werde ich ihr helfen. Dazu sind wir doch da, um einander zu helfen. Gut, dass du gekommen bist. Wo ist sie jetzt?«

»Auf ihrem Zimmer.«

Slavros nickte Mikhail zu, der das Geschenkpapier weglegte und den Raum verließ. Slavros zog ein paar zusammengerollte Scheine aus der Tasche und warf sie auf den Tisch. »Hier.«

»Deshalb bin ich nicht gekommen.«

»Es ist auch nicht deswegen. Frohe Weihnachten.«

Masja stand auf und nahm die Scheine. Slavros hielt sie fest. »Hast du auch ein Geschenk für mich?«

»Natürlich«, antwortete sie.

Er überließ ihr das Geld. Dann öffnete er den Reißverschluss seiner Hose und zog sie nach unten. Masja schob sich um den Tisch herum und setzte sich auf seinen Schoß. Sie stöhnte automatisch, während sie sich auf und ab bewegte. Auf und ab.

Heiligabend 2010.
Frohe Weihnachten, Mama. Ich denke an dich und an die Weihnachtsabende, dir wir gemeinsam gefeiert haben. Du hast immer versucht, früh von der Arbeit nach Hause zu kommen. Hast uns immer leckere Sachen mitgebracht: Kuchen, Süßig-

keiten ... Selbst einen Weihnachtsbaum hast du mal allein nach Hause geschleppt. Ich weiß noch, wie wenige Zweige er hatte. Aber es war unser Baum. Unser Weihnachten. Jetzt schäme ich mich, nicht dankbarer gewesen zu sein. Dir nie ein Geschenk gemacht zu haben. Mich nie dafür bedankt zu haben, was du mir alles geschenkt hast. Damals dachte ich, dass es nicht gut genug ist. Nie konnte es teuer genug sein. Kannst du mir verzeihen?

Ich dachte, Slavros würde Tabitha ins Krankenhaus schicken. Dass das vielleicht eine Ausstiegsmöglichkeit für sie sein könnte, ob sie das Kind nun behalten würde oder nicht. Dass er auf sie und das Geld verzichten würde – solange sie nichts erzählt. Ich dachte, das wäre das Beste für alle. Aber ich habe mich geirrt. Jetzt weiß ich, dass Slavros niemals auf etwas verzichtet. Dass er ein Schwein ist.

Tabitha ist auf ihrem Zimmer, vollgepumpt mit Gift und Drogen, um den Embryo zu töten. Um die Wehen einzuleiten, wie Lulu sagt. Es dauert sechs Stunden, bis das ganze Gewebe zerstört und das Baby tot ist. Dann kann es ausgestoßen werden. Eine Totgeburt. Eine grausame Art, um auf die Welt zu kommen. Lulu sagt, dass das Mord ist. Dass Tabithas Embryo ein richtiges Kind ist. Nur eben ganz klein. Niemand hier im Club weiß genau, wie groß es ist. Manche sagen fünf, andere zwanzig Zentimeter. Doch alle sind sich einig, dass es wie ein richtiges Kind aussieht, mit Armen, Beinen, Fingern, einem kleinen Kopf, Lippen, Augen und allem. Ich werde verrückt, wenn ich daran denke. Würde am liebsten schreien, aber das Valium dämpft den Drang.

Erster Weihnachtstag. Tabitha blutet. Blut, Blut und nochmals Blut. Ich habe es nicht gesehen, die Geburt oder wie man das nennen soll. Aber das Kind ist weg. Lulu trägt blutige Laken, blutiges Klopapier und blutige Kleider nach unten und wirft alles in den Müllcontainer hinter dem Haus. Ich kann mir nicht vorstellen, dass Tabitha noch viel Blut hat. Alle machen sich Sorgen um sie oder behaupten das jedenfalls. Vielleicht haben sie auch nur Angst, dass sie an Tabithas Stelle sein und verbluten könnten.

Jetzt sind Slavros und der Psychopath bei ihr. Der Psychopath heißt Poul und ist so was Ähnliches wie ein Arzt. Jemand Besseren konnte Slavros wohl nicht bekommen. Poul war Krankenpfleger oder so was, bis das Krankenhaus ihn gefeuert hat, weil er Medikamente geklaut hat. Einmal ist er als Kunde zu mir gekommen. Steht auf Peitschen und Schmerzen. Jetzt kann er sich bei Tabitha richtig austoben. Arme sterbende Tabitha.

Zweiter Weihnachtstag. An den Feiertagen läuft das Geschäft auf Hochtouren. Noch nie hab ich an einem einzelnen Tag so viel verdient, noch nicht mal im Club, die Stiere sind wieder da. Während in den Familien Geschenke ausgetauscht werden, fahren sie durch die Straßen und versuchen, bei uns zum Schuss zu kommen. Am Bahngelände ist der Teufel los. Tabitha hat aufgehört zu bluten. Sie schläft die ganze Zeit. Kann fast nicht mehr laufen. Redet nicht über das, was passiert ist. Lulu sagt, dass Poul das Meiste aus ihrem Unterleib entfernt hat. Alles ausgeschabt hat. Bei diesem Wort wird mir übel. Lulu sagt, dass Tabitha bestimmt nicht mehr schwanger werden kann. Tabitha sagt nichts, starrt nur an die Decke und schluckt die gelben Pillen, die Poul ihr gibt. Die anderen Mädchen schimpfen schon wieder, dass sie so faul ist. Faule Niggerin. Ich weiß, dass es nicht mehr lange dauert, bis Slavros sie aus dem Bett prügeln wird. Tabitha hat mehr Schulden als vorher. Viel mehr. Slavros führt genau Buch und berechnet ihr jedes einzelne voll geblutete Laken. Meine Einnahmen waren glänzend in dieser Woche. Ich brauche noch sieben, acht

Monate, um schuldenfrei zu sein, so langsam sehe ich Licht am Ende des Tunnels. Irgendwann wird dieser Albtraum vorbei sein. Wenn ich keine Schulden mehr habe, werde ich dich besuchen, Mama. Im nächsten Sommer … vielleicht.

28

Mälarhöjden, Januar 1980

Von seinem dunklen Platz unter dem Arbeitstisch aus hörte Erik, wie sein Vater die Kellertreppe hinuntergestürzt kam. Er schloss die Augen, zog die Beine unter sich und hielt den Atem an. Er versuchte, die ganze Welt auf Distanz zu halten – alles auszublenden, was soeben im Badezimmer geschehen war. Im nächsten Moment spürte er die Gummihandschuhe, die sein Vater immer noch trug. Sie packten ihn an seinem Pullover und zerrten ihn unter dem Tisch hervor. Bertil riss Erik die schwarze Schutzmaske vom Gesicht und schleuderte sie auf den Boden.

»Was hast du getan? Was hast du getan?«, schrie Bertil.

Bertil schüttelte ihn und schlug ihn mit der flachen Hand. Der Schmerz der Schläge war fast eine Befreiung.

»Entschuldigung, Ent…schuldigung …«, stammelte Erik.

Schließlich hörte Bertil auf und sank neben Erik auf den schmutzigen Kellerboden. Schluchzend wischte er sich seine laufende Nase ab. Dann legte er den Arm um Erik und drückte ihn an sich.

»Das wollte ich nicht. Ich wollte nicht, dass sie stirbt«, sagte Erik.

»Was hast du dir nur dabei gedacht?«

»Ich weiß nicht …«, antwortete Erik und schmiegte sich enger an die steife Lederschürze seines Vaters. »Ich weiß nicht … ich wollte einfach nicht, dass sie uns verlässt.«

»Mein Gott, Erik, du hast sie umgebracht.«

Erik begann zu weinen, und Bertil strich ihm über das Haar. »Wie konntest du nur ...«

»Es ist einfach passiert.«

»Das kann nicht sein. Du musst schon länger darüber nachgedacht haben. Warum die Kanüle?«

»Du hast gesagt, dass sie gefährlich ist.«

»Aber warum? Das ergibt doch keinen Sinn, Erik.«

»Ich weiß nicht, Papa ... ich habe euch im Schlafzimmer gesehen ... ich habe gesehen, wie du deine Hände um ihren Hals gelegt hast ... ich ... ich wollte sie nur aufhalten, so wie du sie aufhalten wolltest, verstehst du das nicht?«

Bertil liefen die Tränen über die Wangen. »Ja, vielleicht.« Er setzte sich auf und strich seine dünnen Haare zurück. »Aber sonst wird das wohl kaum jemand.«

Erik sah seinen Vater ängstlich an. »Was passiert jetzt, Papa?«

Bertil schüttelte den Kopf. »Es tut mir so leid, was wir dir alles zugemutet haben. Das ist meine Schuld.«

»Nein, Papa.«

»Doch, und jetzt müssen wir das alles hier irgendwie in den Griff kriegen.«

»Rufen wir die Polizei an?«

Bertil nickte schwer. »Ja, das müssen wir wohl.«

Erneut begann Erik zu weinen. »Okay, Papa, das verstehe ich. Was wird dann mit mir?«

»Ich weiß es nicht, Erik. Das ist alles so ungerecht.« Bertil stand vom Boden auf. Die steife Lederschürze knirschte. Er stützte sich am Arbeitstisch ab und zog Erik auf die Beine.

»Ich hab Angst«, sagte Erik. Er zitterte am ganzen Körper.

»Das habe ich auch«, entgegnete Bertil. Er legte ihm den Arm um die Schultern, und gemeinsam gingen sie die Treppe hinauf.

Als Erik und Bertil ins Schlafzimmer kamen, hörten sie durch die offene Badezimmertür, dass die Dusche immer noch lief. Hin und wieder drang Johans klagende Stimme durch das Rauschen. Sie gingen zum Badezimmer. Erik versteckte sich hinter seinem Vater, als sie das in Dampf gehüllte Bad betraten.

Johan saß unter dem laufenden Wasser und hielt Lenas leblosen Körper in den Armen. Sie blutete aus allen Körperöffnungen, ihre Haut war gelb wie Pergament, und trotzdem versuchte er, sie Mund zu Mund zu beatmen.

»Das nützt nichts«, sagte Bertil.

Johan blickte zu ihm hoch. »Wir ... wir müssen doch irgendwas tun.«

»Ihre Organe haben längst versagt. Der Tod ist unmittelbar nach der Injektion eingetreten«, sagte Bertil.

»Aber ... aber habt ihr denn keinen Krankenwagen gerufen?«

»Sie ist tot, Johan. Da ist nichts mehr zu machen.«

Es schien so, als hätten Bertils Worte Johan die letzte Hoffnung geraubt. Er ließ Lena los, sank an den Fliesen hinunter und schluchzte ungehemmt. »Warum nur ... warum?«

»Eine Tragödie«, murmelte Bertil.

Erik drückte die Hand seines Vaters und spürte die kühle Oberfläche des Gummihandschuhs.

»Wir müssen die Polizei verständigen«, schluchzte Johan. »Wie konnte denn so was überhaupt passieren?«

Bertil ließ Eriks Hand los und ging zu Johan. »Genau das werden wir herausfinden.«

»Was, zum Teufel, gibt es da herauszufinden? Lena wurde ermordet ... von ihm.« Johan zeigte anklagend auf Erik, der den Kopf senkte.

Bertil entgegnete nichts, klopfte sich nur nachdenklich

mit den Fingern auf die Lippen. Sein Blick schweifte forschend durch das Bad. »Du bist gekommen, um Lena abzuholen, Johan.«

»Ja, aber das war dir doch klar.«

»Du wolltest sie ihrer Familie wegnehmen.«

»Das gibt ja wohl niemandem das Recht, sie zu TÖTEN!« Das Letzte schrie er in Eriks Richtung.

»Nein, nein«, murmelte Bertil und schien in seinen eigenen Gedanken gefangen zu sein. »Doch Lena hat ihren Entschluss bereut. Sie wollte nichts mehr mit dir zu tun haben. Sie hat ihre Familie und ihren Sohn viel zu sehr geliebt, um diesen Schritt zu tun ...«

»Wovon redest du?« Johan setzte sich auf. »Hast du total den Verstand verloren?«

»Ganz und gar nicht, Johan. Du hast den Verstand verloren. Deine Eifersucht hat dich verrückt gemacht. Du konntest ihre Abweisung nicht verkraften, dich mit der Niederlage nicht abfinden. Deshalb hast du dir Zugang zu unserem Haus verschafft, während Lena im Bad war und Erik und ich im Keller.«

Johan stand auf. Er versuchte, sich an Bertil vorbeizudrängen, doch der hielt ihn am Arm fest.

»Lass mich los! Wenn du nicht die Polizei rufst, werd ich es tun«, sagte Johan.

»Und was willst du ihnen erzählen? Es steht Aussage gegen Aussage. Du hast überall deine Fingerabdrücke hinterlassen ... außerdem hast du ein Motiv.«

»Du bist doch geisteskrank.«

»Nein, ich habe alle meine Sinne beisammen. Ich will nur meinen Jungen beschützen.«

»Aber nicht auf meine Kosten. Außerdem hat er Lena mit der Kanüle aus deiner Werkstatt getötet. Wie willst du das der Polizei erklären?« Johan trocknete sich die Augen.

»Du hast recht«, entgegnete Bertil, der zu resignieren schien. »Das ist wohl der springende Punkt. Vermutlich würde die Polizei dir glauben.«

Johan riss sich los. »Ihr seid wirklich beide total krank.« Er schaute zwischen Bertil und Erik hin und her.

Bertil nickte. »Schon möglich, aber wir sind immerhin am Leben.« Bevor Johan reagieren konnte, zog Bertil das Skalpell hervor, das er im linken Handschuh versteckt hatte. Er führte es in einem feinen Bogen über Johans Hals. Es war ein sauberer Schnitt, der die Halsschlagader öffnete, aus der sofort das Blut herausschoss. Mit offenem Mund griff sich Johan an den Hals. Er versuchte, etwas zu sagen, doch aus seinem Mund kam nichts als Blut.

Bertil runzelte nachdenklich die Brauen. »Ich vermute, dass du die Kanüle gestohlen hast, als du letztes Mal bei uns im Keller warst. Wir …«, er zeigte auf Erik und sich, »haben jedenfalls seitdem nach ihr gesucht.«

Johan sank auf die Knie, seine Brust hatte sich durch das herabfließende Blut rot gefärbt.

»Das ist natürlich alles Spekulation«, fuhr Bertil fort. »Aber ich denke, die Polizei wird mir recht geben, dass es eine plausible Annahme ist. Vor allem wenn ich ihnen erzähle, dass Lena Angst vor dir hatte und sich eines meiner Skalpelle ausgeliehen hat, um sich notfalls gegen dich verteidigen zu können. Sie muss es mit ins Badezimmer genommen haben – solche Angst hatte sie vor dir. Das ist die einzig logische Erklärung für all das, was hier passiert ist.« Er stieß Johan leicht mit dem Bein an, der daraufhin zu Boden sank. Bertil warf das Skalpell neben Lena in die Duschkabine. Er betrachtete sie kurz, ehe er sich an seinen Sohn wandte. »Meinst du, es ist besser, wenn sie es immer noch in der Hand hält, Erik?«

Erik war wie versteinert.

»Meinst du das, Erik?«

Erik trat vorsichtig näher und sah nach unten. »Ja«, antwortete er, »das wirkt authentischer.«

Bertil bückte sich, nahm das Skalpell und drückte es Lena in die Hand. Er stellte sich mit gegrätschten Beinen über die Leiche und griff mit zwei Fingern nach der Kanüle. Dann drehte er sich zu Johan um, presste seine Finger um die Kanüle und warf sie anschließend in den hintersten Winkel.

»Gut so?«, fragte Bertil seinen Sohn, der sich zur Tür zurückgezogen hatte. Erik ließ seinen Blick durch das kleine Bad schweifen. Dichter Dampf hüllte die Leichen ein. Lenas Beine ragten aus der Duschkabine heraus, hinter der gesprungenen Glasscheibe war ihr nackter Körper zu erahnen. Johan lag leblos auf dem Boden, das Erstaunen stand ihm ins Gesicht geschrieben, seine Halssehnen waren durch den Schnitt deutlich zu sehen. Die ganze Szene erinnerte Erik an eine der Tierszenen im Keller.

»Wir müssen die Polizei anrufen.«

»Ja, Papa.«

»Es ist wichtig, dass du nicht zusammenbrichst. Dass wir uns an die Version halten, die ich gerade erzählt habe.«

»Ja, Papa.«

Bertil sah ihn ernst an. »Gut, dass alles so ausgegangen ist. Alles andere hätte uns ins Chaos gestürzt. Lass uns deiner Mutter ein ehrendes Andenken bewahren und all das Gute, das wir ihr zu verdanken haben, in Erinnerung behalten.

»Ja, Papa.«

»Was Johan betrifft, so ist die Welt ohne ihn besser dran. Glaub mir, niemand wird ihn vermissen.«

»Ja, Papa.«

»Ich liebe dich, Erik, das weißt du.«

»Ich liebe dich auch, Papa.«

Erik warf einen letzten Blick ins Badezimmer. Die Szene wäre es wert gewesen, verewigt zu werden, und vor seinem inneren Auge sah er sie zwischen dem schwebenden Mäusebussard und dem Eichhörnchen stehen, das an einer Haselnuss knabberte. *Here he comes, here he comes ... here he comes*, hörte er den beschwingten Titelsong von »Hopalong Cassidy« tief in seinem Inneren. Er sah seinen Vater ruhig an. »Glaubst du, der Elch lässt sich wieder reparieren?«

29

2013

In dem eiskalten Treppenhaus roch es beißend nach Urin. Im Dunkel des dritten Stocks stand Thomas vor Igors Wohnungstür. Die Wohnung lag nahe der stillgelegten Sojakuchenfabrik auf Islands Brygge. Der direkt am Hafen gelegene Gebäudekomplex war zunächst als exklusive Wohnanlage geplant gewesen, doch die Millioneninvestitionen waren im Zuge der Finanzkrise ausgeblieben. Stattdessen hatte sich das gesamte Gebiet in Rekordzeit zu einem sozial problematischen Getto entwickelt, in dem sich nach Einbruch der Dunkelheit niemand mehr sicher fühlen konnte.

Die Schnur seines Polizeiausweises hing ihm um den Hals und schnitt in seine Haut ein. Hier im Treppenhaus zu stehen fühlte sich fast an wie in den alten Tagen, und er spürte, wie das Adrenalin durch seinen Körper rauschte. Er hatte Mikkel dazu überredet, im Register nach Igors Autokennzeichen zu suchen, um an seine Adresse zu kommen. Mikkel hatte ihn davor gewarnt, irgendeine Dummheit zu begehen, die Brask einen Vorwand liefern könnte, Thomas endgültig rauszuschmeißen. Doch Thomas ging es im Moment nur darum, sich Zugang zu Igors Wohnung zu verschaffen, um mögliche Hinweise auf Masjas Schicksal zu finden.

Er bückte sich und hob vorsichtig die Briefkastenklappe an. Der Eingangsbereich lag im Dunkeln, und in der Wohnung war es vollkommen still. Er stand auf und zog seine

Einbruchswerkzeuge aus der Jackentasche. Er fand einen Dietrich, der zur Größe des Schlosses passte, und steckte ihn in den Zylinder. Im Zentralregister war vermerkt, dass Igor wegen Diebstahls zu einer Bewährungsstrafe verurteilt worden war. Leider hatte das nicht ausgereicht, um ihn des Landes zu verweisen, doch bei der nächsten Verfehlung, und sei sie auch noch so unbedeutend, würde er für längere Zeit ins Gefängnis wandern oder ohne Rückfahrticket direkt nach Minsk – oder wo immer er herkam – zurückgeschickt werden.

Thomas fluchte, weil seine Hände so zitterten, dass er das Schloss nicht knacken konnte. Schließlich gab er es auf und ging einen Schritt zurück. Er hob den Fuß und trat so hart zu, dass der Rahmen splitterte und die Tür aufsprang. Für einen kurzen Moment blieb er im Flur stehen und lauschte der Stille, ehe er vorsichtig weiterging und die Tür zum Wohnzimmer aufschob.

Offensichtlich war Igors Putzfrau im Dauerurlaub, denn im ganzen Zimmer lagen halb leere Flaschen herum wie nach einer ausschweifenden Party. Thomas bemerkte das silberne Röhrchen, das zwischen den Flaschen auf dem Couchtisch lag. Neben dem Röhrchen war ein feines weißes Pulver verstreut. Er durchquerte den Raum und ging ins Schlafzimmer. Das Bett war nicht gemacht und überall lagen Kleider auf dem Boden herum. Das Zimmer stank säuerlich nach Schweiß und verschüttetem Bier. Thomas schritt über ein benutztes Kondom hinweg und inspizierte den Kleiderschrank. Alle Fächer waren voller unordentlich hineingestopfter Männerklamotten. Einiges deutete darauf hin, dass Igor allein wohnte. Als Thomas die letzte Schranktür öffnete, kam ihm der gesamte Inhalt entgegen. Offenbar war dieser Teil des Schranks bis zum Rand mit Plunder und Krempel gefüllt gewesen. Thomas bückte sich und versuchte, die Dinge zu sortieren. Er fand alte Rechnungen, Pornohefte, Fußballschuhe und eine Gitarre ohne Saiten. Er leerte ein paar Pappkisten auf dem Boden aus und überprüfte auch deren Inhalt. Nachdem er alles durchgegangen war, bemerkte er das verknickte Foto, das ganz hinten im Schrank lag. Er hob das Foto auf und strich es glatt. Thomas erkannte das Mädchen, das neben Igor auf der Kühlerhaube des schwarzen BMWs saß, sofort. Es war Masja. Thomas steckte das Foto in die Tasche. Er hatte gefunden, wonach er gesucht hatte, doch seine Recherche war damit noch nicht beendet. Er wollte etwas Konkretes gegen Igor in der Hand haben – etwas, das ihn ans Messer liefern konnte. Die Reste des Kokains auf dem Couchtisch und sein ständiges Schniefen im Laden ließen vermuten, dass es in dieser Wohnung noch mehr Drogen gab. Durch unzählige Durchsuchungen wusste Thomas, dass es drei Orte gab, an denen Dealer normalerweise ihre Ware versteckten: unter dem Bett, im Kühlschrank oder im Spülkasten der Toilette. Er kniete sich hin und spähte unter das Bett. Da er nichts sah, streckte er den Arm aus und tastete den Lattenrost ab. Kurz darauf spürte er das kleine Tütchen, das zwischen einer Lamelle und der Matratze klemmte. Er zog es heraus und sah, dass es ein weißes Pulver enthielt. Er tippte auf Kokain oder Amphetamin. Igor war berechenbarer als die meisten anderen.

In diesem Moment waren aus dem Eingangsbereich ein paar russische Flüche zu hören. Thomas steckte sich das Tütchen in die Tasche und ging ins Wohnzimmer. Am anderen Ende des Zimmers stand Igor, dessen Kopf vor Wut rot angelaufen war. Er riss die Augen auf, als er Thomas sah, und schüttelte den Kopf, als könnte er die Zusammenhänge nicht begreifen. »Du? Was machst du hier, verdammt?« Er ballte die Fäuste und trat einen Schritt auf Thomas zu.

Thomas zog in aller Ruhe seinen Dienstausweis unter

dem Hemd hervor. »Ja, ich, Igor. Thomas Ravnsholdt, Ermittlungseinheit der Polizei Kopenhagen.«

Igor blieb stehen und starrte perplex auf den Ausweis.

»Jemand ist hier eingebrochen«, fuhr Thomas fort.

»Jemand ist was …?«

»Eingebrochen«, wiederholte Thomas. »Jemand hat die Wohnungstür eingetreten und sich Zugang zu dieser Wohnung verschafft.«

»Was hast du hier zu suchen?«

»Ich war zufällig in der Nähe, als es passiert ist. Glücklicherweise ist nichts gestohlen worden. Nicht mal der Stoff, den ich unter deinem Bett gefunden habe.« Er wedelte mit dem Tütchen vor Igors Nase herum.«

»Das … das gehört mir nicht.«

»Natürlich nicht«, entgegnete Thomas mit einem spöttischen Lächeln. »Ich glaube allerdings, dass es ein Fest für unsere Techniker wird, wenn sie die ganze Bude hier auf den Kopf stellen. Danach wird sie aussehen, als hätte sie jemand durch den Reißwolf gejagt.«

»Fuck!«, stieß Igor tonlos aus und schluckte.

»Was deine gegenwärtige Situation ganz gut beschreibt. Setz dich aufs Sofa, wir müssen reden. Jetzt!«

Igor kam der Aufforderung nach.

»Das, was du schon auf dem Kerbholz hast, reicht aus, um dich für mehrere Jahre in den Knast zu schicken, Igor. Und danach werde ich die persönliche Ehre haben, dich zum Flugzeug zu begleiten.«

»Wer hat mich verraten?«

»Ist das deine größte Sorge?«

Igor zuckte die Schultern. »Wer?«

»Masja. Masja hat geplaudert.«

Igor fiel die Kinnlade herunter. »Masja?« Er zwinkerte. »Ich kenne keine Masja.«

Thomas zog das faltige Foto aus seiner Tasche und warf es vor Igor auf den Tisch.

Igor betrachtete es mit gequältem Blick und ließ seine Schultern sinken. »Masja hat dich auf meine Spur gebracht?«

»Was glaubst denn du?«

Igor starrte dumpf vor sich hin. »Ich kann es ihr nicht mal verdenken. Schäme mich immer noch für das, was ich getan habe. Wenn du sie triffst, könntest du ihr sagen ... dass es mir leidtut? Würdest du das tun?«

Thomas setzte sich auf die Lehne des schwarzen Ledersessels. »Ich habe keine Ahnung, wo sie ist. Deshalb bin ich zu dir gekommen.«

»Aber ...«

»Hör zu, Igor, im Moment bin ich dein neuer bester Freund.« Er hielt das Tütchen mit dem weißen Pulver hoch. »Aber für unsere Freundschaft ist es entscheidend, dass du mir sagst, wo sie ist.«

»Ich weiß es wirklich nicht.«

»Wann hast du sie das letzte Mal gesehen?«

»Das ist mindestens zwei Jahre her, ich schwöre ...«

»Wo war das?«

Igor senkte den Kopf. »Irgendwo draußen auf Amager.«

»Geht das auch etwas genauer?«

»Am Yderlandsvej, in einer ehemaligen Autowerkstatt.«

»Interessanter Ort. Was habt ihr da gemacht?«

Igor angelte sich eine Schachtel Zigaretten aus der Brusttasche.

»Was hat sie da gemacht?«

»Mir aus der Klemme geholfen.«

»Aus was für einer Klemme?«

»Eine, vor der man nicht weglaufen kann.« Igor zündete sich eine Zigarette an und blies den Rauch in die Luft. »Spielschulden, eine Riesensumme ...«

Thomas nickte. »Und Masja sollte sich dort mit ein paar Freiern treffen, war es so?«

»Es war mehr als das ...«

»Wie meinst du das?«

Igor zuckte bedauernd die Schultern. »Du musst verstehen, dass ich total am Arsch war.«

»Erzähl mir, was passiert ist.«

Igor schüttelte mutlos den Kopf. »Ich hab eine Vereinbarung getroffen. Hab dafür gesorgt, dass meine Schulden auf Masja übergegangen sind.«

Thomas stand von der Armlehne auf. »Nur damit ich das richtig verstehe ... du hast deine Freundin verkauft, um von deinen Schulden runterzukommen?«

»Ja ... nein ... so war das nicht. Ich ... ich hab ihr einen Job verschafft.«

»Das glaubst du doch wohl selbst nicht.«

Igor schwieg.

Thomas sah, wie nah die Sache Igor ging.

»Ich brauche ein paar Namen, Igor.«

»Die kann ich dir nicht geben. Du weißt, wie das läuft.«

»Ich weiß genau, wie das läuft. Entweder erzählst du mir jetzt, wer damals in der Autowerkstatt war, oder wir buchten dich ein wegen Koksbesitz, Menschenhandel und allem, was dazu gehört. Danach besuche ich euren kleinen Club in der Colbjørnsensgade und erzähle dort allen, dass du gerade auf dem Innenstadtrevier sitzt und die anderen ans Messer lieferst. Was ziemlich praktisch wäre, weil wir uns dann nicht mehr um deinen Rückflug nach Hause kümmern müssen. Deine Freunde würden dich bestimmt finden, ehe du in irgendein Flugzeug steigen kannst.«

»Das waren irgendwelche Typen vom Balkan, die ich nicht kannte«, sagte Igor.

»Die Namen!«

»Es ist so lange her ...«

»Jetzt gleich!«

»Milan. Der eine hieß Milan.«

»So wie der Fußballclub?«

»Ja. Und der andere hieß Lucian.«

»Masja ist also jetzt in deren Händen.«

Igor schüttelte den Kopf. »Nein.«

»Wo ist sie dann? Jetzt spuck's schon aus!«

»Lucian hat sie an jemanden weitergeschickt, für den sie arbeiten sollte.«

»Name?«

Igor zog nervös an seiner Zigarette. »Er heißt Slavros. Vladimir Slavros. Einer der ganz großen Gangster. Super organisiert.«

»Und wo finde ich diesen Slavros?«

Igor beugte sich vor und drückte die Zigarette im Aschenbecher aus.

»Keine Ahnung. Slavros findet man nicht. Der findet dich. Die meisten merken das erst, wenn's zu spät ist.«

»Ich mach mir vor Angst gleich in die Hose.«

»Dazu hast du auch allen Grund, wenn du so dumm bist, nach ihm zu suchen.«

Thomas schüttelte den Kopf und ging zur Tür.

»Was ist mit dem Koks?«, fragte Igor und zeigte auf das Tütchen. »Könnte jetzt gut ein, zwei Linien gebrauchen.«

»Das landet im Klo.«

»Ey, das ist für 20 Mille!«

»Vergiss es einfach«, sagte Thomas, ging ins Bad und leerte das Tütchen über der Kloschüssel aus.

Er wusste nicht, wer Milan, Lucian und dieser Slavros waren. Doch es war gut möglich, dass Melby und Mikkel etwas wussten. Er musste mit Mikkel reden und ihn um einen weiteren Gefallen bitten.

30

Dezember, 2010

Es war weit nach Mitternacht. Die Straßen in dem noblen Villenviertel in Mälarhöjden lagen einsam und verlassen da. Vereinzelt wurden die Wohnzimmerfenster vom flackernden Licht der Fernseher erhellt und verrieten, dass die Bewohner noch nicht ins Bett gegangen waren. Draußen auf dem Mälarsee, der sich an der ersten Reihe der Villen entlangzog, glitten ein paar Frachtschiffe mit ihren roten Heckleuchten lautlos vorüber. In der Einfahrt des letzten Hauses hielt ein betagter Mercedes Benz SEL, Jahrgang 1972. Der schwarze Lack und die Chromleisten schimmerten im Schein der Straßenlaternen. Das Fahrzeug war in einem ebenso perfekten Zustand wie vor 38 Jahren, als es bei einem Autohändler in Sollentuna gekauft worden war.

Der Mann hinter dem Steuer setzte eine dunkle Brille auf und zog sich seine karierte graue Schiebermütze tiefer in die Stirn. Aus der Innentasche seines Lammfellmantels holte er ein paar schwarze Handschuhe aus Kalbsleder, die er sich sorgsam über die Finger streifte. Dann drehte er den Schlüssel im Zündschloss, worauf der 6,5 Liter V8-Motor dröhnend zum Leben erwachte. Er öffnete das Handschuhfach und nahm ein kleines Metallkästchen heraus. Das Kästchen enthielt eine Morphiumampulle sowie eine alte Injektionsspritze aus Metall. Der Mann entfernte die Schutzkappe von der Nadel und perforierte die Hülle der Ampulle.

Er zog die Morphiumlösung in die Kammer und hielt die Kanüle ins Licht der Deckenlampe. Vorsichtig drückte er auf den Stempel, woraufhin ein feiner Strahl aus der Nadelspitze schoss. Der Mann steckte die Schutzkappe wieder auf die Nadel und legte die Kanüle auf die Mittelkonsole zwischen den Vordersitzen. Er war bereit, hatte alles bis ins kleinste Detail vorbereitet. Jetzt stand nur noch die Auswahl der richtigen Beute aus. Einer der Kandidatinnen auf seiner Liste.

Zwanzig Minuten später rollte der schwarze Mercedes durch die Stockholmer Innenstadt. Die verlassenen Bürogebäude des Norrmalmdistrikts türmten sich zu beiden Seiten der Straße. Das gelbe Scheinwerferlicht flutete über die spiegelglatte Straße und erfasste die Mädchen, die in ihren dünnen Kleidern fröstelnd an den Hausmauern standen. Paralysiert wie geblendete Rehe starrten sie den Mercedes an, was den Mann erregte. Er summte leise vor sich hin, während seine Finger auf das Lenkrad trommelten. Als er die Mäster Samuelsgatan zur Hälfte hinter sich gelassen hatte, hielt er am Straßenrand. Ein schmächtiges Mädchen mit hohen Stilettos und blonden, ungebändigten Haaren löste sich aus dem Schatten und kam zu ihm. Der Mann kurbelte die Seitenscheibe hinunter. Das Mädchen beugte sich vor und blickte ins Dunkel.

»Du schon wieder«, sagte sie ein wenig enttäuscht und blies ihren Kaugummi auf. »Willst du auch diesmal nur gucken, oder hast du heute ein bisschen mehr Mut?«

»Würdest du mir bitte deine Brüste zeigen«, bat der Mann.

»Würdest du bitte ...«, gluckste das Mädchen. »Du bist schon ein komischer Typ.« Sie trat einen Schritt zurück, zog den Reißverschluss ihrer dünnen Satinjacke nach unten und entblößte ihre Brüste. »Ich hoffe, du stehst nicht auf

Rubensfiguren, dann dürftest du nämlich enttäuscht sein.«
Sie drückte ihre kleinen, ein wenig hängenden Brüste nach oben und rieb ihre Brustwarzen hart.

»Im Gegenteil«, entgegnete er. »Ich mag schmale Mädchen. Der Fettanteil deines Körpers dürfte unter 5,6 Prozent liegen, das ist ganz ausgezeichnet.« Er öffnete ihr die Tür. Sie zog den Reißverschluss ihrer Jacke wieder hoch und stieg ein.

Sie fuhren die Straße hinunter. Das Mädchen suchte in ihrer Handtasche nach einem Kondom. »Das kostet fünfhundert, und anal ist bei mir nicht drin, hast du verstanden?«

»Absolut in Ordnung. Warst du lange krank?«

»Wie meinst du das?«

»Du hast viel an Gewicht verloren, seit ich dich das letzte Mal gesehen habe.«

»Das Leben ist hart«, sagte sie mit monotoner Stimme und blickte aus dem Seitenfenster. »Wir können zum Bahngelände fahren ...« Sie zeigte auf die Seitenstraße, doch der Mann fuhr geradeaus weiter. »Sie drehte sich zu ihm um. »Vielleicht kennst du ja auch einen anderen Ort ...«

»Das Paradies«, entgegnete er. »Wir fahren ins Paradies.« Bevor sie reagieren konnte, hatte er ihr die Kanüle in den Oberschenkel gerammt und den Stempel ganz nach unten gedrückt. Die Wirkung trat augenblicklich ein. Das Mädchen sackte auf dem Sitz zusammen. Der Mann legte die Spritze auf die Konsole zurück und strich dem Mädchen mit dem Handschuh über das Haar. »Träum was Schönes ...«

Das Mädchen kam langsam zu sich. Das grelle Licht der Neonröhren an der Decke ließ sie blinzeln. Sie versuchte aufzustehen, aber die kräftigen Lederriemen, mit denen sie nackt an die Pritsche gefesselt war, hinderten sie daran.

Die Pritsche lehnte in einem 45-Grad-Winkel an der Wand und gewährte ihr freie Sicht auf den niedrigen Kellerraum, in dem sie sich befand. An der gesamten Wand zogen sich schmale Regale entlang, in denen Glasflaschen mit verschiedenen Flüssigkeiten standen. Auf dem Boden stapelten sich Pappkartons, aus denen Kolben und Gummischläuche herausguckten. Das Mädchen musterte die Glasbehälter auf dem obersten Regalbrett. Im ersten schwamm ein Frosch in Formalin, im zweiten eine Natter. Erst allmählich begriff sie, dass in sämtlichen Behältern auf dem obersten Regal konservierte Lurche und Kriechtiere waren. Sie beugte sich vor, um besser sehen zu können, und erblickte auf den unteren Brettern eine Reihe ausgestopfter Tiere. Fasane, Krähen, Eichhörnchen, Füchse, ein Hundewelpe und ein grotesk zusammengesetztes Tier, halb Eule, halb Hase.

Am anderen Ende des Raumes stand ein Mann, der einen weißen Kittel trug und ihr den Rücken zugewandt hatte, an einem Arbeitstisch. Mit einer dünnen Glaspipette entnahm er mehreren Flaschen ein wenig Flüssigkeit und mischte alles in einem schlanken Kolben. Mit einer eleganten Handbewegung ließ er den Kolben ein wenig kreisen.

Das Mädchen zerrte an den Riemen, konnte sich jedoch nicht befreien. »Was machen Sie da, verdammt?«

Als sich der Mann zu ihr umdrehte, verstummte sie. Er trug eine getönte Sicherheitsbrille und eine Atemschutzmaske aus Gummi, die Nase und Mund bedeckte. Er hielt den Kolben mit gestrecktem Arm vor sich, während er auf sie zukam.

Das Mädchen riss an den Riemen und versuchte, sich frei zu strampeln. Ein stechender Schmerz im Unterleib ließ sie nach unten schauen. Sie erblickte eine große Kanüle, die tief in ihrer linken Leiste steckte. Die Kanüle war durch einen Gummischlauch mit einem kleinen Apparat verbunden, der neben ihr auf einem Rollwagen stand. »Hilfe!«, rief sie, doch niemand antwortete.

Der Mann legte ihr die Hand auf die Schulter. »Sei so gut, und bleib ganz ruhig«, sagte die dumpfe Stimme hinter der Maske. »Sonst schadest du dir nur selbst.«

»Bitte lass mich gehen«, sagte sie und sah ihn flehentlich an. »Ich werde auch niemandem was erzählen.«

»So, so …« Der Mann tätschelte ihr freundlich den Kopf, wandte sich dann dem Rolltisch zu und bückte sich. Unter dem Apparat liefen drei Gummischläuche zu verschiedenen Glasbehältern, die allesamt durchsichtige Flüssigkeiten enthielten. Vorsichtig goss er den Inhalt des Kolbens in den letzten der Behälter, woraufhin sich die Flüssigkeit sofort gelblich färbte.

»Lass mich frei, bitte … bitte …«, schluchzte das Mädchen.

Der Mann hob den Finger und gebot ihr zu schweigen. »Sag jetzt bitte nichts.« Er richtete seine Aufmerksamkeit erneut auf den Apparat. »Du störst den Prozess.« Er gab verschiedene Zahlen auf der Tastatur ein und begann im Takt der eingebauten Pumpe zu summen, die die Flüssigkeit aus den Behältern sog.

»Lass mich frei!«, schrie das Mädchen. »Lass mich frei, du Psychopath!«

»Das ist ein ganz unangemessenes Verhalten«, entgegnete der Mann ruhig.

Das Mädchen begann ihn wüst zu beschimpfen, bis der Mann offenbar genug hatte und auf eine der drei grünen Tasten der Tastatur drückte. Im nächsten Moment lief eine klare Flüssigkeit durch den Gummischlauch und weiter durch die Kanüle in ihre Leiste. Die Wirkung setzte augenblicklich ein. Das Mädchen stöhnte auf und verstummte. Ihr Blick verschwamm, und sie leckte sich die Lippen wie nach einer schmackhaften Mahlzeit. »Was … was war das?«

»Eine Morphiumlösung, 150 Milligramm.«

»Du darfst mir nichts tun«, sagte sie schniefend. »Ich werde auch ganz lieb zu dir sein, werde schöne Dinge mit dir machen ...«

Der Mann nickte ihr zu. »Gut, dass du endlich kooperativ bist. Das macht die Sache wesentlich einfacher und wird den Prozess beschleunigen, da bin ich ganz sicher.«

»Den Prozess ...«, wiederholte sie mit einem leisen Kichern.

Er gab eine neue Zahlenkombination ein und drückte auf den nächsten grünen Knopf. »Es tut mir leid, wenn es gleich ein wenig unangenehm für dich wird.«

»Ich bin einiges gewohnt«, entgegnete das Mädchen und sah ihn mit trübem Blick an.

»Eine Mischung aus Formalin, Salzsäure und Zink ...«

»Was ...?«

Die Flüssigkeit lief durch den Gummischlauch. Als sie in die Blutbahn des Mädchens eindrang, verfiel ihr Körper in heftige Zuckungen. Sie schrie vor Schmerz auf und versuchte, sich loszureißen. Die Lederriemen schnitten ihr in die Haut ein. Schaum quoll aus ihrem Mund. Sie starrte den Mann mit blutunterlaufenen Augen an.

»Ganz ruhig. Das ist alles Teil eines natürlichen Prozesses«, erklärte er, während er sie betrachtete. »Gleich hast du's überstanden.«

Er blickte auf seine Armbanduhr, während das Mädchen unartikulierte Laute ausstieß und sich ihr Körper auf der Pritsche in einem unnatürlichen Bogen spannte. Die Riemen knarrten, hielten jedoch stand. Nach exakt dreiundvierzig Sekunden sackte ihr Körper leblos in sich zusammen. Der Mann drückte auf den letzten grünen Knopf und ging zu der Leiche. Behutsam schob er ihre zerbissene Zunge in den Mund zurück und schloss ihre starren Augen. Als die gelbliche Flüssigkeit in ihren Körper eindrang, kehrte der Glanz in ihr Gesicht zurück. Plötzlich sah das Mädchen wieder so vital aus, als hätte er sie zum Leben erweckt. Der Mann strich ihr sanft über das Haar, während er sein Werk in Augenschein nahm. »Endlich«, sagte er ergriffen.

In diesem Moment verschwand der Glanz aus dem Gesicht des Mädchens und wich einer unnatürlichen gelblichen Färbung, die sich allmählich verstärkte. Der Mann zog die Hand zurück, wandte sich rasch dem Apparat zu und überprüfte die eingegebenen Zahlenreihen auf dem Display. »Das ist nicht richtig ... das ist nicht fair!«, rief er mit tränenerstickter Stimme. Er blickte zu der Leiche hinüber, die in dem trüben Licht nun fast mumifiziert aussah. Mit hängenden Schultern ging er zu dem Flaschenzug, der an der Decke befestigt war, und zog den Haken an die Pritsche heran. Er löste die Riemen, die das Mädchen fixierten, und befestigte den Haken an einem Gurt, der ihre Brust umspannte. Dann zog er an der Kette, bis die Leiche 30, 40 Zentimeter über der Pritsche schwebte. Er mobilisierte all seine Kräfte und schob sie quer durch den Kellerraum, bis sich der Körper über der alten Zinkwanne befand. Der Mann nahm eine Lederschürze vom Haken an der Wand und band sie sich um. Er öffnete den kleinen Werkzeugkasten aus Holz und nahm sein Havalon-Skalpell, auf dessen Holzgriff ein Steinbock eingraviert war. Dann tauschte er die alte gegen eine neue 26-Millimeter-Klinge aus. Mit einem tiefen Seufzen betrachtete er die Leiche, die an dem Flaschenzug hing. Dass sein Experiment missglückt war, bedeutete, dass nun viel Arbeit auf ihn zukam. Behutsam führte er das Messer auf der linken Seite an der Kopfhaut entlang und begann langsam, die Gesichtshaut frei zu schneiden.

* * *

Eine Woche später stand der Mann in dem schummrigen Keller an seinem Arbeitstisch, wo er ein Stück Schaumstoff in die Drehbank eingespannt hatte. Den Schaumstoff hatte er wie einen linken Arm geformt, den er nun mit einem Stück Sandpapier, Nummer 140, glatt schmirgelte. Mit dem Messschieber maß er den obersten Teil des Schultergelenks aus, ehe er sich anhand seines Notizbuches, in dem alle Maße standen, vergewisserte, dass sein Messergebnis korrekt war. Er schliff einen weiteren halben Millimeter von der Schulter ab, ehe er den Schaumstoff zufrieden aus der Drehbank löste. Dann drehte er sich um und ging zu dem Korpus, der die Größe eines menschlichen Körpers hatte und neben dem Regal stand. Der Korpus bestand aus zusammengeschraubten Schaumstoffstücken und erinnerte an eine Schaufensterpuppe. Nur das Gesicht war weitaus detaillierter ausgeformt, man ahnte fast die Züge des getöteten Mädchens, die in dem harten Schaumstoff verewigt waren. Als er zwanzig Minuten später den Arm korrekt an den Korpus montiert hatte, kehrte er zu der großen Zinkwanne zurück, die vor dem Arbeitstisch stand. In der Wanne lagen gegerbte Häute. Er hätte das Mädchen gern in einem Stück gehäutet, aber diese Arbeit hatte ihn überfordert. Also war er gezwungen gewesen, die Haut in sechs kleinere Stücke zu teilen. Im Grunde spielte das auch keine Rolle, denn er würde sie ohnehin vollständig kalken und auf diese Weise die Nähte überdecken. Er bückte sich, nahm eins der Stücke aus der Wanne und trug die tropfende Haut zu dem Korpus hinüber. Wie einen Mantel legte er sie auf den Rückenteil. Wenn die Haut trocknete, schrumpfte sie und lag eng an dem Korpus an. Er betrachtete sein bisheriges Werk: Das Mädchen würde schöner und majestätischer aussehen als im wahren Leben. Doch alles andere als perfekt. Das hier war eine Notlösung, der Versuch eines Amateurs, seinen Dilettantismus zu verbergen. Das wusste er nur allzu gut und schämte sich dafür. Doch eines Tages würde ihm der gesamte Prozess glücken. Eines Tages würde er ein Meisterwerk erschaffen. Glücklicherweise gab es noch weitere Kandidatinnen auf seiner Liste. In dieser Hinsicht bestand in Stockholm kein Mangel. Hier wimmelte es nur so von jungen heimatlosen Mädchen aus dem Osten. Und er versprach sich selbst, beim nächsten Mal ganze Arbeit zu leisten.

31

Neujahr, 2010

Der Nachthimmel wurde von dem Feuerwerk einer ganzen Stadt erhellt, die das neue Jahr begrüßte. Kaskaden in Gold, Silber, Blau, Grün und Rot regneten auf die in dichten Rauch gehüllten Dächer herab. In Norrmalm dröhnten die Kanonenschläge und ließen die Prostituierten auf der Straße und ihre Freier jedes Mal zusammenzucken. Auf der Malmskillnadsgatan rollten die Autos in einem ruhigen Strom an den Mädchen vorbei, manche hupten in einer Tour. Die jungen Kerle hinter den Steuern feierten ihr eigenes Fest, riefen den Mädchen durch die offenen Fenster obszöne Dinge zu, geilten sich an ihnen auf oder zeigten gar ihren nackten Hintern. Die Mädchen revanchierten sich, indem sie spuckten, zurückriefen oder unmissverständliche Gesten machten.

Masja stieg aus dem roten Audi. »Frohes Neues Jahr!«, rief der Mann ihr nach.

»Wünsch ich dir auch«, entgegnete sie und warf die Tür hinter sich zu. Sie ging zu Iza, die mit zwei anderen Mädchen zusammenstand.

»Und, hat sich's gelohnt?«, wollte Iza wissen.

»Vierhundert. Der Schwachkopf wollte natürlich ohne Gummi. Wegen Silvester.« Sie schüttelte den Kopf. »Was für ein schwachsinniges Argument.«

»Hast du's getan?«

»Ich bin doch nicht bescheuert!« Sie zog ein Tütchen mit weißem Pulver aus der Tasche.

»Hast du ihm das geklaut?«

»Yes«, antwortete Masja und öffnete das Tütchen.

»Was ist das?«, fragte Lulu, die hinter ihnen stand.

Masja schüttelte den Kopf. »Lulu, wenn das wie Koks aussieht …«

»… dann ist es auch Koks«, ergänzte Iza.

Sie teilten sich das Pulver auf Lulus Schminkspiegel, zogen sich je vier Gramm durch einen zusammengerollten Fünfziger in die Nase.

Iza knirschte mit den Zähnen und zog eine halb volle Flasche Smirnoff aus ihrer Handtasche. Der Wodka machte die Runde. »Ganz schön mutig von dir, zu Slavros zu gehen. Respekt! Obwohl es für diese Niggerin war. Ich hab gesehen, wie er Leute schon für weniger fertiggemacht hat.«

»Fuck Slavros«, sagte Masja und trank einen Schluck.

Die anderen kicherten nervös, als könnte Slavros sie vom Key Club aus hier hören.

»Wo ist Tabitha eigentlich?«, fragte Masja und sah sich um.

»Unten an den Gleisen mit einem Typen«, antwortete Lulu.

»Hoffentlich nicht wieder mit diesem Mercedesfahrer.«

»Mit wem?«

»Der Freak mit dem schwarzen Mercedes, der hier ständig auftaucht.« Masja hob ihre Stimme. »Vor dem hab ich euch doch schon alle gewarnt!«

»Sind doch alles Freaks«, entgegnete Iza gleichmütig und griff nach der Flasche.

»Aber der ist anders. Der ist …!« Ihr Blick flackerte. Sie hatte plötzlich eine trockene Kehle und spürte, dass der Rausch bereits verflog. »… total gestört!«

»Beruhig dich ... das war ein Lieferwagen, in den sie gestiegen ist«, sagte Lulu. »Sie ist kaum reingekommen. Muss immer noch verdammt wehtun nach der Ausschabung.«

»Sag dieses Wort nicht, Lulu, wenn ich das schon höre ...«

In diesem Moment landete eine Dose Bier neben ihnen auf dem Bürgersteig, Schaum spritzte an ihren Beinen hoch. »Frohes Neues Jahr, ihr Nutten!«, rief ein pickliger Junge aus dem Beifahrerfenster, ehe sein Kumpel Gas gab. Iza schleuderte die leere Wodkaflasche hinter ihnen her, ohne zu treffen. Trotz des Lärms nahm niemand Notiz von ihnen. Nicht mal Slavros' drei Handlanger, die auf der anderen Straßenseite in einer Bar saßen. Sie starrten rauchend aus dem Fenster und warteten, dass die Nacht vorbeiging.

»Ich hab noch was zu trinken«, sagte Lulu und zog eine kleine Flasche Tullamore Dew aus der Jackentasche.

Ein Stück die Straße hinunter hörte man quietschende Autoreifen. Ein Auto raste um die Ecke. Masja und die anderen Mädchen drehten sich um. Ein großer gelber Lieferwagen schlingerte ihnen entgegen.

»Sind die Bullen hinter dem her oder was?«, fragte Iza.

Direkt vor ihnen machte der Wagen eine Vollbremsung. Masja bemerkte den blutigen Handabdruck auf der Beifahrerseite. Der Fahrer sprang heraus, ein kleiner rundlicher Mann in einer zu kurzen Cordhose, deren Hosenstall offen stand. »Das ist doch verrückt!«, rief er und raufte sich seine halb langen, dünnen Haare, »total verrückt!«

Masja und die anderen Mädchen zogen sich sicherheitshalber ein wenig zurück, während der Mann um den Wagen herumeilte. »Ihr müsst euch um sie kümmern ...« Er öffnete die Tür mit dem blutigen Handabdruck. Drinnen lag Tabitha quer über dem Sitz und regte sich nicht. Er zog ihren Körper aus dem Wagen. Ein dunkler Blutstrom lief an der Innenseite ihres Schenkels hinab. »Ihr müsst euch um sie kümmern!«, wiederholte er und legte Tabitha auf dem Bürgersteig ab. Alle standen wie versteinert da und starrten Tabitha an, unter der sich bereits eine Blutlache bildete.

»Was hast du getan?«, fragte Masja.

»Nichts! Wir hatten nicht mal die Gleise erreicht, als das hier passierte.« Er war schon wieder auf seiner Seite.

»Du musst sie zur Notaufnahme fahren!«, rief Masja ihm nach.

»Ich will damit nichts zu tun haben!«

»Du musst ihr helfen, du Schwein!«

»Hey! Ich hab sie immerhin hierhergebracht ... ich hätte sie auch liegen lassen können.« Er sprang in den Wagen und zog die Tür hinter sich zu. Dann gab er Gas und verschwand die Straße hinunter.

»Ist sie ... tot?«, fragte Lulu und hielt sich die Hände vor den Mund.

»Wenn sie tot aussieht, dann ... ist sie auch tot«, murmelte Iza.

Masja bückte sich und nahm Tabithas Hand, die ganz kalt war. Sie rüttelte vorsichtig an ihrer Schulter und rief ihren Namen, aber Tabitha reagierte nicht.

Ein paar Schaulustige sammelten sich um sie. Auch Slavros' Männer stießen dazu und trieben die Mädchen auseinander. Masja spürte eine Hand auf ihrer Schulter. »Komm, wir müssen weg«, sagte eine Stimme über ihr.

»Wir können sie doch nicht einfach liegen lassen.«

»Komm jetzt«, sagte Mikhail und zerrte sie vom Bordstein hoch.

2011. Der erste Tag des neuen Jahres. Es fängt genauso beschissen an, wie das alte aufgehört hat. Niemand sagt etwas. Niemand weiß, was mit Tabitha passiert ist. Niemand will es wissen. Ich habe von ihr geträumt. Sie glich einem Engel. Ein schwarzes Santa-Lucia-Mädchen. Sie lächelte und sah glücklich aus. Während sie schwebte, summte sie vor sich hin. Sagte »okay« zu mir. »Okay, okay, alles ist okay.« Hinter ihr glitten die Wolken vorbei. Doch ich weiß, dass gar nichts okay ist. 2011 ist ein verfluchtes Jahr. Ich hab solche Angst, Mama. Ich hab so schreckliche Angst vor der Zukunft. Davor, was mich erwartet …

32

Christianshavn, 2013

Am späten Nachmittag rollte ein blauer Golf des Innenstadtreviers auf dem Kai heran und hielt direkt vor der Bianca. Von seinem Platz auf dem Achterdeck aus sah Thomas, wie Mikkel und Melby ausstiegen. Thomas wollte nicht, dass die beiden an Bord kamen, also kletterte er zu ihnen auf den Kai. Mit Mikkel tauschte er einen High five, während Melby sich damit begnügte, ihm über die Kühlerhaube hinweg kühl zuzunicken.

»Was hast du herausgefunden?«, fragte Thomas.

»Nicht viel«, antwortete Mikkel.

»Hat Igor gelogen?«

Mikkel schüttelte den Kopf. »Nein, es besteht kein Grund zu dieser Annahme. Es geht das Gerücht um, dass bei Kaminskij um richtig hohe Summen gespielt wird. Gut möglich, dass Igor da mal mit am Tisch saß.«

»Warum habt ihr den Laden nicht längst dichtgemacht?«

»Weil sie ziemlich gut darin sind, das Geld verschwinden zu lassen, wenn wir auftauchen«, antwortete Melby. »Ist das dein Boot?« Er machte eine Kopfbewegung in Richtung Bianca.

»Ja«, antwortete Thomas.

Melby grinste verschmitzt. »Könnte mal wieder ein bisschen Farbe vertragen.«

Thomas ging nicht darauf ein und sah Mikkel an. »Glaubst

du, dass Kaminskij was über Masja weiß? Sollten wir ihn mal richtig in die Mangel nehmen?«

Mikkel zuckte die Schultern. »Die Russen sind meist nicht besonders redselig. Wenn wir die zur Vernehmung einbestellen, lassen sie in der Regel den Rollladen runter.«

»Was ist mit diesem Milan?«

Mikkel schüttelte den Kopf. »Haben wir durchlaufen lassen. Nichts.«

»Lucian?«

»Auch nichts.«

»Und Slavros?«

»Slavros ist ein übler Bursche«, antwortete Melby. »Ein ehemaliger Tschetschenienkrieger. Hat dort angeblich schlimme Verbrechen verübt. Seine Geschäfte erstrecken sich über ganz Europa. Interpol war ihm lange auf den Fersen, aber vergeblich. Der Typ ist ziemlich gerissen.«

»Was für Geschäfte sind das?«

»Die großen drei«, antwortete Mikkel. »Waffen, Drogen, Menschenhandel. Aber bis jetzt hat ihm niemand was nachweisen können. In seiner Organisation herrscht strengste Disziplin.«

»Weiß man zumindest, wo er sich derzeit aufhält?«

»Er hat Familie in Schweden und besitzt ein paar Stripclubs in Stockholm. Aber er scheint auch ziemlich viel unterwegs zu sein.«

»Liegt in Schweden irgendwas gegen ihn vor?«

»Letztes Jahr gab es da einen Vorfall in Stockholm, mit osteuropäischen Prostituierten. Eine von ihnen starb unter mysteriösen Umständen auf dem Bahnhof. Slavros soll etwas damit zu tun haben, aber zu einer richtigen Ermittlung ist es nie gekommen.«

»Slavros ist mir egal, ich will Masja finden.«

»Es gibt da oben auch noch ein paar Fälle mit toten Prostituierten. Für ein Mädchen wie sie ist Stockholm kein sicheres Pflaster.«

»In Kopenhagen wird's nicht viel anders aussehen.«

Mikkel zuckte die Schultern. »Ich kann mir nicht vorstellen, dass wir sie jetzt noch finden. Masja dürfte längst ein Teil der Statistik sein.«

»Welcher Statistik?«

»Der Statistik, die darüber Auskunft gibt, dass jeden Monat mehr als 5000 hoffnungsvolle Mädchen aus Osteuropa die Grenzen zur EU überqueren. Die meisten kehren nach Hause zurück, wenn sie verbraucht sind, doch manche verschwinden auch einfach auf Nimmerwiedersehen von der Bildfläche.«

»Tja, echt schade um die vielen hübschen Mädels«, sagte Melby grinsend. »Bei einigen könnt ich mich auch vergessen.«

In diesem Moment meldete sich sein Handy. Er drehte sich halb herum und ging ran.

Thomas sah tadelnd Mikkel an. »Du hättest allein kommen sollen.«

»Melby kennt sich mit osteuropäischen Banden ziemlich gut aus.« Es klang fast wie eine Entschuldigung. »Wann kommst du wieder zur Arbeit?«

»Bin mir nicht sicher, ob ich das jemals tun werde.«

»Warum?«

»Ich glaub, das bringt einfach nichts mehr.«

»Und die Recherchen, die du hier betreibst, bringen die was?«

Thomas blickte über den Kanal hinweg. »Nein, eigentlich nicht, deshalb höre ich auch jetzt damit auf.«

Mikkel betrachtete ihn eingehend. »Du siehst scheiße aus.«

»Das weiß ich.«

»Was meinst du, was Eva sagen würde, wenn sie dich jetzt sehen könnte?«

»Lass gut sein, Mikkel, das brauche ich jetzt wirklich nicht.«

Mikkel kickte einen kleinen Stein weg. »Auch wenn du das nicht hören willst, aber wir brauchen dich dringend zurück. Du fehlst.«

Melby stieß einen Pfiff aus. »Wir müssen dann wieder!«, rief er vom Wagen aus.

Mikkel wollte sich umdrehen, doch Thomas hielt ihn am Arm fest. »Was ist mit Igor?«

»Was soll mit dem sein?«

»Den kleinen Scheißer dürfen wir nicht einfach laufen lassen.«

»Und was soll ich deiner Meinung nach tun?«

»Ich hab bei dem mindestens 30 Gramm ins Klo befördert. Sollte mich nicht wundern, wenn er bald wieder bei seinem Dealer auftaucht.«

Mikkel zog seinen Arm zurück. »Ich werd ihm die Tage mal einen Besuch abstatten.«

»Danke«, sagte Thomas. »Und vergiss nicht, unter sein Bett zu schauen.«

»Wir sehen uns, Ravn«, entgegnete Mikkel und schlenderte zum Auto.

* * *

Eine halbe Stunde später ging Thomas zum Havodderen und erzählte Johnson, was er herausgefunden hatte. Johnson hörte ihm schweigend zu, während er immer betrübter aussah.

»Egal, wie's jetzt aussieht, kommt dieser Igor zu billig davon.« Johnson trank einen Schluck Kaffee. »Den müsste man an seinen Eiern aufhängen.«

»Ganz deiner Meinung«, sagte Thomas. »Wir leben in einer Scheißwelt.«

»Warum gehen wir den Typen nicht mal zusammen besuchen ... um ihm unmissverständlich klarzumachen, dass wir sein Verhalten nicht akzeptieren können.«

Thomas nippte an seinem Bier. »Igor wird schon mächtig ins Schwitzen kommen, wenn Mikkel mit unseren Technikern bei ihm aufkreuzt. Wenn die was finden, wird er sofort ausgewiesen.«

»Trotzdem kommt er zu billig davon.« Johnson schüttelte den Kopf und griff nach der Schachtel Cecil. Er zündete sich eine Zigarette an und stieß eine große Rauchwolke aus. »Aber heißt das, dass sie noch in Schweden ist?«

»Wer weiß. Könnte aber gut sein. Jedenfalls glaube ich, dass sie nach so langer Zeit nicht mehr in Dänemark ist.«

Johnson kratzte sich am Kopf. »Ich weiß nicht, was ich Nadja erzählen soll. Kannst du nicht mitkommen?«

Thomas schaute ihn verblüfft an. »Ich? Warum sollte ich das tun?«

»Du bist doch bestimmt für solche Situationen ausgebildet.«

»Für was für Situationen?«

Johnson zog lange an seiner Zigarette. »Na, wenn es darum geht, schlechte Nachrichten zu überbringen.«

Thomas schüttelte den Kopf. »So was kann man nicht lernen.«

»Du weißt doch, was ich meine. Als Polizist hast du solche Situationen bestimmt schon oft erlebt.«

»Stimmt genau, daher weiß ich auch, dass so was niemals Routine wird. Ich hab's doch vorhin schon gesagt, wir leben in einer Scheißwelt.«

»Na toll, dann bleibt es also an mir hängen, es ihrer Mutter zu erzählen.«

Thomas stellte die Bierflasche vor sich auf die Theke und holte tief Luft. »Ich kann es dir auch gern schriftlich geben, Johnson. Diese Welt ist ein Scheißort. Aber du musst ihr ja auch nicht unbedingt alle Details unter die Nase binden.«

»Soll heißen?«

»Dass du ihr auch was Positives erzählen könntest.«

»Zum Beispiel?«

»Dass Masja vermutlich in die große weite Welt aufgebrochen ist, um ihr Glück zu suchen. Das wäre doch ein tröstlicher Gedanke.«

»Bist du verrückt geworden?« Johnson schaute ihn missbilligend an und drückte seine Zigarette im Aschenbecher aus. »Das wäre dasselbe, wie Nadja mitten ins Gesicht zu lügen.«

»Ich versuche ja nur, dir ein bisschen Hilfestellung zu geben«, entgegnete Thomas.

»Herzlichen Dank, aber ich muss ihr gegenüber bei der Wahrheit bleiben, Ravn.« Johnson schüttelte eine neue Zigarette aus der Packung. »Alles andere ist indiskutabel.«

»Nichts dagegen einzuwenden, solange du mich außen vor lässt«, entgegnete Thomas und leerte seine Flasche.

33

Stockholm, Januar 2011

Alle Mädchen sind von der Malmskillnadsgata verschwunden. Die Autos der Stiere sind von Streifenwagen abgelöst worden, manche mit, manche ohne Blaulicht. Ich kannte nicht mal den Namen der Straße, auf der wir unterwegs waren, bis ich ihn im Fernsehen gehört habe. Sie sieht aus wie alle anderen Straßen und hat nichts Besonderes, im Gegenteil. In den Nachrichten wird ständig über uns berichtet. So viele Mädchen werden jetzt festgenommen und nach Hause geschickt. Sie sagen, dass es in diesem Land nicht erlaubt ist, sich Sex zu kaufen. Ha! Das ist ein Witz, ein schlechter Witz, wenn man daran denkt, wie viele Stiere wir bedient haben. Gestern war ein Politiker in den Nachrichten – wohl irgendein Minister –, der genau dort stand, wo Tabitha auf der Straße gelegen hat. Er hat jede Menge Schwachsinn von sich gegeben, hat von Verboten geredet und davon, mehr Polizei auf die Straßen zu schicken. Wie wäre es damit, uns zu helfen???

Tabitha wäre fast draufgegangen. Jetzt liegt sie im Krankenhaus. Ich gehe davon aus, dass Slavros ihr endlich die Schulden erlässt. Doch man kann nie wissen. Arme Tabitha. Auch wenn sie unvorsichtig war, muss es doch schlimm sein, völlig hilflos im Krankenhaus aufzuwachen.

Im Key Club saß Masja zusammen mit Lulu und Iza in der Nische, die am weitesten von der Bühne entfernt war. Gelangweilt ließ sie große Rauchkringel an die Decke steigen, wo die Projektoren ihr bläuliches Licht verbreiteten. Auf der Bühne tanzte eins der neuen Mädchen. Sie wand sich athletisch um die Stange, streckte ihre nackten Silikonbrüste heraus und beendete ihre Nummer mit einem Spagat am Boden. Doch niemand war da, um ihre Show zu würdigen. Kein Stier hatte den Weg in den Club gefunden.

»Kommen die denn nie wieder?«, fragte Masja und sah sich in dem leeren Lokal um.

»Wer? Die Stiere?«, fragte Iza. »Wenn sich alles ein bisschen beruhigt hat, werden sie schon wiederkommen. Die hören auf ihre Schwänze. Aber im Moment ist die Angst größer als die Geilheit.«

»Jämmerliche Typen«, bemerkte Lulu und grinste.

»Trotzdem vermisst du was«, stellte Iza fest.

»Ich vermisse nur ihr Geld.«

»Das meine ich doch, du Idiotin.« Iza nahm ihre Handtasche und verließ den Tisch.

»Da vermisst gleich jemand seine *Cola*«, murmelte Masja. Sie blickte zu der Bar hinüber, wo Slavros einem der Barkeeper eine Standpauke hielt. Sie konnte nicht hören, worum es ging, doch Slavros schlug ihm immer wieder auf den Hinterkopf, während er ihn anschrie. Da sich Slavros' Einnahmen derzeit extrem reduziert hatten, war er launischer und aggressiver denn je. Sie selbst hielt sich so weit wie möglich von ihm fern. Masja drückte ihre Zigarette im Aschenbecher aus und zündete sich sofort eine neue an. Sie musste daran denken, wie wenig Geld sie ihm inzwischen einbrachte, da er sie weder auf die Straße schicken noch die Stiere in den Club locken konnte. Außerdem bestand jederzeit die Gefahr, dass die Bullen den Club stürmten, wie das bei einigen anderen Etablissements in der Stadt geschehen war. Sie verstand seine Frustration, denn schlimmstenfalls konnte er hinter Schloss und Riegel landen. Wenn die gegenwärtige Situation noch lange anhielt, würde er irgendetwas unternehmen müssen, um seine Verluste zu begrenzen. Ihnen vielleicht sogar ihre Schulden erlassen und sie alle nach Hause schicken, damit ihn die Bullen nicht schnappten. Sie lächelte vor sich hin. Vielleicht war es gut so, wie alles gekommen war, abgesehen von der Sache mit Tabitha natürlich ... In diesem Moment wurde die Hintertür aufgerissen, und Mikhail stürzte in den Club. »Die Bullen!«, schrie er atemlos. »Die Bullen kommen!«

Die Musik erstarb im selben Moment, in dem die helle Deckenbeleuchtung anging. Alles brach in Panik aus. Die Stripperinnen sprangen von der Bühne und versuchten, ihre Blöße mit den Kleidungsstücken zu bedecken, die sie gerade von sich geworfen hatten. Masja, Lulu und Iza rannten hinter den Stripperinnen her, angetrieben von Slavros und seinen Leuten. Glücklicherweise waren sie auf diese Situation vorbereitet. Alle Taschen mit der geringen persönlichen Habe der Mädchen standen fertig gepackt auf den Zimmern, sodass sie umgehend die Flucht ergreifen konnten.

Als Masja in ihr Zimmer kam, riss sie sich die hochhackigen Schuhe von den Füßen und zog ein paar flache an. Dann schnappte sie sich ihren Mantel sowie die schwarze Nike-Tasche und lief auf den Gang zurück. Im Erdgeschoss war ein Tumult ausgebrochen. Glas ging klirrend zu Bruch, Möbel wurden umgestoßen. Masja hörte mehrere Polizisten rufen, alle sollten sich flach auf den Boden legen. Sie folgte den anderen Mädchen zu der Tür, die hinauf zum Dachboden führte.

»Schnell, schnell!«, kommandierte jemand, während sie sich durch das Dunkel tasteten. Direkt vor Masja kam Iza ins Stolpern. Masja ergriff ihren Arm und hinderte sie am Fallen. »Danke«, sagte Iza erschrocken.

Im nächsten Augenblick erreichten sie das Ende des Dachbodens, wo es eine Verbindung zum Nebengebäude gab. Als sie die schmale Treppe hinunterliefen, streckte ein älterer weißhaariger Mann in einem fleckigen Unterhemd seinen Kopf ins Treppenhaus. Angesichts der vielen jungen Frauen machte der Mann große Augen und schloss rasch wieder die Tür. Es war nur eine Frage von Sekunden, bis er die Polizei rufen würde.

Masja und die anderen Mädchen traten hinaus auf den dunklen Hinterhof. Die Kälte der Nacht schlug ihnen entgegen. Von der Straße her hörten sie die heulenden Sirenen der Streifenwagen. »Los, weiter!« Sie wurden zu zwei bereitstehenden Lieferwagen getrieben.

Wenige Minuten später rollten sie an dem großen Polizeiaufgebot vor dem Key Club vorbei. Masja und die anderen Mädchen lagen flach auf dem Boden des Lastraums. Das Blaulicht der Polizeiwagen sowie die Schweinwerfer einiger Nachrichtensender erleuchteten die Nacht.

Slavros wurde in Handschellen abgeführt, während das Blitzlichtgewitter der Journalisten auf ihn niederging. Ein uniformierter Beamter winkte die Lieferwagen ungeduldig vorüber, die in aller Ruhe die Straße hinunterrollten.

* * *

In der leeren Wohnung war es eiskalt. Eine nackte Glühbirne an der Decke tauchte den Raum, in dem sich die Mädchen auf dem Boden zusammendrängten, in ein kaltes Licht. Aus der Nachbarwohnung drangen laute Stimmen herüber, und von der Wohnung darunter dröhnten die Bässe einer Musikanlage. Mikhail und sein Kollege teilten Decken aus. Masja legte ihre rasch um sich, obwohl sie nach Katzenpisse stank.

»Kein Lärm, kein Licht. Wir sehen uns morgen«, sagte

Mikhail und löschte das Deckenlicht. Im nächsten Moment waren er und der andere Mann aus der Wohnung verschwunden.

Masja starrte ins Dunkel, während sie den Schritten der Männer lauschte, die im Treppenhaus verhallten. Nachdem sie sich ein wenig aufgewärmt hatte, stand sie auf und schaltete das Deckenlicht ein. Einige Mädchen protestierten und wiederholten die Befehle der Männer.

»Schnauze halten!«, sagte Iza.

Masja trat ans Fenster und zündete sich eine Zigarette an, während sie hinausblickte. Die Wohnung lag im fünften Stock. Von hier aus hatte man freie Sicht auf Rinkeby, wo sich die Wohnblocks wie leuchtende Silos aneinanderreihten.

»Wir sollten einfach abhauen«, sagte Lulu, die hinter ihr stand.

»Wohin denn?«, fragte Iza. »Slavros lässt niemanden gehen, der noch Schulden bei ihm hat.«

»Vielleicht wird ihm keine andere Wahl bleiben«, sagte Masja.

»Wie meinst du das?«

»Wart's ab.« Sie drückte die Zigarette am Fensterrahmen aus und setzte sich wieder auf den Boden. Dann schloss sie die Augen und versuchte, die Realität auf Distanz zu halten – wie sie es auch tat, wenn sie mit den Stieren zusammen war. Es glückte ihr so halbwegs, und sie döste vor sich hin.

Am nächsten Morgen kehrte Mikhail mit zwei Männern zurück. Die Vorfälle der Nacht hatten ihn scheinbar um zehn Jahre altern lassen. Als er in die Hände klatschte, hallte es in dem leeren Raum wider. Die Mädchen, die immer noch schliefen, kamen langsam zu sich. »Wir sind in einer schlimmen Situation«, begann er mit starkem russischem Akzent und blickte in die Runde. »Die Bullen haben den Key Club dichtgemacht und Slavros verhaftet. Man wirft ihm allen möglichen Scheiß vor.« Er biss sich in den Handrücken. »Im Moment suchen die Bullen nach euch.«

Die Mädchen sahen sich erschrocken an und begannen zu tuscheln.

»Hört zu!« Er ließ seinen Blick von einer zur anderen wandern. »Keine von euch hat für Slavros gearbeitet. Wenn euch irgendjemand fragt – ihr kennt Slavros nicht. Seid ihm nie begegnet. Ihr seid nur Touristen ... auf dem Weg nach Hause, kapiert?«

Iza beugte sich zu Masja hinüber und senkte die Stimme. »Ich glaub, du hast recht gehabt ...«

Masja lächelte verstohlen.

»Wer sein Maul nicht halten kann und Slavros verrät, dem polier ich persönlich die Fresse, verstanden?«

Die Mädchen murmelten und nickten zaghaft.

»Und wie kommen wir hier raus?«, fragte Iza.

Mikael drehte sich zu ihr um. »Wie meinst du das? Es gibt bald Essen und Kaffee. Später versuchen wir, ein paar Matratzen für euch aufzutreiben.«

Iza starrte ihn ungläubig an. Meinst du, dass wir die Freier hierher mitnehmen sollen?«

»Natürlich nicht. Ehe die Woche vorbei ist, werdet ihr alle in verschiedenen Sonnenstudios arbeiten, die über die ganze Stadt verteilt sind.«

»Sonnenstudios?« Masja stand der Mund offen.

Mikhail nickte. »Arkan hat eine Kette mit fünfundzwanzig Sonnenstudios, alle mit ein paar Zusatzräumen. Die Bullen haben keine Ahnung, was da passiert, aber die Kunden wissen Bescheid. Noch nie wollten so viele Schweden eine Extraportion Sonne tanken wie jetzt.« Er grinste über seine eigene Bemerkung.

»Wer zum Teufel ist Arkan?«, fragte Masja.

»Euer neuer Chef. Ist alles mit Slavros abgesprochen. Kein Grund, sich Sorgen zu machen. Ihr werdet alle gutes Geld verdienen.«

»Was ist mit der Buchführung? Weiß Arkan darüber auch Bescheid?«

»Welche Buchführung?«, fragte Mikhail genervt.

»Weiß dieser Arkan im Einzelnen, wer Slavros wie viel Geld schuldet?«

Mikhail schüttelte den Kopf. »Du verstehst das falsch. Ab sofort fangen wir neu an. Eure Schulden sind auf zehntausend reduziert. Das gilt für euch alle.« Er zuckte die Schultern.

Masja stand auf, die Decke glitt von ihren Schultern. »Ich schulde ihm keine zehntausend mehr, nicht annähernd.«

»Ab sofort tust du das, setz dich hin!«

»Fuck you! Ich habe eine Abmachung mit Slavros. Viertausend. Keinen Cent mehr.«

Mikhails Augen blitzten. »Davon hat mir Slavros nichts gesagt. Alle bezahlen das Gleiche. Wir sitzen alle im selben Boot. Warum solltest du billiger davonkommen?«

»Weil ich über meine Einnahmen und Ausgaben genau Buch führe. Und weil ich Slavros mehr Geld eingebracht habe als alle anderen Mädchen hier.« Sie zeigte in die Runde. »Kapierst du das nicht?«

Mikhails Auge zuckte. Er ging zu ihr, packte sie mit einer Hand an der Kehle und drückte sie gegen die Wand.

»Was glaubst du, wer du bist?« Er zog ein Messer aus der Tasche und hielt die Klinge direkt unter ihr rechtes Auge. »Also wie viel schuldest du ihm?«

»So viel ... wie du sagst.«

»Gut geantwortet. Und wirst du uns noch mehr Ärger machen?«

Sie schluckte. »Nein ... natürlich nicht.«

Er nahm das Messer weg und ließ sie los. »Kluges Mädchen.«

Masja griff sich an den Hals und schnappte nach Luft.

»Setz dich hin«, sagte er und zeigte auf ihre Decke.

Masja gehorchte. Mikhail sah die Mädchen durchdringend an, klappte sein Messer zusammen und ließ es wieder in seiner Hosentasche verschwinden. Man merkte ihm an, dass er die Situation genoss. »Also denkt dran, niemand von euch hat Slavros je gesehen.« Die Mädchen nickten, er lächelte kühl. »In einer Woche ist alles wie früher. Also ganz ruhig bleiben, Mädels, ganz ruhig bleiben.«

34

Christianshavn, 2013

Es war früh am Morgen. Die Sonne war soeben über dem Christianshavn Kanal aufgegangen. Thomas stand auf der Flybridge und sah auf das Teakholzdeck hinunter. Er hatte es mit einer konzentrierten Lauge eingeseift, um der grünen Moosschicht Herr zu werden, die sich wie ein grüner Teppich über den Planken ausgebreitet hatte. Dann nahm er einen Besen mit harten Borsten und schrubbte munter drauflos.

»Bist ja ganz schön früh auf den Beinen!«, rief Eduardo von seiner alten Ketsch herüber, die vor der Bianca lag. Er stand im Cockpit, trug nichts als eine Jogginghose und kratzte sich gähnend seinen Spitzbauch. »Du wäschst dein Boot?«

»Ist dringend nötig.«

»Morgens um halb sieben?«

»Tut mir leid, wenn ich dich geweckt habe. Ich konnte nicht schlafen, bin schon um fünf aufgestanden.«

»*No problema*. Sieht schon viel besser aus«, sagte er und zeigte auf das Deck.

Thomas nickte. »Der richtige Besitzer wird die Bianca schon wieder auf Vordermann bringen.«

»Hört sich ja fast so an, als wolltest du sie verkaufen.«

»Ja, ich glaube, das war's.« Thomas hielt inne und schaute zu Eduardo hinunter. »Ich überlege, wieder in meine Wohnung zu ziehen.«

»Hört sich gut an. Aber deshalb musst du doch nicht gleich die Bianca verkaufen.«

»Irgendwie hab ich das Gefühl, dass mir die Sache mit dem Boot über den Kopf wächst. Und es wäre doch zu schade, es einfach vergammeln zu lassen. Die Bianca hat ein besseres Schicksal verdient.«

»Aber du liebst dein Boot doch so sehr.«

»Stimmt schon«, sagte Thomas und schüttete etwas Wasser aus dem Eimer über das Deck.

»Außerdem gehörst du hierher.«

Thomas entgegnete nichts und schrubbte weiter.

Eduardo rieb sich die Augen. »Ich helfe dir gern, sie in Stand zu setzen, das weißt du.«

»Danke, aber ich glaube, dazu ist mehr nötig, als wir beide zusammen ausrichten können. Da kämpft man auf verlorenem Posten.«

»Steht es so schlimm?« Eduardo stellte sich auf die Zehen, als könnte er das Boot so besser in Augenschein nehmen.

»Das Achterdeck fällt fast auseinander, das Getriebe hat seinen Geist aufgegeben, und wie es um die Stromversorgung an Bord bestellt ist, weißt du selbst am besten.« Er zeigte auf den Elektrokasten am Kai. »Die Patientin liegt sozusagen in den letzten Zügen.«

»Ich finde trotzdem, dass es ein Jammer ist. Sag Bescheid, wenn ich dir irgendwie helfen kann.«

»Ein bisschen Mundpropaganda könnte nicht schaden. Erzähl einfach herum, dass die Bianca billig zu verkaufen ist.«

Eduardo winkte zum Gruß und verschwand in der Kajüte.

Thomas leerte den Eimer auf dem Deck der Flybridge. Es dampfte um seine Füße, während er den Boden trocken fegte.

Auch wenn nie etwas aus seiner großen Reise geworden war, musste er an die vielen wunderbaren Stunden denken, die er an Bord der Bianca verbracht hatte. Für ihn und Eva war das Boot stets ein Refugium inmitten der Großstadt gewesen. Eine schwimmende Gartenlaube, in der es auf dem Achterdeck stets kühlen Weißwein und gegrillte Würstchen gegeben hatte.

Als er mit der Flybridge fertig war, begann er das Holzgeländer oberhalb der Reling zu putzen. Trotz des kühlen Winds schwitzte er so sehr, dass er schließlich seine Jacke auszog. Etwa zur Mittagszeit war er einmal herum. Er nahm die Dose mit dem Leinöl und hebelte mithilfe eines Schraubenziehers den Deckel auf. Der Geruch des fetten Öls mischte sich mit dem Duft des Meeres. Er spürte die Sonne im Gesicht, schloss die Augen und genoss den Augenblick. Die praktische Arbeit an Bord tat ihm gut. Wenn es trocken blieb, konnte er bis zum Einbruch der Dämmerung noch die Reling ölen.

»Thomas Ravns…holdt?«, hörte er eine Stimme mit deutlichem Akzent, die vom Kai her kam. Thomas blickte zu der älteren Frau hinauf, die im Wind zu frösteln schien. Es dauerte einen Moment, bis er Masjas Mutter erkannte.

»Johnson hat mir erzählt, wo Ihr Boot liegt.«

»Ah, verstehe«, sagte Thomas lächelnd. »Wollen Sie an Bord kommen?«

Sie blickte unsicher auf das Bootsdeck, das sich etwa anderthalb Meter unter ihr befand. Dann schüttelte sie den Kopf. »Nein, danke. Ich will mich nicht aufdrängen, sondern bloß danke sagen, dass Sie nach meiner Tochter gesucht haben.«

»Es tut mir leid, dass ich nicht mehr herausfinden konnte.« Er lächelte sie erneut an.

Nadja stand einfach da, ohne irgendetwas zu entgegnen,

und schließlich fühlte sich Thomas genötigt zu fragen, ob sie noch etwas anderes von ihm wollte.

»Ja, schon ...«, antwortete sie rasch, zögerte jedoch, ehe sie fortfuhr. »Ich würde so gerne mit meiner Tochter in Kontakt kommen.«

»Natürlich«, entgegnete er, »das kann ich gut verstehen, aber ...«

»Johnson hat mir erzählt, dass sie jetzt in Schweden wohnt ... wo denn?« Die plötzliche Frage überrumpelte Thomas, der sich im Nacken kratzte. »Also, so ganz genau weiß ich das nicht ... in Stockholm, glaube ich.«

»Haben Sie eine Adresse?«

»Nein. Was ... was hat Johnson Ihnen denn erzählt?«

»Dass Masja in Schweden ist. Dass sie weggegangen ist, weil sie die Welt sehen wollte. Dass sie jetzt für einen sehr wichtigen Mann arbeitet und dass es ihr gut geht. Kennen Sie diesen Mann?«

Thomas schluckte. »Nein, leider nicht.« Im Stillen verfluchte er Johnson und dessen verlogene Vorträge über Anstand und Ehrlichkeit.

»Sie wissen also nicht, wo sie wohnt?«

»Leider nein.«

»Aber Johnson hat gesagt ...« Nadja verstummte und sah ihn unglücklich an. »Es ist etwas mit Masja passiert, das Johnson mir nicht erzählt hat, nicht wahr?«

»Nein, äh, also das weiß ich nicht ...« Thomas trat an die Reling und schaute zu ihr hinauf. »Die Dinge sind nur leider etwas komplizierter ...«

»Ist Masja in Gefahr?«

»Das weiß ich wirklich nicht.«

»Sie kennen den Mann, für den sie arbeitet, das sehe ich Ihnen an. Sie können nicht lügen.«

»Ich kenne ihn nicht, aber gut, ich ... habe von ihm gehört. Er heißt Slavros. Er ist kriminell, aber das muss nicht unbedingt etwas mit Masja zu tun haben.«

»Johnson sagte, dass sie als Babysitter arbeitet ... auf das Haus und die Kinder dieses Mannes aufpasst.«

»Johnson sagt manchmal ziemlich viel«, begann Thomas verärgert, beherrschte sich aber. »Es tut mir wirklich leid, dass ich Ihnen nicht weiterhelfen kann. Vielleicht ist es das Beste zu warten, bis sie von allein zurückkommt.«

Nadja begann zu weinen. »Sie kommt nicht zurück. Nicht jetzt. Nicht dieses Mal.«

Thomas wrang die Hände, weil er nicht wusste, was er sonst tun sollte.

Nadja trocknete sich die Wangen. »Könnten Sie dorthin fahren?«

»Wohin?«

»Nach Stockholm, um nach Masja zu suchen.«

»Leider ...«, antwortete Thomas mit einem unsicheren Lächeln.

»Ich bezahle Ihnen auch die Reise. Ich werde Ihnen alles bezahlen. Das ist kein Problem für mich, ich habe Ersparnisse.«

»Es liegt nicht am Geld, ich habe keine Zeit.«

»Ich bezahle Ihnen die Zeit.«

»Ich weiß ja nicht mal, wo sie ist. Es ist auch nicht sicher, dass sie sich in Stockholm aufhält.«

»Aber Sie können Masja suchen. Wie Sie es auch hier getan haben. Damit ich endlich Bescheid weiß, was mit ihr passiert ist. Und ich bin sicher, dass Sie sie finden können.«

Thomas blickte zu Nadja hoch, die zunehmend verzweifelt wirkte. Er brachte es nicht übers Herz, ihr zu erzählen, dass ihre Tochter an irgendeinen Zuhälter verkauft worden und vielleicht nicht einmal mehr am Leben war. Schon möglich, dass Johnson glaubte, die Sache auf ihn abwälzen zu können, aber da hatte er sich geschnitten. Andererseits wollte er Nadja nicht im Stich lassen. Sie hatte es verdient, endlich Gewissheit zu bekommen. Er ging zur Kajütentür und nahm seine Windjacke vom Haken.

»Sie wollen mir helfen?«, fragte Nadja mit einem Hoffnungsschimmer in den Augen.

»Ich finde, wir sollten erst mal mit Johnson reden.«

35

Thomas öffnete die Tür zum Havodderen. Die ersten Gäste des Tages hatten sich bereits eingefunden und die Tische am Fenster in Beschlag genommen. Nadja folgte ihm zum Tresen, wo Johnson stand und in einer Zeitung las. Als er aufblickte, befiel ein nervöses Zucken sein eines Auge.

Thomas zog einen Barhocker für Nadja hervor, während sie abwehrend den Kopf schüttelte, neben ihm stehen blieb und krampfartig ihre Handtasche umklammerte. Thomas setzte sich auf den freien Stuhl. »Möchten Sie etwas trinken?«, fragte er Nadja.

»Nein, danke«, antwortete sie verlegen.

Thomas zuckte mit den Schultern und bestellte ein Bier. Johnson öffnete die Flasche und stellte sie vor Thomas hin.

Thomas drehte sie langsam, während er Johnson ansah. Niemand sagte ein Wort. Schließlich führte Thomas die Flasche an die Lippen und trank einen Schluck.

»Was ... was soll das hier werden?«, fragte Johnson schließlich und schaute zwischen Thomas und Nadja hin und her. Nadja wandte rasch den Kopf ab und blickte auf ihre Schuhspitzen hinunter.

»Ich habe Nadjas Worten entnommen, dass du ihr alles erklärt hast, was Masjas Verschwinden angeht«, sagte Thomas und stellte die Bierflasche auf den Tresen.

»So gut ich es vermochte«, erwiderte Johnson. Dann nahm er ein weiches Tuch und begann, ein Bierglas zu polieren.

»Dass Masja in Schweden ist, vermutlich in Stockholm.«

»Diese Information habe ich von *dir*, Ravn.« Er wandte sich an Nadja. »Auf jeden Fall ist es gut, dass sie von diesem Igor weg ist.«

Nadja schwieg.

»Was war das für ein Job, den sie bekommen hat?«, fragte Ravn.

Johnson blinzelte. »Das ... das weißt du doch, Ravn.«

»Würdest du meiner Erinnerung bitte ein wenig auf die Sprünge helfen?«

»Masja ist ...« Er warf Nadja, die ihn betrübt ansah, einen verstohlenen Blick zu. »Masja ist ... war das nicht was mit einer Stellung als Babysitter oder so, Ravn?«

»Davon weiß ich nichts.«

Johnson stellte das Glas zurück und begann sofort mit dem nächsten. »Ich meine mich erinnern zu können, dass du etwas in der Richtung ...«

»Nein!«, widersprach Thomas und holte tief Luft. »Die Wahrheit ist ... und wir wollen ja in jedem Fall bei der Wahrheit bleiben, oder?«

Johnson antwortete nicht. Sah nicht einmal in seine Richtung.

»Die Wahrheit ist die«, fuhr Thomas fort, »dass niemand genau weiß, was mit Masja geschehen ist. Wo sie sich aufhält und was sie derzeit tut.«

»Aber ...«, versuchte Nadja sich einzuschalten. Thomas legte ihr die Hand auf den Arm.

»Deshalb kann ich Ihnen leider nicht weiterhelfen«, sagte er. »Die Sache ist hiermit beendet.«

»Ja, natürlich«, murmelte Nadja und umfasste den Griff ihrer Handtasche.

»Ravn hat getan, was er konnte«, warf Johnson rasch ein. »Wir können nur hoffen, dass sie bald auftaucht. Müssen die Daumen drücken, dass es ihr gutgeht ... wo auch immer sie sein mag.« Er nickte Thomas zu und versuchte sich an einem versöhnlichen Lächeln. Thomas erwiderte es nicht.

»Ich kann sie doch nicht einfach aufgeben«, sagte Nadja, deren Augen sich mit Tränen füllten. »Deshalb wollte ich ja unbedingt, dass Sie nach Schweden fahren. Es sollte ein letzter Versuch sein.«

»Tut mir leid«, entgegnete Thomas und trank einen weiteren Schluck.

Johnson sah ihn aufmerksam an und stellte das polierte Glas ab. »Vielleicht ist die Idee gar nicht so schlecht.«

»Welche?«

»Zu sehen, ob sie wirklich dort oben ist.« Johnson lächelte Nadja zu. »Ich halte das wirklich für eine gute Idee, Nadja.«

»Nein, ist es nicht«, sagte Thomas mit der Flasche in der Hand.

»Aber warum denn nicht?«

»Schon darum, weil ich keine Zeit habe.«

»Bist du nicht immer noch beurlaubt?«

Thomas ignorierte seine Frage. »Angesichts der Informationen, die wir *beide* haben, ist es sogar eine sehr schlechte Idee. Tut mir leid, Nadja, aber es besteht praktisch keine Chance, sie dort oben zu finden.«

Nadja nickte und blickte zu Boden.

»Möglich wäre es trotzdem«, entgegnete Johnson.

Thomas sah ihn ungehalten an. »Ich werde nirgendwohin ...«

Johnson legte das Tuch weg. »Herrgott, Ravn, mit dem Flieger ist das doch ein Katzensprung.« Er senkte die Stimme. »Und du kennst das Milieu, in dem du suchen musst.«

»Hör endlich mit diesem Milieu-Gequatsche auf.«

»Du kannst dich ja mit deinen Kollegen in Stockholm kurzschließen. So macht ihr das doch bei der Polizei.«

»Sieh endlich ein, dass ich nirgendwohin fahre.«

»Mit dem Flugzeug ist man schneller in Stockholm als mit dem Zug in Jütland.«

»Mag schon sein, ich will aber weder nach Jütland noch nach Schweden.«

Johnson lehnte sich zurück. »Wir reden hier trotz allem von einem verschwundenen Mädchen.«

»Dann kannst du dich ja selbst auf den Weg machen.«

Johnson schüttelte den Kopf. »Ich kann aber nicht, was *du* kannst. Du weißt, wie man so was anpackt.« Er sah Nadja in die Augen. »Ravn weiß, wie man so was anpackt.« Dann schaute er wieder Thomas an. »Sieh doch nur, wie weit du hier schon gekommen bist. Ich war wirklich beein...«

»Stopp, verdammt!«

Die übrigen Gäste blickten zu ihnen herüber.

Thomas wandte sich halb zu Nadja um. »Es tut mir leid, Ihnen das sagen zu müssen, doch Masja ... hat sich hier in Dänemark in eine Scheißsituation hineinmanövriert. Vermutlich hat sie Ihnen niemals erzählt, womit sie in Wahrheit ihr Geld verdient hat. Aber ich vermute, dass Sie es schon ahnen. All die teuren Taschen, Kleider und Schuhe kommen nicht von allein. Die kann man sich nicht leisten, indem man bei anderen Menschen Maniküre macht ...«

»Mensch, Ravn, hör auf!«

»Ich ... ich hatte schon einen gewissen Verdacht«, entgegnete Nadja leise.

»Ihr Verhältnis zu Igor hat ihre Situation nicht einfacher gemacht«, fuhr Thomas fort. »Wenn Sie wirklich um ihr Leben fürchten, dann rate ich Ihnen, sich an die Polizei zu wenden. Eine Vermisstenanzeige aufzugeben, auch wenn das Ganze schon eine Weile zurückliegt. Vielleicht kann die dänische Polizei zu den schwedischen Behörden oder zu Europol Kontakt aufnehmen.«

»Okay«, entgegnete Nadja kaum hörbar.

»Das bringt doch alles nichts«, ereiferte sich Johnson und steckte sich eine Zigarette an. Der Qualm dampfte aus seinem Mund wie bei einem Drachen. »Und das weißt du selbst am besten, Ravn. Welchen Stellenwert würde die Polizei so einem Fall denn einräumen?«

»Das weiß ich nicht.«

»Tust du doch. Die einzige Konsequenz wäre die, dass Masja ausgewiesen wird. Ansonsten ist denen das Schicksal irgendeiner verschwundenen Osteuropäerin doch scheißegal.« Er schaute rasch zu Nadja hinüber. »Tut mir leid, das sagen zu müssen, Nadja, aber so ist es halt.«

Thomas zog einen Fünfziger aus der Tasche und reichte ihn Johnson.

Johnson verschränkte die Arme. »Ravn, du bist der Einzige, der etwas tun kann.«

»Willst du jetzt das Geld für dein Bier oder nicht?«

»Nein, lass stecken.«

Thomas stopfte den Schein in seine Tasche zurück.

Nadja lächelte ihn schwach an. »Tut mir leid, dass ich Sie gestört habe. Das ist ja wirklich nicht Ihr Problem, Entschuldigung. Ich bin Ihnen dankbar für das, was Sie für mich getan haben.«

Thomas nickte und schaute in Richtung Tür.

»Lassen Sie uns beten, dass Masja bald zurückkommt«, sagte sie mit tränenerstickter Stimme. »Sie ist ein kluges Mädchen. Sie kann auf sich aufpassen, da bin ich ganz sicher. Ich wollte Sie da wirklich nicht mit reinziehen, entschuldigen Sie ...«

»Dafür müssen Sie sich nicht entschuldigen.«

»Es ist nur, weil ...« Sie lächelte verlegen. »Seit sie verschwunden ist, gehe ich jeden Morgen in ihr Zimmer und betrachte den kleinen Tisch mit dem Spiegel, an dem sie sich immer geschminkt hat. Sie hat es geliebt, wenn ich zu ihr gekommen bin und ihr die Haare gebürstet habe. Masja hat lange Haare, so lang und schön wie eine Prinzessin.«

»Verdammt«, murmelte Thomas und strich sich mit einem kratzenden Geräusch über seine unrasierte Wange.

»So habe ich sie immer genannt: meine kleine Prinzessin.«

»Okay, ich gebe auf.«

Nadja schaute ihn überrascht an.

Thomas richtete seinen Blick auf Johnson. »Du bezahlst das Flugticket, okay?«

»Aber klar.«

»Und ein ordentliches Hotel.«

»Setz alles auf meine Rechnung.«

»Auch alle anderen Ausgaben.«

Johnson hob abwehrend die Hände. »Innerhalb eines angemessenen Rahmens.«

Thomas wandte sich an Nadja. »Ich werde nach Stockholm fliegen und mich umsehen, mehr kann ich nicht versprechen. Und danach ist Schluss, verstanden?«

»Oh, danke, danke, danke«, sagte Nadja und umarmte ihn mit ihren dünnen Armen. Thomas war diese überraschende Intimität so unangenehm, dass er sich gleich wieder von ihr lösen wollte, doch Nadja war erstaunlich stark und drückte ihn an sich. »Danke, Thomas. Sie sind … ein Engel.«

»Weit gefehlt«, murmelte er.

36

Stockholm, Februar 2011

»Die Sonne Hawaiis – als wäre man da«, stand auf dem vergilbten Schild über dem Eingang. Die dünnen gelben Stoffgardinen, die vor das Schaufenster gezogen worden waren, schienen im blauen Licht, das von den Kabinen mit den Solarien kam, von selbst zu leuchten.

In dem kleinen Vorraum standen ein paar Männer und warteten. Die meisten wirkten unruhig und warfen der platinblonden Frau mit dem solariumbraunen Teint hinter der Rezeption ungeduldige Blicke zu. Mit gehobenem Kugelschreiber zählte sie rasch die Anzahl der Kunden, während sie energisch auf ihrem Kaugummi herumkaute. Sie ließ eine Blase platzen, ehe sie mit der Spitze des Kugelschreibers auf einen Knopf der Sprechanlage drückte. »Ich schick euch gleich ein paar Kunden rauf, die rennen mir schon wieder die Bude ein, ist echt megaanstrengend.«

Es knisterte in der Leitung. »Wir machen Mittag, Blondie, kapier das endlich«, entgegnete Masja.

Ein älterer Mann trat an die Rezeption. »Wie lange dauert es denn noch?«

Das Mädchen sah ihn an und wedelte mit ihrem Kugelschreiber. »Die machen anscheinend Mittag …«

»Vielleicht könnte man sich ein wenig sonnen, während man wartet?« Er nickte in Richtung der Kabinen.

»Klar, warum nicht.«

Masja und Iza saßen in ihren Bademänteln in der kleinen Teeküche des Hinterzimmers. Zigarettenqualm hing in der Luft. Aus dem Nebenzimmer hörte man das monotone Quietschen lockerer Sprungfedern. Masja legte den Hörer neben das Telefon, damit sie nicht gestört wurden, und goss Wodka in die drei Teebecher, die auf dem Tisch standen.

»Kann Lulu nicht einen übernehmen, wenn sie fertig ist?«

Iza zündete sich eine Zigarette an und betrachtete Masja mit glasigem Blick. Sie wirkte bekiffter als sonst. Masja fragte sich, wo sie wohl ihren Stoff versteckt hatte. Nur für den Fall, dass ihr selbst mal der Stoff ausgehen sollte und sie sich was klauen musste oder falls Iza ins Gras beißen sollte. Es wäre doch ein Jammer, wenn das Koks dann verloren wäre.

»Ich hätte dir fast geglaubt, als du Mikhail, dem Drecksack, was von einer Vereinbarung mit Slavros erzählt hast.«

»Wieso? Wir haben wirklich eine Vereinbarung.«

Iza lachte kurz auf, sodass ihr der Rauch aus Nase und Mund quoll. »Eine Vereinbarung mit Slavros? Erzähl mir bloß nicht, dass du dich auf so was verlassen hast.«

Masja trank einen Schluck. »Natürlich nicht. Das habe ich nur so gesagt. Ich habe gehofft, Mikhail nimmt es mir ab.« Sie sah weg.

Iza grinste. »Ich bin doch nicht blöd. Du hast Slavros wirklich geglaubt.«

»Na und? Wenn du selbst so klug bist, warum bist du dann nicht längst abgehauen?«, zischte Masja.

»Wohin denn? Zum Mond? Slavros findet uns sowieso.«

»Aber was hast du schon groß zu verlieren, wenn es keine Vereinbarung gibt?«

»Mein verdammtes Leben«, antwortete Iza und schaute sie aggressiv an.

Das monotone Quietschen aus dem Nebenzimmer wurde lauter. Masja rieb sich müde ihre Schläfen.

»Hast du gar nichts gespart?«, fragte Iza.

»Nee.« Masja schüttelte den Kopf. »Und du?«

»Ich hab eine teure Angewohnheit«, antwortete sie und schniefte.

»Wir sollten's drauf ankommen lassen.«

»Wie meinst du das?«

»Wer soll uns denn daran hindern, etwa Blondie?« Sie nickte zur Tür hin.

Iza schüttelte den Kopf, drückte ihre Zigarette aus und steckte sich sogleich eine neue an. »Vergiss es!«

»Ich meine es ernst. Wir sollten am besten sofort von hier verschwinden.«

»Und Slavros?«

»Slavros sitzt im Knast. Und Arkan hat nicht die Eier, uns wirklich gefährlich zu werden. Oder glaubst du etwa, der hetzt seinen alten Pudel auf uns, mit dem der immer durch die Gegend läuft?«

»Ich hasse das Vieh. Das leckt sich ständig selbst den Hintern.«

»Arkan hat viel zu viel zu verlieren. Der kann doch nicht riskieren, dass die Bullen auf seine Sonnenstudios aufmerksam werden. Warum nutzen wir es nicht aus, dass nach der Razzia im Key Club alle Zuhälter in Deckung gegangen sind?«

Iza kniff die Augen zusammen. »Hör auf, solchen Scheiß von dir zu geben, wenn du ihn nicht ernst meinst! Ich könnte ein paar Tausend verdienen, wenn ich Mikhail oder Arkan davon erzähle.«

»Du bist keine Denunziantin.«

»Sagt wer? Vielleicht bist du mal wieder zu naiv.«

Masja beugte sich vor. »Ich wusste gar nicht, dass du so viel Schiss hast, Iza.«

»Wer sagt, dass ich Schiss habe?«

»Ach nein?« Masja lächelte sie herausfordernd an. »Neulich hab ich zufällig gesehen, wo Blondie die Einnahmen versteckt.«

»Die täglichen?«

»Vielleicht mehr als das«, antwortete Masja. »Du weißt, dass Arkan sich wegen der Bullen kaum traut, hier aufzukreuzen. Ich tippe mal, dass die Einnahmen einer ganzen Woche hier rumliegen. Und man muss kein Genie sei, um auszurechnen, wie viel da zusammenkommt.«

Iza sah aus, als würde sie krampfhaft darüber nachdenken, wie viel das sein konnte. Masja war ihr behilflich. »Fünfzigtausend, vielleicht noch mehr, wenn wir uns das Geld morgen unter den Nagel reißen.«

Iza ließ die Zigarette im Mundwinkel hängen. »Und wo willst du hin?«

»Nach Hause, nach Dänemark, zu meiner Mutter. Noch mal von vorne anfangen.«

»Träum weiter.«

»Warum nicht? Wo würdest du hingehen?«

»Weiß nicht, nach Hause zu meinen Freunden – also zu denen, die noch am Leben sind. Warum klaust du das Geld nicht einfach selbst?«

»Weil ich im Gegensatz zu dir verdammt viel Schiss habe.«

Iza zog an der Zigarette und zerquetschte den Stummel im Aschenbecher. Aus dem Nebenzimmer drang lautes Stöhnen. Iza leerte ihren Teebecher mit dem Wodka. »Wie heißt du eigentlich?«

Masja schaute sie verwundert an. »Das weißt du doch ... Karina.«

»Nein, richtig.«

Sie schluckte. »Masja. Mein Name ist Masja.« Der Klang ihres Namens kam ihr in dieser Umgebung fast unwirklich vor.

»Maaasja ...« Iza ließ sich den Namen auf der Zunge zergehen. »Das ist hübsch. Ich heiße Petra, ist das nicht grausam?«

Masja schüttelte den Kopf. »Finde ich nicht. Passt irgendwie zu dir.«

Petra streckte ihre Hand aus. »Schön, dich kennenzulernen, Masja.« Masja schlug grinsend ein. »Schön, dich kennenzulernen, Petra.« Petra drückte ihre Hand und hielt sie fest. »Jetzt gibt es keinen Weg mehr zurück, verstehst du das?«

»Keinen Weg mehr zurück.«

In diesem Moment erschien Lulu nackt in der Türöffnung, zusammen mit einem Malergesellen in weißer Arbeitskleidung. Der Mann grüßte verlegen, ehe er sich davonmachte. Masja reichte Lulu ihren mit Wodka gefüllten Teebecher.

»Wollt ihr beide heute eigentlich gar nicht arbeiten?«, fragte Lulu und leerte den Becher in einem Zug.

Keine von ihnen antwortete.

37

Christianshavn, 2013

Thomas stand in der Kajüte der Bianca und verstaute Møffes Fressnapf samt seinem Futter in einer Plastiktüte, gefolgt von Møffes neuem Lieblingsspielzeug, einem zerkauten Joggingschuh, den dieser in der Nähe des Havodderen erbeutet hatte. Thomas war gerade aus seiner Wohnung zurückgekehrt, wo er ein Bad genommen und eine Sportasche für die Reise gepackt hatte. Es hatte sich seltsam angefühlt, da oben zu stehen und zu packen. Er hatte ein schlechtes Gewissen gehabt, weil er den Eindruck nicht loswurde, vor etwas davonzulaufen.

Møffe fiepte und sah ihn mit traurigen Augen an.

»Sind doch nur ein paar Tage, alter Junge, dann bin ich wieder da. Du wirst gar nicht dazu kommen, mich zu vermissen.«

Møffe schüttelte schmatzend den Kopf, sodass ihm der Sabber an den Lefzen hing.

»Eduardo wird gut auf dich aufpassen. Ihr werdet es bestimmt gemütlich miteinander haben ... solange du nicht auf sein Deck scheißt.«

Thomas zog seine Jacke an. In der Innentasche steckte eine Postkarte von Nadja. Zwei Kätzchen, die mit einem Wollknäuel spielten. Diese Karte sollte er Masja geben, wenn er sie fand. Der Text auf der Rückseite war auf Litauisch. Er wusste nicht, was dort stand, vermutete aber, dass es eine inständige Bitte an die Tochter war, doch nach Hause zu kommen. Thomas bückte sich und nahm Møffe an die Leine. Dann schnappte er sich seine Sporttasche vom Sofa und verließ die Kajüte. Er zog Møffe zum Vordersteven. »Eduardo!«, rief Thomas zu dem offenen Cockpit der Ketsch hinüber. Im nächsten Moment erschien Eduardo in einer Unterhose in der Kajütentür.

»Warum hast du nichts an, es ist zwei Uhr am Nachmittag, bist du krank?«

Eduardo schüttelte den Kopf. »Eine *Señorita*«, sagte er und zeigte zur Kajüte hin.

Thomas schüttelte den Kopf und reichte ihm Møffe von Boot zu Boot. Eduardo nahm zuerst den Hund und dann die Plastiktüte mit dessen persönlicher Habe entgegen. »Das ist unheimlich nett von dir, Eduardo«, sagte Thomas.

»*No problema*. Das fehlte noch, nachdem Johnson die ganze Sache auf dich abgewälzt hat.«

»Du weißt doch, wie er ist.«

»Der Dicke hätte sich auch selbst auf den Weg machen können.«

»Da würde vermutlich nicht viel bei rauskommen«, entgegnete Thomas lächelnd.

»Bist du bewaffnet?«, fragte Eduardo und sah ihn ernst an.

Thomas schüttelte den Kopf.

»Na, deine Dienstpistole, hast du die mit?«

Thomas nahm seine Sporttasche. »Nein, oder glaubst du, ich könnte mit der so einfach in den Flieger steigen?«

Eduardo zuckte die Schultern. »Schweden ist ein gefährliches Land, *Amigo*, da kann man nicht vorsichtig genug sein.«

»Schweden ist das Heimatland von Volvo, ich fühle mich da ziemlich sicher. Außerdem hab ich meine Knarre längst abgeliefert. Also, mach's gut.«

»Warte mal eben.« Eduardo drehte sich um und verschwand in der Kajüte. Es vergingen ein paar Minuten, und Thomas wurde bereits ungeduldig. Dann kehrte Eduardo mit einer dicken Aktenmappe unter dem Arm zurück. Er reichte sie Thomas.

»Was um Himmels willen ist das denn?«, fragte Thomas und starrte auf die vielen Blätter, die in die Mappe gestopft waren.

»Ich hab ein bisschen recherchiert, kannst du bestimmt gut gebrauchen.«

»Recherchiert?«

»Hab ein paar Artikel über das horizontale Gewerbe in Schweden ausgedruckt.«

»Das ist wirklich sehr nett, Eduardo, aber ich will mich ja nur kurz umsehen.« Er wollte ihm die Aktenmappe zurückgeben, doch Eduardo streckte ihm abwehrend seine Handflächen entgegen.

»Nimm und lies, dann wirst du meine Besorgnis verstehen.«

»Eduardo?«, rief eine Frauenstimme aus der Kajüte. »Wo bleibst du denn?«

»Da oben ist echt die Hölle los, Banditen an jeder Ecke ...«, warnte Eduardo.

Thomas schob die Aktenmappe in seine Tasche.

»Da läuft sogar ein Serienmörder gerade frei herum.«

»Ich werde schon auf mich aufpassen.«

Eduardo winkte zum Abschied und schloss die Kajütentür hinter sich.

Thomas spazierte die Dronningensgade hinunter, zum Christianshavns Torv. Bis er am Flughafen sein musste, hatte er noch genug Zeit. Im Lagkagehus kaufte er eine Tüte mit Zimtschnecken. Danach schlenderte er zu Victorias Antiquariat in der Sankt Annægade. Die kleine Messingglocke über der Tür läutete, als er das Geschäft betrat. Der Duft frisch gebrühten Kaffees lag in der Luft.

»Nach Schweden?«, fragte Victoria mit vollem Mund. Sie hatte die Bücherstapel auf dem Schreibtisch hinter der Theke zur Seite geschoben, damit genug Platz für ihre Kaffeetassen und die Zimtschnecken war. Sie hatte bereits die zweite Zimtschnecke in Angriff genommen und schien erst aufhören zu wollen, wenn die Tüte leer war. Wenn man ihren Appetit bedachte, war sie bemerkenswert schlank, dachte Thomas.

»Da oben gibt's doch nichts als Elche und Neonazis«, fuhr Victoria fort.

»Eduardo hat mich auch schon gewarnt.«

»Dann hättest du auf ihn hören sollen. Bist du dir darüber im Klaren, dass es nur in Bulgarien mehr Inzucht gibt als in Schweden?«

»Nein.«

»Aus dir soll einer klug werden. Da fabulierst du jahrelang davon, um die Welt zu reisen und die exotischsten Orte zu besuchen, und jetzt willst du ausgerechnet nach Schweden.«

»So ist es.«

»Hätte gar nicht gedacht, dass dein Boot überhaupt seetüchtig ist.«

»Ist es auch nicht, in zwei Stunden geht mein Flug.« Thomas drehte sich halb auf seinem Stuhl herum und blickte zu dem Regal mit den Reiseführern hinüber. »Du hast nicht zufällig einen Stadtplan von Stockholm?«

»Von Stockholm?« Victoria stand der Mund offen. »Du willst mir doch nicht allen Ernstes erzählen, dass du nach Stockholm fliegst?«

»Jedenfalls steht Arlanda auf meinem Ticket.«

»Also, Schweden ist das eine, Stockholm das andere. Nicht mal die Schweden können die Stockholmer ausstehen.«

»Meinst du, du könntest einen Stadtplan für mich finden?«, fragte Thomas müde.

»Gütiger Himmel.« Victoria stand auf. »Und sag nicht, ich hätte dich nicht gewarnt.« Sie zog einen Hosenträger stramm, der sich gelockert hatte, und ging zu dem Regal. Systematisch glitten ihre Finger über die Buchrücken, bis sie fand, was sie gesucht hatte. Sie zog das Buch heraus und warf es Thomas zu, der es reaktionsschnell auffing. Thomas betrachtete das zerfledderte Exemplar von *Die Reise geht nach Stockholm*. »Der ist von 2002«, sagte er, »über zehn Jahre alt.«

»Du wolltest doch nur eine Karte«, erwiderte Victoria und kam wieder zu ihm. »Es gibt eine Übersichtskarte sowie Karten der einzelnen Stadtteile. Damit kannst du dich nicht verlaufen.«

»Was schulde ich dir?«

Victoria angelte sich eine weitere Zimtschnecke aus der Tüte. »Betrachte es als Geschenk. Denk dran, dass ›korv‹ Würstchen heißt, damit du nicht hungrig ins Bett gehen musst. Und Finger weg von den Zimtschnecken, die können mit diesen hier nicht annähernd mithalten.« Victoria führte das Teigstück zum Mund und biss herzhaft hinein.

»Ist angekommen«, versicherte Thomas und schob das Buch neben Eduardos Aktenmappe in die Tasche.

»Wann kommst du wieder?«

»Hoffentlich bald.«

»Stockholm …«, sagte Victoria und sah ihn vorwurfsvoll an, während sie den Kopf schüttelte. »Ich glaub's einfach nicht.«

Thomas streckte seine Hand nach der Kaffeetasse aus. »Übrigens glaube ich, dass ich mich nie richtig bei dir bedankt habe.«

Victoria hörte auf zu kauen. »Bei mir bedankt? Wofür?«

»Dafür, dass du mich nach Evas Tod nicht wie einen Aussätzigen behandelt hast. Alle anderen sind mir aus dem Weg gegangen oder haben mich mit ihrem Mitleid überhäuft. Du nicht. Du warst dieselbe launische Kratzbürste wie immer. Das war irgendwie befreiend.«

Victoria kaute weiter, dann lächelte sie breit. »Aber dafür brauchst du mir doch nicht zu danken. Das liegt nur daran, dass ich Eva so gern hatte. Mit dir konnte ich noch nie viel anfangen.«

Thomas hob die Tasse und prostete ihr zu. »Das beruht auf Gegenseitigkeit, Victoria.«

Dann leerte er die Tasse.

38

Februar, 2011

Sitze im Hauptbahnhof bei McDonald's und warte auf Petra, die auf dem Klo ist. Wir sind jämmerliche zehn Minuten zu spät gekommen, um den Zug nach Kopenhagen zu erwischen. Jetzt warten wir auf den Schnellzug, der nicht besonders schnell ist, sondern fünf Stunden braucht. Aber egal, ich freue mich so sehr. Kann es noch gar nicht fassen. Kann nicht begreifen, dass wir hier im Bahnhof sitzen. Es gibt so vieles, das ich dir erzählen will, Mama, und so vieles, das du nie erfahren sollst. Was habe ich dir nicht alles angetan. Ich wünschte, ich könnte es rückgängig machen. Doch jetzt verspreche ich dir, dass alles wieder gut wird. Leider kann ich mich an deine Nummer nicht mehr erinnern, sie ist verschwunden wie so vieles andere in meinem Kopf. Ich hoffe, du wohnst immer noch in der alten Wohnung in der Burmeistergade. Wie komisch, dass ich mich nach dieser ärmlichen Behausung sehne. Wir werden woanders hinziehen, wir beide. Ich habe Geld. Meine Freundin Petra und ich haben das Undenkbare getan. Du hättest uns sehen sollen, Mama, wie wir aus Arkans Sonnenstudio geflüchtet sind. Blondie lag blutend am Boden, während die Kunden vor Schreck wie erstarrt waren. Es war wie in diesem Film, den wir mal gesehen haben, in dem die beiden Frauen vor den Bullen geflohen und am Ende mit dem Auto über die Klippe gefahren sind, du weißt, welchen ich meine …

Wir hatten unseren Coup bis ins Kleinste geplant. Haben gegenüber den anderen Mädchen dichtgehalten. Nicht mal Lulu wusste Bescheid. Was für sie das Beste ist, damit sie nicht zur Verantwortung gezogen werden kann. Sie hat schon genug Schläge gekriegt. Um zehn wurden wir wie immer von der Wohnung ins »Hawaii« gefahren. Wir hatten unsere Sachen in meine Sporttasche getan, damit niemand Verdacht schöpft. Wir hatten uns sogar eine Geschichte ausgedacht, dass wir unsere Klamotten im Sonnenstudio waschen wollten, wenn Mikhail oder einer der Fahrer uns nach der Tasche gefragt hätten. Doch niemand hat uns gefragt. Die sind alle gleichgültig oder dämlich. Hoffentlich Letzteres! Wir wussten, dass Arkan gegen Mittag mit seinem Pudel kommen würde, um das Geld abzuholen. Nachdem wir am Vormittag einen ziemlichen Andrang von Stieren bewältigt hatten und Lulu gerade mit ihrem fünften zugange war, legten Petra und ich los. Die Blondine, die Tea heißt und die Stiere an der Rezeption empfängt, glotzte uns verwirrt an, als wir vollständig angezogen zu ihr in den Vorraum gelaufen kamen. Sie fragte uns, wo wir hin wollten, es wären jede Menge Kunden da. Natürlich hatten wir längst bemerkt, dass der Vorraum voller wartender Stiere war. Wir sagten, sie soll die Schnauze halten, und sind zum hintersten Solarium gegangen. Arkan oder Tea hatten dort einen Zettel an die Tür geklebt, dass das Solarium kaputt ist. Aber der einzige Grund, warum das Ding nicht funktionierte, war, dass die obersten Röhren entfernt worden waren, damit ein Hohlraum entstand. Was haben wir gestaunt, als wir die Abdeckung entfernt hatten. Dahinter lagen zehn Umschläge! Sie enthielten unsere Einnahmen und das Geld von ein paar anderen Sonnenstudios in der Nähe. Ich wollte sofort abhauen, aber Petra hat erst mal angefangen, das Geld zu zählen. Als sie mit dem sechsten Umschlag fertig war, erschien Blondie mit einem Brotmesser in der Hand. Es waren über hunderttausend!!!

Blondie ist total ausgeflippt und hat versucht, Petra die Umschläge wegzunehmen. Sie hat geschrien, dass wir total am Arsch wären, wenn Arkan davon erfahren würde. Petra hat ihr den Schädel gegen den Kopf gerammt. Ich hab vorher noch nie gesehen, dass eine Frau so was getan hat. Doch Petra wusste offenbar, wie man das machte, denn Blondie ging mit gebrochener Nase zu Boden, während das Blut nur so spritzte. Es gab keinen Grund, länger zu warten, also haben wir die Beine in die Hand genommen. Die Stiere haben uns sprachlos angeglotzt. Keiner von ihnen hat sich getraut, irgendwas zu unternehmen, obwohl Blondie am Boden lag und um Hilfe schrie. 141.000 schwedische Kronen!!! Das Geld in den letzten Umschlägen haben wir im Taxi zum Bahnhof gezählt. Jetzt haben wir noch hundertvierzigtausend. Der Taxifahrer, der einen Turban trug und lustig geredet hat, bekam tausend für die Fahrt und damit er die Schnauze hält … cooler Typ.

Masja sah von ihrem Notizheft auf und ließ ihren Blick über die Nebentische schweifen, an denen sich Reisende mitsamt ihrem Gepäck drängten, um in aller Eile etwas zu Mittag zu essen. Sie selbst hatte zwei Portionen Pommes und einen großen Erdbeermilchshake verdrückt. Sie sah auf die Uhr und wunderte sich, dass Petra so lange fortblieb. Da die Restauranttoilette defekt war, hatte Petra nach einer in der Bahnhofshalle suchen wollen. Masja spähte zur Tür, während sie ihr Notizheft zurück in die Sporttasche legte. Petra war jetzt schon seit einer halben Stunde verschwunden. Masja wäre am liebsten noch länger bei McDonald's geblieben. Hier konnte sie sich unter den übrigen Gästen verstecken, statt durch die Bahnhofshalle zu laufen und vielleicht erkannt zu werden. Es waren nicht nur Arkan und Mikhail, die sie fürchtete. Wenn ein eifriger Bulle ihre Papiere überprüfte, konnten sie festgenommen werden und würden das gesamte Geld wieder verlieren. Sie warf einen Blick auf die beiden Umschläge in ihrer Tasche. Petra hatte die übrigen und lief jetzt mit über hunderttausend Kronen durch die Gegend. Der Gedanke ließ Masja unvermittelt aufstehen und zum Ausgang eilen.

Sie betrat die einer Kathedrale gleichende Bahnhofshalle, in der es von Menschen nur so wimmelte. Masja hielt nach dem Schild für die Toiletten Ausschau und entdeckte es sofort. Sie wollte gerade dorthin gehen, als sie zwei uniformierte Beamte bemerkte, die geradewegs auf sie zusteuerten. Der eine von ihnen sprach in sein Walkie-Talkie, während der andere sich suchend umsah. Masja drehte ihnen den Rücken zu und tat so, als suchte sie etwas in ihrer Tasche. Sie spürte ihr Herz in der Brust hämmern. Masja erschrak, als das Walkie-Talkie plötzlich zu knistern begann. Die Beamten setzten ihren Weg fort und betraten das McDonald's-Restaurant.

»Hey, Baby«, hörte sie hinter sich eine exaltierte Stimme.

Masja drehte sich um und sah Petra direkt in die Augen. Ohne Vorwarnung gab Petra ihr einen Zungenkuss. Masja trat rasch einen Schritt zurück. »Was soll das?« Masja bemerkte Petras kleine Pupillen und das selige Lächeln, das ihre Lippen umspielte. »Bist du high?«

Petra grinste sie unschuldig an.

»Heute Morgen hast du noch gesagt, dass du keinen Stoff mehr hast.«

»Hatte ich auch nicht.«

Masja senkte die Stimme. »Hast du etwa hier was gekauft?«

»Ich wollte aufs Klo und bin Silas direkt in die Arme gelaufen.«

»Wer ist Silas?«

»Du kennst doch wohl Silas. Der komische Typ mit der Hasenscharte und dem kleinen Schwanz. Sie zeigte mit zwei Fingern, *wie* klein er war.

Masja schüttelte den Kopf. »Kenn ich nicht. Was hast du ihm erzählt? Hast du irgendwas davon gesagt, wo wir hinwollen?«

Petra stemmte die Hände in die Hüften. »Klar hab ich ihm erzählt, dass wir Arkan um hundertvierzigtausend erleichtert haben und gleich mit dem Schnellzug nach Dänemark fahren. Für wie blöd hältst du mich?«

»Aber was hat er auf der Damentoilette gemacht?«

Petra blickte zu Boden. »Ich war ganz kurz auf der Klarabergsgata, hat nur fünf Minuten gedauert.«

»Bist du wahnsinnig?«

»Reg dich ab, Silas war der Einzige dort, die anderen Dealer sind noch gar nicht aufgestanden. Jetzt sei nicht so paranoid. Komm, wir gehen aufs Klo und teilen uns das Zeug.«

»Nein, danke.«

»Was soll das heißen? Dass du kein Koks haben willst?«

»Ich will einen klaren Kopf behalten, wenn ich nach Hause fahre.«

Petra brach in Gelächter aus. »Der Zug kommt erst in zwei Stunden, und hast du nicht selbst gesagt, dass es fünf bis nach Kopenhagen dauert?«

Masja nickte.

»So gut ist Silas' Koks auch wieder nicht. Wirst schon wieder okay sein, wenn du zu deiner Mutter kommst.«

»Ich meine es ernst. Damit ist jetzt Schluss.«

Petra schaute sie zweifelnd an. »Okay, aber dann heul mir im Zug nicht die Ohren voll, wenn du anfängst zu zittern.« Petra grinste und küsste Masja erneut auf den Mund. »Du schmeckst echt lecker heute.«

»Und du bist total verrückt.« Masja schaute sich um. »Die

Bullen sind gerade zu Mc D reingegangen. Wollen wir uns nicht einfach auf der anderen Seite irgendwo hinsetzen und dort warten, bis unser Zug fährt?«

Petra nahm ihren Arm und gemeinsam schritten sie durch die Bahnhofshalle. Petra wollte in jedes Geschäft, an dem sie vorbeigingen, und Masja ließ sie gewähren. Nach einer halben Stunde hatten sie zwei Tüten mit verschiedenen Zeitschriften, Kuchen, Süßigkeiten, einem ganzen Schinken, Halstüchern, zwei Build-a-Bear-Teddys zum Selberbasteln sowie einem Sixpack mit schwedischem Bier gefüllt. Im Außenbereich des Restaurants, der gegenüber der Treppe zu Bahnsteig 10 lag, fanden sie einen freien Tisch. Masja holte zwei Caffè Latte an der Theke. Als sie zu ihrem Tisch zurückkam, schrak sie zusammen. Drei Männer mit kurz geschorenen Haaren, die alle anderen überragten, marschierten quer durch die Bahnhofshalle. Spähten aufmerksam in alle Richtungen wie Wölfe auf der Suche nach ihrer entwichenen Beute. Mikhail ging voran. Masja ließ den einen Becher fallen, worauf der Kaffee an Petras Beinen hochspritzte.

»Hey, pass doch auf!«

»Wir müssen sofort abhauen! Mikhail und die anderen ... sie sind hier.«

Petra stand auf und suchte ihre Tüten zusammen.

»Vergiss die Sachen, komm jetzt!«

»Aber mein Teddy ...«

Masja zog sie zwischen den Tischen hindurch, den Blick starr auf die drei Männer geheftet, die sich ihnen näherten.

»Was sollen wir tun?«, fragte Petra, während sie sich an einem korpulenten Mann vorbeidrängte, der fast sein Tablett fallen gelassen hätte.

Masja fasste die Treppe ins Auge, die zu den Gleisen hinabführte. »Komm«, sagte sie.

Auf der Treppe strömten ihnen die ankommenden Reisenden entgegen, als hinter ihnen ein Tumult losbrach. Masja fuhr herum und sah, wie Mikhail und seine beiden Begleiter die Passanten rücksichtslos zur Seite stießen und direkt auf sie zugelaufen kamen.

»Sie haben uns gesehen!«

Masja versuchte, sich durch die ihr entgegenflutende Menge hindurchzudrängen, doch das war fast unmöglich, und Petra konnte ihr in ihrem umnebelten Zustand ohnehin kaum folgen. Masja nahm ihre Hand und riss sie mit. Mikhail und die anderen Männer waren oben stehen geblieben und suchten mit ihren Blicken den unteren Bereich ab.

»Wohin?«, keuchte Petra.

Masja antwortete nicht, sondern zerrte sie zu den Rolltreppen, die zu den Gleisen mit den Lokalzügen führten. Sie warf einen hastigen Blick auf die Monitore, die unter der Decke hingen, um herauszufinden, auf welchem Gleis der nächste Zug ankam.

»Da!«, dröhnte Mikhails Stimme über ihnen.

Masja und Petra blickten nach oben, wo Mikhail an der Balustrade stand und direkt auf sie hinuntersah.

»Schnell!« Masja zog Petra mit sich fort. Mikhail kletterte über das niedrige Geländer und ließ sich etwa zwei Meter in die Tiefe fallen. Er rollte über den Rücken ab und war sofort wieder auf den Beinen. Die beiden anderen Männer zögerten, ehe sie seinem Beispiel folgten.

Masja und Petra rannten einen schmalen Gang entlang und weiter zu den unterirdischen Gleisen.

»Komm schon, Petra, sonst schaffen wir's nicht.«

»Ich laufe ... so schnell ... ich kann«, keuchte Petra ihr ins Ohr.

Kurz darauf erreichten sie einen fast menschenleeren Bahnsteig, auf dem sich ein paar Passagiere versammelt hatten. Im Tunnel hörte man bereits das Rumpeln des einfahrenden Regionalzugs.

»Wo bleibt denn dieser Scheißzug?«, rief Petra.

Masja blickte sich verzweifelt um: Von hier aus gab es keine Fluchtmöglichkeit mehr.

Im nächsten Moment kamen Mikhail und seine Begleiter auf den Bahnsteig gelaufen. Mikhail schüttelte den Kopf, als er Masja und Petra erblickte.

»Was ... machen wir jetzt?«, fragte Petra, während sie langsam zurückwichen.

»Ich weiß nicht.«

»Ich gehe nicht zurück, Masja. Das tue ich nicht!«

»Hilfe!«, rief Masja so laut, dass es über die Gleise hallte. Ein paar wartende Reisende drehten träge ihre Köpfe in Masjas Richtung. Sie rief erneut, doch niemand schien richtig Notiz von ihr zu nehmen. Mikhail schritt unaufhaltsam auf sie zu, während er laut die Fäuste gegeneinanderschlug.

»So, für euch ist hier Endstation, ihr Schlampen.«

Aus dem Dunkel donnerte der Zug heran. Petra drehte sich zu Masja um und lächelte. »Wir sehen uns, Masja.« Sie küsste sie rasch auf den Mund. Dann drehte sie sich zu Mikhail um, der stehen geblieben war.

»Willst du dein Geld haben?«, schrie sie und zog einen der Umschläge aus der Tasche. Sie griff hinein und schleuderte Mikhail die Geldscheine entgegen. Mikhail machte eine abwehrende Geste. »Dann nimm sie doch!«

Mikhail versuchte, ein paar der Scheine in der Luft aufzufangen.

Im nächsten Augenblick sprang Petra auf das Gleis. Als der Zug sie erwischte, wurde sie ein Stück mitgeschleift. Bremsen quietschten, und der Zug kam zum Stehen. Die Geldscheine, die sich Petra unter ihr Hemd gesteckt hatte, wirbelten durch die Luft.

Mikhail packte Masjas Handgelenk.

»Lass los!«, schrie sie und versuchte, sich zu befreien.

Doch Mikhail hielt sie eisern fest und zog sie mit sich fort. Keiner der schockierten Passagiere auf dem Bahnsteig kümmerte sich um sie.

Als Masja um sich trat, zückte Mikhail sein Messer. Sie spürte die Spitze durch den Stoff hindurch am oberen Rippenbogen.

»Leider wartet jemand auf dich, sonst würde ich dich auf der Stelle kaltmachen.«

»Sag Arkan, er kann seinen Pudel im Arsch lecken.«

Mikhails Begleiter halfen ihm, sie vom Bahnsteig wegzuziehen. »Wer hat denn was von Arkan gesagt?« Mikhail klappte sein Messer zusammen. »So viel Glück hast du nicht ... die Bullen haben Slavros gerade freigelassen.«

Sie schaute ihn geschockt an.

39

Schweden, 2013

Die kleine Boeing 737 nahm ihre 83 Insassen, vorzugsweise skandinavische Geschäftsleute, mit in die regenschweren Wolken, die über dem Øresund hingen. Thomas beugte sich zum Fenster hin und sah gerade noch die Øresundbrücke unter der wachsenden Wolkendecke verschwinden. Als wenige Minuten später die Stewardess bei ihm vorbeikam, bestellte er einen doppelten Wodka mit viel Eis. Sein Nebenmann, ein älterer Herr im Zweireiher, schaute zu ihm hinüber. »Business or pleasure?«, fragte er mit einem starken schwedischen Akzent.

»Bitte?«

»Arbeit oder Vergnügen?«, versuchte er es auf Dänisch und betonte übertrieben die Vokale.

»Weder noch«, antwortete Thomas rasch und drehte sich zum Fenster um. Der Mann ließ ihn in Frieden.

Nachdem Thomas seinen Wodka bekommen hatte, zog er Eduardos Unterlagen und den kleinen Reiseführer aus der Tasche. Ein paar Artikel stammten aus Eduardos eigener Feder, doch ansonsten schien er all das ausgedruckt zu haben, was seine Zeitung in den letzten Jahren über Prostitution in Schweden publiziert hatte. Viele Artikel widmeten sich dem Menschenhandel, der in den letzten Jahren trotz mehrerer Gesetzesinitiativen stark zugenommen hatte. Thomas verschaffte sich zunächst einen Überblick über das Material. Er erinnerte sich an den Namen des schwedischen Kriminalkommissars, der sich in Verbindung mit einer groß angelegten Razzia in mehreren Sonnenstudios geäußert hatte. Es hatte sich um eine Kette von Studios im Großraum Stockholm gehandelt, hinter denen sich offensichtlich Massagesalons verbargen. Der Kommissar hieß Karl Luger – ein Name, den man nicht gleich wieder vergaß. Er hatte Karl vor einigen Jahren auf einem internationalen Seminar bei Scotland Yard in London kennengelernt. Thomas hatte ihn als netten Kerl in Erinnerung behalten. Karl hatte ständig zu Hause angerufen, weil seine Frau in den Wehen lag, doch als das Seminar beendet war, stand die Geburt des Kindes immer noch aus. Thomas blätterte wahllos in den zahlreichen Unterlagen. Es war ja sehr nett von Eduardo, ihm helfen zu wollen, doch eigentlich war ihm das viel zu viel Material. Er brauchte im Grunde nur einen Fingerzeig, wo in Stockholm er mit seiner Suche beginnen sollte. Er blieb dann doch an einem Artikel hängen, in dem es um ein paar Razzien in Stockholm ging. Der sichtbare Teil der Prostitution fand dem Artikel zufolge um den Hauptbahnhof sowie in den großen Straßen von Norrmalm statt, der Malmskillnadsgata und der Mäster Samuelsgata. Auch ein paar Stripclubs nördlich des Zentrums wurden erwähnt. Er betrachtete die Übersichtskarte in dem Reiseführer und markierte die betreffenden Stellen. Er wollte die Zeitungsausschnitte gerade in die Mappe zurücklegen, als ihm im letzten Artikel ein grobkörniges Porträt auffiel. Das Foto zeigte einen Mann mit einem sardonischen Bart und zurückgekämmten schwarzen Haaren. Seine Augen waren klein, und der Zug um seinen Mund verlieh ihm einen psychopathischen Zug. Thomas musste unwillkürlich an den Massenmörder Charles Manson denken. Er las die Bildunterschrift: *Vladimir Slavros – russischer Geschäftsmann wurde mit dem Tod einer Prostituierten am Hauptbahnhof in Verbindung gebracht.* Thomas überflog den Artikel. Es ging um einen Vorfall vor mehreren Jahren. Infolge eines Streits war eine nicht näher identifizierte Frau in den Dreißigern auf den Schienen gelandet und von einem einfahrenden Zug überrollt worden. Die Bilder der Überwachungskameras hatten mehrere von Slavros' Leuten festgehalten, darunter einen gewissen Mikhail Ivanov, doch war gegen diese Männer niemals Anklage erhoben worden. Das musste die Sache sein, von der ihm Mikkel erzählt hatte, dachte Thomas und leerte sein Glas. Die Welt war voller Arschlöcher wie Slavros. Was glücklicherweise nicht sein Problem war. Seine Aufgabe war sehr überschaubar. Er hatte sich selbst eine Frist von drei Tagen gesetzt, um nach Masja zu suchen. Wenn er sie fand, würde er ihr ohne jede Umschweife die Postkarte ihrer Mutter übergeben und wieder nach Hause fliegen. Er würde sie nicht einmal überreden, ihn zu begleiten. Und in was für Beziehungen sie zu diesem oder jenem stand, ging ihn nichts an. Je eher er wieder in Christianshavn war, desto besser.

Er hob sein leeres Glas und signalisierte der Stewardess, dass er nichts dagegen hätte, wenn sie es auffüllte.

40

Stockholm, Februar 2011

Die Faust traf Masjas Zwerchfell mit der Kraft eines Vorschlaghammers. Sie schnappte nach Luft, als bereits der nächste Schlag kam und der nächste und der übernächste … Jeder weitere Schlag schien sie daran zu hindern, ein wenig Atem zu schöpfen, und sie fürchtete schon zu ersticken. Sie schlug der Länge nach auf den Fußboden. Die Silhouetten der anderen Mädchen tanzten schemenhaft vor ihren Augen. Langsam bekam sie wieder Luft. Sie schmeckte Blut. Spürte, dass ihr linkes Auge vollkommen zugeschwollen war. Slavros thronte in seiner schwarzen Lederjacke mit geballten Fäusten über ihr. An seinen Fingerknöcheln klebte ihr Blut. Sie kroch von ihm weg in die hinterste Ecke und stützte sich an der Wand ab.

Slavros wandte sich an Mikhail, der mit den beiden Männern zusammenstand, die sie auf dem Bahnhof gejagt hatten. »Wie lange bin ich schon draußen, Mikhail? Sag's mir!«

Mikhail zuckte nervös die Schultern. »Einen Tag.«

»Falsch!«, rief Slavros und knallte ihm seine Hand so hart vor die Brust, dass Mikhail unwillkürlich einen Schritt zurückwich. »Seit viereinhalb Stunden!«

»Ja, natürlich. Gut, dass du wieder draußen bist«, murmelte Mikhail.

»Weißt du auch, dass die Bullen mich über eine Woche verhört haben und ich keine Sekunde geschlafen habe, wegen der beiden Psychopathen in meiner Zelle? Das waren zwei verdammte Pädos, die mich jede Nacht mit ihrem Geheule wach gehalten haben. Bist du dir klar darüber, was das mit einem macht? Bist du das, Mikhail?«

»Wütend ...«, sagte Mikhail und schlug den Blick nieder.

»Mehr als das! Und dann komme ich raus, und hier wartet das totale Chaos auf mich. Blutige Amateure, die es zugelassen haben, dass zwei Nutten mit dem Geld meines guten Freunds Arkan abhauen.«

Er drehte sich zu Arkan um, der als Einziger saß. Arkan war um die sechzig und sein Gesicht mit Pockennarben übersät. Seine dünne Oberlippe war unter dem pechschwarzen, schlecht gefärbten Schnurrbart kaum zu sehen. Er trug einen langen Lammfellmantel. Auf seinem Schoß saß ein rostroter Minipudel. »Das ist sehr enttäussend«, lispelte er und rutschte auf seinem knirschenden Plastikstuhl hin und her.

»Es tut mir wirklich sehr leid«, entgegnete Slavros. »Ich dachte, dass ich meinen Mädchen vertrauen könnte. Was bleibt einem noch, wenn man sich nicht auf das Wort des anderen verlassen kann?«

»Wir hatten eine Vereinbarung ...«, sagte Masja mit heiserer Stimme.

Slavros wandte ihr den Blick zu. »Was sagst du?«

»Wir beide hatten eine Vereinbarung ... ich hab sie nicht gebrochen.«

Er trat einen Schritt auf sie zu, sie krümmte sich zusammen. »Genau, wir hatten eine Vereinbarung!«, rief Slavros. »Warum hast du dann gestohlen? Warum hast du mir nicht ein bisschen Respekt entgegengebracht und gewartet, bis ich wieder rauskomme? Und das nach allem, was ich für dich getan habe ... was ich für euch alle getan habe.« Slavros zeigte auf Lulu und die anderen Mädchen. Ihre blutige

Nase und die Striemen an ihrem Hals zeugten davon, dass man auch sie übel misshandelt hatte.

»Lulu hat damit nichts zu tun. Ich und Petra … Iza haben das Geld genommen. Und das auch nur, weil Mikhail gesagt hat, dass wir jetzt alle 10.000 Euro Schulden haben.«

»Also habt ihr lieber 200.000 Kronen gestohlen.«

»Es waren 140.000«, entgegnete sie und schaute zu Arkan hinüber, der starr seinen Pudel ansah.

»Mindestens 200.000«, sagte Arkan. »Und jetzt liegt alles im Eissenbahntunnel.«

Slavros sah ihn misstrauisch an, sagte jedoch kein Wort. »Es ist mir egal, wenn mal fünf Kronen in der Kasse fehlen. Aber ich hatte Herrn Arkan ordentliche Mädchen versprochen – Mädchen, auf die er sich verlassen kann.« Er ließ seinen Blick in die Runde schweifen. »Auf wen von euch kann ich mich noch verlassen?« Er schlug mit den Armen aus.

»Es waren nur Iza und ich. Die anderen haben damit nichts zu tun.«

Slavros betrachtete den Pudel auf Arkans Schoß. Der Hund lag auf dem Rücken, streckte die Beine in die Luft und ließ sich den Bauch kraulen. »Ist das ein Gucci-Halsband, das er da trägt?«

»Für Pelle ist nichts gut genug.«

»Mein Gürtel ist auch von Gucci«, sagte Slavros und öffnete seine Gürtelschnalle. Mit einer schnellen Bewegung zog er den Gürtel aus den Schlaufen seiner Hose. »Lulu, komm her!«

Sie schaute ihn erschrocken an.

»Lulu hat damit nichts zu tun«, wiederholte Masja.

»Zeig mir, wie gehorsam du bist, Lulu.«

Lulu trat einen Schritt vor. Slavros schüttelte den Kopf. »Nein, nein, runter auf alle viere. Zeig mir, dass du genauso gehorsam bist wie Pelle.«

Lulu gehorchte, ging auf die Knie und krabbelte zu ihm. Slavros' Faust schloss sich um den Gürtel. »Man kann einen Hund nur bis zu einem gewissen Grad prügeln, weißt du das, Arkan? Irgendwann streikt sein Gehirn, und er gehorcht nicht mehr, wie sehr man auch auf ihn einprügelt. Dafür kann man ein Tier, das Angst hat, durch Feuer und Wasser jagen.«

»Bitte, ich ... hab doch nichts gewusst«, flehte Lulu.

Slavros hielt sich den Zeigefinger vor die Lippen. »Pst.« Er legte ihr den Gürtel um den Hals und zog ihn durch die Schnalle, sodass er eine Schlinge bildete. »Schau mal, jetzt hast du ein genauso schönes Halsband wie Pelle. Kannst du auch bellen? Kannst du wuff sagen?«

»Wuff«, sagte Lulu leise.

»Noch mal. Sei ein tüchtiger Hund, Lulu.«

»Wuff ... wuff ...«

»Lauter!«

»WUFF ... WUFF!«

»Gib Pfötchen.«

Lulu streckte ihm die rechte Hand entgegen. Ein paar der Mädchen kicherten. Slavros breitete lächelnd die Arme aus. »Seht ihr, sie gehorcht.«

»Kann schon sein«, meckerte Arkan, »aber mein Geld ist trotzdem weg.«

»Das weiß ich. Das Problem ist nur, dass ich Lulu und die anderen Mädchen nicht ständig an der Leine halten kann. Deshalb ist Erziehung so wichtig. Kennst du Pavlov?«

»Der den Club Lux besitzt?«, fragte Arkan.

»Nein. Ivan Petrovitj Pavlov, den Nobelpreisträger.«

»Nie gehört.«

»Pavlov hat das Verhalten von Hunden erforscht. Jedes Mal, wenn er sie fütterte, hat er mit einem Glöckchen geklingelt. Also verbanden die Hunde das Klingeln schon bald mit der Fütterung. Sobald Pavlov klingelte, fingen die Hunde automatisch an zu sabbern. Sie konnten nicht anders. Er hat ihr Bewusstsein verändert, verstehst du? Das Problem für Pavlov bestand darin, dass dieser Effekt nur eine begrenzte Zeit anhielt. Er war also gezwungen, es ihnen immer wieder beizubringen.«

»Worauf willst du hinaus?«

»Ich will darauf hinaus, dass man einen Hund weder so schlagen noch dressieren kann, dass er zu hundert Prozent gehorcht. Schließlich ist er immer noch ein Hund, der vor allem seinem Instinkt folgt. Seiner eigenen Gier. Deshalb muss man ihm zeigen, wer sein Herr ist, muss ihm zeigen, was passiert, wenn er nicht gehorcht. Am besten durch ein Beispiel, das selbst der Hund mit seinem begrenzten Erinnerungsvermögen nicht vergisst. Durch etwas Drastisches, an das er sich erinnern wird. Das länger vorhält als Pavlovs Glöckchen.«

Er griff mit beiden Händen nach dem Gürtel und zog so fest daran, dass das Leder in Lulus Hals einschnitt. Lulu zerrte an dem Gürtel und versuchte, sich zu befreien, doch Slavros setzte ihr den Fuß auf den Rücken und drückte ihren Oberkörper nach vorne.

»Stopp! Sie hat nichts getan!«, rief Masja.

»Willst du mit ihr tauschen? Willst du das?«, fragte Slavros, während er die Schlinge noch enger zog.

Masja sank schweigend an die Wand zurück.

Lulu versuchte sich zu befreien und warf ihren Kopf so heftig hin und her, dass ihre Nackenwirbel knackten. Als sie keine Kraft mehr hatte, erschlafften ihre Arme, und sie atmete ein letztes Mal aus. Slavros ließ den Gürtel los. Lulu fiel nach vorne. Auf der Innenseite ihrer Jeans breitete sich ein dunkler Urinfleck aus.

Arkan schluckte ein paarmal, während er Pelle an sich

drückte. Die Mädchen hinter ihm weinten. Slavros schritt über die Leiche hinweg und bückte sich zu Masja hinunter. Er griff nach ihrem Kinn und zwang ihren Kopf nach oben, sodass sie ihm direkt in die Augen sah. »Iza und Lulu haben Glück gehabt. Aber du wirst für euch alle bezahlen. Ich hab dich aus der Hölle geholt, und jetzt werde ich dich wieder dorthin zurückstoßen. Ich werde alle Psychopathen dieser Stadt auf dich loslassen. All die durchgeknallten, perversen Typen werden deinen Namen und deinen Körper kennen. Nicht nur, um dich zu bestrafen, sondern weil die Perversen oft ziemlich wohlhabend und freigiebig sind, wenn ihnen jemand ihre dunkelsten Fantasien erfüllt ...«

»Fahr zur Hölle ...«

»Im Gegenteil. Du bist es, die in der Hölle landen wird.«

Er stand auf und blickte die Mädchen nacheinander an. »Klingeling«, sagte er und drehte sein Handgelenk hin und her, als klingelte er mit einem imaginären Glöckchen. »Und jetzt zurück an die Arbeit. Herr Arkan vermisst immer noch sein Geld.«

41

Stockholm, 2013

Thomas öffnete die Minibar und nahm die vier kleinen Fläschchen heraus, die in der Tür standen. Er schraubte den Deckel von dem ersten ab, ohne zu gucken, was darin war, und schob sich die Flasche zwischen die Zähne. Dann legte er den Kopf in den Nacken und trank den Gin in einem Zug aus, während er die nächste Flasche öffnete. Er ging an dem Bett mit der fleckigen Decke vorbei und stellte sich ans Fenster. Draußen war es dunkel geworden. In dem Wohnblock gegenüber waren die Fenster erhellt. Ihm fiel ein älteres Ehepaar auf, das auf dem Sofa vor dem Fernseher saß und sich an der Hand hielt. Als Thomas das Fenster auf kipp stellte, ließ der beißende Wind die Gardine flattern. Die Geräusche der Västmannagata vier Etagen unten ihm drangen in sein winziges Zimmer. Es war Samstagabend, und von unten hörte man eine Gruppe laustarker Teenager, die auf dem Weg in die Stadt waren. Er hatte sich für das Colonial Hotel entschieden, dessen zwei Sterne längst nicht das hielten, was der repräsentative Name versprach. Dafür lag es zentral und in Gehentfernung zu dem Viertel um die Malmskillnadsgata. Hier wollte er mit der Suche nach Masja beginnen oder zumindest jemanden aufspüren, der sie kannte. Sein Handy brummte auf dem Bett. Er ging hin und sah, dass auf dem Display Johnsons Name stand. Sein fünfter Anruf nach ebenso vielen Stunden. Der erste hatte ihn kurz nach der Landung im Arlanda Express erreicht. Johnson hatte sich erkundigt, wie die Ermittlungen voranschritten und ob es schon eine Spur gab. Thomas hatte ihm erklären müssen, dass er noch nicht einmal im Hotel war. Er ließ es klingeln und zog sich einen Pullover über den Kopf. Zehn Minuten später war er auf dem Weg in die Lobby hinunter. Er griff in die Innentasche seiner Jacke, um sich zu vergewissern, dass er das Foto von Masja und die Postkarte ihrer Mutter bei sich hatte.

Thomas hatte den Reiseführer inklusive Stadtplan absichtlich auf seinem Zimmer gelassen und sich stattdessen die Lage der Orte eingeprägt, die er aufsuchen wollte. Es gab absolut keinen Grund, sich wie ein Tourist zu benehmen, der sich verlaufen hatte. Absolut keinen Grund, wie eine leichte Beute zu erscheinen. Er kannte zwar die Verhältnisse hier oben nicht, wusste jedoch, dass es in einer vergleichbaren Situation in der Skelbækgade nur Minuten dauern würde, bis der Betreffende ausgeraubt würde.

Er bog in die Tunnelgata ab, die zur Malmskillnadsgata führte. Der Wind war schneidend kalt, und er ärgerte sich, sich nicht wärmer angezogen zu haben. Es konnte eine lange und kalte Nacht werden. Er zog sich die Kapuze über den Kopf, während er an einer Eckkneipe vorbeistapfte. KGB-Bar stand auf dem Schild über dem Eingang. Hinter der Scheibe sah es gemütlich aus. Jede Menge Leute, die lachten und ihren Spaß hatten. Hätten seine Privatermittlungen nicht im Vordergrund gestanden, wäre er hineingegangen und hätte sich auf den freien Barhocker am Fenster gesetzt. Selbst in Schweden musste es doch Single Malt geben. Er merkte sich die Hausnummer und hoffte, dass die Kneipe immer noch geöffnet hatte, wenn er später zum Hotel zurückgehen würde.

Die Malmskillnadsgata lag direkt vor ihm. Mit ihren leer stehenden Bürogebäuden und dem dröhnenden Auto- und Busverkehr war sie hässlich und nichtssagend. Er spazierte den breiten Bürgersteig entlang. Aus einem vorbeifahrenden Auto wummerten die Bässe. Es dauerte nicht lange, bis er die ersten Mädchen erblickte. Ihre herausfordernde Kleidung und ihre im Licht der Scheinwerfer glänzenden Lackstiefel sprachen eine deutliche Sprache. Jedes Mal, wenn ein Auto am Straßenrand hielt, traten sie aus dem Schatten der Häuser und boten sich an. Es war nicht anders als in Kopenhagen. Nicht anders als auf jedem beliebigen Straßenstrich in jeder beliebigen Stadt. Der Anblick löste bei ihm eine abgrundtiefe Traurigkeit aus.

Er ging an drei Mädchen vorbei, die vor dem Eingang eines Bürogebäudes standen. Sie pafften ihre Zigaretten, während sie fröstelnd auf und ab hüpften, um nicht völlig auszukühlen. Sie erblickten ihn sofort. »Hey Baby«, rief ihm eine mit bebender Stimme zu.

Ohne langsamer zu werden, musterte er die Mädchen im Vorübergehen. Alle hatten einen dunklen Teint. Er vermutete, dass sie aus Südamerika kamen. Sie waren noch ziemlich jung, 18, 19, höchstens 20 Jahre alt. Er fragte sich, was sie dazu brachte, auf der anderen Seite des Planeten diesem furchtbaren Job nachzugehen. Wovor sie auch geflüchtet sein mochten, er konnte sich kaum etwas vorstellen, das schlimmer war, als sich bei minus zehn Grad von irgendwelchen Unbekannten vögeln zu lassen. Er passierte eine Mädchengruppe nach der anderen, alle blutjung, alle aus dem Ausland. Die meisten Völker dieser Welt schienen hier im Herzen Stockholms repräsentiert zu sein.

Der Verkehr war lebhaft. Taxis wie Privatautos hielten unablässig am Bordstein, um Mädchen aufzunehmen oder wieder abzusetzen. Thomas fragte sich, wie diese Geschäfte wohl im Detail abliefen. Soweit er sich an den Stadtplan erinnerte, gab es in der Nähe einen großen Park. Außerdem war es nicht weit bis zum Bahngelände rund um den Hauptbahnhof. Nach etwa einer Stunde hatte er den Großteil des Norrmalmviertels gesehen. Die meisten Mädchen standen an den Hauptverkehrsadern. Die älteren Prostituierten und die Transvestiten waren offenbar in die Nebenstraßen abgedrängt worden. Er hatte jedoch nicht ein einziges Mädchen entdeckt, das Masja auch nur ein wenig geähnelt hatte. Er kehrte zur Malmskillnadsgata zurück, um zu sehen, ob dort jetzt andere Mädchen übernommen hatten. Er hatte die Straße kaum erreicht, als das erste Mädchen auf ihn zukam. Natürlich war er den Prostituierten längst aufgefallen, so wie alle Männer, die sich in diesen Straßen herumtrieben. Das Mädchen war um die zwanzig, obwohl ihre harten Gesichtszüge sie älter aussehen ließen. Sie war blondiert und hatte einen hellen Teint. »Hey, willst du ein bisschen Spaß haben?«, fragte sie mit breitem slawischen Akzent. Sie trug einen kurzen Kaninchenpelz von der Sorte, wie Thomas ihn auch in Masjas Zimmer gesehen hatte, doch ansonsten gab es keinerlei Ähnlichkeit zwischen ihr und Masja.

»Hey, ich suche nach einem bestimmten Mädchen«, sagte Thomas. Sie entgegnete sofort, dass er bei ihr an der richtigen sei, und fragte ihn, worauf er Lust habe.

Thomas schüttelte den Kopf, zog den Reißverschluss seiner Jacke nach unten und holte das Foto von Masja heraus. »Ich suche nach ihr hier, sie heißt Masja, kennst du sie?«

Das Mädchen warf einen flüchtigen Blick auf das Foto und schüttelte den Kopf. Dann bot sie erneut ihre Dienste an und leckte sich die Lippen. »Make you reeeal happy.«

Er bat sie, sich das Foto noch einmal genau anzusehen, und fragte sie, ob sie das Mädchen darauf wirklich nicht kenne. Sie schüttelte energisch den Kopf.

»Okay, danke«, sagte Thomas und steckte das Foto in die Tasche zurück. Dann drehte er sich um und ging weiter. Sie rief ihm etwas nach.

Er versuchte sein Glück noch bei ein paar anderen Mädchen, doch weiterhin ohne Erfolg. Selbst die Prostituierten, die nebeneinander auf der Straße standen, schienen sich kaum untereinander zu kennen. Sie waren offenbar nur daran interessiert, die Autofahrer in ihrem abgegrenzten Arbeitsbereich am Bürgersteig auf sich aufmerksam zu machen und die Konkurrentinnen möglichst auf Distanz zu halten.

Thomas drehte noch eine Runde durch das Viertel und zeigte jedem Mädchen, das ihn ansprach, das Foto von Masja, doch keine erkannte sie wieder. Als er zum dritten Mal die Malmskillnadsgata entlangging, rief das Mädchen in dem Kaninchenpelz ein paar Worte auf Russisch und spuckte nach ihm. Im selben Moment kamen zwei groß gewachsenen Kerle in gefütterten Jacken und schweren Stiefeln auf ihn zu. Beide hatten kurz geschorene Haare und glichen den Typen der Balkan-Mafia, die er von zu Hause kannte. »Hey, Chef!«, rief ihm der eine zu. »Was machst du hier?«

»Du lässt doch wohl unsere Mädels in Ruhe«, sagte der andere, bevor Thomas antworten konnte.

»Absolut«, erwiderte Thomas, »ich gucke nur.«

Sie versperrtem ihm den Weg. Der ein rempelte ihn an und lächelte ihn boshaft an. »Hier wird nicht geguckt. Entweder man kauft eins der Mädchen, oder man verpisst sich, kapiert?«

Thomas nickte.

»Ich bin nicht sicher, ob er das kapiert hat«, sagte der andere, nahm die Hände aus den Taschen und ballte die Fäuste.

Plötzlich sahen beide Männer schnell zur Straße.

»*Davaj*«, sagte der eine, worauf sich beide an Thomas vorbeidrängten und verschwanden.

Ein Streifenwagen rollte vorbei. Die beiden Beamten, die darin saßen, warfen ihm einen forschenden Blick zu, fuhren jedoch weiter. Thomas guckte dem Wagen nach, der an den Prostituierten und ihren Freiern vorbeifuhr, ohne einzugreifen. Nichts ließ darauf schließen, dass käuflicher Sex in Schweden bereits seit über zehn Jahren verboten war.

Thomas schlenderte weiter die Straße entlang. Er hatte sich eine fast unlösbare Aufgabe gestellt. Masja zu finden war nicht wahrscheinlicher als ein Sechser im Lotto. Plötzlich lockte ihn der Gedanke an den freien Barhocker in der KGB-Bar. Dennoch setzte er seinen Weg in die entgegengesetzte Richtung fort, wo weitere Stripclubs lagen.

42

Thomas blieb vor einer Dessousboutique in der Drottningsgatan stehen, deren Schaufenster mit ein paar aufblasbaren Puppen in erotischer Unterwäsche dekoriert waren. Eigentlich hätte hier ein Stripclub namens Heart Beat sein sollen, also ging er hinein, um nach dem Weg zu fragen. Der kleine Laden war vollgestopft mit Sexartikeln. An einer Wand zog sich eine abgeschlossene Glasvitrine entlang, in der Dildos in allen Größen ausgestellt waren. Ganz hinten befand sich eine Abteilung mit Lederpeitschen, Ketten und Handschellen. Zwei große Duftkerzen auf der Verkaufstheke hüllten das halb leere Geschäft in einen süßlichen Duft. Thomas ging zu der Verkäuferin, die in einem Biker-Magazin blätterte. Sie war kräftig gebaut und hatte Piercings in Lippen, Ohren und Nase. Über ihre Oberarme zogen sich große gotische Tattoos.

»Ich suche nach einem Stripclub, der Heart B...«

»Unten im Keller«, unterbrach sie ihn und zeigte träge auf eine Treppe in der Ecke. »Kostet sechshundert.«

Thomas schaute zu der Treppe hin. Er zog das Foto von Masja aus der Tasche und legte es auf die Theke. »Können Sie mir sagen, ob dieses Mädchen dort unten ist.«

»Guck doch selber nach, kostet sechshundert.«

»Ich möchte nur wissen, ob sie dort arbeitet.«

Die Verkäuferin blickte von ihrer Zeitschrift auf. »Das ändert nichts am Eintrittspreis.« Thomas suchte das Geld zusammen und legte es vor sie hin.

»Vorsicht auf der Treppe, die Decke ist ziemlich niedrig«, sagte sie und steckte das Geld ein.

Thomas bückte sich, als er die schmale Wendeltreppe hinunterstieg, die zu dem kleinen Kellerlokal führte. Die roten Deckenscheinwerfer waren genauso aufdringlich wie der pulsierende Techno, der aus den Lautsprechern an der Bar dröhnte. In der Mitte des Raums wand sich eine mit einem Stringtanga bekleidete junge Frau um eine Stange, während sie von drei Männern auf Ledersofas angestarrt wurde. Das Mädchen hinter der Bar trug eine eng sitzende Korsage und klatschte in einem Versuch, die Stimmung anzuheizen, über dem Kopf in die Hände. Thomas ging zu ihr. Das Mädchen, eine Asiatin, lächelte ihn an. »Hey, man!«, rief sie ihm über die Musik hinweg zu und zwinkerte einladend.

Thomas bestellte ein Bier. Sie zwinkerte erneut und stellte ein Pripps vor ihn hin. »Happy times, right?«

Thomas beugte sich über die Theke. »Wie viele arbeiten hier heute Abend?«

Das Mädchen zeigte auf die Bühne und dann auf sich. »Willst du einen Lapdance?« Sie lächelte.

Thomas schüttelte den Kopf und zeigte ihr das Foto von Masja. »Kennst du sie?«

Das Mädchen nahm das Foto und sah es genau an. Dann schüttelte sie den Kopf und gab es ihm zurück.

»Hast du sie noch nie gesehen?«

»Sorry«, entgegnete sie und zuckte die Schultern.

Als die Nummer beendet war, tauschten die beiden Mädchen ihre Plätze. Das neue Mädchen hinter der Theke war ebenfalls Asiatin, lächelte ebenso einladend und begann ausgelassen zu klatschen, als die Musik wieder einsetzte. Thomas zeigte ihr das Foto, doch auch sie hatte Masja noch nie gesehen. Er lud sie auf ein Bier ein, um ins Gespräch zu kommen, und das Mädchen erzählte ihm, dass sie zusammen mit ihrer Freundin erst vor drei Monaten in dieses Land gekommen sei. Vorher waren sie in Holland und Deutschland gewesen. »Berlin, Leipzig und *Hamburger*«, erklärte sie. Dann bot auch sie ihm einen privaten Lapdance an. Er lehnte dankend ab, woraufhin sich das Mädchen umgehend den drei Männern auf den Sofas zuwendete.

Zehn Minuten später spazierte Thomas die Drottningsgata entlang. Der nächste Punkt auf seiner Liste war der Kitty Club, der ein paar Straßen entfernt lag. Er zog sein vibrierendes Handy aus der Tasche und sah, dass es Johnson war.

»Gibt's was Neues?«, hörte er.

»Nein.«

Johnson stieß enttäuscht die Luft aus. »Bist du sicher, dass du auch an den richtigen Plätzen suchst?«

»Mensch, ich latsch mir hier in Stockholm die Füße wund, um sie zu finden.« Irgendjemand schien Johnson zu rufen.

»Du, ich muss auflegen.«

»Ich melde mich, wenn ich was …«

Johnson hatte aufgelegt. Thomas ließ das Handy wieder in seiner Tasche verschwinden.

Er bog um die Ecke, schlenderte an einem 7-Eleven-Shop vorbei und stapfte die steile Straße zum Kitty Club hinauf. Von dem Schawarma-Grill, der sich direkt neben dem Club befand, roch es nach Frittiertem. Thomas kaufte sich Falafel, die er auf der Straße aß. Er blickte an der traurigen Fassade des Kitty Clubs empor, wo der Name in großen silbernen Lettern stand. Die Buchstaben waren mehr schlecht als recht an der Wand befestigt, ein T hing halb herunter. Der frühere Name des Etablissements war offenbar übermalt worden, doch schimmerte auf dem Schild immer noch die alte Farbe durch. Er entzifferte die einzelnen Buchstaben: *Key Club* hatte dort früher gestanden. In Eduardos Artikeln war dieser Club, der einst Slavros gehört hatte, erwähnt worden. Er warf den Rest der Falafel in einen Mülleimer und trat ein.

Der Kitty Club war keinesfalls exklusiver als das Heart Beat im Keller, doch bedeutend größer. Auch waren hier sehr viel mehr Gäste. Auf den ovalen Sofas der einzelnen Abteile saßen junge Frauen in Minikleidern neben Männern mittleren Alters oder Gruppen ganz junger Kerle. Auf einer zentral gelegenen großen Bühne legten zwei Mädchen zur Titelmusik von »Titanic« einen erotischen Tanz hin.

Eine dunkelhäutige junge Frau in einem kobaltblauen Kleid kam zu ihm, kaum dass er einen Fuß in das Lokal gesetzt hatte. »Wir haben noch einen freien Tisch«, sagte sie lächelnd und zeigte auf eines der Sofas.

»Okay«, antwortete Thomas.

»Wir haben natürlich Festpreise, aber eine Flasche Schampus kriegst du inklusive.« Sie nahm ihn am Arm und führte ihn an der Bühne vorbei.

»Und was kostet mich so ein Tisch?«

»Normalerweise 3500, aber ich geb ihn dir für 2700.«

Thomas befreite sich sanft aus ihrem Griff. »Vielen Dank, aber ich suche mir lieber einen Platz an der Theke.«

Thomas ließ das Mädchen stehen und trat an den halb besetzten Tresen. Das Titanic-Thema wurde von Joe Cocker abgelöst und die beiden Mädchen auf der Bühne von einer Stripperin in einer roten Lack-Korsage.

Thomas fielen die Rausschmeißer auf, die sich über den Raum verteilt hatten und alle Gäste im Auge behielten. Es waren ausnahmslos bullige Typen mit kurz geschorenen Haaren und slawischen Zügen. Er tippte auf Russen oder Balten, was dafür sprach, dass Slavros trotz der Namensänderung des Clubs womöglich immer noch mit zu seinen

Besitzern gehörte. Unter den zehn bis fünfzehn Mädchen, die zwischen den Tischen umhergingen, war jedoch keine, die Masja ähnelte. Alle sahen noch sehr jung aus, eher wie große Kinder, was ihm einen Stich versetzte.

»Du siehst aus wie Daniel Craig«, sagte ein blondes Mädchen in einem kurzen schwarzen Rock und stellte sich dicht neben ihn. »Sozusagen in einer raueren Ausgabe.«

»Wie wer?«, fragte er.

»Wie der, der jetzt James Bond spielt, kennst du den nicht?

»Hat der nicht blonde Haare?«

Sie zuckte die Schultern. »Ich hab solchen Durst.«

»Willst du eine von denen hier?«, fragte Thomas und zeigte auf die Bierflaschen.

Sie schüttelte den Kopf, und ehe er sich's versah, hatte ihr jemand ein Glas Champagner hingestellt. Thomas war sicher, dass es ihn Unsummen kosten würde, ganz gleich, was in dem Glas war. Sie prosteten sich zu.

»Du bist Däne? Wie heißt du?«

»Thomas.«

»Prost, Thomas aus Dänemark. Ich bin Lizza mit Doppel-z. Bist du im Urlaub oder arbeitest du hier?«

Er blickte sich kurz um. »Ich suche nach einem Mädchen – einem Mädchen, das von zu Hause abgehauen ist.«

»Da bist du hier genau richtig«, entgegnete sie lachend. »Hier gibt es nichts anderes. Aus irgendwelchen Ländern sind wir alle mal abgehauen. Aber wir sind trotzdem gaaanz liebe Mädchen«, fügte sie mit einem Schmollmund hinzu.

»Wie lange bist du schon hier?«

»In Schweden? Viel zu lange.«

»Und hier im Club?«

»Warum fragst du das? Du bist doch wohl kein Bulle, oder?« Sie zog ihre schmalen aufgemalten Brauen nach oben.

Er schüttelte den Kopf. »Nein, nein, ich bin kein Bulle. Ich versuche nur der Mutter dieses Mädchens zu helfen, ihre Tochter wiederzufinden.«

»Ah, ein richtiger Gentleman ... wie heißt das Mädchen?«

»Masja.« Er zog das Foto aus der Tasche und zeigte es ihr. Lizza nickte. »Irgendwas an ihr kommt mir bekannt vor.

»Du kennst sie also?«, fragte Thomas und stellte sein Bierglas ab.

Lizza nickte schelmisch.

»Wo hast du sie das letzte Mal gesehen? Und wann?«

Sie gab ihm das Foto zurück, schmiegte sich an ihn und flüsterte. »Du kannst ja mit raufkommen, da sind wir ganz unter uns und können in Ruhe ... über Masja reden.« Sie lehnte den Kopf zurück und sah ihm tief in die Augen. »Es soll ja auch ein bisschen was für mich dabei herausspringen.«

»Du weißt, wo sie ist?«

»Ich hab oben die Hochzeitssuite. Warum kommst du nicht mit rauf?« Sie streichelte seinen Brustkasten und drehte sich um. Er sah ihr nach und beobachtete, wie sie mit einem der Rausschmeißer sprach, der an der Treppe stand. Sie nickte in seine Richtung, ehe sie nach oben verschwand. Thomas war sich nicht sicher, ob sie ihm die Wahrheit gesagt hatte. Doch eins wusste er genau: Wenn er der Sache nicht auf den Grund ging, würde er für den Rest seiner Reise keine Ruhe mehr finden. Er leerte sein Glas.

Fünf Minuten später stand er auf dem schmalen Flur im ersten Stock und klopfte an die Tür mit der Nummer 3. Er hatte dem Typ mit den kurz geschorenen Haaren und dem billigen Smoking, der den Flur kontrollierte, 2500 Kronen in die Hand gedrückt. »Benimm dich ordentlich, du hast zwanzig Minuten«, hatte er gesagt und Thomas einen ernsten Blick zugeworfen.

Lizza öffnete die Tür und bat ihn herein. Sie hatte ihr Kleid ausgezogen und stand in einem Stringtanga und einem verspielten schwarzen BH, der soeben ihre großen runden Silikonbrüste bedeckte, vor ihm. Thomas sah sich in dem schummrigen Zimmer um. Ein Bett, ein Schrank und ein Schminktisch in der Ecke waren alles, was die Hochzeitssuite zu bieten hatte.

»Leg dich doch aufs Bett, dann kann ich dich erst mal ein bisschen massieren.«

Thomas entfernte ihre Hand von seinem Hosenstall. »Erzähl mir lieber was von Masja. Wo kann ich sie finden?«

Sie nahm seine Hand. »Jetzt leg dich erst mal hin und vergiss Masja. Du hast doch mich. Ich bin deine kleine Masja.«

Er machte sich frei und trat einen Schritt zurück. »Ich meine es ernst. Wenn du wirklich weißt, wo sie ist, wäre ich dir für deine Hilfe sehr dankbar. Ich bezahle dich natürlich dafür.«

»Zeig mir noch mal das Foto«, bat sie und streckte die Hand aus. Er zeigte ihr das Bild, und sie nahm es an sich. »Sie sieht hübsch aus ... und unschuldig. Ist das ein neues Foto?«, fragte Lizza.

»Es ist ein paar Jahre alt. Sie ist seit 2010 verschwunden.«

»2010?« Sie verdrehte die Augen. »Dann bin ich nicht sicher, ob ich sie kenne.«

Er wollte das Foto gerade wieder einstecken, als sie sich damit aus seiner Reichweite entfernte. »Warte hier«, sagte sie und nahm einen seidenen Kimono vom Haken an der Wand. Sie legte ihn sich um die Schultern und verschwand aus der Tür.

Thomas ließ den Blick durch den ärmlichen Raum mit den feuchten Flecken an der Tapete schweifen. Wenn das hier die Hochzeitssuite war, wollte er sich nicht vorstellen, wie der Rest des Bordells aussah. Auf dem Schrank stand eine Sporttasche. Darin war vermutlich die persönliche Habe des Mädchens. Es würde ihn nicht wundern, wenn sie in dieser Bruchbude lebte und arbeitete, dachte er.

Wenige Minuten später kam Lizza zurück. »Ich hab mit ein paar anderen Mädchen geredet. Eine von ihnen konnte sich gut an Masja erinnern.« Lizza gab ihm das Foto zurück. »Aber sie ist schon längst wieder weg.«

»Weg? Wohin?«

»Nach Hause.«

»Nach Sankt Petersburg?«, fragte er, um sie zu testen. Sie nickte und hängte den Kimono wieder an den Haken. »Ja, genau. Wollen wir jetzt?« Sie zeigte auf das Bett.

»Wem gehört dieser Club?«

»Ich weiß nicht.«

»Slavros? Vladimir Slavros?«

»Ich kenne niemanden, der so heißt.

Thomas steckte das Foto in seine Tasche zurück und hielt ihr einen Fünfhundertkronenschein hin. Es gab keinen Grund, noch länger zu bleiben. Lizza hatte ihn offenbar angelogen. Niemand hier kannte Masja. »Danke für deine Hilfe, Lizza. Pass auf dich auf«, sagte er und ging zur Tür.

»Thomas aus Dänemark!«

Er drehte sich um.

»Sag ihrer Mutter, dass sie okay ist.«

43

Thomas erwachte vom Brummen seines Handys, das dicht neben seinem Ohr lag. Das helle Tageslicht, das durch das Fenster schien, hinderte ihn daran, seine Augen zu öffnen, sodass er blind nach seinem Handy tastete. Als er es endlich zu fassen bekam, drückte er wahllos auf verschiedene Tasten, bis das Brummen aufhörte. Er ließ das Telefon wieder aus der Hand gleiten. Sein Kopf dröhnte und sein Hals war völlig ausgetrocknet. Erst jetzt bemerkte er, dass er immer noch vollständig angezogen war. »Ravn«, hörte er es aus der Ferne. »Jetzt geh schon ans Telefon, verdammt.«

Er schlug blinzelnd die Augen auf und sah auf das Handy hinunter. Verschlafen wie er war, hatte er den Anruf angenommen.

»Was willst du, Johnson?«

»Bist du betrunken?«

»Nicht mehr, warum?«

»Es ist schon nach zwölf, und du klingst so, als wärst du noch gar nicht aufgestanden.«

»Ich bin wach und vollständig angezogen.« Er hustete so laut, dass es in dem kleinen Zimmer widerhallte.

»Was hast du rausgefunden?«

Thomas setzte sich im Bett auf, alles drehte sich, und ihm war übel. »Nicht viel. Es gibt keine wirklich brauchbaren Spuren hier oben.«

»Vielleicht hättest du mehr Erfolg, wenn du dich nicht besinnungslos betrinken würdest.«

»Ich hab mich nicht besinnungslos betrunken ... nur ein bisschen. Ich bin bei minus zehn Grad durch ganz Stockholm gelaufen, aber sie ist hier verdammt noch mal nicht.«

»Nadja war heute bei mir. Sie vertraut dir und glaubt fest daran, dass du gute Nachrichten mit nach Hause bringst.«

Thomas kratzte sich am Kopf. »Ich kann keine Wunder vollbringen.«

»Du darfst sie nicht enttäuschen, Ravn. Es ist doch ihre Tochter.«

»Verdammt noch mal, Johnson, es war schließlich nicht meine geniale Idee, hierherzufahren.«

»Sieh einfach zu, dass ...«

»Ich muss jetzt los.« Er warf das Handy aufs Bett und stürzte auf die Toilette. Er schaffte es gerade noch, den Klodeckel hochzureißen, ehe er sich erbrach.

Ein paar Minuten später saß er auf dem Boden des Badezimmers und lehnte mit dem Rücken an der Duschkabine. Er hatte einen Zahnputzbecher mit Wasser gefüllt, das er langsam die Kehle hinunterlaufen ließ. Natürlich musste ihm Johnson schon wieder in den Ohren liegen. Musste ihn wecken, wenn sein Kater am schlimmsten war. Wäre er nur eine Stunde länger im Bett geblieben, hätte er nicht kotzen müssen. Thomas versuchte, sich an die Nacht zu erinnern. Nach dem Kitty Club hatte er noch weitere Striplokale besucht. Eines ärmlicher als das andere. Er hatte Masja gefunden. Sie hatte direkt vor ihm gestanden und gesagt: »Hello, how are you?« Gesagt: »Special price, my friend.« Er hatte sie in all den Mädchen erkannt, denen er begegnet war, egal, wo sie herkamen, ob sie schwarz, weiß oder gelb waren. Alle waren wie sie. Waren aus irgendeinem Land geflüchtet, waren von jemandem gekauft und später weiterverkauft worden. Sie alle hatten jede Hoffnung auf eine Zukunft verloren. Die Mädchen hatten jünger gewirkt als

Masja. Was ihn darüber hatte nachdenken lassen, wie lange es dauerte, bis sie völlig verbraucht waren. War das eine Frage von Jahren oder nur von Monaten? Je weiter die Nacht vorangeschritten war, desto aussichtsloser war ihm seine Suche erschienen. Schließlich hatte er sie aufgegeben und die KGB-Bar aufgesucht. Einen freien Stuhl gefunden und Single Malt und Heineken getrunken. Neue Stockholmer Freunde gefunden. Nicht dass er jemanden von ihnen wiedererkannt hätte, würde er ihm jetzt auf der Straße begegnen, doch es war wie eine Befreiung gewesen, den deprimierenden Stripclubs endlich den Rücken zu kehren. Im KGB hatten sie getrunken und gesungen. Evert Taube, Herr im Himmel. Hatten sich auf Schwedisch und Dänisch Schweden- und Dänenwitze erzählt. Eine Frau namens Monica, die wie die Dunkelhaarige von ABBA ausgesehen hatte, hatte mit ihm geflirtet. Hatte ihn als *attraktiv* bezeichnet. Er konnte sich nicht erinnern, ob er sie geküsst oder bloß Lust dazu verspürt hatte. Seine Gedanken wanderten zu Eva, was ihn traurig machte. Er stand vom Boden auf und ging unter die Dusche.

Ließ das warme Wasser an sich hinunterrinnen, während er unter der laufenden Dusche seine Kleider auszog.

Die Frühstückszeit im Colonial Hotel war längst vorüber. Auf der Kungsgata in Norrmalm setzte er sich in ein kleines Café, bestellte einen schwarzen Kaffee und zwei Croissants. Die junge Bedienung mit dem Pferdeschwanz und den vielen Fingerringen sagte, es gäbe nur noch Zimtschnecken. Thomas erinnerte sich an Victorias Warnung und begnügte sich mit Kaffee. Er nahm den *Expressen* vom Nebentisch und blätterte darin. Entdeckte einen Artikel über eine Serie von Mordfällen. Ein unbekannter Täter hatte im Laufe der letzten Jahre sechs Prostituierte getötet und ihre weiß gekalkten Leichen wie Statuen auf verschiedenen Schrottplätzen der Stadt präsentiert. Das Motiv des Täters lag im Dunkeln, doch eine Reihe von Psychologen vermutete einen religiösen oder sexuellen Hintergrund.

Als die Bedienung den Kaffee brachte, legte Thomas die Zeitung weg. Er blickte aus dem Fenster und verlor sich angesichts des dichten Verkehrs und der vielen Passanten, die auf den Gehsteigen vorüberhasteten, in Gedanken. Er versuchte, sich davon zu überzeugen, dass er getan hatte, was in seiner Macht stand. Noch länger in Stockholm zu bleiben wäre verschenktes Geld und verlorene Zeit. Allein in den Stripclubs war er sechstausend Kronen losgeworden. Er rechnete nicht damit, dass ihm Johnson dieses Geld erstatten würde, und von Nadja wollte er es nicht einfordern. Er überlegte, seinen Rückflug umzubuchen, um noch heute nach Hause zurückzukehren, auch wenn ihm Johnson dann bestimmt vorwerfen würde, zu schnell aufgegeben zu haben. Thomas leerte seine Tasse und bestellte sich eine zweite. Dann zog er die Postkarte mit den Kätzchen aus der Tasche. Es wäre das Einfachste, sie hier auf dem Tisch liegen zu lassen und Nadja eine Notlüge aufzutischen. Doch seine gute Erziehung verbot es ihm, ältere Damen anzulügen, die ihre Töchter verloren hatten. »Sag ihrer Mutter, dass sie okay ist«, hatte Lizza gesagt.

»Verdammt …«, brummte er.

»Bitte?«, fragte die Bedienung.

Thomas schaute auf. »Noch einen Kaffee und eins von diesen Zimtdingern …«

Die Bedienung nickte und verschwand. Thomas zog sein Handy aus der Tasche und klickte seine Kontaktliste an. Schließlich fand er die Nummer, die er gesucht hatte, und wählte sie.

»Reichspolizei«, meldete sich eine Stimme am anderen Ende.

44

Karl Luger gab Thomas lächelnd die Hand. Zwei tiefe Grübchen zeigten sich in seinem runden Gesicht. Seit ihrer letzten Begegnung hatte er deutlich zugenommen, Thomas tippte auf fünfzehn bis zwanzig Kilo. »Wie schön dich zu sehen, Ravn. Dein Anruf hat mich wirklich überrascht. Wie lange ist das jetzt her? Vier, fünf Jahre?« Er lockerte seine marineblaue Krawatte, die ihm fast die Luft abschnürte.

»Eher sechs, glaube ich. »Das Seminar bei Scotland Yard – wie ich sehe, hast du immer noch deinen Teddy.«

Thomas zeigte auf den Schreibtisch, auf dem ein kleiner Teddybär in Bobby-Uniform an einem Bilderrahmen lehnte. Den hatte es zusätzlich zu der Seminarbescheinigung gegeben.

»Fast ein bisschen peinlich, oder?«

»Überhaupt nicht, meiner steht bei mir zu Hause«, log Thomas. »Sind das deine Frau und deine Tochter?«, fragte er mit einem Blick auf das gerahmte Foto.

»Ja, Louisa wird nächstes Jahr eingeschult.«

»Ich kann mich erinnern, dass ihre Geburt damals unmittelbar bevorstand.«

Karl breitete lächelnd die Arme aus. »Was ist mir dir, hast du auch Kinder?«

Thomas schüttelte den Kopf.

»Aber du bist verheiratet … wie hieß sie doch gleich?« Er schnippte mit den Fingern, um seiner Erinnerung auf die Sprünge zu helfen.

»Eva«, kam ihm Thomas zu Hilfe.

»Eva, genau! Die Strafverteidigerin. Ich weiß, wie du gescherzt hast, dass du die Verbrecher fängst und Eva sie ...«

»... wieder rausboxt. Stimmt.« Thomas rang sich ein Lächeln ab.

»Seid ihr immer noch zusammen?«

»Ja, ja, alles in Ordnung.« Thomas ließ seinen Blick durch den Raum schweifen. Die Ermittlungsabteilung unterschied sich markant von den vertrauten Räumlichkeiten in Kopenhagen. Hier war alles offen und hell, und auf den Schreibtischen der einzelnen Beamten, die ausnahmslos einen Schlips trugen, herrschte penible Ordnung. Man fühlte sich fast wie in einer Bankfiliale. Karl bot ihm einen Kaffee an, und sie gingen hinaus auf den Flur, wo der Automat stand. Während sie auf den Kaffee warteten, berichtete Karl von seinem beruflichen Aufstieg bei der Reichspolizei, der es mit sich gebracht hatte, dass er nun für den nationalen IT-Bereich verantwortlich war. »An den Ermittlungen hat sich nicht viel geändert«, erklärte er. »Wir sind immer noch hinter denselben Leuten her. Die Verbrechen haben sich nur ins Internet verlagert. Das gilt für Prostitution und Menschenhandel wie für Drogen- oder Eigentumsdelikte. Selbst die Rocker haben heute ein iPad.« Er grinste und nahm die Kaffeebecher mit. »Dadurch bleibt es mir zumindest erspart, mich nachts auf den eiskalten Straßen herumzutreiben. Du weißt ja selbst, wie anstrengend diese Observationen sein können.«

Thomas nickte und folgte ihm.

Karl zeigte auf einen Stuhl, und sie setzten sich an seinen Schreibtisch. »Wie sieht's bei dir aus?«

»Alles beim Alten, Karriere habe ich nicht gemacht, also treibe ich mich immer noch auf den Straßen rum«, antwortete er lächelnd.

Karl zeigte mit dem Becher auf Thomas. »Bei der dänischen Polizei seid ihr einfach lässiger gekleidet. Mit deinem Dreitagebart siehst du eher wie ein Rockstar aus, bei uns wäre das unmöglich«, entgegnete er grinsend und nippte an seinem Kaffee.

»Hab schon gemerkt, dass ihr hier alle wie aus dem Ei gepellt herumlauft.« Thomas fuhr sich über die Bartstoppeln. »Aber wenn du meinen Chef fragst, dann bin ich sowieso kein Kandidat für den Ermittler des Jahres.«

»Das wundert mich. Ich erinnere mich noch gut an deine scharfsinnigen Analysen.« Karl zog ein Kleenex aus dem Vorratsspender, legte es auf den Tisch und stellte den Becher darauf. »Erzähl mir mehr von diesem Fall, den du am Telefon erwähnt hast.«

»Ich suche, wie gesagt, nach einem litauischen Mädchen, das seit 2010 verschwunden ist. Eine Prostituierte. Manches deutet darauf hin, dass sie über einen Zwischenhändler nach Schweden gekommen ist.«

»Wie so viele andere, muss ich leider sagen. In den letzten Jahren wurden wir von Prostituierten aus der ganzen Welt nur so überschwemmt.«

»Ich dachte, Prostitution wäre bei euch verboten. Bringt dieses Verbot denn gar nichts?«

Karl streckte sich auf seinem Stuhl. »Dieses *bescheuerte* Verbot. Das war wirklich der größte Unsinn aller Zeiten. Früher hatten wir guten Kontakt zu den Prostituierten und ihren Zuhältern, doch inzwischen sind sie alle in den Untergrund gegangen. Wir haben keine Ahnung mehr, was in der Szene wirklich abgeht, und die Mädchen sind mehr Misshandlungen und Vergewaltigungen ausgesetzt als je zuvor. Noch dazu läuft hier ein Psychopath frei herum, der mehrere Morde auf dem Gewissen hat. Der sucht seine Opfer im Prostitutionsmilieu und stopft sie nachher aus, kannst du dir das vorstellen?« Karl schüttelte den Kopf.

»Du meinst die Mädchen, die man auf den Schrottplätzen gefunden hat?«

»Du weißt von dem Fall?«

»Hab heute Morgen im *Expressen* darüber gelesen, schaurige Geschichte.«

»Also, wie kann ich dir helfen?«, fragte Karl.

»Ich dachte, dass es in eurem System vielleicht Hinweise auf das Mädchen gibt, das ich suche.«

»Ist das eine offizielle Anfrage?« Karl sah ihn ernst an.

»Nein«, antwortete Thomas und zuckte entschuldigend mit den Schultern. »Ich kenne ihre Mutter, das ist alles.«

»Du weißt aber schon, wie viele Mädchen Jahr für Jahr verschwinden?«

»Natürlich, jede Menge. Ich wäre dir trotzdem sehr dankbar für deine Hilfe.«

Karl glättete seine Krawatte, die wie eine tote Schlange auf seinem runden Bauch lag. »Wenn das keine offizielle Anfrage ist, dann ...«

Thomas beugte sich vor. »Ich möchte dich nur darum bitten, ihren Namen einmal durch euer System laufen zu lassen, das ist alles. Dann wissen wir, ob es irgendwelche Hinweise darauf gibt, was mit ihr passiert sein könnte.«

»Ich habe natürlich absolutes Verständnis für deine Privatermittlungen, doch um nach ihr suchen zu können, brauche ich eine offizielle Anfrage der dänischen Polizei. Ich selbst habe schon Mitarbeiter wegen geringerer Vergehen entlassen. Das System ist schließlich nicht zu unserem Privatgebrauch da, so edel unsere Motive auch sein mögen.« Er sah Thomas ernst an.

»Okay, verstehe.«

Karl sah auf seine Armbanduhr, als dränge ihn die Zeit.

»Der Mann, an den sie verkauft wurde, heißt Slavros. Sagt dir das was?«

»Vladimir Slavros?«

Thomas nickte.

»Wie sicher ist das?«

»Ziemlich sicher. Ich habe einen Zeugen, der in die Sache involviert ist.«

»Es gibt also eine Zeugenaussage oder ein Geständnis?«

»Weder noch, und ich bezweifele, dass es jemals dazu kommen wird. Die Mitglieder der osteuropäischen Banden in Dänemark sind nicht dafür bekannt, sich gegenseitig ans Messer zu liefern.«

»Hier auch nicht.« Karl faltete die Hände und führte sie nachdenklich zum Mund. »Glaubst du, das Mädchen würde gegen Slavros aussagen?«

»Möglich wäre es schon.«

»In diesem Fall würde ich gerne mit ihr reden.«

»Vorher müssen wir erst mal deinen Computer hochfahren«, entgegnete Thomas lächelnd und nickte in Richtung des schwarzen Bildschirms.

Karl atmete tief durch. »Was hast du über sie?« Er setzte sich an die Tastatur.

Thomas gab ihm rasch Masjas Daten, und Karl tippte sie ein. Im nächsten Moment erschien auf dem Monitor die Anzeige: *Kein Treffer.*

»Wäre auch wirklich zu schön gewesen.«

»Wie meinst du das?«

Karl drehte sich in seinem Stuhl halb herum. »Seit ich hier angefangen habe, versuchen wir, diesem Slavros was nachzuweisen.«

»Schon so lange?«

»Ich selbst, Dahl und Lindgren«, antwortete er und zeigte auf seine beiden Kollegen, die an den Schreibtischen gegenüber saßen, »haben mehrere tausend Arbeitsstunden darauf verwandt.«

Die beiden Beamten blickten von ihren Bildschirmen auf und grüßten Thomas flüchtig.

»Und warum habt ihr ihn noch nicht erwischt?«

Die drei Männer grinsten einvernehmlich.

»Weil Slavros schlau genug ist, sich niemals persönlich in etwas einzumischen«, antwortete Lindgren. Er war etwa in Karls Alter, hatte volle Lippen und einen ordentlichen Seitenscheitel in dem glatten dunklen Haar. »Der lässt stets andere die Drecksarbeit für sich machen.«

»Und in den wenigen Fällen, in denen wir Anklage gegen ihn erheben konnten, wollten seine Strohmänner nicht gegen ihn aussagen«, ergänzte Karl.

»Nur ein einziges Mal waren wir ganz dicht dran«, sagte Lindgren.

»Wann war das?«

»Vor ein paar Jahren. Da haben wir eine große Razzia im Key Club, einem seiner damaligen Clubs, durchgeführt.«

»Der heißt jetzt Kitty Club, stimmt's?«

»Stimmt. Der hat schon öfter den Namen gewechselt, gehört aber immer noch Slavros.«

»Was ist damals schiefgelaufen?«

»Bevor wir den Laden gestürmt haben, hat er es irgendwie geschafft, sämtliche Mädchen aus dem Laden zu bringen, und damit brach unsere Strategie in sich zusammen.«

»Aber da arbeiten doch immer noch junge Frauen?«, wunderte sich Thomas.

»Das wissen wir auch«, entgegnete Lindgren, »doch die Zeiten haben sich geändert. Heutzutage gehen selbst Mitglieder des Königshauses in Stripbars.« Er bewegte vielsagend seinen kleinen Finger.

»Und Slavros? Wisst ihr, wo er sich gerade aufhält?«

»Überall und nirgends. Der fliegt unter dem Radar«, antwortete Karl.

»Aber ermittelt ihr immer noch gegen ihn?«

»Offiziell ja. Allerdings haben andere Dinge inzwischen höhere Priorität«, sagte Karl. »Eigentlich ist doch niemand am Wohlbefinden von ein paar ausländischen Mädels interessiert. Als Politiker kann man mit so was auch keine Stimmen mehr gewinnen. Und Leute wie Slavros nutzen diese Situation eiskalt aus.«

»Ich hab da von einer Sache am Bahnhof gelesen, die schon ein paar Jahre zurückliegt«, sagte Thomas und sah Karl in die Augen. »Ihr habt damals einige von Slavros' Leuten festgenommen. Was ist passiert?«

»Du meinst am Hauptbahnhof?«, fragte Karl.

»Ja, da ist eine Prostituierte von einem einfahrenden Zug überrollt worden.«

Dahl blickte lächelnd von seiner Tastatur auf. »Das war die, die so viel Geld dabeihatte. Man hat noch zwei Tage im Tunnel nach den übrigen Scheinen gesucht. Insgesamt waren es über hunderttausend Kronen.«

»Ist damals gegen irgendjemanden Anklage erhoben worden?«

»Nein, es war Selbstmord. Doch wir wussten genau, dass das Geld Slavros gehört haben musste, da drei seiner Leute die Selbstmörderin und ein anderes Mädchen gejagt haben. Auf den Überwachungskameras war das deutlich zu erkennen.«

»Wer war das andere Mädchen?«

»Keine Ahnung. Wir haben damals nur die drei Männer vernommen, aber bei der anderen handelte es sich höchstwahrscheinlich ebenfalls um eine Prostituierte. Wir haben nicht mit ihr gesprochen.«

»Aber Slavros war in die Sache verwickelt?«

»Ja, irgendwie«, antwortete Karl. »Soweit ich mich erinnere, gab es da einen Mann namens Aron oder so.«

»Arkan«, berichtigte ihn Dahl. »Der mit den Sonnenstudios.«

»Genau, Arkan hieß der, ein Komplize von Slavros. Er besaß eine Reihe von Sonnenstudios, die allesamt getarnte Bordelle waren. Von dort kamen auch das Geld und die getötete Prostituierte«, sagte Karl.

»Er hat damals weite Teile des Prostitutionsmilieus beherrscht«, fügte Lindgren hinzu.

»Könnte Arkan Masja kennen?«

»Gut möglich, aber ich bezweifle, dass er etwas sagt.« Karl zuckte mit den Schultern.

»Arkan schweigt wie ein Grab«, erklärte Lindgren.

»Wo ist er jetzt?«

»In Hall, dem Gefängnis in Södertälje, und dort wird er die nächsten fünf Jahre auch bleiben.« Karl warf einen Blick auf die Uhr. »Mir läuft langsam die Zeit davon.«

»Natürlich, ich werde dich auch nicht länger aufhalten.« Thomas stand auf und verabschiedete sich von Karls Mitarbeitern.

Karl brachte ihn zur Tür. »War schön, dich wiederzusehen, Ravn. Tut mir leid, dass wir dir nicht helfen konnten. Wenn du sie findest und sie irgendwas über Slavros weiß, dann meldest du dich, okay?«

Thomas nickte. »Was ist, wenn ich Arkan einen Besuch im Gefängnis abstatten will?«

»Dann musst du dich für eine halbe Stunde ins Auto setzen.«

»Könntest du mich auf seine Besucherliste setzen lassen?«

Karl lächelte. »Klar, Arkan ist ja kein Hochrisiko-Häftling. Fragt sich nur, ob er auch mit dir reden will.«

45

Es war gerade neun geworden, als Thomas in ein Taxi stieg, um über die E4 nach Södertälje zu fahren. Der alte Volvo glitt gemächlich durch den dichten Morgenverkehr, während Lisa Nilsson im Radio »I Hörnet av hjärtet« sang. Als sie Ikea passierten und freien Blick auf den Mälarsee hatten, dachte Thomas, dass es schwedischer nicht mehr werden konnte.

»Wollen Sie einen Kumpel besuchen?« Der Fahrer, der einen rötlichen Backenbart und eine viel zu kleine Lederkappe trug, warf ihm im Rückspiegel einen schläfrigen Blick zu.

Thomas brummte eine Antwort, die ein Ja oder ein Nein sein konnte, vor allem aber signalisierte, dass er einen Kater hatte und keinen Wert auf ein Gespräch legte. Gestern Abend hatte er erneut eine Runde durch die Stripclubs gemacht, ohne etwas über Masjas Schicksal in Erfahrung zu bringen. Danach war er wieder in der KGB-Bar gelandet. Dort war es lange nicht so voll wie am Abend zuvor gewesen, doch die Jim-Beam- und Biervorräte hatten für ihn völlig ausgereicht.

»Kenne mehrere Jungs, die in Hall einsitzen«, sprach der Fahrer weiter. »Ist echt kein Vergnügen. Mit den Wächtern ist nicht gut Kirschen essen, wenn Sie verstehen, was ich meine.« Er sah ihn erneut im Rückspiegel an. Ein Streifen Kautabak klebte wie eine Nacktschnecke an seiner Oberlippe und bewegte sich im Takt seiner Worte. »Man darf sich bald gar nichts mehr erlauben, wenn man nicht im Knast landen will. Was hat Ihr Freund denn ausgefressen?«

»Bitte?«

»Ihr Kumpel, Ihr Freund, der im Bau sitzt. Was hat er getan? Drogen? Einbruch? Seine Frau verprügelt?« Der Fahrer grinste.

»Er ist nicht mein Freund.«

»Nein, was dann? Schuldet er Ihnen Geld?« Er grinste erneut, wurde jedoch wieder ernst, als er Thomas' versteinerte Miene sah. »Sie haben ja einen weiten Weg hinter sich, kommen Sie aus Dänemark?«

»Ja.«

»Kopenhagen?«

»Ja.«

»Sind die Bullen in Dänemark auch solche Schweine?«

Thomas holte tief Luft. »Die sind noch viel schlimmer, als Sie sich vorstellen können.« Er beugte sich vor und zeigte dem Fahrer seinen Polizeiausweis. »Wollen wir Lisa Nilsson für den Rest des Wegs nicht in Ruhe singen lassen?«

Der Fahrer hätte fast seinen Kautabak verschluckt und hustete angestrengt. »Ja ... natürlich.«

Thomas lehnte sich zurück und betrachtete die felsige Landschaft mit den kahlen Bäumen. Durch die Baumkronen hindurch schimmerte der Mälarsee, auf dem ein Frachtschiff durchs graue Wasser glitt. Eva und er hatten eigentlich einmal die schwedische Ostküste, an Gotland vorbei, bis zum Krabbefjärden hinaufsegeln wollen. Von hier aus hatten sie durch den Södertäljeleden, der in den Mälarsee mündete, bis zum Wasahafen im Herzen Stockholms weitersegeln wollen. Sie hatten an Deck sitzen, Krebse essen und Champagner trinken wollen, während die Sonne über der Altstadt versunken wäre. Er konnte es nicht erwarten, nach Hause zurückzukehren und sein Boot zu verkaufen.

Das Handy in seiner Tasche vibrierte. Er sah auf dem Display, dass es Eduardo war, der zurückrief. »Was hast du für mich?«, fragte er. Er hatte Eduardo am Morgen angerufen und ihn gebeten zu sehen, was über Arkan geschrieben worden war. Ihn möglichst mit irgendeiner Information zu versorgen, die Arkan zum Reden bringen würde. Eduardo hatte schlaftrunken entgegnet, dass er sich kümmern würde, sobald er in der Redaktion sei.

»Arkan ist 1968 aus der Türkei nach Schweden gekommen«, erklärte Eduardo. »Und zwar im Zuge des großen Gastarbeiterbooms.« Im Hintergrund war das geschäftige Treiben der anderen Redaktionsmitglieder zu hören, die Deadline rückte näher. Thomas musste sich sehr konzentrieren, um Eduardo verstehen zu können. »Arkan ist der Älteste von vier Brüdern, der Vater arbeitete als Bäcker, die Familie wohnte draußen in Rinkeby … Stockholms Antwort auf Vollsmose.«

»Hast du etwas über seine kriminelle Laufbahn herausgefunden?«

»Nicht viel. Kannst du dich da nicht bei der Polizei vor Ort erkundigen?«

»Die Polizei vor Ort hütet ihre Archive, als ginge es um die nationale Sicherheit.«

Eduardo lachte ins Telefon. »Was in Arkans Fall vielleicht nicht ganz unbegründet ist.«

»Wie meinst du das?«

»Arkans große Zeit war in den 80er- und 90er-Jahren. Damals hat er sogenannte Jagdgesellschaften für Promis organisiert, ausschweifende Partys inklusive Drogen und Prostituierten, die in diskreter Umgebung auf dem Land stattfanden.«

»Was für Promis?«

»Die ganze Palette. Hochrangige Industrielle, angeblich sogar Mitglieder des Königshauses. Arkan kam mit einer Geldbuße davon, obwohl auch eine mehrjährige Haftstrafe im Raum stand. Was ja schon einiges über seine damaligen Beziehungen aussagt. Doch irgendwann wollten die offenbar nichts mehr mit ihm zu tun haben. Der *Express* hat 2002 über ihn geschrieben, dass aus dem ehemaligen Liebling des Jetsets ein mittelloser Sozialhilfeempfänger geworden sei.«

»Wie ist er in Kontakt mit Slavros gekommen?«

»Keine Ahnung. Die einzige Verbindung, die ich zwischen den beiden finden konnte, war die Sache mit den Sonnenstudios. Hat ja irgendwie gewisse Ähnlichkeiten mit den damaligen Jagdgesellschaften, nur eben für den normalen Schweden. Meinst du, dass Masja vielleicht in einem dieser Studios gearbeitet hat?«

»Genau das will ich herausfinden. Noch weitere Infos?«

»Nein.«

»Wie geht's Møffe?«

Aus dem Handy drang ein Stöhnen. »Ich glaube, er vermisst dich. Jedenfalls hat er sich inzwischen durch einen Großteil meiner Garderobe gefressen.«

»Er hatte schon immer ein Faible für Qualität.«

»*Realmente?* Du weißt sehr gut, dass er einen kranken Magen hat.«

»Einen empfindlichen Magen.«

»Wie auch immer, du bist jedenfalls nicht der Einzige, der eine enge Verbindung zu seinem Hund hat.«

»Wie meinst du das?«

»Arkan war lange Zeit Vorsitzender des SPV.«

»Klingt wie eine Nazi-Organisation.«

»Ist aber der Schwedische Pudelverein.«

»Okay, bis bald, Eduardo.«

»Wann kommst du zurück?«

»Falls nichts Unvorhergesehenes geschieht, nehme ich morgen den Flieger.« Er verabschiedete sich und ließ das Handy wieder in seiner Tasche verschwinden.

Zwanzig Minuten später bog das Taxi auf die Zufahrt des alten Gefängnisses ab, das von einer dicken Mauer umgeben war.

* * *

Thomas saß an dem festgeschraubten Tisch des kleinen Besucherzimmers und wartete darauf, dass Arkan aus seiner Zelle geholt wurde. Die Neonröhren in dem Lichtkasten über seinem Kopf tauchten den spartanischen Raum in ein kaltes Licht. Er kannte Vernehmungszimmer, die mehr Charme besaßen als diese Besucherkammer. Hier schien der Geist der ehemaligen Besserungsanstalt aus dem vorigen Jahrhundert noch lebendig, obwohl man Hall inzwischen zu einem modernen Supergefängnis umgebaut hatte. Es klirrte im Türschloss. Im nächsten Moment schwang die Tür auf, und Arkan trat ein. Der Gefängniswärter grüßte kurz in Thomas' Richtung, ehe er hinter dem Insassen die Tür zuwarf. Thomas stand von seinem Stuhl auf und streckte seine Hand aus. Arkan ergriff sie. Sein Händedruck war kalt und teigig. Er strich sich lächelnd über seinen dünnen Oberlippenbart. Thomas bemerkte die kleinen Mascaraklumpen, die an seinen gefärbten Bartstoppeln klebten. Arkan trug eine graue Hose mit messerscharfen Bügelfalten und ein rosa Hemd. Um den Hals hatte er ein gepunktetes Seidentuch. Seine Kleidung war elegant, aber viel zu groß, als hätte er im Laufe seiner Haftzeit stark abgenommen.

»Jetzt bin ich aber neugierig, Herr Thomas Ravnsholdt«, sagte Arkan, während er sich ihm gegenübersetzte. »Woher kennen wir uns? Aus den guten alten Tagen?«

»Nein«, antwortete Thomas. »Wir sind uns noch nie begegnet.« Thomas öffnete die Bäckertüte und legte die vier Zimtschnecken darauf.

»Ich bin so frei«, sagte Arkan und griff zu. »Sind Sie einer dieser christlichen Seelsorger?« Er biss vorsichtig hinein. »Wenn Sie wollen, können wir gerne über Gott oder Jesus sprechen. Nicht, dass von ihrer Anwesenheit hier viel zu spüren wäre.« Mit der Kuppe seines Zeigefingers wischte er ein paar Krümel aus seinem Bart.

Thomas lächelte. »Ich bin weder Seelsorger noch sonderlich religiös. Ich bin gekommen, weil ich Ihre Hilfe brauche.«

»Ach, wirklich? In was für einer Angelegenheit?«

»Ich suche nach einem Mädchen.«

Arkan gluckste. »Ich habe unfassbar viele Mädchen gekannt, mehr als jeder andere. Haben Sie sich verliebt?« Er zwinkerte Thomas vertraulich zu.

»Nein, nein, nichts dergleichen.«

»Wenn Sie einen guten Rat wollen, dann halten sie sich von den Mädchen fern. Von allen Mädchen. Denen kann man nicht trauen. Eine Teufelsbrut. Nichts anderes. Hunderten habe ich geholfen. Ihnen Tür und Tor geöffnet. Hab ihnen Arbeit verschafft, ohne jemals einen Dank zu erhalten.«

»In Ihren Sonnenstudios?«

Arkan lächelte. »Doch ein alter Kunde? War doch ein hübsches Arrangement, nicht wahr? *A nice set up*, wie die Amerikaner sagen würden.«

»In der Tat, sehr raffiniert«, erwiderte Thomas entgegenkommend. »Genauso wie Ihre alten Jagdgesellschaften.«

Arkan schlug sich auf den Schenkel. »Ja, das waren Zeiten, oioioi ... Mein Gott, was waren das für Partys, die sind bis heute unerreicht.«

»Ich hab gehört, dass dort alle waren, die Rang und Namen hatten.«

»Ja, alle VIPs, wenn ich mich so ausdrücken darf.«

»Selbst der König ...« Thomas zwinkerte ihm zu.

Arkan lächelte. »Dazu kann ich keine Aussage machen. Ebenso wenig wie über die Größe seines Penis'«, fügte er grinsend hinzu.

Auch Thomas grinste, während er Masjas Foto diskret aus der Tasche zog. »Sie haben wirklich Humor, Arkan, das muss man Ihnen lassen. Doch um auf mein Anliegen zurückzukommen ...« Er legte das Foto vor Arkan auf den Tisch. »Ich muss dieses Mädchen hier finden.«

Arkan warf unwillig einen Blick darauf, blinzelte nervös und schaute wieder weg. »Hab sie nie gesehen.«

»Sind Sie sicher?« Thomas tippte auf das Foto und brachte Arkan dazu, es noch einmal zu betrachten.

»Ganz sicher«, antwortete er. Seine Stimme zitterte.

Thomas sah ihn durchdringend an. »Sie heißt Masja, und ihre Mutter vermisst sie sehr.«

Arkans Lippen wurden schmaler. »Das Mädchen hat Glück, dass jemand sie vermisst. Ich bin hier allein, von der Welt vergessen. Sie sind der erste Besucher, der jemals zu mir gekommen ist.«

»Masja wurde vor ein paar Jahren an einen Mann namens Slavros verkauft. Ich weiß, dass Sie mit Slavros zusammengearbeitet haben.«

»Sind Sie ein Bulle?«, fragte Arkan und rückte ein wenig vom Tisch ab. »Sind Sie das?«

Thomas ignorierte die Frage. »Es gibt keinen Grund mehr, dem Mann die Treue zu halten, der Sie hinter Gitter gebracht hat. Hab ich nicht recht, dass Sie die Suppe jetzt allein auslöffeln müssen, die er Ihnen eingebrockt hat?«

Arkan verschränkte schweigend die Arme vor der Brust.

»Warum ist er nicht wenigstens mal vorbeigekommen, um sich bei Ihnen zu bedanken?«

»Ist das etwa ein weiterer Versuch der Reichspolizei, mich dazu zu bringen, Slavros ans Messer zu liefern? Absolut lächerlich. Die glauben doch wohl nicht, dass ich gleich einknicke, wenn sie einen dänischen Beamten herschicken.«

»Setzen Sie sich, Arkan. Ich bin noch nicht fertig.«

»Ich aber. Ich will jetzt in meine Zelle zurück.«

»Setzen Sie sich!«

Arkan schaute ihn überrascht an. Dann sank er langsam auf seinen Stuhl zurück.

»Danke«, sagte Thomas ruhig. »Ich will bloß der Mutter des Mädchens helfen. Was Sie und Slavros sonst noch getrieben haben, interessiert mich nicht. Deshalb bin ich nicht hier. Aber ich muss das Mädchen finden.«

»Sie sind bei der Polizei, richtig?«

»Ich bin auf unbestimmte Zeit krankgeschrieben und weiß nicht, ob ich jemals in den Dienst zurückkehren werde. Ich bin praktisch arbeitslos und werde wohl bald *Sozialhilfe* beantragen müssen.« Er lächelte Arkan vertraulich zu.

»Warum bedeutet ihnen das Mädchen so viel. Haben Sie sie *gevögelt*?«

»Ich bin ihr nie begegnet.«

»Dann haben Sie ihre Mutter *gevögelt*.«

»Die kenne ich kaum. Einer meiner Freunde hat mich ihr vorgestellt.«

»Ein Exbulle, der ein Herz für die Schwachen und Ausgestoßenen hat«, spottete Arkan. »Und ich dachte, *ich* wäre sentimental.«

Thomas lehnte sich zurück. »Helfen Sie mir, Arkan. Je schneller ich das Mädchen finde, desto eher kann ich nach Dänemark zurückkehren.«

»Zu Ihrer Familie? Zu Frau und Kindern?«

»Nein, wie Sie selbst sagen, kann man Frauen nicht trauen. Ich will nach Hause zu meinem Hund, der mich vermisst.«

Arkan hob die Brauen. »Was für einen Hund haben Sie?«

»Einen Pudel«, log Thomas.
»Wie alt ist er?«
»Zwei Jahre. Er heißt Møffe.«
»Fast noch ein Welpe ...«
»Jedenfalls benimmt er sich so.«
»Ich selbst hatte viele Pudel, aber Pelle, mein letzter, war etwas ganz Besonderes.«

Thomas lächelte. »Wo ist Pelle jetzt?«
»Sie haben ihn getötet. Ihn einschläfern lassen, als ich hier eingeliefert wurde.« Er schaute betrübt in die Luft. »Und dann behaupten sie, dass es in Schweden keine Todesstrafe gibt.«

»Armer Pelle«, sagte Thomas, nahm das Foto vom Tisch und steckte es wieder in die Tasche. »Wenn Sie Masja wirklich nicht kennen, dann kann man nichts machen. Entschuldigen Sie, dass ich Ihre Zeit beansprucht habe. Es war nett, Sie kennenzulernen, Arkan.«

Arkan wurde aus seinen Gedanken gerissen. »Es gibt keinen Grund, Møffe länger warten zu lassen als nötig.«
»Wie meinen Sie das?«
»Das Mädchen. Ich kann mich gut an sie erinnern. Ich meine, dass sie einen anderen Namen hatte, aber ich bin sicher, dass ich sie schon mal gesehen habe.«
»Okay. Wo und wann?«
»Das spielt keine Rolle, sie ist tot.«
»Tot? Sind Sie sicher?«

Arkan nickte. »Hören Sie, ich kann aus mehreren Gründen nicht auf die Umstände zu sprechen kommen, und wenn das hier irgendwie bekannt wird, werde ich leugnen, Sie jemals gesehen zu haben, verstanden?«
»Natürlich. Ich brauche nur ein paar Fakten, ehe ich wieder nach Hause fahre.«
»Das Mädchen hat in einem meiner Sonnenstudios ge-

arbeitet. Ich selbst bin ihr nie begegnet.« Er wandte den Blick ab. »Sie hat viel Geld aus der Kasse gestohlen, und Slavros hatte die … die Verantwortung für sie, darum war er es auch, der sie bestraft hat. Es sollte den anderen Mädchen eine Warnung sein.«

»Er hat sie also getötet?«

Arkan zögerte. »Nein, nicht sie. Er hat was getan, das schlimmer ist.«

»Schlimmer als der Tod?«

»Slavros hat sie mit nach Arizona genommen.«

»Er hat sie in die USA mitgenommen?«

»Nein, nein, ich spreche vom Arizona-Markt. Der liegt nördlich von Rinkeby und Hjulsta. Das ist ein Ort, den selbst die Bullen meiden wie die Pest. Er ist nach seinem jugoslawischen Vorbild benannt.«

»Das müssen Sie mir näher erklären.«

»Als auf dem Balkan noch der Bürgerkrieg tobte, gab es ein Areal an der Grenze. Es war so etwas wie eine neutrale Zone, nicht größer als zwei, drei Fußballfelder, wo ein lebhafter Schwarzhandel zwischen den beiden Parteien entstand, die sich sonst bekriegten. Dort konnte man alles kaufen: Kaviar, Schnaps, Waffen, Drogen, Frauen, Ersatzteile, Konserven. Alles konnte man bekommen, wenn man nur genug Dollar hatte. Als der Krieg beendet war, haben die Nato-Streitkräfte diesen Ort dem Erdboden gleichgemacht. Aber das Netzwerk, die Verbindung der einzelnen Leute untereinander, bestand weiter. Serben, Kroaten, Russen, Türken …« Arkan zeigte auf sich. »Wir machen immer noch Geschäfte miteinander, während andere Nationen dazugekommen sind. In allen europäischen Großstädten gibt es heute einen Arizona-Markt. In London, Paris, Berlin und Stockholm. Diebesgut wird von dort aus dem Land geschafft, Menschen werden eingeschleust und auf

Auktionen verkauft. Gigantische Lieferungen von Waffen und Drogen wechseln dort ihren Besitzer. Es heißt auch, dass die spektakulärsten Raubüberfälle in ganz Skandinavien dort geplant werden.«

»Und was macht Masja dort?«

»Der Arizona-Markt ist die Hölle, doch selbst in der Hölle wollen die Leute sich ein bisschen vergnügen. Slavros hat dort ein Bordell. Es ist ein grauenhafter Ort, ein Treffpunkt für Psychopathen aller Art.«

»Und Masja arbeitet dort?«

»*Hat dort gearbeitet*. Das alles ist vor langer Zeit passiert, und niemand hält in Arizona länger durch als ein paar Monate. Sie ist weg, glauben Sie mir. Es gibt sie nicht mehr.«

46

Arizona-Markt

Die Entzugserscheinungen machten es Masja fast unmöglich, den Stift ruhig zu halten. Mit aller Kraft krallten sich ihre Finger darum. Die Worte, die sie schrieb, wurden förmlich in das weiße Papier gemeißelt. In ihrem schmuddeligen Nachthemd krümmte sie sich auf der schmalen Liege unter der Wandlampe zusammen. Die schwache Glühbirne war die einzige Lichtquelle in dem klaustrophobischen Raum, der außer der Liege nur noch Platz für ein kleines Handwaschbecken hatte. Das Waschbecken stank nach Urin, weil sie ebenso wie ihre Kunden ihre Blase darin entleerte. Durch die papierdünnen Wände hörte man Krach und Schreie aus den Nebenzimmern, woran sich Masja inzwischen gewöhnt hatte. Sie hielt sich ein Ohr zu, um sich besser konzentrieren zu können, und hoffte, dass es bald vorbei sein würde.

2011, glaube ich. Ich weiß nicht mehr, welche Jahreszeit wir haben. Habe jedes Zeitgefühl verloren. Die Zeit spielt hier keine Rolle. Unser Leben wird von den Leiden bestimmt, die unseren Schlaf unterbrechen. Der Schlaf dauert nie lange. Seit Slavros mich hierhergebracht hat, habe ich nicht mehr geschrieben. Das frühere Leben scheint mir wie ein sonderbarer Traum zu sein, wie etwas, das jemand erzählt hat. Hier, wo alles dunkel und grau ist, kann man sich kaum an Farben erinnern. Kaum an Musik, weil man nichts als Schreie hört. Kaum an Worte, weil hier nur gestöhnt wird. Gestöhnt wird in allen Sprachen. Auch ich bin langsam verstummt. Am Anfang habe ich mit den anderen Mädchen durch die dünnen Wände gesprochen, aber dann habe ich damit aufgehört. Das hat doch keinen Sinn. Worüber sollen wir schon reden? Wovon sollen wir träumen? Womit sollen wir uns trösten? Es gibt keine Hoffnung. Die Narben an meinem Handgelenk erzählen meine Geschichte. Ich wollte allem entfliehen, aber mit ihren Verbänden haben sie meine Flucht gestoppt. Wenn ich keine Kunden habe, schauen sie in regelmäßigen Abständen zu mir herein. Vergewissern sich, dass ihre Investition sich auch weiterhin bezahlt macht … Du würdest mich nicht wiedererkennen, Mama. Ich kenne mich fast selbst nicht wieder. Das Heroin, das sie mir geben, hat meine Wangen ausgehöhlt und meine Zähne gelockert. Mein Körper hat jede Form verloren. Ich bin nur noch eine schlaffe Hülle. Aber das Heroin betäubt die Schmerzen, die mir von den vielen Kunden zugefügt werden. Hier im Bordell gibt es nur endlos lange Tage, und wir schuften wie die Sklaven, die wir sind. Die Bullen scheinen alle Stiere von den Straßen Stockholms vertrieben und direkt hierhergeschickt zu haben.

Sie hörte ein Rasseln an der Tür, ein Schlüssel wurde ins Schloss gesteckt. Masja schlug rasch ihr Heft zu und schob es unter die Matratze. Sie konnte sich gerade noch fragen, wie viele Stiere sie nun wohl bedienen sollte, bevor die Tür aufging. Ein schmächtiger junger Mann in einer schlackernder Hose und einem Kapuzenpullover kam herein. Es war Kemal, einer der jungen Typen, die hier diverse Dienste verrichteten. Er warf ihr ein eingeschweißtes Sandwich zu. »Iss«, sagte er.

Sie hob das Sandwich auf. Sie bekamen immer dasselbe zu essen: Kekse, Pastillen, Twix, Sandwiches. Sie vermutete, dass die Jungs die Lebensmittel in dem kleinen Laden an der

U-Bahn stahlen und das Geld behielten, das Slavros ihnen zum Einkaufen gab.

Kemal wühlte in seiner Tasche und zog eine Kugel aus Aluminiumpapier heraus. »Hier, Junkie!«

Sie versuchte, die Kugel in der Luft aufzufangen, doch sie fiel auf den Boden. Masja sprang rasch von ihrer Liege und stürzte sich darauf.

Kemal grinste. »Hungrig, was?«

»Könnte gut noch ein Sandwich vertragen, Kemal.«

Er schüttelte träge den Kopf. »Du weißt, wie das ist.«

Sie streckte ihre knochige Hand aus, um ihm zu zeigen, wie sehr sie zitterte. »Was du mir letztes Mal gegeben hast, war verdünnter Scheißdreck. Du musst mir schon was Richtiges geben, damit die Kunden nicht klagen.«

Er drehte den Kopf und blickte rasch den Flur hinunter. Dann wandte er sich wieder an Masja. »Und was hab *ich* davon?«

Zehn Minuten später schloss er die Tür hinter sich. Masja stand auf und zog ihr Nachthemd an. Die beiden kleinen Alukugeln legte sie neben das Sandwich auf den Boden. Sie lauschte kurz, ob Kemal noch auf dem Flur war. Als sie nichts hörte, rückte sie die Liege von der Wand ab. Sie bückte sich und löste mit beiden Händen eine der Holzlatten. Dahinter befand sich ein Hohlraum von der Größe einer Streichholzschachtel. Sie nahm die zehn kleinen Aluklumpen, die sie dort versteckt hatte. Dann holte sie ihr Spritzbesteck, zündete eine Kerze an und kochte das Heroin auf einem Stück Silberpapier. Es hatte viel Willenskraft erfordert, eine so große Menge zu sammeln. Ihr Körper hatte nach dem Stoff geschrien. Sie wäre fast wahnsinnig geworden, hatte die abscheulichsten Dinge erdulden müssen, während die Entzugserscheinungen Stunde um Stunde heftiger wurden. Doch diese zwölf Klumpen, die sie jetzt besaß, würden ihr Notausgang sein. Sie zog das gekochte Heroin in die Kanüle, band sich den Gummischlauch um den Arm und fand eine brauchbare Vene. Sie führte die Nadel ein und drückte den Stempel ganz nach unten. Der Rausch kam sofort. Ließ den Raum explodieren und sie in einem sanften Bogen auf die Liege zurückfallen, wo sie stöhnend zusammensank. Sie spürte die Wärme, die durch ihren Körper flutete. Das flackernde Licht, das vor ihren Augen tanzte. Spürte, wie sie weit weggetragen wurde, hin zu dem Licht, das immer heller wurde. Das Licht kam von der frostig weißen Sonne, die niedrig zwischen den kahlen Bäumen stand. Der Bäume, die am Wegesrand gepflanzt waren und an denen sie gemächlich vorüberging. Sie saß lässig auf dem Beifahrersitz eines großen Autos, die Füße nahe der Windschutzscheibe, den Kopf an die Schulter des Fahrers gelehnt. Am Rückspiegel baumelte ein Wunderbaum. Sein Pendeln machte sie schwindelig. Sie wollte den Kopf heben, um den Fahrer anzusehen, doch er schien viel zu schwer. Sie war nicht in der Lage, sich auch nur ein klein wenig aufzurichten, sosehr sie sich auch bemühte. Schließlich gab sie es auf und betrachtete bloß die Landschaft mit den kahlen Bäumen und der niedrig stehenden Sonne, die langsam hinter dem Horizont versank und einer allumfassenden Finsternis wich.

Masja schlug die Augen auf. Slavros stand mit wildem Blick über ihr und hielt eine Adrenalinspritze in der Hand. Die Flucht war vorbei. Hatte ebenso abrupt geendet, als wäre das Auto frontal gegen einen Baum geprallt und zerschmettert.

Sie schnappte nach Luft. Ihr ganzer Körper schmerzte, als hätte ihr jemand die Haut abgezogen. »Willkommen zurück«, knurrte er. »Hat ziemlich lange gedauert, dich aufzuwecken.«

Sie verkroch sich in den hintersten Winkel. Hinter ihm standen Kemal und zwei weitere Männer. Aus Kemals Nase lief Blut, und Masja tippte, dass dies Slavros' Werk war. Er musste richtig zu tun gehabt haben: Er hatte eine Nase gebrochen, die Adrenalinampullen geholt und sie schließlich wiederbelebt. Slavros wischte sich den Schweiß von der Stirn. »Hast du wirklich gedacht, dass du so leicht davonkommst?« Er warf die Spritze weg. »Du kommst hier erst raus, wenn ich es sage, und keine Sekunde früher.«

Er musterte sie und verzog angewidert sein Gesicht. »Wie siehst du überhaupt aus? Du kannst dich nicht mal mehr sauber halten.«

Sie blickte auf die besudelte Matratze und ihr schmutziges Nachthemd hinunter.

»Früher warst du mal sehr hübsch. Du hattest was. Sahst aus wie ein Engel. Aber inzwischen bist du keine gute Investition mehr. Es kostet mich mehr, dich hier herumliegen zu haben, als du mir Geld einbringst, ist dir das klar?«

»Dann lass mich doch sterben, verdammt.«

»Alles zu seiner Zeit.« Er strich sich über den Bart. »Eigentlich ziemlich beeindruckend, dass du so lange durchgehalten hast. Langsam wirst du zu einem interessanten Experiment.«

Er bückte sich und nahm die kleine Toilettentasche, in der sie ihr Spritzbesteck aufbewahrte. Dann sammelte er die Kanüle, das Feuerzeug und die anderen Utensilien ein. »Sieht so aus, als müsste ich dir kein weiteres Dope mehr spendieren. Da du so gut ohne zurechtgekommen bist ...«

»Slavros, bitte ...« Sie streckte die Hand nach ihm aus und bekam seinen Ärmel zu fassen.

Er riss seinen Arm zu sich und bedeutete ihr zu schweigen. »Für solche Bitten ist es zu spät. Du brauchst weder mich noch Gott oder irgendjemand sonst anzuflehen, hast du verstanden? Niemand kann dich hören. Du existierst nicht mehr.«

47

Stockholm, 2013

Thomas ging an der Rezeption vorbei zur Treppe, die in den ersten Stock hochführte, wo sich die Ermittlungsabteilung der Reichspolizei befand. Auf dem Weg von der U-Bahn-Station hierher war er von einem Regenschauer überrascht worden, der ihn völlig durchnässt hatte. Auf der Treppe musste er sich durch die Beamten hindurchschlängeln, die ihm entgegenkamen, um den Heimweg anzutreten. Einige von ihnen warfen ihm misstrauische Blicke zu, als könnten sie nicht ganz verstehen, was dieser nasse langhaarige Kerl, den sie eher in einer Zelle erwartet hätten, im Herzen des nationalen Sicherheitsapparats verloren hatte.

Außer Atem betrat Thomas die Abteilung, in der nur noch eine Handvoll Beamte, darunter Karl Luger, ihren Dienst taten. Karl stand im Mantel an seinem Schreibtisch und verstaute gerade ein paar Unterlagen in seiner braunen Aktentasche.

»Gut, dass ich dich noch erwische«, sagte Thomas und ging zu ihm. Karl drehte sich um und schaute ihn überrascht an. »Ravn, wie bist du hier raufgekommen?«

Thomas räusperte sich. »Ich hab unten meinen Dienstausweis gezeigt und gesagt, ich wäre mit dir verabredet.«

»Verabredet?«

»Ja, ich wollte dich darüber informieren, was bei meinem Besuch bei Arkan herausgekommen ist.«

»Das wäre doch auch telefonisch gegangen«, entgegnete Karl ohne Begeisterung und schloss seine Aktentasche.

»Habt ihr immer noch die Aufzeichnungen der Überwachungskameras, die den Tod der Prostituierten im Bahnhof zeigen?«

»Nein, das kann ich mir nicht vorstellen. Warum?«

»Weil ich mir ziemlich sicher bin, dass es sich bei dem anderen Mädchen, das damals dabei war, um Masja handelt.

»Hat Arkan das gesagt?«, fragte Kriminalkommissar Lindgren von seinem Platz aus.

»Zumindest hat er es angedeutet.« Thomas sah flüchtig zu ihm hinüber, ehe er sich wieder an Karl wandte. »Wer könnte die Aufzeichnungen noch haben?«

Karl nahm seine schwarzen Lederhandschuhe aus der Manteltasche. »Wir haben uns die Bänder damals in der Wachstube auf dem Hauptbahnhof angesehen. Ich bin sicher, dass sie längst überspielt worden sind.«

»Ihr habt sie nicht beschlagnahmt?«

»Nein«, antwortete Lindgren, ohne von seinem Computer aufzublicken. »Es wurde ja nie Anklage erhoben.«

»Und selbst wenn Masja darauf zu sehen sein würde, wäre das noch lange kein Beweis«, ergänzte Karl.

»Es würde aber beweisen, dass sie damals noch am Leben war. Dass sie sich in Stockholm aufgehalten und möglicherweise Informationen über Slavros hat.«

»Was alles schon mehr als zwei Jahre zurückliegt«, entgegnete Karl.

»Trotzdem.« Thomas sah ihm in die Augen. Er konnte sich Karls Unwillen nicht richtig erklären. »Arkan hat übrigens erzählt, wohin sie möglicherweise verschwunden ist.«

»Und wohin?«, fragte Karl.

»Auf den sogenannten Arizona-Markt. Das ist ein Ort, der ...«

»Danke, ich weiß, was sich dahinter verbirgt. Und selbst wenn Arkan die Wahrheit sagen sollte, ist das schon Jahre her.«

»Ich bin sicher, dass er die Wahrheit sagt. Er hat mir Details genannt und meint, dass Masja in akuter Lebensgefahr war. Die meisten Mädchen überleben in Arizona anscheinend nicht lange.«

»Ich wusste gar nicht, dass es in Arizona auch Prostitution gibt«, sagte Karl mit einem Blick zu Lindgren hin.

Lindgren schaute von seinem Monitor auf und schüttelte den Kopf.

»Ist mir auch nicht bekannt, obwohl es mich nicht wundern würde. Arizona … ein grauenhafter Ort.«

»Worauf warten wir dann noch?«, fragte Thomas und schlug mit den Armen aus. »Warum fahren wir nicht dorthin und verschaffen uns einen eigenen Eindruck?« Er zeigte zur Tür, als wollte er sofort aufbrechen, was Karl ein schwaches Lächeln abnötigte.

»Wenn wir uns in großen Abständen dort blicken lassen, dann nur, weil es unumgänglich ist oder großer politischer Druck auf uns ausgeübt wird.«

»Ich halte diese Sache für sehr wichtig.«

Karl überhörte diese Bemerkung. »Wir machen das nur mit einer bewaffneten Kampfeinheit im Rücken, also ungefähr hundertfünfzig Polizisten in voller Montur. Mit Tränengas, Schlagstöcken und Hunden. Danach müssen wir dann nach Rinkeby, Hjulsta und in die anderen Vorstädte, um die in Brand gesteckten Müllcontainer zu löschen und die lokalen Banden unter Kontrolle zu kriegen, die sich auf die Füße getreten fühlen. Letztes Mal hat es über eine Woche gedauert, bis sich die Gemüter einigermaßen beruhigt hatten. Das entspricht etwa sechstausend Einsatzstunden.«

»Ich hatte eher an einen inoffiziellen Besuch gedacht. Wir

beide ohne Schlips und Aktentasche.« Thomas deutete auf Karls Garderobe.

Lindgren stieß ein kurzes Lachen aus, und Thomas sah aus dem Augenwinkel, dass er den Kopf schüttelte.

»Meine Einsätze an der Front liegen schon ziemlich lange zurück, Ravn«, erklärte Karl.

»Ich möchte ja nur, dass du nicht völlig aus der Übung kommst«, versuchte es Thomas mit einem Scherz.

»Ganz ehrlich, Thomas. Am Computer fangen wir inzwischen viel mehr Gangster als damals, als wir noch Streife gegangen sind, stimmt's Lindgren?«

»Stimmt. Ist wie ein Computerspiel, und unsere Punktzahl ist wirklich nicht übel.«

»Die Gangster sind mir egal, ich will nur das Mädchen finden.« Thomas zog seinen Reiseführer aus der Tasche und schlug die Übersichtskarte von Stockholm auf. »Kannst du mir wenigstens zeigen, wo dieser Arizona-Markt ist?«

Karl betrachtete den Reiseführer mit Skepsis und runzelte die Stirn. »Du willst wirklich allein dorthin fahren?«

»Ja, verdammt.«

»Viel Vergnügen«, sagte Lindgren.

Karl warf einen gnädigen Blick auf die Karte, die Thomas ihm hinhielt. »Das ... das Gebiet ist da nicht drauf«, sagte er genervt. »Das liegt weiter draußen, jenseits von Rinkeby und Hjulsta, hinter den Schrottplätzen. Mit der U-Bahn kommst du fast bis dorthin. Aber ich möchte dir mit Entschiedenheit von einem Besuch abraten.«

Thomas klappte den Reiseführer zu und steckte ihn in die Tasche zurück. »Schrottplätze? Sind das die, wo die ermordeten Mädchen gefunden wurden?«

»Ja, warum?«

»Besteht ein Zusammenhang zwischen Arizona und diesen Fällen?«

»Kein direkter … ich muss jetzt los, Ravn, bin schon spät dran. Ich bin heute an der Reihe, unsere Tochter Louisa zum Ballett zu fahren.«

»Aber ein Zusammenhang wäre möglich?«

»Nein, nichts deutet daraufhin. Und in diesen Fällen wurde mehr ermittelt als im Fall Olof Palme.«

»Dessen Mörder ihr ja auch noch nicht gefunden habt«, entgegnete Thomas mit einem Lächeln.

»Okay, schlechtes Beispiel, aber es gibt, wie gesagt, keinen Grund zu der Annahme, dass der Mörder in Arizona herumläuft.«

»Was ist mit den Opfern? Gibt es da ein Profil?«

Karl warf einen flüchtigen Blick auf seine Armbanduhr. »Sind alles kaukasische Mädchen zwischen achtzehn und zweiundzwanzig, doch weder ihre DNA noch ihre Fingerabdrücke haben uns weitergebracht. Auch nach einer intensiven Zusammenarbeit mit Europol konnten wir sie nicht identifizieren.«

Lindgren stand auf. »Ich pack's dann, wir sehen uns morgen.« Er schob den Stuhl an den Schreibtisch. Karl nickte ihm ungeduldig zu.

»Irgendeine Idee, warum der Mörder die Leichen weiß anmalt?«, fragte Ravn.

»Er malt sie nicht an, er kalkt sie wie eine Wand«, erwiderte Lindgren, während er seinen langen Mantel anzog. »Wir wissen nicht warum, aber von herkömmlichen Leichen kann auch nicht die Rede sein.«

»Warum nicht?«

Lindgren blickte verstohlen zu Karl hinüber, als hätte er schon zu viel verraten.

»Der Täter zieht seinen Opfern die Haut ab, gerbt sie und stopft sie aus«, antwortete Karl. »Offenbar sucht er sie im Prostitutionsmilieu, wo sie niemand vermisst.«

»Von solchen Mädchen wimmelt es laut Arkan doch auf dem Arizona-Markt«, sagte Ravn.

»Wie gesagt, Prostituierte haben wir bei unseren Razzien dort nie gefunden. Vielleicht hat Arkan dir in dieser Hinsicht was vorgemacht.«

»Glaub ich nicht. Er wirkte in diesem Punkt sehr bestimmt. Könnte Masja unter den Opfern sein?«

»Nein ... äh, ja, theoretisch schon, da die Morde verübt wurden, als sie sich in Schweden aufhielt und als Prostituierte gearbeitet hat.«

»Gibt es Fotos von den Opfern?«

»Die sind unter Verschluss«, antwortete Lindgren.

»Unter Verschluss? Wollt ihr mich verarschen? Die waren doch sogar schon in der Zeitung. Komm schon, Karl«, sagte Thomas lächelnd, »kannst du nicht die Akten raussuchen?«

»Zum zehnten Mal, Ravn, ich komme zu spät zu meiner Tochter!«

»Du *hast* zumindest eine Tochter, zu der du zu spät kommen kannst!« Seine Stimme dröhnte so laut durch den Raum, dass Karl und Lindgren sich erschrocken ansahen. Thomas zuckte entschuldigend mit den Schultern. »Tut mir leid, wenn ich etwas laut geworden bin. Ich möchte das Mädchen nur zu gern finden und zu ihrer Mutter zurückbringen ... und euch Slavros auf dem Silbertablett servieren. Das wäre doch auch eine wunderbare skandinavische Zusammenarbeit.« Das Letzte fügte er mit einem Lächeln hinzu, während er beide ansah.

Weder Karl noch Lindgren lächelten zurück. »Nach deinem letzten Besuch«, entgegnete Karl, »habe ich bei der Kopenhagener Polizei angerufen und mit einem Polizeidirektor namens Brask gesprochen, deinem Vorgesetzten. Er sagte, du seist beurlaubt.«

Thomas kratzte sich am Kopf. »Hat er auch erwähnt, warum?«

»Er hat persönliche Gründe genannt, Stress ... Vielleicht wäre es an der Zeit, nach Hause zu fahren, statt nach irgendeinem wildfremden Mädchen zu fahnden. Ich bin sicher, dass dich deine Familie ebenso sehr vermisst wie mich meine.«

Thomas biss sich in die Wangen. »Zeig mir die Bilder, dann lass ich dich in Ruhe.«

Karl schüttelte den Kopf und legte seine Aktentasche auf den Tisch. Dann führte er Thomas zu dem Regal hinter Lindgrens Schreibtisch und zog ein paar Aktenordner heraus. Er blätterte sie rasch durch, bis er die Fotos des rechtsmedizinischen Instituts gefunden hatte. Eines nach dem anderen legte er sie wie eine makabre Patience auf den Schreibtisch. »Die beiden ersten Opfer brauchst du nicht zu beachten. Die wurden beide 2009 getötet.«

Thomas betrachtete die weiß gekalkten Leichen, deren gequälte Gesichter sich erstaunlich glichen. Die gekalkte Haut trug dazu bei, die letzten lebendigen Züge auszulöschen.

»Sie sehen aus wie Statuen«, sagte Thomas.

»In der Presse wurden sie als weiße Engel bezeichnet«, sagte Lindgren.

»Eine der vielen Theorien geht davon aus, dass der Täter von einem extremen Frauenhass angetrieben wird«, erklärte Karl. »Deshalb schändet er die Leichen auf diese Weise und stellt sie auf dem Schrottplatz zur Schau.«

»Wie tötet er sie?«

»Wir gehen davon aus, dass er sie intravenös mit einer Spritze in die Leiste vergiftet.« Lindgren zeigte auf die Einstiche, die auf den Fotos mit Detailvergrößerungen zu erkennen waren. »Die Pathologen haben Spuren von Wasserstoffperoxyd, Formalin, Glycerin, Zink und Salzsäure gefunden. Ein giftiger Todescocktail.«

»Das hört sich ziemlich kompliziert an. Worauf könnte das hindeuten?«

»Einige dieser Substanzen werden auch bei der Balsamierung von Leichen benutzt«, antwortete Karl.

Thomas nahm eins der Fotos und betrachtete es aus der Nähe. »Hast du nicht gesagt, dass er sie ausstopft und nur die gegerbte Haut der Opfer benutzt?«

»Ja.«

»Aber wozu dann noch die Konservierungsmittel?«

»Wir wissen auch nicht, warum er seine Opfer auf diese Weise tötet. Es spricht allerdings dafür, dass er ziemlich gestört ist.«

»Irgendwelche Verdächtigen?«

Karl schüttelte den Kopf. »Leider nein. Ich glaube, wir haben inzwischen sämtliche Präparatoren im ganzen Königreich überprüft.«

»Sogar ein paar Pathologen«, ergänzte Lindgren, »ohne dass wir dem Täter dadurch auf die Spur gekommen wären.«

»Was ist mit Slavros? Wäre es möglich, dass er selbst so gestört ist?«

»Wie gesagt, wir haben nicht die geringste Verbindung zwischen dem Arizona-Markt und den Leichenfunden oder Slavros finden können.« Karl betrachtete die Fotos. »Ist Masja unter den Opfern?«

Thomas schüttelte den Kopf. »Nein, danach sieht es Gott sei Dank nicht aus.«

»Ich muss jetzt wirklich los«, sagte Karl und sammelte die Fotos wieder ein.

»Danke für die Hilfe«, entgegnete Thomas. »Wir sehen uns.«

Karl nickte. »Komm gut zurück nach Kopenhagen, Ravn.« Es hörte sich fast wie ein Befehl an.

48

Arizona-Markt

Masja schlug die Augen auf. In dem Raum war es stockdunkel. Sie wusste nicht, wie lange sie geschlafen hatte. Minuten, eine Viertelstunde, Stunden? Die Zeit existierte hier nicht. Sie merkte, dass sich jemand über sie beugte. Dass jemand ihr Zimmer betreten hatte. Sie drückte sich an die Wand, spannte ihren Körper an. Normalerweise hörte sie die Stiere lange im Voraus, nahm sie schon wahr, wenn sie die Treppe hinabgestiegen kamen. Wenn sie dann ihr Zimmer betraten, war Masja stets vorbereitet. Schloss alle Gefühle aus, während sie sich an ihr vergingen. Sie tastete nach dem Lichtschalter, um die Wandleuchte anzuknipsen, doch als sie darauf drückte, blieb es dunkel.

»Die Lampe funktioniert nicht. Ich hab's eben schon versucht«, kam die Stimme des Mannes aus dem Dunkeln. Er setzte sich zu ihr auf die Liege, und sie rückte unwillkürlich von ihm ab. »Was mir nur recht ist«, fuhr er fort. »Ich habe nichts gegen die Dunkelheit, im Gegenteil.«

»Okay, dann lassen wir das Licht eben aus«, entgegnete sie. Die Entzugserscheinungen ließen ihren Körper unkontrolliert zucken. Als würde sie gleichzeitig frieren und schwitzen. Sie konnte es nicht erwarten, die Sache hinter sich zu bringen. »Willst du dich nicht ausziehen?«

»Ich glaube, ich möchte nur ein wenig hier sitzen, wenn das für dich okay ist«, antwortete er.

»Tu, was du willst«, entgegnete sie zähneklappernd.

»Bist du okay?«

»Yep.«

»Ich kann dir ein bisschen Wasser holen.«

»Danke, aber ich glaube, Wasser hilft mir nicht.«

»Ich habe ein paar Valium, und du darfst dich gern an meinem Flachmann bedienen.«

»Flachmann?« Das war ein lustiges Wort, das sie noch nie gehört hatte. Sie versuchte, ihn trotz der Dunkelheit zu erkennen, doch sie nahm ihn nur als schattenhafte Gestalt wahr. »Eine kleine Stärkung könnte ich schon vertragen.«

Er holte die Tabletten aus der Tasche. Als er sie ihr in die Hand legte, fiel ihr der Zitronenduft seines Rasierwassers auf. Normalerweise stanken die Stiere nach Tabak und Schnaps, manchmal nach Erbrochenem, manchmal noch schlimmer. Er gab ihr die kleine Feldflasche, die in einem Lederfutteral steckte, und sie spülte die Tabletten mit dem Brandy hinunter. »Das hat gutgetan.«

»Na, siehst du«, entgegnete er.

Sie hustete gewaltig. Er klopfte ihr sanft auf den Rücken. »Du hörst dich nicht gut an.«

»Kann mich gar nicht mehr erinnern, mich mal gesund gefühlt zu haben.«

Er atmete tief durch die Nase ein und stieß die Luft wieder aus. »Das hat bestimmt mit der Luftfeuchtigkeit hier zu tun. Die Pilzsporen setzen sich direkt in deiner Lunge fest.«

»Die schlechte Luft ist das geringste Problem« entgegnete sie schniefend.

»Schützt du dich? Entschuldige meine indiskrete Frage.«

»Ist schon okay ... ja, so gut es eben geht.«

Er streckte seinen Arm aus. Zuerst glaubte sie, er wolle ihre Hand halten, doch dann spürte sie seinen Daumen an ihrem Handgelenk.

»Was tust du da?«

»Ich versuche, deinen Puls zu fühlen, aber er ist sehr schwach. Wenn du mir den Rücken zudrehst, kann ich deine Lunge abhorchen.«

»Bist du Arzt?«

»Nein.« Er griff nach ihrer Schulter und drehte sie sanft auf die Seite.

»Versuch, ein paar Mal tief durchzuatmen.« Er legte sein Ohr an ihren Rücken. Sie hustete heftig, als sie es versuchte.

»Sollte mich nicht wundern, wenn du eine Lungenentzündung, vielleicht sogar Tuberkulose hast. Hustest du Blut?«

»Ständig«, antwortete sie.

Er strich über ihre Arme, tastete ihre magere Brust ab und die dürren Beine. Nicht so, wie die Stiere das taten, sondern eher wie ein Mediziner. »Wie hoch ist dein Fettanteil?«

»Mein was?«

»Ich vermute, dass dein Fettanteil unter zehn Prozent liegt. Was bekommst du zu essen?«

»Das weiß ich nicht«, antwortete sie und zuckte die Schultern. »Ab und zu ein Sandwich, ein paar Süßigkeiten. Ich esse kaum was. Sag mal, warst du früher schon mal hier?«

»Es ist wichtig, dass du genug Flüssigkeit bekommst. Du musst viel Wasser trinken, damit du nicht austrocknest.«

»Das klingt ja, als wäre ich eine Pflanze«, kicherte sie. Die beiden Valium-Tabletten und der Brandy verliehen ihr ein Gefühl der Leichtigkeit. Sie beugte sich ein wenig vor, um ihn besser sehen zu können, doch die Dunkelheit verbarg seine Gesichtszüge. »Ich hab dich gefragt, ob du schon mal hier warst.« Sie tippte ihm leicht auf die Brust.

»Nein, wann hat dein Entzug begonnen?«

»Entzug.« Sie schnaubte verärgert. »Das ist mehr eine Zwangstherapie.«

»Okay, aber wie lange geht das schon so?«

»Ich glaube, ich habe seit Tagen nichts mehr genommen. Woher kennen wir uns? Ich bin sicher, dass wir uns schon mal begegnet sind. Vielleicht im Key Club?«

»Da bin ich nie gewesen. Erst seit ein paar Tagen, sagst du?« Er klang ein wenig enttäuscht. »Dann wird es wohl noch ein bisschen dauern.«

»Wie meinst du das?«

»Bis die Entzugserscheinungen aufhören. Bis dein Körper nicht mehr unkontrolliert zittert und du keine spastischen Krämpfe mehr hast.«

»Bestimmt, aber warum interessiert dich das?«

»Weil es den Prozess behindert«, antwortete er und stand auf.

»Was für einen Prozess? Sag mir, wo wir uns begegnet sind. Ich kenne deine Stimme.«

»Wirklich beeindruckend nach so langer Zeit. Das betrachte ich fast als Kompliment.«

Sie versuchte erneut, das Licht einzuschalten, doch die Wandleuchte wollte nicht funktionieren. »Erzähl mir, wo wir uns begegnet sind.«

»Letztes Jahr an Weihnachten. Auf der Malmskillnadsgata. Es war eiskalt.«

»Da ist es immer eiskalt.«

»Ich hatte schon lange nach einem Mädchen gesucht, das so ist wie du. Und dann hab ich dich plötzlich gesehen. Du hast zwischen den anderen geleuchtet. Ich konnte die Augen nicht von dir abwenden. Ich glaube, ich habe dich stundenlang betrachtet. So unvorsichtig bin ich noch nie gewesen. So wagemutig. Schließlich bist du zu mir gekommen. Hast all deinen Mut zusammengenommen. Vielleicht war dir auch so kalt, dass du es einfach versuchen musstest. Du kamst also zu meinem Auto. Hast den Kopf durchs Fenster gesteckt. Und wir haben uns unterhalten, wenn auch nur kurz.«

»Was für ein Auto hast du?«, fragte sie mit bebender Stimme.

»Ich konnte sehen, dass du noch nicht bereit warst. Dass du noch zu viel auf den Rippen und zu viel Widerstandskraft hattest. Weißt du noch, dass ich gesagt habe, ich würde zurückkommen, und dass wir dann sehen würden, ob du Potenzial hast oder nur ein gefallener Engel bist?«

»Was für ein Auto ... sag es mir!«

»Einen Mercedes SEL.«

»Schwarz?«

»Genau. Baujahr 1972, ein echter Klassiker. Erinnerst du dich jetzt?«

Sie zog sich in den hintersten Winkel der Liege zurück. Ballte die Fäuste. »Du rührst mich nicht an! Wenn mir was passiert, bringt Slavros dich um!«

»Bist du dir da so sicher?«

»Er lässt es nicht zu, dass ... seinen Investitionen was passiert. Dann bist du ein toter Mann.«

»Ist dir denn nicht klar, dass mich Slavros gerufen hat?«

Sie konnte nichts sagen. Konnte nicht mehr atmen.

»Wir sehen uns bald wieder ... wenn deine Entzugserscheinungen abgeklungen sind. Denk dran, viel Wasser zu trinken. Damit deine Haut elastisch bleibt. Das ist sehr wichtig. Wichtig für den Prozess.«

Er drehte sich um, ging zur Tür und schloss sie auf. Keiner der Stiere besaß einen Schlüssel, nur Slavros und seine Männer. Was bedeuten musste, dass er die Wahrheit gesagt hatte. Dass Slavros ihm Zugang verschafft hatte. Dass Slavros sie loswerden wollte. Der Mann trat auf den Gang hinaus. In dem spärlichen Licht erkannte sie seine blonden Locken und den eleganten grauen Anzug, den er trug. Dann schloss er die Tür hinter sich.

49

Stockholm, 2013

Es war 23.30 Uhr, und Thomas saß im hintersten Wagen der U-Bahn nach Hjulsta. Außer drei somalischen Jugendlichen mit Hip-Hop-Klamotten und bunten Caps war er allein. Einer von ihnen kritzelte mit schwarzem Stift Sprüche an die Wand, während die beiden anderen rauchten und der Musik lauschten, die aus ihren weißen Kopfhörern schepperte. Ab und zu starrten sie Thomas an, um ihr Territorium zu markieren. Das hier war ihr Zug. Ihr Herrschaftsgebiet. Dennoch hatte Thomas zum ersten Mal in Stockholm das Gefühl, auf vertrautem Terrain zu sein – und das ausgerechnet in einem U-Bahn-Wagen, der nach Pisse stank und mit 110 km/h durch den Tunnel brauste. Endlich schien die Stadt ihn aufzunehmen. Er fühlte sich fast wie in den alten Tagen, als er mit Mikkel in Zivil – unrasiert und in Kapuzenpullovern – Patrouille geschoben hatte, um den *bad guys* das Handwerk zu legen. Damals war die Straße ihr Revier und ihre Heimat gewesen, hatte ihnen ein trügerisches Sicherheitsgefühl vermittelt, wie ihm jetzt, auf dem Weg zum Arizona-Markt, klar wurde. Doch zumindest war es ein gutes Gefühl gewesen.

Die Bremsen quietschten. Der Zug drosselte sein Tempo, während er in die Station Rinkeby einfuhr. Die Jungen standen auf und schlurften träge zur Tür. Der eine von ihnen zielte mit dem Stift auf Thomas, als wäre er eine Waffe. Als sich die Türen öffneten, feuerte er eine Salve auf Thomas ab, ehe er auf den Bahnsteig sprang. Thomas verzog keine Miene.

Er fuhr weiter, an Tensta vorbei, bis zur Endstation: Hjulsta. Sie lag mitten in einem großen Wohngebiet, und auf dem Platz vor dem Bahnhof wimmelte es von Menschen. Er passierte die kleine Ladenzeile mit dem Gemüsehändler und dem Schnellimbiss, der trotz der späten Stunde noch geöffnet hatte. Karls Wegbeschreibung zufolge sollte er den Tenstaväg entlanggehen und der einen guten Kilometer langen Fußgängerbrücke folgen, die sich über ein paar Nutzgärten spannte, ehe er das Industriegebiet auf der anderen Seite erreichen würde.

Fünfundzwanzig Minuten später schaute er durch den Zaun eines Güterbahnhofs. Der Wind hatte aufgefrischt. Er fröstelte. Irgendetwas sagte ihm, dass er früher hätte abbiegen müssen, und er ärgerte sich, dass er Karl nicht genauer nach dem Weg zum Arizona-Markt gefragt hatte. Schließlich entschied er sich, auf der dunklen Straße weiterzugehen. Kurz darauf kam er an ein paar meterhohen Gittertoren vorbei, die den Eingang zu dem Schrottplatz versperrten. Mehrere große Scheinwerfer tauchten die Berge aus Metallteilen, die sich in den nächtlichen Himmel türmten, in ein helles Licht. Hier mussten die ermordeten Mädchen gefunden worden sein. Er blieb stehen und ließ seinen Blick über das Gelände schweifen. Zwei Schäferhunde kamen angerannt und bellten ihn wütend an. An ihren Lefzen hing Speichel. Als sie am Gitter hochsprangen, wich Thomas unwillkürlich zurück. Die Leichen der Mädchen hier abzuladen, dürfte für den Täter keine leichte Aufgabe gewesen sein, schon gar nicht sechs Leichen nacheinander. Das sprach dafür, dass er eine genaue Ortskenntnis besaß, vielleicht sogar täglich hier zu tun hatte. Wäre das sein Fall gewesen, hätte er seine Zeit nicht damit vergeudet, irgendwelche Präparatoren zu befragen. Er hätte vielmehr nach einem Täter gesucht, der mit den hiesigen Gegebenheiten vertraut war. Der sich hier, wo der Bodensatz der Gesellschaft hauste, sicher fühlte. Der es genoss, seine Opfer sprichwörtlich aus dem Dreck zu ziehen, um sie in einer nahe gelegenen Garage auszustopfen und danach wieder in den Dreck zurückzustoßen. Aber es war nicht sein Fall.

Er kam zum Ende der Straße, die in einen schmalen Kiesweg überging. Der Weg führte zu einem kleinen Waldstück. In der Ferne sah er, wie sich die Äste der Tannen im Wind wiegten. Ein lautes Brummen ließ ihn plötzlich herumfahren. Ein großer Lastwagen mit ausgeschalteten Scheinwerfern rumpelte an ihm vorbei. Der Fahrer drosselte die Geschwindigkeit und schlug das Lenkrad in der Kurve so hart ein, dass der Anhänger fast umzukippen drohte. Thomas blickte dem Lastwagen hinterher, der eine gewaltige Staubwolke aufwirbelte, ehe er von der Nacht verschluckt wurde.

Endlich hatte er den Weg nach Arizona gefunden.

* * *

Nachdem Thomas mehrere hundert Meter durch den dichten, dunklen Wald gestapft war, sah er in der Ferne ein Lagerfeuer lodern. Er näherte sich ihm vorsichtig und erblickte einige Gestalten, die sich vor ein paar niedrigen Baracken um das Feuer geschart hatten. Ein slawisch aussehender Mann in einem langen Ledermantel nahm ein Holzscheit von einem hohen Stapel und warf es in die Flammen. Das Feuer loderte auf, Funken stoben zum Himmel empor. Die Männer, die mit den Füßen stampften, um warm zu bleiben, ließen eine Flasche Wodka kreisen. Thomas warf einen Blick auf den schmalen Weg hinter ihnen, wo eine Reihe von Pick-ups neben dem eingemauerten Grundstück parkte. Er nickte den Männern zu, als er an ihnen vorbeiging, doch keiner nahm von ihm Notiz. Auf der Ladefläche des ersten Pick-ups waren zwei Pitbulls angekettet. Der kleinere von ihnen blutete heftig am Ohr, als hätte er gerade mit einem anderen Hund gekämpft. Die Hunde knurrten ihn an, und Thomas wechselte auf die andere Seite des Wegs. Vor einem offenen Tor, das aus den massiven Türen eines Schiffcontainers bestand, die man an die Mauer geschraubt hatte, blieb er stehen. Auf dem Grundstück dahinter erhob sich ein abbruchreifes Werkstattgebäude mit geborstenen Scheiben. Über dem Eingang hing ein Schild, auf dem in verblichener roter Farbe »Johannesons Bygg AB« stand. Er ging weiter. Auf den angrenzenden Grundstücken waren die Überreste längst aufgegebener Bauunternehmen dem Verfall preisgegeben.

Der Weg führte um eine Kurve. Die hohen Mauern, die die Grundstücke auf beiden Seiten umgaben, machten ihn zu einem engen Korridor, der die einzige Möglichkeit zu sein schien, Arizona zu durchqueren. Vielleicht hatte deswegen auch jemand »Sniper Alley« an die Mauer gesprüht.

Irgendwo in der Nähe stampften Techno-Bässe. Ein Stück entfernt scharten sich die Leute um zwei Lastwagen. Offenbar fand dort ein lebhafter Handel mit Schnaps und Zigaretten statt. Die Meisten schienen vom Balkan oder aus dem Mittleren Osten zu stammen.

Von einer Werkstatt hörte man das Kreischen eines Schneidbrenners. Thomas warf einen Blick durch das offene Tor. Vor einer Reihe von Garagen standen teure Modelle von Mercedes und BMW sowie ein einziger Maserati. Der Schneidbrenner sprühte Funken, und Thomas hätte darauf gewettet, dass die Fahrgestellnummern gefälscht wurden, bevor die Fahrzeuge nach Osteuropa weiterverkauft werden sollten. Er ging an der Werkstatt vorbei und erblickte den Lastwagen, der vorhin an ihm vorbeigedonnert war. Große Pappkisten mit den Logos von Sony und Samsung wurden abgeladen und auf mehrere Lieferwagen verteilt. Stockholmer mit den richtigen Verbindungen würden gleich morgen früh erstaunliche Sonderangebote für Flachbildschirme erhalten.

Als er die Straße etwa halb hinuntergegangen war, blieb er vor einem planierten Grundstück stehen, auf dem zwei niedrige Baracken nebeneinanderstanden. Der harte Techno kam aus der ersten. Thomas ging zu der offenen Tür. Drinnen saßen fünf, sechs Männer auf Bänken, die sich der Länge nach durch den Raum zogen. Ein paar schwergewichtige Frauen mit nackten Brüsten servierten Bier in großen Krügen. Auf den Tischen lagen Geldscheine und Pistolen zwischen offenen Schnapsflaschen und Zigarettenstangen.

Thomas ging zu der zweiten Baracke weiter und trat ein. Sie ähnelte der ersten, nur dass es hier statt Bänken weiße Plastikstühle gab, die vor einer provisorischen Bühne standen. Darauf hielten sich zwei spindeldürre Mädchen in fleckigen Korsagen aneinander fest. Offenbar unter Drogen stehend, schwankten sie in einem unkontrollierten Tanz hin und her und ignorierten die Buhrufe der Zuschauer.

Thomas schlenderte zu der Theke am anderen Ende des Raums und bestellte bei einem dunkelhäutigen Mann in einem grünen Kapuzenpullover ein Bier. Der füllte einen großen Krug aus der Zapfanlage und stellte ihn vor Thomas hin.

»Ich hätte auch gern ein Glas.«

Der Mann holte ein schmieriges Glas und stellte es neben den Krug. »Zweihundert«, sagte er.

Thomas zog ein paar Scheine aus seiner Tasche und gab sie ihm. Der Mann musste erst kürzlich in eine Schlägerei verwickelt gewesen sein. Seine Nase war immer noch schief und geschwollen. »Nicht viel los hier«, sagte Thomas und füllte sein Glas.

Der Mann trat einen Schritt zurück und lehnte sich schweigend an die Wand.

»Kommen heute noch andere als die beiden da?«, fragte Thomas und zeigte nach hinten auf die Bühne.

Der Mann zuckte die Schultern.

Das Bier war lauwarm und schal, trotzdem hatte Thomas den Krug etwa zur Hälfte geleert, bevor die Mädchen ihre Korsagen von sich warfen und ihren Auftritt beendeten. Ein paar Männer bespritzten sie mit Bier, als sie von der Bühne wankten, woraufhin sich die Mädchen hinter die Bar flüchteten. Kurz darauf wurde die Bühne von einer korpulenten, stark berauschten Frau mittleren Alters eingenommen, die sich unbeholfen wie ein Tanzbär im Kreis drehte. Das Publikum buhte erneut.

Thomas blieb noch ein wenig sitzen, um zu sehen, ob noch weitere Auftritte folgten, doch nachdem sich die dicke Frau mühevoll ihrer Kleider entledigt hatte, wurde sie wieder von den beiden Mädchen abgelöst. Er ließ den Rest seines Biers stehen und ging wieder zu der anderen Baracke, wo immer noch der Techno aus den Lautsprechern dröhnte. Es waren ein paar Gäste hinzugekommen und die Bänke jetzt gut gefüllt. Als eine der barbusigen Bedienungen vorbeikam, bestellte er einen Krug Bier und fragte beiläufig, ob Masja heute bei der Arbeit sei.

»Kenn ich nicht«, entgegnete sie mit breitem Akzent und warf ihm einen gleichgültigen Blick zu.

»Kennen Sie Masja nicht, oder wissen Sie nicht, ob sie da ist?«

Die Frau, deren grelles Make-up ihr Gesicht verzerrte, schaute ihn misstrauisch an. »Wer bist du?«

»Nur ein Freund«, antwortete er und drückte ihr dreihundert Kronen in die Hand. Die Frau steckte sich das Geld in den Slip. »Hier sind nur die Mädchen, die du siehst.« Sie zeigte in die Runde. »Noch zweihundert Kronen, und ich lass mir was Schönes für dich einfallen«, fügte sie hinzu und hob die Augenbrauen.

»Und wo?« Er fragte nur, um herauszufinden, ob es vielleicht einen bestimmten Ort gab, wo die Frauen mit ihren Freiern hingingen. Einen Ort, an dem sich womöglich auch Masja befand.

Sie zuckte die Schultern. »Du hast doch wohl ein Auto.«

Die Frau schlenderte zur Theke zurück. Er wartete nicht, bis sie ihm sein Bier brachte, und ging nach draußen. Es gab nichts in Arizona, das auch nur annähernd wie ein Bordell aussah. Masja musste hier gelandet sein, auf der kümmerlichen Bühne, gemeinsam mit den anderen bemitleidenswerten Kreaturen. Aber das war schon lange her, und er musste Arkan recht geben, dass hier vermutlich niemand lange durchhielt.

Thomas' Blick fiel auf den Barkeeper in dem grünen Kapuzenpullover, der eine Zigarette rauchte und auf seinem Handy herumtippte. Er ging rasch zu ihm, wollte die Chance beim Schopf ergreifen. »Ich suche nach einem Mädchen«, sagte er.

Der junge Mann zeigte auf die Bühne, ohne von seinem Handy aufzublicken.

»Nach einem bestimmten Mädchen.«

Der Mann klopfte die Asche von seiner Zigarette. »Aha.«

»Die Sache ist mir einiges wert.«

»Aha.«

»Fünftausend.«

Der Mann blickte auf. »Fünftausend?«

Thomas nickte. »Wie heißt du?«

»Kemal.«

»Okay, Kemal. Ich suche nach einem hübschen jungen Mädchen, das Masja heißt.«

Kemal grinste. Seine großen weißen Zähne leuchteten im Zwielicht. »Du bist hier falsch. Hier gibt es weder hübsche Mädchen noch eine, die Masja heißt. Hier gibt's nur die abgefuckten Weiber, hier werden nur Junkies hingeschickt. Aber für den Preis kann ich dir hier jede besorgen. Du kannst auch die beiden da vorne haben.« Er zeigte auf die Bühne. »Mit denen kannst du machen, was du willst.«

»Die Fünftausend gibt's nur, wenn du Masja für mich findest.« Thomas zog das Foto aus der Tasche und zeigte es Kemal.

Kemal betrachtete es im Licht seines Handys. »Wow, die sah ja mal echt gut aus.«

»Mal? Du kennst sie also?«

Kemal nickte. »Aber so hübsch ist sie wirklich nicht mehr.«

»Spielt keine Rolle, wo ist sie?«

»Erst die Fünftausend.«

»Die kriegst du, wenn du sie zu mir bringst.«

»Gib mir zweitausend vorab, dann hole ich sie.«

Thomas zögerte.

»Die macht alles, was du willst. Wir haben sie gut erzogen, du wirst nicht enttäuscht sein.« Seine weißen Zähne leuchteten in der Dunkelheit. Thomas hätte sie ihm am liebsten eingeschlagen, beherrschte sich aber und drückte Kemal zweitausend Kronen in die Hand.

»Warte hier«, sagte Kemal und steckte das Geld ein. Dann verschwand er in der Bar.

Thomas ließ seinen Blick über den Platz schweifen. Er spürte sein Herz in der Brust pochen. Es kamen immer mehr Gäste. Er hatte die ganze Sache nicht richtig durchdacht. Er klopfte sich nervös auf die Taschen, um sich zu vergewissern, dass er die Nachricht von Masjas Mutter dabeihatte. Er würde ihr die Karte geben und fertig, versuchte er sich zu beruhigen. Doch er wusste genau, dass er es nicht schaffen würde, sie in diesem Drecksloch zurückzulassen. Deshalb konnte das hier auch ein böses Ende nehmen. Ein ganz böses Ende. Er überlegte, ob er Karl Luger anrufen sollte, damit er sofort sämtliche verfügbaren Einsatzkräfte hierherschickte. Das musste die Sache doch wert sein, schließlich konnte ihm Masjas Zeugenaussage einen lange gesuchten Gangster ans Messer liefern. Diesen Vladimir Slav…

Hinter ihm öffnete sich eine Tür. Thomas drehte sich um. Kemal stand in Begleitung dreier Männer vor ihm. Thomas erkannte den Mann mit dem Pferdeschwanz und dem sardonischen Kinnbart. Es war Vladimir Slavros.

50

Thomas atmete tief durch und betrachtete die Männer, die ihn so in ihre Mitte genommen hatten, dass ihm jeder Fluchtweg versperrt war. Er ballte die Fäuste in der Tasche und spannte jeden einzelnen Muskel an. Slavros sah ihn ernst an, während er sich über den Bart strich. Als er den Kopf auf die Seite legte, knackten seine Nackenwirbel bedrohlich – wie bei einem alten Boxer, der sich zu einem Kampf bereitmachte. »Wie ich höre, sind Sie an einem meiner Mädchen interessiert.«

»Ja«, antwortete Thomas. »Ist ja eine nette Show, die einem hier geboten wird. Aber ein bisschen persönliche Betreuung würde nicht schaden.«

»Sind Sie Däne?«

Thomas nickte.

»Wohnen Sie hier in der Nähe?«

»In Södermalm.« Er versuchte zu lächeln.

»Kemal sagt, dass Sie nach einem bestimmten Mädchen gefragt haben.«

»Ja, nach Masja. Ich habe sie nicht gleich gesehen, ist sie heute Abend da?«

Slavros trat einen Schritt auf ihn zu. »Woher kennen Sie Masja?«

»Aus dem Key… äh, Kitty Club. Ein super Laden.«

»Was wollen Sie dann hier?«

Thomas schluckte. »Irgendjemand hat mir erzählt, dass sie jetzt hier ist, aber vielleicht stimmt das ja nicht.«

»Irgendjemand?«

»Mir fällt der Name nicht ein«, erwiderte er und zuckte lässig die Schultern. »Ist sie da?«

»Und wenn sie da ist?«

»Dann würde ich sie zu gern sehen, ich hab dem Jungen schon das Geld gegeben.«

»Er sprach von fünftausend. Ziemlich viel für eine Nutte.«

Thomas nickte. »Sie ist ja auch was Besonderes.«

»Dann will ich Ihnen geben, weshalb Sie gekommen sind.« Ohne Vorwarnung hämmerte ihm Slavros seine Faust in die Leber. Thomas krümmte sich vor Schmerz zusammen, konnte sich kaum auf den Beinen halten. Der nächste Schlag traf ihn am Kinn und streckte ihn zu Boden. Slavros war sofort über ihm und packte ihn am Kragen. »Ich erkenne einen Lügner auf hundert Meter Entfernung«, fauchte er, »und wenn ich eines nicht ausstehen kann, dann sind es Lügner wie du!« Er zog Thomas auf die Beine und stieß ihm seinen Schädel gegen die Stirn.

Thomas griff sich unwillkürlich ans Auge und spürte, wie ihm das Blut seiner aufgeplatzten Braue durch die Finger lief.

»Durchsuch ihn, Mikhail!«, kommandierte Slavros und zog seine Lederjacke gerade.

Thomas spürte, wie ein Mann in seinen Taschen wühlte. Er fand sein Portemonnaie, sein Handy, seine Schlüssel, die Postkarte von Masjas Mutter und schließlich seinen Dienstausweis. Mikhail drehte den laminierten Ausweis in seinen Händen, als könnte er nicht glauben, was er da sah. Dann blickte er zu Slavros auf. »Der Typ ist 'n Bulle ...«

Slavros riss ihm den Ausweis aus der Hand und musterte ihn. »Ist der echt? Ist er das?« Er ließ Thomas los.

»Natürlich ist der echt«, antwortete er.

»Ich hab ja gesagt, dass ich einen Lügner erkenne.« Er schüttelte den Kopf. »Södermalm! Wo kommst du her?«

»Aus Kopenhagen. Ich arbeite für die Ermittlungsabteilung der Kopenhagener Polizei.«

»Und was hat die Kopenhagener Polizei hier bei mir zu suchen?«

Thomas rappelte sich langsam auf. Von dem Leberhaken war ihm immer noch schwindelig, und er hatte das Gefühl, sich jeden Moment übergeben zu müssen. »Wir arbeiten mit der schwedischen Reichspolizei zusammen«, antwortete er so überzeugend wie möglich.

»Du scheinst aber ganz allein hier zu sein.« Slavros schaute sich lächelnd um.

»Wir wissen beide, dass wir nicht immer gleich mit einem ganzen Sonderkommando anrücken.«

»Du bist also die Vorhut?«

»Vorhut, Nachhut, alles in einem. Aber ich brauche nur einen Anruf zu tätigen, dann sieht's hier gleich ganz anders aus.«

»Ach so?« Slavros strich sich über seinen Bart. »Was willst du von dem Mädchen?«

»In Dänemark ist in mehreren Fällen Anklage gegen sie erhoben worden«, log Thomas. »Es ist meine Aufgabe, sie dorthin zu bringen.«

»Und die schwedische Polizei ist dir dabei behilflich?«

»Natürlich.«

Slavros' Faust traf ihn im Gesicht, sodass er erneut auf dem Boden landete und Blut schmeckte. Als Slavros ihm in die Magengrube trat, blieb ihm die Luft weg. »Für wie dumm hältst du mich?«, brüllte er. »Für wie klein und unbedeutend?« Slavros trat erneut zu. »Glaubst du nicht, dass ich über alles Bescheid weiß, was bei der Polizei passiert. Wo sich jeder einzelne Beamte in diesem Moment befindet? Welche meiner Nutten von wem gefickt wird? Welche Razzien geplant sind? Ich weiß *alles*! Und deshalb weiß ich auch, dass du ein verdammter Lügner bist und niemand hinter dir steht. Du hättest in deinem lächerlichen kleinen Land bleiben sollen, statt meine Zeit zu vergeuden.« Slavros verpasste ihm den nächsten Tritt. Dann tratt er beiseite, um durchzuatmen, sich den Schweiß von der Stirn zu wischen und seine Haare zu ordnen. »Unfassbar, dass du mich gleich zweimal anlügst. Kapiert du nicht, was für Konsequenzen das hat? Bist du wirklich so dämlich? Bist du so arrogant, so verdammt *dänisch*, dass du glaubst, mit so was durchzukommen?«

Thomas spuckte das Blut aus, das sich in seinem Mund gesammelt hatte und schaute zu Slavros hoch. »Glaub, was du willst, aber ich kann dir nur raten, mich gehen zu lassen.«

Slavros schüttelte den Kopf. »Hol die Hunde!«

»Slavros, verdammt, der Typ ist 'n Bulle«, sagte Mikhail.

»Na und? Hast du etwa Angst vor dieser lachhaften Plastikkarte? Hol jetzt die Hunde!«

Mikhail nickte und ging.

Thomas wollte aufstehen, doch Slavros setzte ihm den Fuß auf die Brust und stieß ihn zurück. »Immer langsam. Warum erzählst du mir jetzt nicht die Wahrheit, damit es hier kein Blutbad gibt und wir deine Schreie nicht hören müssen, wenn meine Hunde dich in Stücke reißen?«

»Wenn ich nicht zurückkomme, hast du hier schon bald die ganze Stockholmer Polizei am Hals.«

»Bist du dir da so sicher?« Slavros schüttelte betrübt den Kopf. In diesem Moment kam Mikhail mit den beiden Pitbull-Terriern zurück, die an der Kette zerrten, an der er sie hielt. Schaum quoll ihnen aus dem Mund, während die gelben Augen in ihren dunklen Gesichtern blitzten. Slavros griff nach der Kette und schob die Hunde zu Thomas hin. Sie schnappten sofort nach seinem Gesicht. Er versuchte zu flüchten, doch Slavros' Männer versperrten ihm den Weg. »Die können das Gesicht eines Menschen in weniger als zwanzig Sekunden zerfleischen. Schneller als Piranhas.« Slavros ließ der Kette ein bisschen Spiel. Thomas spürte, wie sich der eine Hund in seine Hose verbiss, während sich der andere mit gefletschten Zähnen seinem Gesicht näherte. Er riss schützend seine Arme hoch, doch im nächsten Moment schlug der Hund seine Zähne in Thomas' Hand. Slavros zog an der Kette, woraufhin der Pitbull die Hand widerwillig losließ.

»Letzte Chance, Dänenbulle, was willst du von dem Mädchen?«

Thomas hielt sich die Hand, die heftig blutete. »Sie mit nach Hause nehmen, verdammt. Nach Hause zu ihrer Mutter.«

»Hört sich ja sehr edel an. Ist aber genauso gelogen wie alles andere, was du mir erzählst hast. Warum soll sie zurück nach Dänemark? Was ist das für eine Anklage?«

»Es gibt keine Anklage.«

»Schwachkopf! In Dänemark kenne ich mich aus. Bin jahrelang bei Kaminskij ein und aus gegangen. Hat es was mit ihm zu tun? Mit mir?«

»Nein. Ich habe versprochen, Masja eine Nachricht zukommen zu lassen, das ist alles. Sie steht auf dieser Postkarte da.« Er zeigte auf die Karte, die neben Mikhail auf dem Boden lag. Slavros bückte sich und hob sie auf. Betrachtete die beiden Kätzchen auf der Vorderseite und drehte sie um. Las den Text auf der Rückseite und knüllte sie zusammen. »Mir kommen die Tränen, nur ändert das nichts daran, dass du ein Bulle bist. Also erzähl mir nicht, dass nichts gegen mich vorliegt.« Er warf die Postkarte weg.

»Das tue ich auch nicht«, sagte Thomas und räusperte

sich. »Ich bin sicher, dass jede Menge gegen dich vorliegt, in Schweden, in Dänemark und im Rest von Europa. Ich bin sicher, dass es viele Polizeibezirke gibt, die dich hinter Schloss und Riegel sehen wollen, aber damit habe ich nichts zu tun. Ich bin beurlaubt und will nichts anderes als dem Mädchen die Nachricht von ihrer Mutter überbringen. Wenn ich das getan habe, verschwinde ich wieder.«

»Du bist beurlaubt? Warum?«

»Stress ... ist das nicht egal?« Er zuckte mit den Schultern. Die Hunde knurrten.

»Du wirkst nicht wie ein gestresster Typ. Warum?«

»Geht dich nichts an«, sagte er und wandte den Kopf ab.

»Wenn du ein heiles Gesicht behalten willst, dann schon.«

Thomas schaute zuerst die Hunde und dann Slavros an. Erneut spuckte er Blut, diesmal aus Verachtung. »Willst du das wirklich wissen?«

»Unbedingt.«

»Okay, weil irgendein Dreckskerl aus demselben Scheißland, aus dem du kommst, bei mir zu Hause eingebrochen ist und meine Frau erschlagen hat, während ich Dienst hatte. Darum.«

»Hat man ihn geschnappt?«

»Nein, der kleine Scheißer ist noch auf freiem Fuß. Zufrieden?«

Slavros schaute auf ihn herab und rieb sich seinen Bart, während er die Hundekette spannte. Dann lachte er. »Das ist die lächerlichste Geschichte, die ich je gehört habe, aber jedenfalls hast du die Wahrheit gesagt. Gott muss echt was gegen dich haben.« Er stieß erneut ein schallendes Gelächter aus und gab Mikhail die Kette, der sich mit den Hunden entfernte.

»Kann ich Masja jetzt sehen?«, fragte Thomas und stand auf.

»Nein.«

»Warum nicht?«

»Weil ich es sage, und weil sie nicht mehr hier ist.«

»Weißt du, wo sie ist?«

Er schüttelte den Kopf. »Nein, die Mädchen bleiben hier nur kurze Zeit.«

»Überhaupt keine Idee?«

»Ich weiß nicht mehr als du. Vergiss sie einfach. Das ist das Beste für deine Gesundheit. Verschwinde jetzt, und komm nie wieder, Dänenbulle.«

»Du hast gehört, was Slavros gesagt hat«, hörte Thomas eine Stimme hinter sich. Er bekam einen heftigen Stoß, der ihn Richtung Straße beförderte.

51

Masja hörte Schritte auf dem Gang und zog die Decke enger um sich. Die Decke war ihr einziger Schutz, sie war vollkommen seiner Gnade ausgeliefert. Der Gnade dessen, der sie zu seinem nächsten Opfer bestimmt hatte.

Die Tür ging auf, und Slavros kam mit Mikhail und Kemal herein. Sie hatte das wilde Gekläffe von Slavros' Hunden gehört und fragte sich, wen sie wohl angegriffen hatten. Bestimmt irgendeinen Säufer, der Slavros provoziert hatte und jetzt übel zugerichtet war.

Slavros verzog angewidert das Gesicht und hielt sich die Nase zu. »Pfui Teufel, wird denn hier nie sauber gemacht? Es stinkt ja schlimmer als auf dem Scheißhaus.«

Kemal zuckte die Schultern. »Den Kunden ist's egal.«

Slavros trat an die Liege und guckte auf Masja hinunter.

»Sie sieht mehr tot als lebendig aus«, sagte Mikhail hinter ihm.

»Aber sie atmet noch. Allerdings wird sie immer mehr zu einer Belastung. Sie weiß zu viel.«

»Ich kann sie dir vom Hals schaffen, wenn du willst«, sagte Mikhail. »Die Hunde sind immer noch hungrig, und im Wald ist genug Platz, um die Überreste von ihr zu vergraben.«

»Du willst doch der *Hyäne* nicht seine Beute wegnehmen. Denk nach, Mikhail.«

»Der Psycho geht mir auf den Sack, den sollten wir auch kaltmachen.«

»Wirklich? Meine Hunde haben mich eines gelehrt: Man soll die Hand nicht beißen, die einen füttert.« Er legte den Kopf auf die Seite, seine Nackenwirbel knackten. »Oder wie im Fall der *Hyäne*: die einen beschützt. Wann hat er gesagt, dass er wiederkommt?«

»Wenn sie keine Entzugserscheinungen mehr hat«, antwortete Kemal. »Er hat irgendwas davon gelabert, dass das ›die Prinzessin stören‹ würde. Keine Ahnung, was er damit gemeint hat.«

»Der Mann ist ein Künstler.« Slavros trat so hart gegen die Liege, dass Masja durchgeschüttelt wurde. »Hast du noch Entzugserscheinungen? Antworte!«

Sie starrte ihn schweigend an.

»Sieht eigentlich ganz okay aus. Ruf ihn an, und sag, dass sie bereit ist. Ich kann ihren Anblick nicht mehr ertragen.«

Als sie gegangen waren, zog Masja ihr Notizheft unter der Matratze hervor. Sie schärfte den Bleistiftstummel an der rauen Wand. Er zerbrach ihr unter ihren Händen, sodass ihr nur noch ein winziges Stückchen Grafit blieb. Was nicht so schlimm war. Sie wusste ohnehin nicht mehr, was sie noch schreiben sollte, und ihre Zeit ging zur Neige. Die Hyäne wollte sie auf dem Schrottplatz ausstellen, wie sie das mit den anderen Mädchen getan hatte. Zumindest würde jemand ihre Leiche finden. Die Nachrichten würden über ihr Schicksal berichten. Wenn ihre Mutter Gewissheit hatte, was mit ihrer Tochter geschehen war, konnte sie vielleicht ein wenig Frieden finden.

Vergib mir, Mama. Wenn du dich noch an mich erinnerst.

52

Stockholm, 2013

Aus den Lautsprechern der Bahnhofstoilette drang sanfter Bossa Nova. Es war 01.30 Uhr, und Thomas versuchte an dem hintersten Waschbecken die tiefe Bisswunde zu reinigen, die ihm der Pitbull an der Hand zugefügt hatte. An der Ringstraße hatte er ein Taxi bekommen. Der Fahrer hatte zunächst freundlich darauf bestanden, ihn zur Notaufnahme zu fahren, doch Thomas hatte abgelehnt und ihn gebeten, ihn stattdessen zu der Apotheke an der Klarabergsgata zu fahren, die rund um die Uhr geöffnet hatte. Dort hatte er sich ein paar elastische Binden, eine Packung Heftpflaster und eine Flasche Jod gekauft, um die Bisswunden zu desinfizieren. Mit dem Großteil des Jods hatte er die lange Fleischwunde an seinem linken Schienbein versorgt und sie danach mit einer der elastischen Binden umwickelt. Nun verband er die gereinigte Wunde an seiner verletzten Hand. Er betrachtete sich im Spiegel. Kein schöner Anblick. Aus seiner aufgeplatzten Braue war ihm das Blut über die Wange gelaufen und hatte dort einen getrockneten Streifen hinterlassen, der in seinen Bartstoppeln endete. Er tastete seinen geschwollenen Nasenrücken ab. Er war extrem empfindlich, doch glücklicherweise nicht gebrochen. Thomas leerte den Vorratsspender mit den Papiertüchern und wusch sich das Gesicht. Als es einigermaßen sauber war, versuchte er, die Augenbraue mit einem Pflaster zusammenzukleben.

Doch die Wunde war erneut aufgesprungen, und die Klebewirkung des Pflasters reichte nicht aus. Schließlich gab er es auf und nahm ein paar Papiertücher mit, die er sich vor das Auge hielt. Er würde zweifellos eine Narbe als Andenken aus Stockholm zurückbehalten. Eine bleibende Erinnerung daran, dass Arschlöcher wie Slavros immer gewannen.

Thomas nahm den direkten Weg vom Bahnhof über die Olof Palmes gata zur KGB-Bar. Schon von Weitem hörte er die Musik und das Geplapper der Gäste, die auf der Straße standen. Er zog die Tür auf und wollte sich seinen Weg durch die Menge bahnen, als ein kräftiger Kerl in einem schwarzen Mantel ihn aufhielt. »Tut mir leid, wir haben geschlossen«, sagte er.

»Sieht mir aber nicht danach aus«, entgegnete Thomas und zeigte in die Runde.

»Vielleicht solltest du lieber nach Hause gehen. Ich glaube, für heute hast du genug gehabt.« Der Rausschmeißer musterte ihn eingehend.

»Ich will nur ein Bier trinken. Könnte wirklich gut eins gebrauchen«, entgegnete Thomas mit inständigem Blick.

»Tut mir leid, aber das musst du woanders trinken. Das ist hier ein ordentlicher Laden.«

»Ach, wirklich?«

»Ja, wirklich«, erwiderte der Rausschmeißer und machte sich noch breiter, als er ohnehin schon war.

Thomas drehte sich um und drängte sich durch die Gästeschar nach draußen.

Zwei Straßen weiter, auf der Kungsgata, entdeckte er einen irischen Pub. Die Iren schienen weitaus gastfreundlicher zu sein, jedenfalls hatte er keine Mühe, die spärlich besuchte Kneipe zu betreten. Er setzte sich an die lange Mahagoni-Theke, bestellte ein Guinness und einen Jameson.

Leerte das Shotglas und bestellte noch einen Whiskey, den er ebenso schnell trank. Zog sein Handy aus der Tasche und legte es vor sich hin.

»Tuff night?«, fragte der rotblonde Barkeeper.

Thomas nickte. »Mehr als du ahnst.«

Der Barkeeper schenkte ihm den nächsten Whiskey ein und sagte, der ginge aufs Haus. Dieser Kneipenbesuch war das Beste, was ihm während seines Aufenthalts in Schweden passiert war. Nach einer halben Stunde und ein paar weiteren Gläsern spürte er seine Schmerzen nicht mehr. Der Pub hatte sich langsam gefüllt, und der Folkrock dröhnte aus den Lautsprechern. Er nahm sein Handy und ging auf die Toilette, die sich auf der anderen Seite des Pubs befand. Er setzte sich in die hinterste Toilette und verriegelte die Tür. Die Stille war erdrückend. Er holte tief Luft und wählte eine Nummer. Es dauerte eine ganze Weile, bis jemand abnahm.

»Johnson.« Im Hintergrund hörte er Musik und eine Frau, die vor Lachen kreischte.

»Ravn? Bist du okay?«

»Ja, ja, nur ein bisschen erschöpft.«

»Rufst ja ganz schön spät an. Ich wollte gerade zumachen. Hast du gute Neuigkeiten?«

»Nein, ich …«

»Hast du sie gefunden? Ich hab fast den ganzen Tag mit Nadja telefoniert.«

»Was hat sie gesagt?«

»Sie hat natürlich nach deinen Ermittlungen gefragt. Hast du irgendeine Spur, der du nachgehen kannst?«

Thomas senkte den Kopf. Es pochte in seinen Stirnlappen. Er wusste nicht, wie er es sagen sollte.

»Ravn, bist du noch da?«

»Ja, ich bin da.«

»Jetzt sag schon, gibt's was Neues?«

»Was Neues?«, wiederholte er, um Zeit zu gewinnen, und lehnte sich mit dem Rücken gegen die Wand.

»Du hörst dich so seltsam an. Bist du sicher, dass du okay bist?«

»Ja, ja, ich, äh ... hab Masja gefunden.«

»Du hast sie gefunden? Aber das ist ja fantastisch!«

»Ja ...«

»Geht's ihr gut?«

»Den Umständen entsprechend.«

»Wie meinst du das? Wo hast du sie gefunden?«

Thomas rieb sich die Augenbraue. Die Wunde war wieder aufgeplatzt, das Blut lief ihm über die Wange. Er riss ein langes Stück von der Klopapierrolle ab und benutzte es als Tupfer. »In einem Club. Ziemlich teurer Schuppen. Du wärst da gar nicht reingekommen, nur reiche Geschäftsleute in Nadelstreifen und so ...«

»Aha.« Johnson schien ein wenig enttäuscht zu sein. »Sie arbeitet also immer noch als Prostituierte?«

»Ja, aber sie hat gesagt, dass sie das nur stundenweise macht. Und dass sie endlich ihre Schulden abbezahlt hat. Jetzt arbeitet sie auf eigene Rechnung und macht nebenher eine Ausbildung ... zur Kosmetikerin, glaub ich.«

»Das ist doch immerhin was.«

»Ja, ist ja auch ihre Entscheidung. Aber sie sah gut aus, gesund und zufrieden.«

»Hast du ihr Nadjas Postkarte gegeben?«

Thomas spreizte die Beine und warf das blutige Toilettenpapier ins Klo. »Natürlich. Sie war richtig gerührt. Ich hab ihr angemerkt, dass ihr das viel bedeutet hat. Sie war sehr dankbar, das musst du Nadja unbedingt sagen.«

»Hat sie dir ihre Adresse oder ihre Telefonnummer gegeben?«

»Nein.«

»Verdammt, Ravn, Nadja will sie doch erreichen können.«

»Ich hatte den Eindruck, dass Masja nicht will, dass irgendjemand zu ihr Kontakt aufnimmt, jedenfalls nicht im Moment. Man sollte sie vielleicht nicht unter Druck setzen. Aber es geht ihr gut, das kannst du Nadja ausrichten.«

»Okay, das ist ja immerhin das Wichtigste. Alles andere wird sich schon irgendwann ergeben, wenn …«

»Du, ich muss jetzt los.«

»Komm bald nach Hause. Ich vermisse schon fast den Song, den du immer spielst.«

»Wir sprechen uns.«

»Ravn?«

»Ja?«

»Ich bin echt stolz auf dich.«

»Dazu besteht kein Anlass.«

»Aber natürlich. Es gibt wirklich nicht mehr viele echte Kerle, die aus deinem Holz geschnitzt sind.«

Thomas wusste, dass das nach Johnsons Maßstäben das größte denkbare Lob war. »Wenn du es sagst«, entgegnete er müde.

»Vielleicht ist diese Geschichte ja so eine Art Startschuss für dich. Der Beginn eines neuen Lebens …«

Thomas legte auf. Dann kehrte er an die Bar zurück, um dort weiterzumachen, wo er vorhin aufgehört hatte. Als der Pub zumachte, bezahlte er mit seiner Visa-Card für die ganze Flasche Jameson und nahm sie unter der Jacke mit.

53

Es war drei Uhr nachts, und Thomas hatte die Hoffnung aufgegeben, zu seinem Hotel zurückzufinden. An der Kreuzung Drottningsgata, Mäster Samuelsgata blieb er stehen und lehnte sich gegen ein Schaufenster mit vielen bunten Sonderangebotsschildern. Es kam ihm so vor, als liefe er die ganze Zeit im Kreis. Was vor allem daran lag, dass die dunklen Bürogebäude und endlosen Ladenzeilen alle gleich aussahen. Dass er die Flasche Jameson inzwischen geleert hatte, war seinem Orientierungsvermögen ebenfalls nicht zuträglich gewesen.

Seine Beine gaben nach. Er glitt an der Scheibe herunter und landete auf dem Bürgersteig. Der eiskalte nächtliche Wind hatte zugenommen, und obwohl ihn der Schnaps fast gefühllos machte, spürte er, wie die Kälte seinem Gesicht zusetzte.

Er kroch in den Eingangsbereich, der ein wenig Schutz bot, und rollte sich zusammen. Es musste minus zehn Grad oder noch kälter sein. Bei solchen Wetterverhältnissen kamen immer wieder Obdachlose, Alkoholiker und Drogenabhängige ums Leben. Als junger Polizist hatte er einige dieser Todesfälle persönlich miterlebt. Er erinnerte sich daran, dass alle Toten überraschend friedlich ausgesehen hatten, ausgenommen der Obdachlose, den sie am Südhafen gefunden hatten. Was aber vor allem daran lag, dass sein Hund ihn bereits angeknabbert hatte und ihm die untere Gesichtshälfte fehlte.

Thomas dämmerte vor sich hin. Trotz der späten Stunde herrschte immer noch reger Betrieb. Mädchen in High Heels und dünnen Kleidern stolzierten auf und ab, während ihre Freier kamen und gingen. Die Geschäfte liefen offenbar auf Hochtouren. Eine Masja nach der anderen zog an ihm vorbei, gleichsam unerreichbar für ihn. Er schloss die Augen und spürte, wie ihn Schnaps und Kälte sanft in den Schlaf wiegten. Was für eine wunderbare Ruhe. Ein innerer Friede, wie er ihn schon lange nicht mehr empfunden hatte. Er wusste nicht, wie lange er geschlafen hatte, doch nach einer Weile trat eine leuchtende Gestalt vor ihn. Sie trug ein goldenes Gewand, und ihr Haar glänzte silbrig. Er spürte die Wärme ihrer Hand, die sich ihm auf die Schulter legte und ihn sanft rüttelte, als wollte sie ihn mitnehmen zu dem hellen Licht, das sich hinter ihr ausbreitete. Er versuchte, ihr zu folgen, doch seine Beine gehorchten ihm nicht. Weitere leuchtende Gestalten scharten sich um ihn. Sie sahen aus wie Engel, und er lächelte selig.

»Lieber Freund, Sie können hier nicht liegen bleiben«, sagte die Frau mit den grauen Haaren und schüttelte ihn behutsam.

Thomas blickte erschrocken zu den drei Frauen hoch, die sich über ihn beugten. Alle trugen sie gelbe Daunenmäntel. »Sonst riskieren Sie noch zu erfrieren«, fügte die ältere Dame lächelnd hinzu. »Wie wär's mit einem Becher warmer Suppe?« Sie zeigte auf einen kleinen Transporter, der mit geöffneten Hecktüren am Bordstein parkte. Darin befand sich eine mobile Küche. Eine der Helferinnen der alten Dame löffelte Suppe aus einem Metallbehälter und verteilte sie an die Prostituierten, die sich um den Wagen versammelt hatten.

»Wer sind Sie?«, fragte Thomas verwirrt und schaute die Frauen mittleren Alters nacheinander an.

»Wir sind die ›Nachteulen‹ – Freiwillige, die dazu beitragen, die Stadt ein klein wenig sicherer zu machen.«

»Sollten Sie nicht lieber auf sich selbst aufpassen?«

Die Frauen lachten. »Mutter Tove ist die letzten zwanzig Jahre auf der Straße gewesen«, antwortete eine der Frauen und nickte in Richtung der grauhaarigen Dame. »Sie ist eine echte Legende. Eine Heldin.«

»Achtzehn Jahre, um genau zu sein, und ich bin bestimmt keine Heldin«, entgegnete Tove und schaute Thomas forschend an. »Eigentlich sollten wir Sie in die Notaufnahme bringen, das sieht mir gar nicht gut aus.«

Thomas schüttelte den Kopf und stand auf. »Vielen Dank, aber ich bin okay. Allerdings wäre ich Ihnen dankbar, wenn Sie mir den Weg zu meinem Hotel zeigen könnten, dem Hotel Colonial.«

»Erst nachdem Sie einen Becher Suppe bekommen haben und ich mir Ihr Auge angesehen habe«, entgegnete Tove und führte ihn zum Wagen, wo mehr Licht war.

»Gib dem Herrn bitte einen Becher Suppe«, sagte sie zu der jungen Afrikanerin, die im Auto stand.

Die Frau starrte Thomas ungläubig an. »Ich mache das nur für die Mädchen, warum soll ich ihm etwas geben?«

»Weil wir allen Bedürftigen helfen«, antwortete Tove und zog eine Packung Heftpflaster aus der Tasche.

»Solche wie er sind doch schuld daran, dass wir überhaupt hier sind«, sagte die Frau und füllte einen Pappbecher mit Suppe. »Und Brot gibt's nicht dazu, davon haben wir nicht genug.«

»Ich bin sicher, dass die Suppe ihm guttun wird«, entgegnete Tove und lächelte Thomas an.

Thomas bedankte sich bei der Frau für den Becher, den sie ihm reichte.

Tove bat Thomas, zur Straßenlaterne hochzublicken, und

klebte behutsam ein Pflaster über seine aufgeplatzte Braue. »Ich brauche einem erwachsenen Mann wie Ihnen wohl nicht zu sagen, dass es nur wenige Anlässe gibt, die eine Schlägerei wirklich rechtfertigen.«

»Nein, aber es war auch nicht freiwillig«, entgegnete Thomas und nippte an der Suppe. »Dann kennen Sie wahrscheinlich die meisten Mädchen hier?«, fragte er.

»Ja, zumindest sehr viele von ihnen.«

»Ich suche nach einem Mädchen, das vor mehreren Jahren verschwunden ist. Vielleicht sind Sie ihr einmal begegnet.« Er zog den Reißverschluss seiner Jacke auf und zeigte ihr das Foto von Masja. Tove betrachtete es eingehend. »Ich kann nicht sagen, dass ich sie wiedererkenne, doch ausschließen will ich es auch nicht. Es werden ja leider immer mehr Mädchen, die auf der Straße landen, das geht pro Jahr in die Tausende, es kommen immer wieder neue.«

»Wo haben Sie das Foto her?«, fragte die Afrikanerin und riss es Tove aus der Hand.

»Tabitha ...«, sagte Tove. »Sei so nett und gib dem Herrn sein Foto zurück.«

»Erst wenn er mir erzählt, wo er es her hat.«

»Ihre ... Mutter hat es mir gegeben«, antwortete Thomas verwirrt. »Kennen Sie Masja?«

»Das ist eine Lüge!«, rief sie mit wildem Blick. »Ich weiß genau, wer Sie sind. Sie sind der, vor dem sie uns immer gewarnt hat. Der mit dem schwarzen Mercedes. Der die Mädchen ausstopft und sie weiß anmalt. Der Serienmörder!« Sie zeigte mit ausgestrecktem Arm auf ihn.

Die drei Prostituierten, die um den Wagen standen, wichen erschrocken zurück. »Ruft die Polizei. Das ist der Mörder!«, schrie Tabitha.

Eins der Mädchen zog ein Springmesser aus ihrer Satinjacke. Die Klinge blitzte, als das Messer herausschoss.

»Jetzt mal gaaanz ruhig«, sagte Tove und legte Tabitha die Hand auf die Schulter. »Sara, du steckst sofort das Messer weg. Du weißt, was ich von Waffen halte.«

»Ich bin nach Schweden gekommen, um sie zu suchen«, erklärte Thomas und zeigte ihnen seinen Polizeiausweis. »Ich tue nur ihrer Mutter einen Gefallen. Wenn Sie wissen, wo sie ist, wäre ich Ihnen für Ihre Hilfe überaus dankbar.«

Tabitha gab ihm das Foto und verschränkte die Arme.

»Kennst du sie, Tabitha?«, fragte Tove.

Tabitha nickte. »Sie hat mir mal das Leben gerettet. Sie war wie eine große Schwester für mich.« Tabitha bekam feuchte Augen.

»Wann haben Sie Masja das letzte Mal gesehen?«

»Das ist schon lange her. Bevor ich ins Krankenhaus gekommen bin und die ganze Scheiße …«

»Haben Sie eine Idee, wo sie sein könnte?«

Sie schüttelte den Kopf. »Damals haben wir alle für Slavros, das Schwein, gearbeitet. Er muss es wissen.«

»Mit dem hab ich bereits geredet«, sagte Thomas und zeigte auf sein geschwollenes Gesicht.

»Das war Slavros? Wo ist das gewesen?«

Thomas erzählte in Kürze von seinem Besuch des Arizona-Markts.

»Arizona ist die Hölle«, sagte Tabitha und sah aus, als würde sie diesen Ort mehr fürchten als alles andere.

»Slavros hat gesagt, dass sie nicht mehr da ist.«

Tabitha schüttelte den Kopf. »Es gibt fast niemanden, der da lebend rauskommt. Dann ist sie vermutlich tot.«

»Dort gab es zumindest keine Spur von ihr«, entgegnete Thomas.

»Es tut mir leid, dass wir Ihnen nicht helfen konnten«, sagte Tove. »Aber jetzt müssen wir weiter zu unserer nächsten Station. Ich wünsche Ihnen viel Glück.«

Thomas nickte und warf den Pappbecher in einen Mülleimer.

Tove erklärte ihm den Weg zum Colonial Hotel, das nur ein paar Straßen entfernt lag. Dann wandte sie sich wieder ihren Mitstreiterinnen zu, die damit begonnen hatten, die mobile Küche abzubauen.

»Entschuldigung, dass ich vorhin so ausgeflippt bin!«, sagte Tabitha zu Thomas. »Sie sehen auch nicht wie jemand aus, der andere Leute ausstopft.«

»Schon vergessen«, entgegnete Thomas.

»Vielleicht ist es auch besser, wenn Masja tot ist. Dann muss sie jedenfalls nicht in Slavros' Bunker arbeiten.«

»Was ... was für ein Bunker?«

Sie schaute ihn verwundert an. »Dieser Puff, den er da draußen in Arizona hat. Der liegt tief unter der Erde.«

54

Thomas betrat das Café in der Hantverksgata, das zwei Straßen von der Reichspolizeizentrale entfernt lag. Das schmale Lokal war voller Gäste, die an langen Tischen saßen und ein warmes Mittagessen zu sich nahmen. Aus der offenen Küche drang ein schwerer Geruch nach Frittiertem und aufgewärmten Soßen, was dem Café den Charme einer Hafenkneipe verlieh. Thomas sah sich unter den Gästen um, bei denen es sich vorwiegend um Männer in Anzügen handelte, die entweder für die Reichspolizei oder die nahe gelegene Stadtverwaltung arbeiteten. An einem der Tische am Fenster erblickte er Karl Luger, der mit Dahl und Lindgren zusammensaß. Thomas humpelte zu ihrem Tisch und wünschte ihnen einen guten Appetit. Karl sah ihn überrascht an und nickte ihm zu.

»In der Abteilung haben sie mir gesagt, dass ich dich hier finden würde.« Er zog einen freien Stuhl unter dem Tisch hervor und setzte sich vor Karl. Dahl und Lindgren warfen ihm einen langen Blick zu. Einen halben Tag nach seiner Begegnung mit Slavros war sein Gesicht immer noch geschwollen und sein Auge unter der aufgeplatzten Braue blauschwarz verfärbt.

»Bist du gestürzt?«, fragte Lindgren. Die anderen lächelten.

»Etwas in der Art«, antwortete Thomas. »Die Bordsteine sind hoch in Arizona.«

»Du bist trotz meiner Warnung dorthin gefahren?«

»Es gab keine andere Möglichkeit.«

»Hast du das Mädchen gefunden?« Karl versuchte, das zähe graue Fleisch auf seinem Teller zu schneiden, was ein quietschendes Geräusch erzeugte.

»Nein, aber einige extrem interessante Erkenntnisse gewonnen.«

»Extrem interessant? Wirklich?«

Thomas nickte. »Ich bin letzte Nacht einer jungen Frau begegnet, die mir erzählt hat, dass ...«

»Hör mal zu, Ravn.« Karl legte seine Gabel und das Steakmesser ab und schaute Thomas nachsichtig an. Dann lockerte er seinen dunkelblauen Schlips. »Mein Tag beginnt um sechs Uhr morgens, wenn Louisa aufwacht. Wie schön das auch sein mag, so muss ich ihr doch im Bad und beim Anziehen helfen. Dann packe ich ihre Tasche, mache Frühstück und nebenher ihr Lunchpaket, ehe ich sie zum Kindergarten bringe. Danach fahre ich Susan zum Karolinska Krankenhaus, wo sie arbeitet, um anschließend im dichten Morgenverkehr quer durch die ganze Stadt zu fahren, während ich im Auto die ersten dienstlichen Gespräche führe. Wenn ich dann irgendwann auf dem Revier ankomme, fängt der Tag erst richtig an. Zehn Stunden am Stück, manchmal mehr, Sitzungen, Konferenzen, Recherchen, Vernehmungen, noch mehr Sitzungen, noch mehr Vernehmungen, jedem Briefing folgt eine Nachbesprechung, du weißt ja, wie das ist. Wenn mein Arbeitstag irgendwann vorbei ist, hole ich Susan vom Krankenhaus ab, falls sie nicht inzwischen die U-Bahn genommen hat, ehe ich erneut aufbreche, um Louisa von einer ihrer zahllosen Freizeitaktivitäten einzusammeln. Wenn ich an der Reihe bin, erledige ich nebenher die Einkäufe und bereite das Abendessen zu, das ich oft genug vor dem Computer einnehme. Dann schaue ich mir mit Susan die Spätnachrichten an, damit wir überhaupt irgendwas gemeinsam machen, oder wir gehen gleich zu Bett. Und am nächsten Tag geht alles wieder von vorne los. Verstehst du, worauf ich hinauswill?«

»Nein, nicht wirklich.«

»Es gibt nur einen einzigen Moment am Tag, an dem ich frei habe. Dreißig Minuten, um genau zu sein. Dreißig Minuten, die mir gehören, in denen ich denken kann, was ich will, falls ich überhaupt Lust zum Denken habe. Dreißig Minuten, in denen mir die Welt den Buckel runterrutschen kann. Weißt du, welche dreißig Minuten das sind?«

»Vermutlich die, in denen du hier sitzt.«

»Genau, Ravn. Genau die. Hier kann ich mich total entspannen.« Er blickte auf seine Armbanduhr. »Ich habe noch sieben Minuten. Also ganz ehrlich: Wie wichtig ist das, was du mir zu erzählen hast?«

Thomas lehnte sich zurück und zuckte die Schultern. »Ich weiß, dass du sehr beschäftigt bist, Karl, und es tut mir leid, wenn dich das Leben in der Vorstadt nicht so behandelt, wie du es verdienst, aber ich habe einen sehr guten Tipp bekommen, wo Masja sich aufhalten könnte.«

»Warum gehst du dem Tipp nicht selber nach?«, nuschelte Lindgren mit vollem Mund.

Thomas ignorierte ihn und schaute Karl durchdringend an. »Gestern Nacht, nachdem ich aus Arizona zurück war, habe ich den Tipp von einer Frau bekommen, die für diese wohltätige Organisation arbeitet – die ›Nachteulen‹ oder wie die heißen ...«

»Ah, die Großmutter-Brigade«, bemerkte Karl ironisch. »Die auf der Straße Kaffee ausschenken.«

»Suppe. Eine der Frauen kannte Masja von früher und hat mir erzählt, dass Slavros in Arizona ein Bordell betreibt.«

»Warum hast du es dann nicht gefunden?«

»Weil es unter der Erde liegt.« Er zeigte vielsagend nach

unten. »Unter dem Stripclub, den er dort hat. Angeblich werden dort die Prostituierten hingebracht, die kaum noch in der Lage sind, ihren Job zu machen, und vegetieren da unten den unwürdigsten Umständen vor sich hin.«

»Und warum hat deine Kontaktperson nicht längst Anzeige erstattet?«

»Woher soll ich das denn wissen? Vielleicht hat sie nicht sonderlich viel Vertrauen in euch.«

»Und woher willst du wissen, dass sie die Wahrheit sagt?«

»Ich sehe keinen Grund, warum sie mich anlügen sollte.«

»Vielleicht konnte sie dich ja genauso wenig leiden wie Slavros oder die Polizei.«

Dahl und Lindgren lachten über Karls Bemerkung.

»Oder sie mag generell keine Männer«, fügte Lindgren hinzu. »So ist das bei den meisten Prostituierten.«

»Sprichst du aus Erfahrung?«, fragte Thomas, ehe er sich wieder Karl zuwandte. »Ganz ehrlich, es erfordert nur eine einzige kleine Razzia, um es herauszufinden. Und selbst wenn Masja nicht dort sein sollte, können wir den Laden zumindest dichtmachen.«

»Ganz ehrlich?«, wiederholte Karl skeptisch. »Wie würdest du denn reagieren, wenn wir mit so einer Story zu dir nach Dänemark kämen? Würdest du dann nicht auch zumindest einen kleinen Beweis wollen?« Er wartete nicht auf Thomas' Antwort, sondern warf die Serviette auf den Tisch und stand auf. »Meine Freizeit ist beendet. Jetzt muss ich wieder an meinen Schreibtisch, auf dem mindestens 200 *wirklich wichtige* Sachen warten.«

»Es macht dir also zu viel Mühe, eine kleine Einheit nach Arizona zu schicken?«

»Ich hab dir doch schon erklärt, welche Ressourcen da nötig wären – Ressourcen, die wir viel effektiver woanders einsetzen können.«

»Und dass du Slavros endlich was nachweisen könntest, interessiert dich gar nicht?«

Karl holte tief Luft. »Was bedeutet es schon, wenn er da irgendein Bordell hat? Heimliche Bordelle gibt es in der ganzen Stadt und für mich spielt es keine Rolle, ob sie in Hjulsta, auf Södermalm oder in Gamla Stan liegen. Ob über oder unter der Erde, illegal sind sie sowieso, und irgendwann werden wir sie schon alle dichtmachen. Aber wir konzentrieren uns erst mal auf die Innenstadt, ehe wir uns den Außenbezirken zuwenden. Wir müssen schließlich Prioritäten setzen. Das ist übrigens genau der Grund, warum man sich niemals – niemals! – persönlich in etwas hineinziehen lassen sollte.«

Thomas wandte den Kopf ab.

»Das Jägerschnitzel kann ich übrigens nicht empfehlen«, sagte Karl und zeigte auf seinen Teller mit dem grauen Fleisch. »Noch einen schönen Tag.«

»Guten Rückflug nach Kopenhagen«, ergänzte Lindgren und klopfte Thomas auf die Schulter.

Thomas blieb sitzen und schaute Karl hinterher, dessen Mitarbeiter ihm auf dem Fuße folgten. Nachdem sie das Lokal verlassen hatten, drehte sich Thomas zu dem leeren Tisch um. Er hatte keinen Hunger, und die Überreste auf den Tellern verstärkten nur noch seine Übelkeit. Neben einem der Teller lag ein Steakmesser und blitzte ihn an. Er lehnte sich über den Tisch und wischte mit einer Serviette die Soße ab, ehe er es sich in die Tasche steckte.

Er blickte aus dem Fenster, wo der Schnee inzwischen in dicken Flocken fiel. Es führte kein Weg daran vorbei, er musste noch einmal nach Arizona.

55

Arizona-Markt

Es begann zu dämmern, und der fallende Schnee legte sich wie eine weiße Decke über die Dächer des Arizona-Markts. Von seinem Platz im Führerhaus des niedrigen Krans der »AK Byggnadsfirman« konnte Thomas das gesamte Gelände überblicken. Er hatte den Schotterweg gemieden, der direkt nach Arizona führte, und war stattdessen durch den Wald gegangen, um irgendwo ungesehen hineinzukommen. Sämtliche Grundstücke waren jedoch von hohen Mauern umgeben, die zusammen eine Art Schutzwall um Arizona bildeten. Auf halbem Weg entdeckte er eine Stelle, an der sie halb eingestürzt waren. Slavros' Club lag auf der gegenüberliegenden Seite von Arizona, und er wusste noch nicht, wie er ungesehen dorthin gelangen konnte. Er überlegte, noch ein wenig zu warten, um im Schutz der Dunkelheit die »Sniper Alley« entlangzuschleichen, doch war das Risiko, entdeckt zu werden, ziemlich groß. Er ließ seinen Blick über die Dächer schweifen, die wie ein weißes Mosaik unter ihm lagen. Er konnte nicht genau erkennen, ob sie bis zu Slavros' Club miteinander verbunden waren, doch schien ihm der Weg über die Dächer ziemlich vielversprechend zu sein.

Er stieg vorsichtig aus dem Führerhaus und balancierte bis zum Ende des Auslegers. Die schmale Konstruktion knarrte gefährlich unter seinem Gewicht. Er packte die rostige Seilwinde mit beiden Händen und schaute nach unten. Der große gelbe Haken, der etwa sechs Meter unter ihm hing, konnte ihm womöglich als Sprungbrett dienen, um auf das darunterliegende Garagendach zu gelangen. Langsam begann er sich abzufieren. Als die Wunde an seiner linken Hand aufplatzte, konnte er sich nicht mehr richtig festhalten und wurde viel zu schnell. Das Drahtseil brannte in seinen Handflächen. Schließlich ließ er es los, fiel mehrere Meter in die Tiefe und landete mit einem lauten Krachen auf dem Blechdach. Ein paar Hunde bellten in der Ferne. Thomas blieb ganz still liegen und starrte in den schwarzen Himmel, während die Flocken auf ihn niedersegelten. Er versuchte, wieder zu Atem zu kommen. Als das Hundegebell verklungen war, stand er auf und spähte über das dunkle Gelände. Der Lärm, den sein Aufprall verursacht hatte, schien keine weitere Aufmerksamkeit erregt zu haben. Er schlich über das Blechdach bis zu einer Mauer, hinter der das nächste Grundstück lag. Vorsichtig stieg er über den Stacheldraht auf der Mauerkrone und sprang auf das Dach einer etwas tiefer gelegenen Baracke. Er ging über das glatte Dach, wobei er den Weg, der parallel zu der Baracke verlief, nicht aus den Augen ließ. Mehrere Männer standen im Licht zweier Autoschweinwerfer zusammen, redeten und tranken Dosenbier. Als Thomas dicht an ihren Köpfen vorbeiging, stob ein wenig Schnee von seinen Schuhen auf, doch niemand nahm von ihm Notiz. Am Ende des Dachs setzte er seinen Weg über ein Gerüst fort, das unmittelbar hinter der Baracke stand, und gelangte zum nächsten Grundstück, auf dem sich eine kleine Autowerkstatt befand. In der offenen Garage waren vier, fünf Männer damit beschäftigt, einen Bentley Continental in seine Einzelteile zu zerlegen. Das teure Auto sollte offenbar als Ersatzteillager dienen. Ächzend hoben sie den Motorblock heraus.

Als Thomas auf das Dach des nächsten Carports sprang, knarrte das löchrige Plexiglas bedrohlich unter seinen Füßen. Zum nächsten Dach klaffte eine Lücke von einem halben Meter. Als Thomas sprang, rieselte der Schnee durch ein Loch auf einige schwarze BMWs, die darunter standen. Einer der Männer an dem Bentley drehte den Kopf und stieß seinen Nebenmann an.

»Was ist?«

»Hast du das gehört?«

»Ich hab nur deinen Furz gehört.« Er wandte sich wieder dem glänzenden V8-Motor zu, der an dem Flaschenzug hing. »Jetzt hilf mir doch mal!«

Der Mann drehte sich um und zog an der knirschenden Kette. Thomas kroch auf allen vieren über das dünne Dach und näherte sich langsam den Männern, die direkt unter ihm arbeiteten. Durch ein kleines Loch im Dach betrachtete er sie. Da sie unablässig zu dem Flaschenzug hinaufblickten, würden sie ihn bestimmt entdecken, wenn er versuchte, auf das nächste Dach zu springen. Er kletterte am anderen Ende des Carports hinunter, wo sich verschrottete Autos in vier Schichten übereinanderstapelten. Thomas kroch über die Dächer der obersten Reihe weiter. Als er das letzte Auto erreicht hatte, hielt er inne und sah auf den großen Platz, an dem Slavros' Baracken lagen. Aus der ersten dröhnte wieder laute Technomusik. Durch die offene Tür sah er, dass jede Menge Gäste da waren. In der hinteren Baracke mit den Stripperinnen leuchtete es rot durch die Sprossenfenster. Unter diesem Gebäude musste das geheime Bordell sein. Thomas kletterte von dem Autostapel herunter, zog sich die Kapuze tief in die Stirn und überquerte den Platz bis zu der hinteren Baracke. Ein Blick durch das in die Tür eingelassene kleine Fenster zeigte ihm, dass drinnen gähnende Leere herrschte. Anders wäre es ihm lieber gewesen, um im

Gedränge untertauchen zu können. Er stieß die Tür auf und trat in das rote Licht. In dem Lokal roch es säuerlich nach Schweiß und verschüttetem Bier. Hinter der Theke auf der anderen Seite des Raums brummte ein Stromgenerator, ansonsten war alles ruhig. Thomas zog das Steakmesser aus seiner Innentasche und verbarg es in seinem Ärmel. Er ging hinter die Theke und weiter in den angrenzenden Raum, in dem sich Kisten mit Schnaps und Paletten mit Dosenbier stapelten. Ein paar Meter weiter stand eine Tür offen, die nach draußen führte, wo ein Mann in sein Handy sprach. Thomas blickte sich rasch um. Neben dem Dieselgenerator entdeckte er eine offene Falltür. Er schlich zu der Luke und sah, dass eine steile Treppe nach unten führte.

Es knirschte unheilvoll, als er sie hinunterstieg. Eine defekte Neonröhre blinkte an der Decke und tauchte den langen, schmalen Gang in ein spärliches Licht. Es stank ekelhaft nach Exkrementen. Thomas würgte und hatte das Gefühl, sich jeden Moment übergeben zu müssen. Zu beiden Seiten des Gangs waren Türen. Hinter den ersten wurde gejammert und heftig gestöhnt. Als er Schritte auf der Treppe hörte, drehte er sich um. Ein paar schwere Stiefel schoben sich in sein Blickfeld. Thomas legte rasch sein Ohr an die nächste Tür. Da er nichts hörte, zog er sie auf und schlüpfte hinein. Es dauerte einen Moment, bis sich seine Augen an das schummrige Licht gewöhnt hatten. Auf der schmalen Pritsche an der hinteren Wand lag ein dürres Mädchen in einem schmuddeligen Nachthemd. Ihre bleiche Haut schimmerte im Dunkeln, ihre langen Haare standen ihr wie dorniges Gestrüpp vom Kopf ab. Als er sich der Pritsche näherte, zog sie automatisch ihr Nachthemd hoch und entblößte ihr Geschlecht. Er bemerkte die langen Striemen an der Innenseite ihrer Schenkel. Das Mädchen starrte mit leerem Blick an die Decke, während sie ein Wiegenlied summte. Thomas zog ihr Nachthemd wieder herunter, woraufhin sie zu summen aufhörte. Langsam drehte sie den Kopf und schaute ihn überrascht an.

»Ich brauche deine Hilfe«, sagte er, »damit wir alle von hier verschwinden können. Ich suche nach einem Mädchen in deinem Alter. Sie heißt Masja. Weißt du, in welchem Zimmer sie ist?«

Das Mädchen lächelte matt. Dann sah sie wieder an die Decke, summte vor sich hin und zog ihr Nachthemd hoch.

Thomas ließ sie gewähren, stellte sich an die Tür und lauschte. Nachdem er eine Weile keinerlei Geräusche gehört hatte, öffnete er leise die Tür und streckte den Kopf heraus. Der Gang war leer. Er würde sämtliche Räume durchsuchen müssen, unabhängig davon, ob Freier darin waren oder nicht. Er trat auf den Gang und schlich zur nächsten Tür. In diesem Moment öffnete sie sich, und Kemal kam heraus. Sie schauten sich überrascht an, ehe Thomas ihn rückwärts in das Zimmer zurückdrängte. Thomas zog sein Messer und drückte Kemal an die Wand. »Wo ist sie?«, knurrte er und hielt Kemal das Messer an die Kehle.

»Du kommst hier ... nicht lebend raus«, stammelte Kemal.

»Dann sind wir schon zwei.« Er drückte die Klinge an Kemals Hals.

»Sie ist im letzten Zimmer, verdammt. Im letzten Zimmer.«

Von der Pritsche neben ihnen stand ein junges Mädchen auf. Sie war ausgemergelt und hatte nicht ein Haar auf dem Kopf. Ihr linkes Auge war geschwollen, als hätte sie jemand geschlagen. »Puta!«, schrie sie auf Spanisch, prügelte auf Kemal ein und spuckte ihn an.

Es entstand ein Tumult, in dem Thomas das Messer aus der Hand rutschte. Als er sich danach bückte, rammte ihm

Kemal sein Knie in den Bauch, riss sich los und rannte aus dem Zimmer. Thomas schnappte nach Luft und setzte ihm nach, doch Kemal war bereits am anderen Ende des Gangs. Thomas gab die Verfolgung auf und lief stattdessen zum letzten der Zimmer. Er öffnete die Tür und trat ins Dunkel.

»Masja?«, rief er.

Niemand antwortete. Er ging zu der Pritsche, auf der nur eine zusammengerollte Steppdecke lag. Hinter ihm in der Türöffnung erschien das glatzköpfige Mädchen.

»Weißt du, wo Masja ist?«, rief er. »Das Mädchen, das vorher in diesem Zimmer war?«

»Masja ist weg. Sie hat Glück gehabt.«

»Weg? Was soll das heißen? Wo ist sie?«

»Abgeholt, *señor*. Von der Hyäne. Der Mann holt immer die Schwächsten ab.«

»Und du weißt wirklich nicht, wo sie jetzt ist?«

»Natürlich weiß ich das. *Con los ángeles blancos*. Bei den weißen Engeln. Sie ist tot. Hat ihren Frieden gefunden.«

»Wann? Wann ist sie verschwunden?«

»Gestern, glaub ich, oder vorgestern. Vielleicht war es auch letzte Woche oder letztes Jahr. Die Zeit verschwindet genau wie wir, macht uns zu Engeln.« Sie schlug mit ihren imaginären Flügeln und verschwand.

Vom anderen Ende des Gangs schallten Hundegebell und laute Stimmen herüber. Thomas tastete rasch nach dem Messer, ehe ihm einfiel, dass es noch in dem anderen Zimmer auf dem Boden lag. Er sah sich rasch nach einem Gegenstand um, mit dem er sich verteidigen konnte, fand auf die Schnelle aber keinen. Er drehte die Matratze um, woraufhin ein vergilbtes Notizheft auf den Boden fiel. Thomas bückte sich und hob es auf. Er blätterte hastig darin und überflog die ersten Zeilen, während die Stimmen lauter wurden.

29. November 2010. TAG 33. Noch über vierhundert. Ich bin Masja. Masja, 21 Jahre. Ich bin in der Hölle gelandet. Das ist mein Tagebuch, versteht ihr das. Nur für mich geschrieben. ... Um das alles irgendwie aushalten zu können. Um zu überleben. Um mich daran zu erinnern, dass ich noch am Leben bin.

Er steckte sich das Heft unter die Jacke und lief auf den Gang. Am anderen Ende kam Kemal in Begleitung von Slavros und dessen Pitbulls um die Ecke. Ein paar spärlich bekleidete Freier betrachteten neugierig den Aufruhr. Als die Hunde Thomas erblickten, knurrten sie bedrohlich und zerrten an der Kette. Slavros ließ die Kette los. Thomas flüchtete den Gang hinunter, der einmal abknickte und an der Leiter endete, die nach oben führte. Die wütend kläffenden Hunde hatten ihn fast eingeholt. Thomas sprang die Sprossen hinauf, doch einer der Hunde hatte bereits sein Hosenbein gepackt. Er verlor fast das Gleichgewicht, ehe er den Hund mit dem anderen Fuß zurückstoßen konnte. Über ihm pulsierten die Bässe hinter der geschlossenen Falltür. Er kletterte ganz hinauf und versuchte, sie mit dem Rücken aufzudrücken. In diesem Moment hatte Slavros die Leiter erreicht. »So, Dänenbulle, jetzt bist du geliefert!«

Die Falltür gab nach, der Techno schlug Thomas entgegen, der schnell das letzte Stück hochkletterte. Er warf die Falltür hinter sich zu und schob rasch ein paar Kisten Ballantine's darauf. Die barbusige Bedienung, die gerade ein Bier zapfte, schaute ihn verwundert an. »Was machst du da?«, fragte sie träge.

»Da unten läuft irgendein durchgeknallter Typ rum. Pass auf, dass er da nicht rauskommt, bis ich Slavros geholt habe.« Er zog zwei Hunderter aus der Tasche und drückte sie ihr in die Hand.

»Hier gibt's doch nur durchgeknallte Typen«, entgegnete sie kopfschüttelnd und steckte sich die Scheine in den Slip.

Er lief quer durch das Lokal, ohne sich noch einmal umzudrehen. Als er die Tür erreichte, stieß ihm jemand seine flache Hand vor die Brust und hielt ihn auf. »Wir hatten dir doch gesagt, dass du nicht wiederkommen sollst.« Mikhail sah ihn mit glasigen Augen an. Er war ziemlich berauscht und hatte keinen festen Stand. »Umso schlimmer für dich …«

Thomas packte ihn am Kragen und stieß seinen Schädel nach vorn. Ihm wurde schwarz vor Augen, weil er Mikhails Kopf ein wenig schräg getroffen hatte, doch der Stoß reichte aus, um Mikhail auf die Bretter zu schicken.

Thomas rannte über den Vorplatz zu ein paar Müllcontainern, die an der gegenüberliegenden Mauer standen. Er kletterte auf einen der Container und weiter auf die Mauer. In diesem Moment stürzte Slavros mit einigen seiner Männer und den Hunden aus der Baracke. Die Hunde hoben schnüffelnd ihre Schnauzen, um Witterung aufzunehmen, während Slavros und die anderen im Dunkeln umherspähten.

Thomas sprang etwa drei Meter in die Tiefe, landete auf dem schneebedeckten Waldboden und rollte über den Rücken ab. Er war sogleich wieder auf den Beinen und lief durch den dunklen Wald. Masjas Notizheft klebte an seinem verschwitzten Bauch.

56

Stockholm, 2013

Sitze im Hauptbahnhof bei McDonald's und warte auf Petra, die auf dem Klo ist. Wir sind jämmerliche zehn Minuten zu spät gekommen, um den Zug nach Kopenhagen zu erwischen … Es gibt so vieles, das ich dir erzählen will, Mama … Ich habe Geld … Du hättest uns sehen sollen, Mama, wie wir aus Arkans Sonnenstudio geflüchtet sind … Es war wie in diesem Film, den wir mal gesehen haben, in dem die beiden Frauen vor den Bullen geflohen und am Ende mit dem Auto über die Klippe gefahren sind, du weißt, welchen ich meine …

»Thelma and Louise«, murmelte Thomas vor sich hin. Er saß am hintersten Tisch des kleinen Cafés in der Bahnhofshalle. Gegenüber war das McDonald's-Restaurant, das Masja in ihrem Tagebuch beschrieb. Er blätterte weiter, las von Mikhail, der sie verfolgt hatte, und von Petra, die vor den Zug gesprungen war. Er las über die grauenvolle Nacht, in der Slavros Lulu erwürgt hatte. Ein brutaler Mord, der für Karl Luger und die Reichspolizei ausreichen würde, um Slavros festzunehmen und Anklage gegen ihn zu erheben. Die Bahnhofsuhr über dem Café zeigte 22.39 Uhr. Seit er in Rinkeby in die U-Bahn gestiegen war, hatte er nahezu pausenlos in dem Heft gelesen, nur unterbrochen von seinen Anrufen bei Karl, den er bis jetzt allerdings nicht erreicht hatte. Was er in Masjas Tagebuch gelesen und in Arizona am eigenen Leib erfahren hatte, war mehr als ausreichend, um Slavros für lange Zeit hinter Schloss und Riegel zu bringen. Nicht einmal Karl würde sich noch dagegen sperren können zu ermitteln. Doch all das war nur ein schwacher Trost angesichts der Tatsache, dass er zu spät gekommen war, um Masja zu retten.

»Wir schließen«, sagte der kräftige männliche Angestellte mit dem Nasenring, der ihn wie einen Stier aussehen ließ. Er räumte Thomas' Kaffeebecher ab und wischte mit einem schmutzigen Lappen über die Tischplatte. Thomas klappte das Heft zu und stand auf. Während er durch die Bahnhofshalle schlenderte, wählte er erneut Karls Nummer. Sofort sprang der Anrufbeantworter an, und diesmal legte Thomas auf, ohne eine weitere Nachricht zu hinterlassen. Er blickte zu dem hohen Deckengewölbe empor. Erst jetzt fiel ihm auf, wie sehr diese Bahnhofshalle dem Kirchenraum der *Vor Frelsers Kirke* zu Hause in Christianshavn ähnelte. Derselbe gotische Stil, dachte er, ohne ein Experte auf diesem Gebiet zu sein. Evas Sarg hatte im Mittelgang, nahe dem Altar gestanden. Perlmuttweiß, unter einem Meer von Blumen fast vollständig begraben. Ihre engsten Angehörigen, ihre Eltern sowie die beiden älteren Brüder hatten neben ihm in der ersten Reihe gesessen. Die restlichen Einwohner von Christianshavn hatten sich auf den hinteren Bänken versammelt oder draußen im Regen gestanden. Wildfremde Menschen, die von dem Mord in der Zeitung gelesen hatten, waren zu Hunderten erschienen, um ihr Mitgefühl zu bekunden. Die gesamte Trauerfeier war ihm so unwirklich vorgekommen, als wäre der Sarg leer gewesen. Als wäre Eva in diesem Moment bei der Arbeit oder zu Hause oder im Supermarkt unten am Christanshavns Torv einkaufen gewesen. Er hatte sich von der Zeremonie ausgeschlossen gefühlt und mit wachsender Frustration all diese Menschen betrachtet, die offensichtlich um *seine* Eva trauerten. Am liebsten hätte er sie angeschrien, sie sollten mitsamt ihrer aufdringlichen Trauer verschwinden – vor allem weil er selbst *nichts* gefühlt hatte. Nur eine unsagbare und allumfassende Leere. Eine Leere – wie er jetzt unter dem Bahnhofsgewölbe begriff –, die ihn seitdem von innen aufgefressen hatte.

Thomas' Hände begannen unkontrolliert zu zittern. Er ließ das Heft auf den Boden fallen, bückte sich und hob es rasch wieder auf. Eine plötzliche Panik trieb ihm den kalten Schweiß über den Rücken. Er bekam keine Luft und musste sich an einer Bank abstützen, um nicht umzufallen. Die Bahnhofshalle drehte sich im Kreis. Er ließ sich schwer auf die Bank sinken und riss den Reißverschluss seines Kapuzenpullovers auf. Versuchte, die Tränen aufzuhalten, die in Wellen von ihm Besitz ergriffen. Schließlich schluchzte er hemmungslos. Es war ihm zwar peinlich, doch er konnte nichts dagegen tun und ließ den Tränen freien Lauf.

Nach ein paar Minuten war das Ganze überstanden. Er sammelte sich ein wenig, wenngleich seine Kehle und seine Augen immer noch schmerzten. Ging mit seinem Handy ins Internet und fand dort die private Telefonnummer von Karl Luger. Zumindest gab es im Großraum Stockholm nur einen einzigen Eintrag unter diesem Namen. Thomas wählte die Nummer, die unter der Adresse in Mälarhöjden stand.

»Susan Luger«, meldete sich eine dünne Frauenstimme am anderen Ende.

Thomas stellte sich rasch als dänischen Kollegen ihres Mannes vor und entschuldigte sich für seinen späten Anruf. »Ist Karl zu Hause?«

»Leider nein«, antwortete Susan. »Geht es um die *Parole*?«
»Die Parole? Ich glaube, ich verstehe nicht ganz ...«
»Die jährliche Dienstbesprechung. Danach gibt's beim Polizeiverband immer was zu essen. Sie nennen das Leichenschmaus.«

»Ach, natürlich, das Essen«, entgegnete Thomas. »Ich wusste nur nicht genau, wo das stattfindet.«

»Die Räumlichkeiten des Polizeiverbands befinden sich in der Myntgatan 5, Karls zweitem Zuhause«, erklärte sie fröhlich. »Gehen Sie einfach zum Brantingstorg in Gamla Stan und dann immer den Uniformierten nach.«

»Vielen Dank für Ihre Hilfe.«

»Keine Ursache, aber ich glaube, Sie sind schon ziemlich spät dran.«

»Mein ewiges Schicksal«, entgegnete er und brachte sie zum Lachen. »Nochmals vielen Dank.«

57

Thomas stand von der Bank auf. Trotz der späten Stunde herrschte in der Bahnhofshalle ein reges Treiben, und so folgte er dem Strom der Menschen zum Haupteingang. Draußen schneite es kräftig. Die Leute rissen sich um die Taxis. Schließlich gelang es ihm, eins zu ergattern. Er setzte sich verfroren auf die Rückbank und nannte dem Fahrer die Adresse. Als sie Norrmalm hinter sich gelassen hatten und auf der Vasabrücke Richtung Gamla Stan fuhren, zog Thomas das Notizheft aus der Tasche. Er betrachtete die vergilbte Vorderseite mit Masjas Namen, der aussah, als hätte ihn ein Kind geschrieben. Die Lektüre selbst war unerträglich, und er sträubte sich fast dagegen, die letzten Seiten zu lesen. Doch er fühlte sich schon deshalb dazu verpflichtet, um zu sehen, ob es weitere Beweise gegen Slavros oder Hinweise auf Masjas Schicksal gab.

Thomas las vom Besuch der Hyäne. Wie er sie befühlt und gesagt hatte, dass sie nun bald bereit sei. Das Grauen, das sie beschrieb, erschwerte es Thomas, klar zu denken, doch er musste sich nüchtern an die Fakten halten, die das Heft enthielt. Zunächst hatte er Slavros für den Täter gehalten, doch so grausam er auch war, gab es in dem Tagebuch keinerlei Hinweise auf seine Täterschaft. Wenn Masja schon vor mehreren Tagen von der Hyäne abgeholt worden war, wie das Mädchen im Keller behauptet hatte, war es wahrscheinlich, dass ihre Leiche schon bald auf einem der Schrottplätze in Hjulsta auftauchen würde. Er musste Karl dazu bringen, die Überwachungsmaßnahmen zu verschärfen, sie vielleicht sogar auf die übrigen Schrottplätze in ganz Stockholm auszuweiten. In der Zwischenzeit konnten sie nach dem Wagen fahnden, den Masja beschrieben hatte. Das musste doch eine lösbare Aufgabe sein, wenn man bedachte, wie wenige solcher Modelle aus den 70er-Jahren in Schweden noch registriert waren. Er tippte auf unter hundert, vielleicht auch nur ein Dutzend.

»Ich muss einen kleinen Umweg fahren«, erklärte der Taxifahrer, als sie Gamla Stan erreichten.

»Bitte?«, fragte Thomas geistesabwesend und blickte von dem Heft auf.

»Straßenarbeiten, die Myntgata ist teilweise gesperrt«, sagte der Fahrer und zeigte auf die Absperrung und die gelben Warnlichter, die im Dunkeln blinkten.

»Wenn Sie sich nur beeilen ...«, entgegnete Thomas. Er blätterte hin und her. Es schnitt ihm ins Herz, von Masjas einsamem Kampf in dem Keller zu lesen. Wie sie ihre Entzugserscheinungen unter größten Qualen erduldet und genug Heroin gesammelt hatte, um schließlich eine Überdosis nehmen zu können. Sein Hass auf Slavros nahm neue Dimensionen an, als er von der Nacht las, in der er Masja wiederbelebt hatte, nur um sie später diesem Psychopathen ausliefern zu können.

Vergib mir, Mama. Wenn du dich noch an mich erinnerst.

Als er die letzten Seiten in ihrem Tagebuch gelesen hatte, musste sich Thomas in die Wangen beißen, um seine Tränen zurückzuhalten. Auf der letzten Seite hatte Masja die Hyäne als jemanden beschrieben, der über Slavros stand. Der seine schützende Hand über ihn hielt. Thomas wusste nicht recht, was für Schlüsse er daraus ziehen sollte. Vielleicht bedeutete es, dass es einen Hintermann gab. Er nahm sein Handy und wählte ein weiteres Mal Karls Nummer. Er musste etwas über Slavros' Organisation erfahren. »Sind wir nicht gleich da?«

»In zwei Minuten«, antwortete der Fahrer.

Erneut sprang Karls Mailbox an. Thomas legte auf und steckte das Handy in die Tasche zurück. »So viel Zeit habe ich nicht«, knurrte er frustriert.

Der Fahrer murmelte etwas Unverständliches, das wie ein Fluch klang. Im nächsten Augenblick bog er in die Myntgata ein. Ein Stück die Straße hinunter sah Thomas einige Beamte, die rauchend vor einem großen gelben Gebäude standen. Alle trugen offenbar ihre Galauniform und schienen bester Laune zu sein.

Der Fahrer hielt am Bordstein. »Hat ja doch noch geklappt«, sagte er mürrisch.

Thomas gab ihm ein paar Scheine.

Während der Fahrer das Wechselgeld heraussuchte, bemerkte Thomas den undeutlichen Text auf der Rückseite des Hefts. Er hielt das Heft gegen die Deckenlampe. Die Buchstaben waren dunkel und verwischt, als wären sie mit Ruß oder Erde geschrieben worden.

»Hier«, sagte der Fahrer und wollte ihm ein paar Münzen geben.

»Ist schon okay«, murmelte Thomas, während er versuchte, die Schrift zu entziffern.

Das ist mein letzter Brief, Mama. Ich weiß, wer die Hyäne ist. Nicht, dass mir das irgendwie hilft.

Mikhail war heute Nacht bei mir. Er war betrunken. Zum Glück zu betrunken, um mir was anzutun. Er hat mich verhöhnt, dass ich sterben muss. Dass es für mich keinen Ausweg gibt. Dass meine Leiche bald auf dem Schrottplatz gefunden werden wird. Er hat mir erzählt, dass die Hyäne später kommt, um mich zu holen. Dass er schon oben mit Slavros an der Bar sitzt. Ich hab ihm gesagt, dass die Polizei eines Tages alles rausfinden und sie festnehmen wird. Dass sie vielleicht in diesem Moment schon auf dem Weg sind. Mikhail hat nur gegrinst und gesagt, dass sie gerade einen verprügelt hätten, der nach mir gefragt hat. Der mich retten wollte. Ich kann mir nicht vorstellen, wer das sein soll. Wahrscheinlich hat mich Mikhail nur angelogen, um mich noch verzweifelter zu machen. Um mich in den Wahnsinn zu treiben. Dann hat er gesagt, jetzt, wo ich sowieso sterben werde, könnte er mir auch ein Geheimnis anvertrauen. Es gäbe einen Grund, warum man die Hyäne nie geschnappt hat. Weil er keiner von ihnen ist. Weil er über allem steht. Über dem Gesetz.

Die Hyäne ist ein BULLE.

Thomas rollte das Heft zusammen und steckte es in die Tasche.

»Hey, Chef, alles okay?«, fragte der Taxifahrer. »Sie sehen ja aus wie jemand, der gerade ein Gespenst gesehen hat.«

Ohne zu antworten stieg Thomas aus dem Wagen. Ein paar Uniformierte schauten flüchtig zu ihm herüber. Das Letzte, was Masja geschrieben hatte, wollte noch nicht richtig in seinen Kopf. Er ging an den Beamten vorbei, bis er die beiden Flügeltüren der Hausnummer 5 erreicht hatte. Mikhail konnte sie natürlich angelogen, sie zum Narren gehalten haben. Aber warum hätte er das tun sollen? Was brachte ihm das? Es war eine Tatsache, dass seit Jahren ein Serienmörder sein Unwesen im Prostituiertenmilieu trieb, ohne jemals erwischt worden zu sein. Ohne dass je ein Verdächtiger festgenommen worden war. Und es war ebenso eine Tatsache, dass niemand versuchte, Slavros' kriminellen Machenschaften in Arizona einen Riegel vorzuschieben. Wenn Mikhail die Wahrheit gesagt hatte, stellte sich die Frage, wie weit die Stockholmer Polizei in all das verwickelt war.

Thomas betrat die Eingangshalle mit der breiten Treppe. Aus dem ersten Stock drangen laute Stimmen und Gelächter. Gestern war Masja noch am Leben gewesen. Er hatte sie um Haaresbreite verpasst. Eine schwache Hoffnung begann in ihm zu wachsen. Vielleicht war es doch noch nicht zu spät.

Thomas eilte die Treppe hinauf und ging durch die offenen Glastüren zu den Räumlichkeiten des Polizeiverbands. Einige Beamte standen noch schwatzend an den runden Tischen, die von den Kellnern bereits abgeräumt wurden. Am anderen Ende des Raums wurde sich lauthals unterhalten. Sechs Beamte mittleren Alters saßen um einen Tisch und prosteten sich mit klirrenden Cognacgläsern zu. Vor ihnen standen zwei leere Karaffen.

Thomas hielt in dem länglichen, mit blau-gelben Fähnchen geschmückten Raum nach Karl Ausschau, konnte ihn aber nirgends erblicken. Er wandte sich an zwei Beamte, die in der Tür standen.

»Luger? Den hab ich schon eine ganze Weile nicht mehr gesehen«, antwortete der eine.

»Ich glaube aber nicht, dass er schon nach Hause ist«, ergänzte der andere. »Irgendwo hier wird er schon sein.«

Thomas bedankte sich und ging weiter. Er betrachtete die gerahmten Fotos an der Wand, die von Betriebsausflügen und Jubiläumsfeierlichkeiten stammten. Auf einem davon entdeckte er Karl Luger. Er trug ein kurzärmliges Hemd und stand mit ein paar ernst aussehenden Männern vor einer Jagdhütte. Auf einer Plakette auf dem dunklen Rahmen stand: *Der Vorstand des Polizeiverbands, anno 2007.*

»Hey, Jönsson, hast du den Autonomen reingelassen?«, rief ein kräftiger Beamter, der plötzlich hinter Thomas stand und ihm auf die Schulter haute.

Die Polizisten am Tisch blickten auf und lachten.

»Sieht eher aus wie ein Drogenfahnder«, bemerkte ein rotgesichtiger Mann. »Versteck den Stoff, Ivar.«

Es folgte lautstarkes Gelächter.

»Trinkst du ein Glas mit uns?«, fragte der Mann hinter Thomas und schwenkte die noch ungeöffnete Cognacflasche in der Hand.

»Nein, danke.« Thomas lächelte gezwungen. »Ich suche nach Karl Luger. Hat jemand von euch ihn gesehen?«

»Der ist mit den Stripperinnen abgehauen!«, rief Jönsson. Die anderen grinsten.

»Tut mir leid«, sagte der Beamte mit der Cognacflasche und setzte sich zu seinen Kollegen. Thomas drängte sich am Tisch vorbei und ging zu der angelehnten Tür des letzten Büros. Er schob sie auf und warf einen Blick hinein. Der kleine Raum wurde als Garderobe benutzt und war abgesehen von den Mänteln, die sich auf dem Schreibtisch häuften, vollkommen leer. In diesem Moment hörte er Stimmen, die vom Hinterhof kamen. Er trat ans Fenster, das auf den Hof hinausging, und blickte auf den runden Platz hinab, auf dem mehrere Gestalten standen und miteinander redeten, doch er konnte sie nicht näher erkennen. Er drehte sich um und eilte durch den Festsaal zur Treppe. Als er zurück in die Eingangshalle kam, sah er ein Stück entfernt die Tür zum Innenhof.

Auf dem runden Innenhof schlug ihm die kalte Nachtluft entgegen. Mit seiner geschlossenen hohen Häuserfront und seiner Lage mitten in dem Gebäude erinnerte ihn der Brantingtorg an die Rotunde des Kopenhagener Polizeipräsidiums. Es war vollkommen still. Wer auch immer hier eben noch gestanden hatte, musste durch eine der zahlreichen Passagen, die zu den umliegenden Straßen führten, verschwunden sein. Sein Blick fiel auf den großen Springbrunnen mit dem Piedestal mitten auf dem Hof. Oben auf dem Piedestal kniete eine nackte, dünne Frau. Thomas ging langsam zu der hellen Gestalt, die sich von dem Dunkel abhob. Die schlanke Gestalt mit den halb langen Haaren blickte über den Platz. Ihre Ähnlichkeit mit den ermordeten, weiß gekalkten Mädchen war nicht zu übersehen. Fast als wäre der Täter beim Künstler in die Lehre gegangen.

Susan hatte den Polizeiverband als *Karls zweites Zuhause* bezeichnet. Thomas blickte zu den Räumen im ersten Stock hinauf, wo ein paar Beamte an den Fenstern standen und plauderten. Hatte Karl in all den Jahren dort gesessen und die Frau auf dem Platz angesehen? War er irgendwann wie besessen von dem Gedanken gewesen, sie nachzubilden? Thomas verwarf diesen Gedanken, er wirkte allzu weit hergeholt.

Er ging durch die enge Passage, die ihn zurück auf die Myntgata führte.

»Hatten Sie nicht nach Kriminalkommissar Luger gesucht?«

Thomas drehte sich zu dem Mann um, der gerade aus dem Gebäude des Polizeiverbands trat und seinen Mantel anzog. »Das stimmt, haben Sie ihn gesehen?«

»Sie müssen ihn ganz knapp verpasst haben, er ist gerade nach Hause aufgebrochen.« Der Beamte nickte ihm zu und verschwand in Richtung Parkplatz.

Thomas hielt nach einem Taxi Ausschau. Er musste Karl heute Abend noch erreichen, und wenn er ihn aus dem Bett klingelte.

58

Thomas wartete fünf Minuten, die ihm wie eine Ewigkeit vorkamen, bevor endlich ein Taxi vorbeikam. Er sprang vor allen wartenden Beamten auf die Fahrbahn und setzte sich auf den Beifahrersitz.

»Wohin?«, fragte der dunkelhäutige Fahrer über den lauten Hip-Hop hinweg, der aus den Lautsprechern dröhnte.

»Das sage ich Ihnen, wenn Sie den Lärm ausgemacht haben«, entgegnete Thomas und fand Karls Adresse in der Kontaktliste seines Handys.

Der junge Mann lächelte und stellte die Musik ein klein wenig leiser.

»Immer noch zu laut, Opa?«

»Ugglemossvägen 5.«

»In Mälarhöjden? Wo die Snobs wohnen?«

»Keine Ahnung. Ich muss jedenfalls schnell dorthin.«

»Wie schnell?«

Thomas zog sein Portemonnaie aus der Tasche und sah, dass er noch 800 Kronen in bar hatte. Er gab dem Fahrer sechs Hunderter.

»Dann schnall dich gut an, Opa.« Der Fahrer trat das Gaspedal durch und ließ die Reifen quietschen.

Auf der Ringstraße in Richtung Mälarhöjden herrschte immer noch dichter Verkehr. Aus unerfindlichen Gründen schienen alle Stockholmer das Zentrum verlassen zu wollen. Was den Taxifahrer, der ständig die Spur wechselte, um seine Geschwindigkeit von 170 km/h halten zu können, nicht im Mindesten störte. Thomas stemmte unwillkürlich die Füße gegen den Boden und hielt sich am Griff zu seiner Rechten fest. Falls Schweden nach einem Nachfolger für die Formel-1-Legende Ronnie Peterson suchte, war dieser hiermit gefunden.

»Der Griff hilft dir nicht viel, wenn wir einen Unfall bauen«, sagte er grinsend. »Irgendwelche Herzprobleme, Alter?«

»Konzentrieren Sie sich lieber auf die Straße, dann wird's schon gutgehen.«

»Hab alles unter Kontrolle. Ist für mich eine gemütliche Spazierfahrt«, entgegnete er und raste auf der Überholspur an ein paar ungläubigen Verkehrsteilnehmern vorbei.

Neuneinhalb Minuten später waren sie in Mälarhöjden und fuhren den Ugglemossvägen hinunter.

»Welche Hausnummer?«, fragte der Fahrer und begutachtete die Villen zu beiden Seiten.

»Fünf.«

»Scheiße. Hier ist 90. Ganz schön lange Straße, Mann.« Er gab erneut Gas und jagte die dunkle Straße entlang, deren Villen, die hinter niedrigen weißen Zäunen lagen, sich bis ins Unendliche fortzusetzen schienen. Nach wenigen Minuten zeichneten sich vor ihnen zwei rote Rücklichter ab. Als sie näher kamen, sah Thomas zu seinem Erstaunen, dass es sich um einen alten schwarzen Mercedes handelte. »Das Auto vor uns, könnte das aus den Siebzigern sein?«, fragte er den Fahrer.

»Ja, das ist ein alter SEL. Mein Schwager hat auch mal so einen gehabt. Mit V8-Motor, der hält quasi ewig.« Er blinkte und schickte sich an, den Mercedes zu überholen.

»Nein, bleiben Sie hinter ihm«, bat Thomas.

»Ich dachte, wir hätten's eilig«, entgegnete der Fahrer und leistete unwillig Folge.

»Jetzt nicht mehr«, sagte Thomas und kratzte sich seine Bartstoppeln. Das musste genau so ein Auto sein, wie Masja es beschrieben hatte. Was für ein absurder Zufall. Thomas beugte sich vor und versuchte, den Fahrer vor ihnen zu erkennen, doch die getönten Scheiben des Mercedes hinderten ihn daran. Er notierte sich das Kennzeichen. »Halten Sie ein bisschen mehr Abstand.«

»Ist das ein Bekannter von dir?«

»Schon möglich. Wie weit ist es noch?«

Der Fahrer warf einen Blick aus dem Seitenfenster. »Ich glaube, wir sind gerade an der 52 vorbeigefahren. Willst du nicht, dass er dich erkennt?«

»Kann man so sagen.«

»Echt cool.« Der Fahrer ging grinsend vom Gas und ließ den Mercedes ein bisschen an Abstand gewinnen, als wäre er ein Fisch an seiner Angel, dem er etwas Leine gab.

Als sie zu den letzten Häusern der Straße kamen, leuchteten die roten Bremslichter des Mercedes auf.

»Halten Sie hier!«

Der Fahrer hielt an.

»Scheinwerfer aus.«

»Schuldet der dir Geld?«

Thomas hob die Hand zum Zeichen, dass er die Klappe halten sollte. Der schwarze Mercedes hielt direkt vor Karls Haus. Das konnte nur eins bedeuten: Karl war die Hyäne. Als eines der hohen Tiere bei der Reichspolizei hatte er alle Möglichkeiten, die Ermittlungen zu vereiteln. Was sein Motiv anging, so wusste Thomas, dass es Psychopathen in allen Schichten der Gesellschaft gab, warum also nicht auch hier, im Stockholmer Villenviertel? Es konnte nicht anders sein. Thomas strich sich nervös durch die Haare. An wen bei der Reichspolizei sollte er sich jetzt wenden? Und war Masja womöglich noch am Leben?

»Du wirkst ziemlich gestresst, Alter. Alles okay?«
Thomas nickte rasch.
»Alles in Ordnung.«
»Ich will nämlich keinen Ärger haben, kapiert?«
»Gibt keinen Ärger.«

In diesem Moment ging die Beifahrertür des Mercedes auf. Ein Mann in Uniform wankte auf die Straße. Er drehte sich um und knallte die Tür zu.

»Ach, du meine Fresse, ein besoffener Bulle«, lachte der Taxifahrer.

Thomas erkannte ihn im Schein der Straßenlaternen. Es war Karl. Er winkte dem Mann hinter dem Steuer betrunken zu, der kurz hupte. Karl torkelte langsam auf die Haustür zu. In diesem Moment gab der Mercedesfahrer Gas und fuhr weiter.

Es war keine Zeit zu verlieren. »Fahren Sie!«, rief Thomas.

»Du machst mir Angst, Alter. Was geht denn hier ab?«

Thomas zog den Reißverschluss seines Kapuzenpullovers herunter und zeigte dem Fahrer seinen Dienstausweis.

»Darf ja wohl nicht wahr sein!« Der Fahrer warf die Hände in die Luft. »Wenn das rauskommt, dass ich den Bullen helfe, machen die anderen mich fertig.«

»Es geht um Leben und Tod, glauben Sie mir!«

Der Fahrer zuckte gleichgültig die Schultern. »Du hattest doch noch zweihundert in deinem Portemonnaie, die interessieren mich viel mehr.«

»Okay, die gehören Ihnen, aber jetzt fahren Sie!«

Der Fahrer nickte und machte sich an die Verfolgung.

59

Die nächsten zehn Minuten folgten sie dem schwarzen Mercedes in gehörigem Abstand durch Mälarhöjden. Je näher sie dem Strandviertel kamen, desto größer und exklusiver wurden die Villen und Fahrzeuge.

»Wo ist er geblieben, verdammt?«, stöhnte Thomas, als sie um die Ecke bogen und der Mercedes plötzlich verschwunden war.

Der Fahrer schüttelte den Kopf. »Keine Ahnung. Soll ich's in der nächsten Seitenstraße probieren?« Er zeigte auf die Abzweigung vor ihnen.

»Nein, fahren Sie weiter geradeaus.« Sie blieben noch ein paar hundert Meter auf der Straße, bis sie an eine Kreuzung kamen. »Hier rein«, sagte Thomas.

Als sie fast das Ende der Sackgasse erreicht hatten, entdeckte Thomas den schwarzen Mercedes in der Einfahrt eines roten Backsteinhauses. Es war ein enorm großes Gebäude mit einem protzigen Eingangsbereich. Die massive Haustür mit den dunklen Schnitzarbeiten und den schmiedeeisernen Beschlägen hätte auch zu einer mittelalterlichen Burg gehören können. In diesem Moment meldete sich die Taxizentrale. Das laute Geräusch erschreckte den Fahrer, der sofort leise stellte. »Sind wir … da?« Thomas gab ihm die zwei Hunderter und öffnete die Tür. »Warten Sie bitte!« Er stieg aus dem Wagen.

»Ich hab aber noch andere Kunden, Alter. Viel Glück!« Der Fahrer lehnte sich rasch über den Beifahrersitz und zog die Tür zu, ehe Thomas protestieren konnte. Eine entschuldigende Geste folgte, dann wendete er den Wagen und fuhr. Als das Taxi verschwunden war, herrschte vollkommene Stille. Thomas blickte an dem Haus hoch und meinte, das Meer riechen zu können. Er schlich zu dem Mercedes, der in der Einfahrt stand, und warf einen Blick durch das Fahrerfenster. Abgesehen von der grauen Schiebermütze, die auf dem Beifahrersitz lag, gab es keinen Hinweis auf den Besitzer des Wagens. Als Nächstes ging er zu dem grünen Briefkasten am Eingang des Vorgartens und steckte die Hand in den Schlitz, um zu sehen, ob Post darin war, aus der hervorging, wer hier wohnte, aber der Briefkasten war leer. Dann ging er zur Haustür, doch auch hier war kein Namensschild. Behutsam versuchte er, den Türknauf zu drehen, aber die Tür war verschlossen. Thomas überquerte den schneebedeckten Rasen und gelangte auf die Rückseite des Hauses. Das parkähnliche Anwesen endete am Wasser, wo ein kleines Bootshaus stand. Von hier aus hatte man einen freien Blick über den Mälarsee, auf dem die Lichter einiger vorübergleitender Schiffe in der Dunkelheit leuchteten. Solch eine Aussicht musste ein Vermögen wert sein. Er drehte sich um und blickte zu der ersten Etage hinauf. Trotz der vorgezogenen Gardinen sah er, dass in einem der Zimmer Licht brannte. Als er an der Hausmauer entlangschlich, entdeckte er, dass das Küchenfenster einen Spaltbreit geöffnet war. Er zog einen Kugelschreiber aus der Tasche und führte ihn behutsam zwischen Rahmen und Scheibe entlang. Nach ein paar Versuchen glückte es ihm, den Fensterhaken zu lösen. Er schob das Fenster auf und kletterte durch die schmale Öffnung auf die breite Spüle. Von dort ließ er sich auf den gefliesten Küchenboden gleiten und lauschte. Im Haus war es vollkommen still. Sein Blick wanderte durch die Küche und das angrenzende Esszimmer. Auf dem langen massiven

Eichentisch lagen eine Uniformjacke und eine Dienstmütze. Er untersuchte die Jacke, doch ihre Taschen waren leer. Dann schlich er in den Eingangsbereich, wo sich an einer Wand weiße Hirschgeweihe aneinanderreihten. Er ging zu der ersten Tür, die in zwei riesige Wohnräume führte, die direkt hintereinanderlagen. Hier war es eiskalt, doch von dem großen offenen Kamin, über dem ein gealterter Elchkopf das Zimmer überblickte, stieg ihm ein schwacher Aschegeruch in die Nase. Im Halbdunkel erkannte Thomas antike Louis XVI-Möbel. Eine Standuhr in der Ecke tickte wehmütig. Auf einem niedrigen Regal standen einige Schwarz-Weiß-Fotos in silbernen Rahmen. Es schien sich um alte Familienporträts zu handeln. Ein Hochzeitsbild, ein Mann in Offiziersuniform, ein Foto eines Ehepaares mit einem kleinen Jungen vor dem schwarzen Mercedes. Thomas griff danach und sah sich den Mann näher an, doch kam er ihm nicht bekannt vor. Er stellte das Foto wieder hin und ging in die Eingangshalle zurück. Aus dem ersten Stock drang leise Musik, sie klang wie die Erkennungsmelodie einer alten Fernsehserie. Vorsichtig stieg er die Wendeltreppe mit dem weichen Velourstreppich hinauf. Als er den oberen Absatz erreicht hatte, bemerkte er den bläulichen Lichtkeil, der aus einem der Zimmer kam. Er ging hin und schob die Tür vorsichtig auf. Ein älterer Mann mit einer kantigen Brille saß in einem Sessel vor dem Fernseher. Vor ihm stand ein Glas Milch, in das er einen Keks tauchte. Thomas erkannte in ihm den Mann von dem Foto. Er hatte ihn noch nicht bemerkt, und Thomas fürchtete, er würde einen Herzanfall bekommen, wenn es geschah. Er holte seinen Dienstausweis hervor und klopfte freundlich lächelnd an die Tür. Es dauerte einen Moment, bis der Mann seinen Blick von dem Bildschirm abwandte und ihn kurz ansah. Dann wandte er sich wieder dem Fernseher zu und schob sich den aufgeweichten Keks in den Mund. Als Thomas zwei Schritte vortrat, sah er, dass im Fernsehen ein alter Western lief.

»Was sehen Sie da?«, fragte er.

Der Mann kaute zu Ende, ehe er antwortete. »Hopalong Cassidy ... sechste Folge.«

»Wie heißen Sie?«

»Hopalong Cassidy ... sechste Folge.«

Thomas nickte. »Sind noch andere Menschen in diesem Haus?«

»Hopalong Cassidy ...«

»Sechste Folge, ich verstehe«, sagte Thomas und klopfte dem Mann sanft auf die Schulter.

Er verließ das Zimmer und sah sich im ersten Stock um, ohne eine andere Person zu entdecken. Wer auch immer seine Uniformjacke auf den Tisch gelegt und dem alten Mann ein Glas Milch aufgewärmt hatte, schien nicht mehr im Haus zu sein.

* * *

Thomas betrachtete das ausgestopfte Eichhörnchen, das auf dem Sekretär im Eingangsbereich stand. Zwischen den Vorderpfoten hielt es eine Eichel, an der es zu knabbern schien. Eigentlich sah es sehr friedlich aus, dennoch musste Thomas an die Fotos der ausgestopften Frauen denken, die Karl ihm gezeigt hatte. Er dachte darüber nach, sich das Bootshaus im Garten einmal näher anzusehen, als er ein metallisches Rasseln hörte. Es schien irgendwo aus der Tiefe zu kommen. Thomas sah sich im Eingangsbereich nach einer Tür um, die in den Keller führte, ging jedoch in die Küche zurück, weil das Rasseln hier am besten zu hören war. Neben der Tür zu einem kleinen Hauswirtschaftsraum führte eine steile Treppe nach unten. Ein schwaches Licht kam ihm entgegen, als er Stufe um Stufe hinabstieg.

Thomas schlich an einer großen Zinkwanne vorbei, die eine kalkartige Flüssigkeit enthielt und weiter zu einem länglichen Kellerraum. Es roch so beißend nach Formaldehyd, dass er kaum atmen konnte. Er spähte durch den langen Raum, der von einer Reihe von Regalen unterteilt wurde, in denen Kisten mit verstaubten Glaskolben neben ausgestopften Vögeln und Kriechtieren standen. An der hintersten Wand stand ein Mann, der ihm den Rücken zugekehrt hatte. Er trug einen weißen Kittel und machte sich an einem altmodischen Flaschenzug zu schaffen.

Thomas näherte sich ihm vorsichtig und bemerkte, dass er nicht allein war. Auf einer Pritsche, die an der Wand lehnte, war ein spindeldürres nacktes Mädchen mit breiten Lederriemen festgeschnallt. Thomas sah sich rasch nach einem Gegenstand um, mit dem er sich verteidigen konnte. Auf dem Regalbrett neben ihm entdeckte er einen kleinen Kreuzschlitzschraubendreher. Als er nur noch wenige Meter von dem Mann in dem Kittel entfernt war, ging er hinter ein paar Kisten in Deckung. Das Mädchen auf der Pritsche hatte nur wenig Ähnlichkeit mit dem auf Nadjas Foto, doch er zweifelte nicht, dass es sich um Masja handelte. Thomas bemerkte die Kanüle, die in ihrer Leiste steckte. Sie war durch einen Gummischlauch mit einem Apparat verbunden, der vor ihr auf einem Rollwagen stand. Unter dem Tisch standen mehrere Kolben mit verschiedenen Flüssigkeiten. Als der Mann sich umdrehte, zog Thomas den Kopf ein.

»Ich setze große Erwartungen in dich«, zischte der Mann.

Eine stabile Atemschutzmaske bedeckte den Großteil seines Gesichts.

»Lassen … Sie mich … endlich sterben«, kam es kaum hörbar aus Masjas Mund.

»Das ist die richtige Einstellung«, entgegnete der Mann munter und drehte sich zu ihr um. »Die anderen haben ein schreckliches Theater gemacht. Ich glaube, das allein hat den Prozess negativ beeinflusst. Zu viele negative Gedanken.«

»Warum … haben Sie sie … dann ausgestellt?«

»Man zerstört keine misslungene Skizze, sonst lernt man ja nichts. Auch wenn die eigenen Fehler noch so schmerzen, muss man ihnen ins Auge sehen.«

»Sie sind krank.«

Er zuckte die Schultern. »Nennen wir es lieber ehrgeizig und zielstrebig.«

»Zielstrebig?«

»Was mein Lebenswerk angeht. Mein lieber Vater«, er zeigte nach oben, »war ein Meister in der Kunst der Tierpräparation. So habe ich es jedenfalls empfunden, als ich noch ein Junge war. Damals hat er mich gelehrt, das auszustopfen, was er und seine Freunde bei der Jagd erlegt hatten. Ich weiß gar nicht, wie viele Fasane ich im Laufe der Zeit in diesem Keller präpariert habe.« Er schüttelte vielsagend den Kopf. »Das war sein großes Hobby. *Papa* hat immer gesagt, dass er sich im Keller am besten entspannen kann. Dass er hier seine Sorgen vergisst. Es herrscht wirklich eine ganz eigene Ruhe hier, findest du nicht?« Er warf einen Blick auf das Display des Apparats und tippte eine Zahlenkombination auf der Tastatur ein.

»Als ich älter und erfahrener wurde, begriff ich, dass er ein Amateur war. Ein tüchtiger Amateur, Gott bewahre, doch ich habe ihn dabei erwischt, wie er bei den Nähten und vor allem beim Gerben geschludert hat. Vielleicht verstehst du ja, wie enttäuscht man ist, wenn das große Idol vom Sockel stürzt. Aber *Papa* hat mir trotzdem die grundlegenden Techniken beigebracht, und dafür werde ich ihm ewig dankbar sein.«

Er bückte sich und schraubte den Deckel von einem der Kolben ab, die unter der Maschine standen.

»Sie haben Ihre Leichen ... geschminkt?«

»Aber nein, meine Liebe.« Er schüttelte den Kopf. »Das hört sich ja so an, als wäre ich irgendein Bestatter.«

»Sind Sie das denn nicht?«, fragte sie müde.

»Weit gefehlt. Ein Bestatter sorgt dafür, dass die Leichen so attraktiv aussehen wie möglich. Er schafft die Illusion, dass der Tod etwas Schönes ist. Lenkt die Gedanken der Angehörigen von dem Prozess der Verwesung ab. Ich hingegen versuche, das Leben einzufangen. Ein perfektes weibliches Objekt zu erschaffen, das die nächsten tausend Jahre ohne die geringsten Anzeichen von Alterung überdauert. Ein Symbol für alles Lebende.«

»Warum gerade ich? Ich bin weder hübsch noch ...«

»Ein Künstler muss sich an zahlreichen Arbeiten versuchen, ehe er sein Meisterwerk erschaffen kann. Glücklicherweise gibt es genügend Material wie dich, an dem ich meine Techniken erproben kann. Wusstest du, dass das Chlorid in meiner Mischung am besten wirkt, je geringer der Body-Mass-Index ist?« Er zeigte beschwingt auf einen der Kolben unter der Maschine. »Und dass ein Objekt, also *du*, am besten konserviert wird, wenn man ihm regelmäßig Morphium verabreicht? Die Stresshormone hingegen, die während des Entzugs ausgeschüttet werden, haben auf den Prozess einen sehr destruktiven Einfluss.« Er zuckte mit den Schultern. »So bin ich also ständig mit neuen Herausforderungen konfrontiert. Früher, als die Leute noch kein Fastfood in sich hineingestopft und weniger Medikamente genommen haben, war es natürlich einfacher. Verglichen mit den Problemen, vor denen ich heute stehe, war das Einbalsamieren vor hundert Jahren geradezu ein Kinderspiel.«

Er schüttelte leicht den Kopf. Dann zog er ein kleines Reagenzglas aus seiner Tasche und goss die Flüssigkeit in den ersten Behälter, dessen durchsichtige Lösung sich grün färbte, worauf er ihn sofort wieder verschloss. »Wenn es mir diesmal gelingt, dann verspreche ich dir, deinen Körper zu erhalten und ihm einen Ehrenplatz zu geben.« Er zeigte auf die ausgestopften Tiere in dem Regal. »Dann werde ich dir nicht die Haut abziehen und dich ausstopfen, sondern dich so bewahren, wie du bist.«

»Leck mich am Arsch«, murmelte sie.

Der Mann erhob sich und ging zu ihr. Er nahm die Atemschutzmaske ab und wischte die Tropfen ab, die das Kondenswasser auf seinem Kinn und seinen vollen Lippen hinterlassen hatte. Thomas betrachtete ihn von seinem Versteck aus. Er erkannte den Kriminalkommissar sofort. Es war Lindgren. Karls geschätzter Mitarbeiter, seine rechte Hand. Lindgren war die Hyäne – der Mann, der jahrelang mit den Recherchen der Morde betraut gewesen war, die er selbst begangen hatte. Seine Position, ein inkompetenter Vorgesetzter und Slavros' Organisation hatten ihn in all den Jahren davor bewahrt aufzufliegen. Lindgren würde noch ewig weitermorden, wenn er ihn jetzt nicht aufhielt.

»Es gibt keinen Grund, vulgär zu werden«, sagte Lindgren und liebkoste Masjas Brüste mit seinem Gummihandschuh. »So hässlich und entstellt bist du gar nicht. Ich kann sehen, dass du einmal sehr hübsch warst. Den Männern den Kopf verdreht hast. Das könnt ihr Frauen. Ihr bringt uns dazu, euch zu vergöttern. Saugt uns das Mark aus den Knochen, um euren grenzenlosen Hunger nach Anerkennung zu stillen. In dieser Hinsicht sind alle Frauen gleich. So verdammt gleich.« Er strich ihr über die Haare. »Und natürlich seid ihr am schönsten und formvollendetsten, wenn der Tod noch weit weg ist ... leb wohl ...«

Er drehte sich zu der Maschine um und streckte seine Hand nach dem grünen Knopf aus.

Thomas' Hand krampfte sich um den Schraubenzieher.

Der Abstand zu Lindgren war zu groß, als dass er ihn hätte aufhalten können. Stattdessen warf er den Schraubenzieher quer durch den Keller. Mit einem lauten Klirren traf er die Zinkwanne. Lindgren drehte sich um. »Papa, bist du das?« Als keine Antwort kam, ging er an den Regalen entlang. »Papa? Du weißt doch, dass du nicht hier unten sein sollst.«

Thomas schlich um das Regal herum zu Masja. Sie sah ihn beunruhigt an, sagte jedoch kein Wort. Er zog schnell die Kanüle aus ihrer Leiste. Im nächsten Moment traf ihn ein Schlag am Hinterkopf. Lindgren stand über ihm. »Du schon wieder, verdammter Däne? Wird man dich denn nie los?« Er trat Thomas so hart in den Bauch, dass ihm die Luft wegblieb. Dann zog er den Kittel zur Seite und griff nach dem Pistolenholster, das er um die Hüfte trug. »Du hättest zu Hause bleiben sollen. Du störst hier alles, kapierst du das nicht? Du störst den Prozess.« Lindgren zog seine Dienstpistole und entsicherte sie. Thomas erblickte die Kanüle, die auf dem Boden lag. Er griff nach ihr und stürzte vor. Mit einer präzisen Bewegung stieß er die Nadel in Lindgrens Oberschenkel. Lindgren schrie auf und taumelte zurück. Thomas richtete sich halb auf und schlug mit der flachen Hand auf die Tastatur des Apparats. In diesem Moment sprang die Pumpe an und pumpte die grüne Substanz durch den Schlauch in die Kanüle. Lindgren feuerte einen Schuss ab. Die Kugel prallte vom Boden ab, zerschmetterte einen Glaskolben im Regal und schlug ein Loch in die Zinkwanne, aus dem sofort eine weiße Flüssigkeit lief. Lindgren sank mit blutunterlaufenen Augen zu Boden. Die Pistole fiel ihm aus der Hand, während Schaum aus seinem Mund quoll. Er versuchte, sich die Kanüle aus dem Oberschenkel zu ziehen, doch seine Hände zitterten bereits zu unkontrolliert. Schließlich kippte er zur Seite und blieb liegen. Thomas kam langsam auf die Beine und löste die Lederriemen, die

Masja an die Pritsche fesselten. Danach zog er seine Jacke aus und legte sie ihr um die Schultern. »Schaffst du das?«

Sie nickte, während sie mit den Zähnen klapperte. »Wer ... bist du?«

»Ich heiße Thomas. Ich kenne deine Mutter. Sie hat mich gebeten, nach dir zu suchen.«

»Ja?«

Er nickte.

»Ist ... ist er tot?«

Thomas bückte sich und betrachtete die Leiche. Ihre Gesichtsfarbe war gelb, die Lippen waren zu einem stummen Schrei verzerrt. »Ja, er ist tot.«

»War ... war er ein Bulle?«

Thomas nickte und zog sein Handy aus der Tasche.

»Wen rufst du an?«

»Einen Krankenwagen.«

»Nein ...« Sie schüttelte den Kopf. »Ich will nur nach Hause.«

»Du musst unbedingt von einem Arzt untersucht werden.«

»Ich bin okay. Können wir nicht einfach abhauen?«

»Ehrlich gesagt, siehst du nicht sehr gesund aus.«

»Allzu schön bist du auch nicht gerade.«

»Ich meine es ernst – du brauchst unbedingt ärztliche Hilfe. Außerdem bin ich sicher, dass auch die Polizei gerne mir dir reden möchte.«

Sie schüttelte entschieden den Kopf. »Mit der Polizei rede ich auf keinen Fall.«

»Willst du Slavros nicht anzeigen?«

»Was soll das schon bringen? Gegen den kommt keiner an.«

Er zuckte die Schultern. »Schon möglich, aber was ist mit den anderen Mädchen? Denen im Keller?«

»Ich weiß nicht …« Plötzlich schluchzte sie auf und begann am ganzen Körper zu zittern. »Kannst du mich nicht einfach nach Hause bringen?«

»Okay«, sagte er und legte ihr tröstend die Hand auf die Schulter.

»Danke«, antwortete sie und trat einen Schritt zurück. Offenbar war ihr die Berührung unangenehm. »Wie hast du mich gefunden?«

Er zog das Heft aus seiner Jacke. »Ich habe dein Tagebuch gelesen.«

60

Schweden

Die scharfe frostig weiße Sonne stand niedrig zwischen den Bäumen und warf ihr flackerndes Licht auf die Landstraße und den alten schwarzen Mercedes. Die Füße auf dem Armaturenbrett, den Kopf an Thomas' Schulter gelehnt, döste Masja vor sich hin. Im Keller hatten sie ihre Sporttasche und ihren hellblauen Jogginganzug gefunden, den sie jetzt trug. Sie wirkte so zart und zerbrechlich, dass sie in dem großen braunen Ledersitz fast verschwand. Sobald sie wieder in Dänemark waren, würde er dafür sorgen, dass sie von einem Arzt untersucht wurde. Falls *er* sie nicht dazu überreden konnte, musste es ihre Mutter tun. Seit sie aus Lindgrens Keller verschwunden waren, hatten sie dreihundert Kilometer zurückgelegt und würden mindestens noch einmal so weit fahren müssen, bis sie zu Hause in Christianshavn ankamen. Er schaute auf die Uhr. Es war jetzt halb sieben, und Karl Luger würde bestimmt noch ein paar weitere Stunden seinen Rausch ausschlafen, ehe er zurückrief. Thomas wollte ohnehin erst mit ihm sprechen, wenn sie die Øresundbrücke überquert hatten und in Sicherheit waren. Er war überzeugt, dass Karl Himmel und Hölle in Bewegung setzen würde, um sie zu erwischen, wenn er erst einmal die ganze Tragweite des Falls begriffen hatte. Für die Techniker der Reichspolizei würde es ein Fest werden, Lindgrens Keller unter die Lupe zu nehmen, und vermutlich würde es nur Sekunden dauern, um unumstößliche Beweise für seine Täterschaft zu finden. Die Senilität seines Vaters konnte in dieser Hinsicht als Segen betrachtet werden, und Thomas war ziemlich sicher, dass er seine Tage im örtlichen Pflegheim und in glücklicher Unwissenheit über die Taten seines Sohnes beschließen würde. Nicht ganz so sicher war er indes, ob Karl dem zu erwartenden Orkan standhalten würde. Die Reichspolizeileitung, die Politiker und nicht zuletzt die Medien würden sich auf ihn stürzen, wenn erst bekannt wurde, dass der gesuchte Serienmörder aus den Reihen der Polizei kam. Er hoffte für Karl, dass er gestern noch einmal ordentlich gefeiert hatte, denn der Kater, der nun folgen würde, dürfte bis weit in die Zukunft reichen.

61

Christianshavn, 2013

Eduardo stürzte in das Havodderen und hielt einer jungen dunkelhaarigen Frau galant die Tür auf. Sie waren beide völlig durchnässt von dem trommelnden Regen, der draußen niederging.

An der Theke saßen Thomas mit einem Bier und Victoria mit einem Wermut. Møffe, der unter Thomas' Barhocker lag, wedelte mit dem Schwanz, als er Eduardo erblickte.

»Johnson?«, rief Edurardo und nahm seine beschlagene Brille ab. »Du hast nicht zufällig ein Handtuch für mich und meine *Señorita?*«

»Das ist doch hier kein Badehotel«, gab Johnson zurück, nahm zwei saubere Wischtücher und warf sie Eduardo zu.

»Gracias«, sagte er und fing sie auf.

Møffe protestierte brummend, als er ein paar Tropfen abbekam, während die beiden sich die Haare trocken rieben, und verzog sich weiter unter den Barhocker.

Eduardo bestellte ein Bier, zog den Reißverschluss seiner Jacke herunter und warf mehrere schwedische Zeitungen auf die Theke.

»Wo hast du die denn her?«, fragte Johnson.

»Hab ich im Magasin am Kongens Nytorv gekauft, da kommen wir gerade her.«

»Hätte ich ja nicht gedacht, dass ein alter Kommunist wie du überhaupt da einkaufen geht«, scherzte Johnson.

»Für meinen guten Freund hier tue ich alles«, entgegnete Eduardo und klopfte Thomas auf die Schulter.

Johnson griff nach dem *Expressen*, der zuoberst lag. Auf der Titelseite war ein großes Foto von Erik Lindgren. Quer darüber stand in roten Buchstaben: DER PSYCHO-BULLE. Auch die anderen Zeitungen hielten sich mit reißerischen Schlagzeilen nicht zurück.

»In Schweden ist echt die Hölle los. Seltsamerweise wird aber in keiner Zeitung dein Name erwähnt«, stellte Eduardo ein wenig entrüstet fest.

»Dabei hat Thomas ihn doch persönlich zur Strecke gebracht. Was schreiben sie denn darüber?«, wollte Victoria wissen.

»Sie schreiben nur, dass die Todesursache noch untersucht wird«, antwortete Eduardo.

»Sollte ja eigentlich nicht so schwer sein, die festzustellen«, entgegnete Thomas. »Als ich Lindgren verlassen habe, hatte er eine Kanüle im Bein.«

Johnson blickte von dem Artikel auf, den er gerade überflog. »Die schreiben hier immerhin, dass die dänische Polizei eine *gewisse Hilfe* geleistet hat.«

»Ravn, wir bereiten selbst gerade eine große Artikelserie über die Sache vor«, sagte Eduardo und sah Thomas begeistert an. »Ich dachte, dass wir alles aus deiner Perspektive …«

»Vielen Dank«, unterbrach ihn Thomas, »aber ich will nicht in die Zeitung.« Eduardo nahm seine Brille ab, die immer noch beschlug. »Aber die Öffentlichkeit hat doch ein Recht darauf, die Wahrheit zu erfahren. Es war ausschließlich dein Verdienst, dass der Täter gestoppt wurde.«

»Worauf die Öffentlichkeit ein Recht hat, ist mir ziemlich egal.«

»Ach, komm schon, Ravn, jetzt sei nicht so bescheiden«, schaltete sich Victoria ein. »Ich will jedenfalls dieses eine

Mal in der Zeitung lesen, wie wir's den Schweden gezeigt haben.«

»Hauptsache, Masja ist wieder zu Hause. Damit ist die Sache erledigt.« Thomas hob sein Glas und prostete den anderen zu.

»Wie geht's ihr denn?«, fragte Johnson. »Ich hab Nadja den ganzen Tag nicht erreicht.«

»Masja ist immer noch zur Beobachtung im Krankenhaus. Sie machen dort alle möglichen Tests mit ihr. Aber sie ist guten Mutes. Die Krankenschwestern kümmern sich rührend um sie.«

»Schwer zu glauben, dass sie jemals darüber hinwegkommen wird«, sagte Johnson.

»Wenn ich so einem Psycho begegnet wäre, hätte ich wahrscheinlich mein Leben lang Angst«, fügte Eduardos junge dunkelhaarige Freundin hinzu.

»Du siehst sowieso ein bisschen schreckhaft aus«, sagte Victoria kühl und schickte eine Rauchwolke zur Decke hoch.

»Hat Masja ... dir irgendwelche Einzelheiten erzählt?«, fragte Johnson.

Thomas schüttelte den Kopf. »Nein, ich glaube, sie will das alles einfach hinter sich lassen.«

»Sehr verständlich«, sagte Johnson und schob die Zeitung weg. Er nippte an seinem Kaffee. »Ist jedenfalls alles gutgegangen, Ravn.«

Thomas zuckte die Schultern. »Ich hab einfach Glück gehabt.«

»Mehr als Glück. Du bist eben ein großartiger Ermittler.«

»Was verstehst du denn davon?«, fragte Thomas verlegen.

»Das meine ich ernst. Ich kenne niemand, der so beharrlich ist wie du – wenn du erst mal Lunte gerochen hast.« Er nahm die Flasche Jim Beam und ein Shotglas aus dem Regal und stellte beides vor ihn hin. Thomas machte eine abwehrende Geste, ehe Johnson einschenken konnte. »Danke, aber dafür ist es mir noch zu früh.«

Johnson zuckte die Schultern und stellte die Flasche wieder ins Regal. »Muss doch aber ein gutes Gefühl sein, oder?«

»Es fühlt sich vor allem unwirklich an.«

Johnson schien nicht ganz zu verstehen, was er meinte. »Und was jetzt? Wann fängst du wieder auf dem Innenstadtrevier an?«

Thomas schüttelte den Kopf. »Ich weiß nicht, ob ich das tun werde.«

»Aber die müssen doch heilfroh sein, wenn du wiederkommst.«

»Fragt sich eher, ob ich Lust dazu habe, und daran habe ich so meine Zweifel.«

»Warum zweifelst du denn? Du hast doch mehr ausgerichtet als die gesamte schwedische Polizei.«

Thomas atmete tief durch. Er wusste nicht recht, wie er das erklären sollte, also ließ er es bleiben.

»Jetzt hör schon auf, Ravn zu quälen«, sagte Victoria. »Natürlich hat der Mann seine Zweifel. Er ist gerade in Schweden gewesen, dem Heimatland aller Zweifler, da kann man schon mal ein bisschen plemplem werden.«

Johnson wischte mit einem Lappen über die Theke und warf ihr einen kühlen Blick zu. »Seit wann bist du eigentlich eine Expertin für schwedische Verhältnisse? Ich kann mich nicht erinnern, dass du je die Øresundbrücke überquert hast.«

Victorias Augen wurden schmal. »Du weißt sehr gut, dass ich diesen Schandfleck ganz bewusst ignoriere. Diese Brücke ist scheiße und nur gebaut worden, damit die Schweden ihre grässlichen Volvos noch besser nach Mitteleuropa verkaufen können.«

Thomas erhob sich von seinem Barhocker. Das Gespräch hatte eine Wendung genommen, die ihn zu langweilen begann.

»Bist du immer noch so nachtragend, Victoria?«, fragte Johnson. »Nur weil du einmal Diesel in deinen alten Volvo Amazon geschüttet hast?«

Die anderen lachten.

»Das war kein Amazon, sondern ein PV. Und wie oft muss ich dir noch erklären, dass die Zapfsäulen nicht richtig markiert waren?« Sie nippte an ihrem Wermut. »Was ist mit dem Mercedes, Thomas, behältst du den?«

»Den haben die Techniker abgeholt und nach Stockholm zurückgeschickt.«

»Eigentlich ein schöner Wagen.«

»Ja, wenn man nicht drandenkt, was im Kofferraum gelegen hat«, entgegnete er.

Victoria stellte ihr Glas ab. »Da ist was Wahres dran.«

Thomas zog ein paar Scheine aus seiner Tasche.

Johnson schüttelte den Kopf. »Das geht aufs Haus. Und wo willst du eigentlich hin? Draußen regnet's in Strömen.«

»Aufs Innenstadtrevier. Ich bin zu einem Gespräch einbestellt worden. Der Polizeipräsident möchte schrecklich gern wissen, was ich eigentlich in Stockholm gemacht habe?«

»Die sollten dir einen Orden verleihen«, sagte Johnson.

»Wenn ich Glück habe, komme ich mit einem Anschiss davon.« Thomas zog an Møffes Halsband. Der Hund grunzte widerwillig und räumte seinen gemütlichen Platz.

62

Völlig durchnässt betrat Thomas die Ermittlungsabteilung des Innenstadtreviers. Mit den Händen trocknete er sich notdürftig das Gesicht ab, während er sich vergeblich nach jemandem umschaute, den er kannte. Møffe schüttelte sich, dass das Wasser nur so aus seinem Fell stob.

»Ravn!«, rief Mikkel und winkte ihn an seinen Schreibtisch.

Thomas nickte und durchquerte den Raum.

Mikkel stand auf und applaudierte. »Wenn du nicht so klatschnass wärst, würde ich dich glatt ...«

»Umarmen, wie nett«, ergänzte Thomas und drückte Mikkel an sich, ehe sich dieser in Sicherheit bringen konnte.

»Pfui Teufel«, sagte Mikkel grinsend, nachdem er sich von Thomas befreit hatte, und betrachtete den großen feuchten Fleck auf seinem Hemd. »Unglaublich, diese Sache in Stockholm. Und ich dachte, du wärst noch beurlaubt.«

Thomas lächelte verlegen. »So kann man sich täuschen.«

»Es heißt, da waren lauter tote Nutten in dem Keller«, sagte Melby und begrüßte ihn.

Thomas gab ihm notgedrungen die Hand. »Ganz so schlimm war es auch nicht.«

»Aber der Typ war ein perverser Psycho, oder?«

»Ich hab keine Ahnung, was ihn angetrieben hat.«

Mikkel setzte sich auf die Tischkante. »Du bist also einfach so in den Keller rein? Ohne Absicherung, ohne Dienstpistole, ohne Funkgerät?«

»Meine Glock lag ja leider hier im Waffenschrank«, entgegnete Thomas lächelnd.

Mikkel haute ihm auf die Schulter. »Mensch, Ravn, gegen dich ist Rambo echt ein Waisenknabe!«

»War vielleicht nicht sonderlich durchdacht das Ganze.«

»Großartig, dass du wieder da bist.« Mikkel drehte sich halb zum Nebentisch um, an dem ein junger blonder Beamter saß. »Tim, du kannst dann rüber zu Allan, ihr versteht euch doch so gut.«

Tim schaute verwundert von seinem Computer auf. »Aber ... das ist doch hier mein Platz.«

»Nein, nein, das hast du missverstanden. Das war nur dein Platz, solange Ravn nicht da war. Sei froh, dass du so lange unter Erwachsenen sitzen durftest. Komm schon, pack deine Sachen.« Er machte eine entsprechende Handbewegung.

Tim wollte gerade aufstehen.

»Bleib sitzen«, sagte Thomas. »Ich bin nur zu Besuch.«

Mikkel schaute ihn an. »Wie meinst du das denn?«

»Brask hat mich einbestellt.«

»Okay, aber danach?«

Thomas bückte sich, ohne zu antworten, und knotete Møffes Halsband um ein Bein von Melbys Schreibtisch.

»Das ist der fetteste Polizeihund der Welt«, sagte Melby und warf Møffe einen verstohlenen Blick zu.

»Dennoch kann er wahnsinnig fest zubeißen. Es wäre also dumm, ihn zu beleidigen, wenn er in Hörweite ist.«

Melby rollte mit seinem Stuhl sicherheitshalber ein Stück zur Seite.

Als Thomas kurz darauf Klaus Brasks kleines Eckbüro betrat, stand der Polizeidirektor am Fenster und blickte auf den Halmtorv hinaus, der traurig im strömenden Regen lag. »Überall wird gegen Gesetze verstoßen, wohin man auch schaut, und das auch noch direkt vor unseren Augen.« Er schüttelte müde den Kopf. »Als wäre man in einem Fort, das von blutdürstigen Indianern belagert wird.« Er ließ die Gardine wieder vors Fenster fallen und drehte sich zu Thomas um. »Aber das betrifft dich ja nicht. Du bist ja immer noch beurlaubt?«

Thomas antwortete nicht, sondern zog einen Stuhl vor den Schreibtisch und setzte sich.

»Ach, nimm doch Platz«, sagte Brask säuerlich, während er um den Schreibtisch herumging und sich schwer auf seinen Stuhl sinken ließ. »Die Schweden sind außer sich«, fuhr er fort.

»Das ganze Land oder nur die Polizei?«

Brasks Augen wurden schmal. »Jetzt spiel hier nicht den Witzbold. Ich bin heute nicht zu Scherzen aufgelegt. Ganz und gar nicht.«

»Tut mir leid«, entgegnete Thomas und zuckte mit den Schultern.

»Die schwedischen Behörden klingeln Sturm bei mir, und ich verstehe nicht die Hälfte von dem, was sie sagen.«

»Dabei sollten sie doch froh sein, einen Fall weniger auf dem Schreibtisch zu haben.«

»Ich kann dir versichern, dass sich die Freude in Grenzen hält, wenn einer von den eigenen Leuten getötet wird.«

Thomas runzelte die Stirn. »Sie werden Erik Lindgren wohl kaum noch als einen der *Ihren* betrachten. Der Mann war ein Serienmörder. Ich hätte eher gedacht, dass sie sich gar nicht schnell genug von ihm distanzieren können.«

»Jedenfalls nicht so schnell, wie du dich vom Tatort entfernt hast. Im Wagen des Täters, mit der Kronzeugin.«

Thomas schüttelte den Kopf. »Ich habe ständig versucht, Kontakt zu den schwedischen Behörden aufzunehmen. Habe mehrmals bei Lindgrens direktem Vorgesetzten angerufen, der aufgrund einer Party des Polizeiverbands allerdings ... indisponibel war.« Thomas sah davon ab, Karl noch mehr in die Bredouille zu bringen, indem er erzählte, dass er sich in volltrunkenem Zustand von Lindgren hatte nach Hause kutschieren lassen.

Brask beugte sich über den Schreibtisch. »Ich kenne deine Art, Ravn. Also gehe ich einmal davon aus, dass du den Leuten da oben mit Sicherheit genauso auf den Wecker gefallen bist, wie du hier allen auf den Wecker fällst.«

»Es tut mir sehr leid, wenn dieser Eindruck entstanden ist. Ich bin jederzeit bereit, persönlich nach Stockholm zu fliegen und eine Aussage zu machen. Ich habe in Notwehr gehandelt, das werden auch die technischen Untersuchungen beweisen. Lindgren war bewaffnet und hat zwei Mal auf mich geschossen.«

»Niemand bei der Reichspolizei will, dass du zurückkommst, das kannst du mir glauben.«

»Was ist dann das Problem?«

»Das Mädchen.«

»Das Mädchen? Sprichst du von Masja?«

»Exakt«, antwortete Brask und schnippte mit den Fingern.

»Warum wollen sie mit ihr reden? Sie weiß auch nicht mehr über Lindgren, als ich ihnen erzählen kann.«

»Und was ist mit Lindgrens Komplizen?«

Thomas rutschte auf dem Stuhl hin und her. Seine nasse Jeans klebte bereits an der Plastiksitzfläche fest. »Lindgren hat allein gearbeitet, aber seine schützende Hand über Vladimir Slavros und seine Leute gehalten. Die schwedische Polizei muss sich bloß mal aufraffen und in Arizona eine Razzia durchführen, dann werden sie schon genügend Beweise finden, um Slavros festzunehmen.«

Brask öffnete einen Aktenordner, der auf dem Tisch lag,

und blätterte darin. »Die Reichspolizei hat bereits eine Razzia in dem Gebiet nördlich von Hjulsta durchgeführt und dabei 18 Kilo Kokain und 8 Kilo Heroin beschlagnahmt. Außerdem eine große Anzahl an Luxusautos sowie Hehlerware mit einem geschätzten Gesamtwert von 3 Millionen schwedischen Kronen.«

»Da draußen wurde auch ein Bordell betrieben, was ist mit den Mädchen?«

Brask fuhr mit dem Zeigefinger an dem Text hinunter. »In Verbindung mit der Razzia wurden insgesamt 35 Personen verschiedener Nationalität festgenommen. Die meisten von ihnen werden vermutlich ausgewiesen, nachdem sie ihre Haftstrafe abgebüßt haben. Das gilt sicher auch für die festgenommenen Frauen, wenn sich herausstellt, dass sie als Prostituierte gearbeitet haben.«

»Ja, natürlich«, entgegnete Thomas sarkastisch. »Dann hat die schwedische Polizei ihr Ziel doch schon erreicht, oder?«

»Nicht ganz.« Brask schaute von seinen Unterlagen auf. »Vladimir Slavros war leider nicht unter den Festgenommenen. Dafür wird jetzt in ganz Europa nach ihm gefahndet. Die schwedische Polizei würde sich mit dem Mädchen gern darüber unterhalten, wo sie mit der Suche beginnen sollen.«

»Sehr verständlich, aber ich glaube nicht, dass sie das weiß. Masja wurde mit den anderen Mädchen in einem Keller gefangen gehalten.«

»Das allein macht sie schon zu einer Kronzeugin, sollte es zu einem Prozess kommen. Die Schweden sind jedenfalls sehr an ihr interessiert.«

»Dann müssen sie sich an sie wenden.«

»Das Problem ist nur, dass sie mit niemandem reden will, nicht mal mit uns.« Brask faltete die Hände. »Ehrlich gesagt, sieht es fast so aus, als wollte sie Slavros schützen.«

»Wann habt ihr versucht, mit ihr zu reden?«

»Melby war gestern Abend bei ihr im Krankenhaus.«

»Melby?« Thomas schnaubte höhnisch. »Dem würde ich auch nichts anvertrauen, selbst wenn es um mein Leben ginge. Der benimmt sich wie ein Elefant im Porzellanladen und hat nicht die geringste Empathie. Sie muss erst mal zu sich selbst kommen, zu allem Abstand gewinnen.«

»Hat sie dir etwas erzählt?«

»Überhaupt nichts.« Thomas warf einen flüchtigen Blick zum Fenster. Er überlegte, ob er Brask ihr Tagebuch geben sollte, schon allein, um ein wenig Zeit zu gewinnen. Doch ohne ihre ausdrückliche Genehmigung wäre das nicht fair. Letztendlich musste Masja selbst entscheiden, ob sie ihnen helfen wollte.

»Du denkst nach, Ravn«, sagte Brask, während er ihn durchdringend ansah. »Das ist nie förderlich. Was verschweigst du uns?«

»Nichts.«

»Du und das Mädchen, ihr habt doch ein besonderes Verhältnis, oder?« Aus seinem Mund klang das Wort »besonderes« fast vulgär.

»Ist mir nicht bekannt«, antwortete Thomas.

»Ach komm, Ravn! Du hast ihr das Leben gerettet. Das schafft doch eine ganz besondere Verbundenheit.«

»Wenn du das sagst.«

»Das Mädchen ist dir dankbar, dass du sie gerettet hast. Hat vielleicht sogar das Bedürfnis, sich irgendwie erkenntlich zu zeigen. Das ist Alltagspsychologie.«

»Eher Küchenphilosophie, bei allem Respekt.« Er lächelte Brask gezwungen an. »Jedenfalls ist Masja mir überhaupt nichts schuldig.«

Brask lehnte sich zurück und faltete die Hände vor der Brust. »Du könntest ja trotzdem mal mit ihr reden und sie dazu überreden, mit uns und den Schweden zu sprechen.«

»Ich hab ihr schon gesagt, dass ich finde, sie sollte Slavros anzeigen. Aber wenn sie das nicht schafft, ist das ihre Sache. Ich finde, ihr solltet ihr erst mal ein bisschen Zeit geben. Vielleicht ist sie ja dann irgendwann so weit, darüber zu reden.«

»Irgendwann so weit ...« Brask schüttelte den Kopf. »Wie kann man nur so stur sein? Hat das was mit deiner eigenen Sache zu tun? Soll das jetzt etwa deine persönliche Rache werden?«

»Ich verstehe nicht ganz, was du ...«

Brask hörte ihm nicht länger zu. »Glaub mir, wir haben alles getan, was in unserer Macht stand, um den Einbruch bei dir und ... und den Mord an Eva aufzuklären.«

Thomas Hände krampften sich um die Armlehnen. »Ich ... ich halte das streng auseinander.«

Brask stand auf und schaute auf ihn hinunter. »Vielleicht solltest du das gar nicht.«

»Bitte?«

»90 Prozent aller Raubüberfälle werden von organisierten Banden aus Osteuropa verübt. Und so jemand wie Slavros hat sicher jede Menge Kontakte. Kontakte, die wir nicht haben. Vielleicht würde er ja mit sich handeln lassen.«

Thomas schwieg.

»Wer weiß. Wenn wir Slavros schnappen, kommen wir vielleicht auch an Informationen, die uns direkt zu Evas Mörder führen.« Er lächelte entgegenkommend, bis Thomas von seinem Stuhl aufstand. Thomas hätte Brask am liebsten an seinem fleckigen Schlips gepackt und ihn damit erwürgt. Seine Theorie war vollständig aus der Luft gegriffen und hatte nur den einen Zweck, ihn zu drängen. Er starrte Brask mit leerem Blick an. »Bevor ich heute hierherkam, habe ich mir vorstellen können, bald an meinen Schreibtisch zurückzukehren. Vor allem weil ich meinen

Job wirklich liebe und einige der Jungs wie eine Familie für mich waren.« Er zeigte in Richtung Ermittlungsabteilung. »Ich glaube, dass du recht hast. Wir sind hier wie in einem belagerten Fort. Die letzte Hilfe für alle da draußen.«

Brask lächelte kühl. »Ich bin nicht sicher, ob ich das so gemeint habe.«

Thomas zuckte die Schultern. »Jedenfalls hast du mir die Entscheidung sehr einfach gemacht.« Er streckte Brask die Hand hin. Brask ergriff sie überrascht. »Nicht, dass ich dir jemals dafür danken werde.« Thomas verstärkte den Händedruck. »Leb wohl, Brask.«

Brask sah ihn sprachlos nach, während er zur Tür ging. »Ravn! Ravn, verdammt!« Er schlug mit der Faust auf den Tisch. »Wir sind noch nicht fertig!«

Ohne sich umzudrehen verließ Thomas den Raum.

63

Es hatte aufgehört zu regnen, und ein paar Jungen spielten auf der Dronningensgade Fußball. Thomas trug zwei Einkaufstüten und hielt Møffe an der Leine, als ihm der Ball vor die Füße rollte. Er schoss ihn zu den Jungen zurück, die sich kurz bedankten und weiterspielten. Thomas setzte den Weg zu seiner Wohnung fort. Es war ein schönes Gefühl, wieder in seinem alten Viertel zu sein. Er fühlte sich fast wie ein alter Seemann, der von großer Fahrt heimgekehrt war. Desto wehmütiger war ihm zumute, dass er die Bianca zum Verkauf angeboten hatte, doch jetzt, da er ohne Job dastand, war es eine drängende Notwendigkeit. Er würde bestimmt einen ziemlichen Verlust machen, doch allein die Tatsache, sich die Kosten für Unterhalt und Liegeplatz vom Hals zu schaffen, würde seinen ewigen Geldmangel zumindest reduzieren.

Thomas stellte die Tüten auf dem Treppenabsatz ab und zog den Hauschlüssel aus der Tasche. Er warf einen Blick auf das Namensschild am Klingelbrett. Evas und sein handgeschriebener Name waren verwischt und vollkommen unleserlich. Höchste Zeit, das Schild auszutauschen. Er schloss die Haustür auf und schleppte seine Einkäufe die Treppe hinauf. Als er in die eiskalte Wohnung kam, schritt er über Reklame und Post hinweg, die sich im Eingangsbereich stapelten. Er ging weiter in die Küche und lud die Einkäufe ab. So war es auch immer gewesen, wenn Eva und er ihren wöchentlichen Großeinkauf erledigt hatten. Eva hatte zuvor stets ellenlange Listen geschrieben, während er einfach das aus den Regalen nahm, was ihm in diesem Moment sinnvoll erschien. Er stellte alles an seinen Platz, ehe er ins Wohnzimmer ging und die Heizungen aufdrehte. Da die Dämmerung allmählich einsetzte, schaltete er auch das Licht an. Es war das erste Mal seit Evas Tod, dass er sich nüchtern in der Wohnung aufhielt, was das Wiedersehen allerdings auch nicht leichter machte. Vielleicht würde sich das ändern, wenn er ein paar Renovierungsarbeiten vornahm, die Wände strich und das Badezimmer auf Vordermann brachte, wovon sie stets gesprochen hatten, ohne ihr Vorhaben in die Tat umzusetzen. Er ging in den Eingangsbereich, wo es sich Møffe auf der Reklame gemütlich gemacht hatte, den Blick starr auf die Tür gerichtet. »Spar dir die Show, Møffe, wir gehen nirgends hin.«

Der Hund senkte schmatzend den Kopf, ohne sich vom Fleck zu bewegen.

Thomas ging ins Schlafzimmer und begann das Bett abzuziehen. Im obersten Fach des Kleiderschranks fand er frische Bettwäsche. Er hasste es, die Betten zu beziehen. Darum hatte sich Eva stets gekümmert. Im Schrank hingen immer noch ihre Kleider. Irgendwann würde er sich von ihnen trennen müssen. Schon bei dem Gedanken bekam er ein schlechtes Gewissen. Er überlegte, alles ordentlich zusammengelegt in Pappkisten zu verstauen und diese in den Keller zu stellen. Als er mit dem Bett fertig war, ging er in die Küche, schmierte sich ein paar Brote und füllte Møffes Fressnapf, was diesem herzlich egal zu sein schien.

Die Stille in der Wohnung erdrückte ihn plötzlich, also nahm er sein Abendessen mit ins Wohnzimmer und schaltete den Fernseher ein. In den Nachrichten wurde ein Beitrag aus Stockholm gesendet. Die Untersuchung des Tatorts seitens der Kriminaltechniker bekräftigte den Verdacht, dass Erik Lindgren insgesamt sechs Morde verübt hatte. Ferner wurde erwähnt, dass ein alter Mordfall, in den Lindgrens Mutter verwickelt war, wieder aufgerollt werden sollte. Karl Luger wurde vor Lindgrens Haus interviewt. Er wirkte schwer angeschlagen. Thomas empfand Mitleid mit ihm und konnte sich lebhaft vorstellen, wie man sich fühlte, wenn der engste Mitarbeiter solche abscheulichen Verbrechen begangen hatte. Ihm selbst würde es nicht anders gehen, wenn Mikkel oder ein anderer aus der Abteilung etwas Ähnliches getan hätte. Das erschütterte die eigene Auffassung, wer die Guten und wer die Bösen waren, in ihren Grundfesten.

Nachdem er gegessen hatte, ging er ins Bad. Er betrachtete sich im Spiegel und stellte fest, dass er noch immer ziemlich übel aussah. Die Schwellungen in seinem Gesicht waren etwas zurückgegangen, doch seine aufgeplatzte Augenbraue wollte nicht richtig zusammenwachsen und erinnerte an eine schwarze Waldschnecke. Er stellte sich unter die Dusche und drehte das warme Wasser voll auf. Die Bisswunde des Pitbulls an seinem Bein nässte immer noch. Er hätte sie einem Arzt zeigen sollen, als er mit Masja im Krankenhaus war. Nach dem Duschen legte er sich ins Bett. Die frische Bettwäsche fühlte sich behaglich an. Er rief nach Møffe und versuchte, den Hund ins Schlafzimmer zu locken, doch Møffe sah offenbar keinen Anlass, seinen Sitzstreik an der Wohnungstür zu beenden. Schließlich gab Thomas es auf und schloss die Augen.

Der Schlaf kam so schnell, als wäre er von einem Vorschlaghammer getroffen worden. Er träumte von Schweden, von Masja und Eva. Von der nackten Statue auf dem Brantingtorg. Er sah Mama Tove, die allen Mädchen im Kellerbordell warme Suppe servierte. Sah, wie sich Lindberg mit Schaum vor dem Mund vom Asphalt erhob. In der

Hand hielt er eine Pistole. Mit wildem Blick legte er auf ihn an, und diesmal verfehlte er sein Ziel nicht. Thomas fühlte, wie die Kugel in seinen Körper eindrang. Er fiel hintenüber. Landete in der Zinkwanne mit der weißen Flüssigkeit und sank langsam auf den Grund. Die kalkhaltige Substanz drang in Mund und Nase und verschloss ihm die Kehle.

Nach Luft schnappend, setzte er sich auf. Das verwaschene T-Shirt mit dem North-Sails-Logo auf der Brust war schweißnass. Vor dem Schlafzimmerfenster zeigte sich das erste schwache Licht des Tages. Auf dem Nachttisch lag sein Handy und vibrierte neben dem Wecker, der kurz vor halb sechs zeigte. Er konnte sich beim besten Willen nicht vorstellen, wer ihn zu dieser frühen Stunde aus dem Bett klingelte. Schlaftrunken griff er nach seinem Handy und nahm den Anruf an.

»Guten Morgen, Dänenbulle. Habe ich dich geweckt?«, hörte er eine Stimme mit schwerem russischem Akzent.

»Wer ... wer ist da?«

»Slavros ... Vladimir Slavros.«

»Soll das ein Witz sein?«

»Nach Späßen ist mir nicht zumute, Dänenbulle. Nicht, nachdem die Polizei all meine Läden dichtgemacht, mitten in der Nacht mein Haus durchsucht, meine Familie erschreckt und mich zur Flucht gezwungen hat. Ich kann dir also versichern, dass dieser Anruf absolut ernst gemeint ist.«

Thomas setzte sich auf und lehnte sich gegen die Wand.

»Das hört sich für mich so an, als hättest du endlich bekommen, was du verdienst. Wie ist es so, auf der Flucht zu sein? Hast du Angst?«

»Lassen wir die Gefühle lieber aus dem Spiel.«

»Meinetwegen. Aber was soll dieser Anruf? Ich kann dir nur raten, dich freiwillig zu stellen. Früher oder später werden sie dich sowieso festnehmen.«

»Wann und ob es dazu kommt, entscheide ich selbst. Es gibt genügend Verstecke.«

Thomas kratzte sich gähnend den Bart. »Dann wirst du nur leider ohne deine Familie auskommen müssen. Die wird nämlich von der schwedischen Polizei überwacht, bis du hinter Schloss und Riegel sitzt. Kein sehr angenehmer Gedanke, oder?«

»Für einen Bullen bist du gar nicht mal so dumm, Dänenbulle. Aber ich gebe gern zu, dass ich ein richtiger schwedischer Spießer geworden bin, mit einem Haus im Grünen und einem Volvo im Carport. Ist ja auch nicht das schlechteste Leben, sehr ruhig, sehr sicher ...«

»Ein Leben, auf das du für ... die nächsten sechzehn Jahre verzichten musst.«

»Es sei denn, alles läuft weiter nach meinen Vorstellungen.«

Thomas lachte auf. »So optimistisch würde ich da nicht sein. Dazu liegt zu viel gegen dich vor. Vielleicht kannst du dir in Hall ja eine Zelle mit Arkan teilen. Da könnt ihr dann Eheleute spielen, das würde Arkan bestimmt gefallen. Hättest du Lindgren rechtzeitig verpfiffen, hättest du jetzt ein bisschen mehr Handlungsspielraum.«

»Warum glaubst du, dass ich keinen Handlungsspielraum mehr habe?«

»Wie sollte der aussehen?«

»Ach, Ravn, jetzt enttäuschst du mich aber. Wo ist deine Intuition geblieben? Vielleicht bist du doch nicht so clever, wie ich geglaubt habe.«

»Es ist früh am Morgen, du musst dich schon etwas deutlicher ausdrücken.«

»Aber gern«, entgegnete Slavros. Kurz darauf hörte Thomas ein Poltern in der Leitung. »Thomas?« Es war Masjas Stimme. »Hilf mir ... ich bin ...«

Sein Herz begann zu rasen. »Wo bist du?«

Ehe sie antworten konnte, war Slavros wieder da. »Ich hab Masja aus dem Krankenhaus entlassen. Jetzt liegt es an dir, ob sie überlebt.«

»Was soll ich tun?«

»Höre ich da plötzlich einen ganz anderen Ton? Weniger arrogant?«

»Was willst du von mir?«

Slavros atmete schwer. »Stell dir vor, wie enttäuscht ich war. Bis eben hatte ich geglaubt, ich könnte die Hauptzeugin einfach verschwinden lassen, und damit wäre der Fall erledigt. Aber als wir auf dem Dach dieses Scheißkrankenhauses standen, hat sie mir erzählt, dass sie alles aufgeschrieben hat. Was die Sache plötzlich kompliziert macht. Die Frage ist, ob ich ihr glaube oder sie doch vom Dach werfe.«

»Sie sagt die Wahrheit.«

»Wirklich? Masja sagt, dass du bestimmte Aufzeichnungen besitzt …, die sie dir gegeben hat.«

»Ich habe ihr Tagebuch. Es ist das Notizheft, das du ihr damals gegeben hast, damit sie genau Buch führen kann.«

Slavros lachte. »Okay, ich bin überzeugt. Hört sich so an, als ob sie mir doch die Wahrheit gesagt hätte. Ich brauche wohl nicht zu betonen, dass ich dieses Tagebuch unbedingt haben will.«

»Wo treffen wir uns?«

»Am Yder…landsvej. Das ist eine stillgelegte Autowerkstatt mit einem großen blauen Tor, das kannst du nicht verfehlen. Da bist du in zwanzig Minuten mit ihrem Tagebuch. Allein.«

»Slavros …?«

Er hörte ein Klicken. Slavros hatte aufgelegt.

Thomas warf das Handy aufs Bett und raufte sich die Haare. Was für eine Scheißsituation. Sobald Slavros das Tagebuch hatte, würde er sie sich beide vom Hals schaffen. Das war seine einzige Möglichkeit, unbeschadet aus der Sache herauszukommen. Thomas überlegt kurz, ob er Mikkel anrufen und die ganze Abteilung informieren sollte, doch das Risiko erschien ihm zu groß. Wenn Slavros auch nur den geringsten Verdacht schöpfte, würde er Masja zweifellos umbringen und die Flucht ergreifen.

Thomas stand auf und ging zu dem Stuhl, auf dem Masjas Tagebuch unter seiner Jacke lag. Natürlich konnte er die Seiten mit seinem Handy abfotografieren und die Fotos Mikkel oder Johnson schicken, doch das änderte nichts an der Situation. Wenn sie Slavros wirklich das Handwerk legen wollten, war die Staatsanwaltschaft sowohl auf Masjas Zeugenaussage als auch auf das Original-Tagebuch angewiesen. Und er war drauf und dran, beides Slavros in die Hände zu spielen. Er wog die Alternativen ab – es musste doch eine Lösung geben, eine Möglichkeit, Slavros schachmatt zu setzen.

Während er sich anzog, nahm in seinem Kopf allmählich ein Plan Gestalt an. Er war nicht sicher, ob er wirklich praktikabel war, und alles Mögliche konnte dabei schiefgehen. Dennoch war es die beste Idee, die ihm einfiel. Eine winzige Hoffnung, diesen Fall ein für alle Mal abzuschließen.

64

Thomas zog an dem großen blauen Tor, das langsam zur Seite glitt. Vorsichtig betrat er die alte Werkstatt, in der es nach altem Öl stank. Im Halbdunkel, neben der Schmiergrube, die in einem kalten weißen Licht lag, stand Slavros neben Mikhail und rauchte eine Zigarre. Er drehte sich zu Thomas um und blies eine Rauchwolke an die Decke. »Ich hab zwanzig Minuten gesagt, du bist zu spät.«

Thomas steckte die Hände in die Taschen und ging auf ihn zu. »War viel Verkehr hier heraus.«

»Um diese Zeit? Lächerlich!«

»Wo ist Masja?« Thomas ließ seinen Blick durch die Halle schweifen, konnte sie jedoch nirgends entdecken.

»Wo ist das Buch, Thomas Ravn…holdt?« Slavros streckte fordernd eine Hand aus.

Als Thomas keine Anstalten machte, die Hände aus den Taschen zu nehmen, geschweige denn, ihm das Tagebuch zu geben, zog Slavros an seiner Zigarre, die aufglimmte. »Ravn … Interessanter Name. Früher hat man Raben als Jagdvögel benutzt, genau wie Falken und Adler.« Er klopfte die Asche ab. »Raben sind besonders grausam. Sie blenden ihr Opfer erst, indem sie ihm die Augen aushacken, ehe sie die inneren Organe fressen.«

»Verschieben wir den Biologieunterricht. Wo ist Masja?«

Slavros ignorierte seine Frage. »Im Mittelalter wurden sie als böses Omen betrachtet. Als Schädlinge. Du weißt doch, was man mit Schädlingen macht, oder?«

»Man rottet sie aus«, antwortete Mikhail für ihn.

»Ich bin wegen Masja hier. Wo ist sie?«

Slavros trat einen Schritt zur Seite und zeigte in die Schmiergrube. Geblendet von dem grellen Licht, kniff Thomas die Augen zusammen. Am Ende der Grube erkannte er Masja, die vor Kälte zitterte.

»Masja, bist du okay?«

Sie antwortete nicht. Slavros stellte sich erneut vor ihn hin und versperrte ihm die Sicht auf Masja. »Das muss man sich mal vorstellen, den Namen eines Schädlings zu tragen ...« Slavros schüttelte den Kopf. »Eines diebischen Schädlings mit Flügeln. Eines Aasfressers, der sich von toten Tieren ernährt. Hast du das Buch dabei?«

»Das kriegst du, sobald Masja bei mir ist.«

Slavros warf ihm den glühenden Zigarrenstummel an die Brust. »Du hast mir hier nichts vorzuschreiben. Gib mir das Buch. Sofort!«

Thomas verzog keine Miene. »Glaubst du, ich bin so dumm, es bei mir zu haben?«

»Glaubst du, ich bin so schwach, dass ich nicht eine ordentliche Antwort aus dir herausprügeln kann?«

Thomas zuckte die Schultern. »Es könnte alles viel schneller gehen, wenn du dich an deine eigene Zusage halten würdest.«

Slavros lächelte. Dann gab er Mikhail mit der Hand ein Zeichen.

Mikhail ging zur Schmiergrube und half Masja die steile Leiter herauf. »Bist du okay?«, rief Thomas.

»Der Nutte geht's gut. Gib mir jetzt das Buch.«

Thomas drehte sich halb zur Tür um und stieß einen kurzen Pfiff aus. In diesem Moment wurde das Tor geöffnet, und Eduardo trat in die Halle. Er stolperte sogleich über ein Kabel, das auf dem Boden lag.

»Was ist das für ein Clown? Ich hab gesagt, du sollst allein kommen.«

»Ich brauchte jemanden, der mich herfährt.«

Eduardo gab Thomas ein Heft, ehe er zu Masja ging und ihre Hand nahm. »Hier entlang, *Señorita*.«

Er wollte sich gerade mit ihr zum Ausgang zurückziehen, als Slavros ihnen den Weg versperrte. »Nicht so schnell, Clown.«

Thomas warf Slavros das Heft vor die Füße. Als Slavros sich danach bückte, zog Eduardo Masja rasch hinter Thomas' Rücken.

Slavros öffnete das Heft. »Niels Lyhne«, stand auf der ersten Seite. Darunter ein Stempel: »Victorias Antiquariat«, samt Adresse und Telefonnummer.

»Was soll der Scheiß? Das ist nicht das Tagebuch der Nutte.« Er schleuderte Thomas das Heft entgegen.

In diesem Moment erlosch das Licht in der Werkstatthalle. Eilige Schritte hallten durch das Dunkel. Slavros sprang vor und schlug in die Luft. »Ich bring dich um …«

»Hast du nicht selbst gesagt, dass Raben ihre Opfer erst blenden?« Thomas rammte ihm seine Faust ins Gesicht.

Slavros wankte zurück und ging sofort zum Gegenangriff über, doch keiner seiner Schläge traf ins Ziel.

»Slavros, was ist hier los?« Mikhail stand wie versteinert an der Schmiergrube, die Fäuste in Abwehrhaltung vor der Brust erhoben. Im nächsten Moment landete ein heftiger Schlag in seinem Zwerchfell. Mikhail krümmte sich zusammen. Der nächste Schwinger traf ihn sauber am Kinn, woraufhin er mehrere Schritte zurücktaumelte. Er balancierte kurz auf der Kante, ehe ihn ein Stoß vor die Brust in die Grube stürzen ließ. Johnson tauchte aus dem Dunkel auf und warf einen prüfenden Blick in die Grube, um sich zu vergewissern, dass Mikhail nicht wieder aufstand.

Slavros zog ein Bajonett aus seinem Stiefel. »Wo bist du, Dänenbulle?«, rief er ins Dunkel, während er das Bajonett von einer in die andere Hand nahm.

Weiter hinten in der Werkstatt hörte man ein Rumpeln. Slavros fuhr herum. Mit gehobenem Bajonett ging er langsam in Richtung des Geräuschs. »Schluss mit dem Versteckspiel! Du hättest mir das Buch geben sollen, als du noch die Chance dazu hattest.«

Das Geräusch wurde lauter, und zu spät erblickte Slavros den Motorblock, der an einem Flaschenzug hing und auf ihn zugesaust kam. Mit aller Kraft gab ihm Thomas den entscheidenden Stoß. Der Motor krachte gegen Slavros' Brustkorb und ließ ihn hintenüberfallen. Slavros blieb auf dem Boden liegen. Thomas trat ihm das Bajonett aus der Hand und starrte auf ihn hinab. In diesem Moment flammte das Licht in der Werkstatt wieder auf. Die gebrochenen Rippen erzeugten bei jedem Atemzug, den Slavros tat, ein Pfeifen. Johnson gesellte sich zu Thomas.

»Danke für die Hilfe«, sagte Thomas.

»Keine Ursache«, entgegnete Johnson und rieb seine geschwollene Faust.

»Ist deine Hand okay?«, fragte Thomas mit einem besorgten Blick.

»Aber klar, ist nur ein Kratzer«, antwortete Johnson und versteckte die Hand rasch hinter seinem Rücken.

Als Nächstes trat Victoria zu ihnen. »Habt ihr die Dreckskerle erledigt?«

»Wo ist Masja?«, fragte Thomas.

»Die steht draußen am Elektrokasten, zusammen mit Eduardo.«

Thomas nickte und zog sein Handy aus der Tasche.

* * *

Eine halbe Stunde später wimmelte es auf dem Vorplatz der Werkstatt von Streifenwagen. Es hatte wieder zu regnen begonnen. Ein paar uniformierte Beamte führten Slavros und Mikhail aus der Wartungshalle und verfrachteten sie in die Einsatzwagen.

In diesem Moment kam Masja zu Thomas. Die Sanitäter hatten ihr eine Wolldecke gegeben, die sie sich um die Schultern gelegt hatte. »Ich weiß gar nicht, wie ich dir danken soll.«

Er lächelte sie an. »Mach dir darüber keine Gedanken.«

Sie schlug ihren Blick nieder. »Ich will endlich mal das Richtige tun. Ich hab schon viel zu viele Dummheiten gemacht.«

»Du brauchst dir keine Vorwürfe zu machen, Masja. Du hast so viel durchgemacht.«

Sie sah dem Einsatzwagen nach, der mit Slavros davonfuhr. Für einen kurzen Moment begegneten sich ihre Blicke, dann sah sie wieder Thomas an. »Ich werde mit der Polizei reden.«

»Ja? Bist du sicher?«

»Natürlich habe ich wahnsinnige Angst, aber ja, ich bin mir trotzdem sicher. Er darf niemandem mehr etwas antun.«

Thomas lächelte sie an, während sie beide im Regen standen.

65

Ein paar Tage später stand Thomas auf dem Achterdeck der Bianca und versuchte, mit einer Handpumpe das Regenwasser aus dem hinteren Raum zu pumpen, das durch ein Loch in der Luke eingedrungen und auf dem Boden zu einer breiigen Masse gefroren war. Obwohl es klirrend kalt war, schwitzte er von der Plackerei an der Pumpe. Er hatte die Jacke von sich geworfen und stand jetzt in Hemdsärmeln im frostig klaren Sonnenlicht. Fast schien ihm dieser Schwall arktischer Kaltluft wie ein verspäteter Gruß aus Stockholm. Møffe lag in der Kajüte und machte einem alten Militärstiefel, den Thomas für ihn gefunden hatte, den Garaus.

»Ravn?«, rief eine Stimme vom Kai.

»Was kann ich für dich tun, Preben?«, fragte Thomas und blickte zu dem Kaimeister hoch. Preben hatte die Hände in den Hosentaschen vergraben und zog seine Hose so weit nach oben, dass man die weißen Tennissocken in seinen Holzschuhen sah. »Hast du jetzt eigenen Strom da drin?« Er zeigte mit dem Kinn aufs Schiff.

»Jedenfalls genug, dass ich nicht wieder den ganzen Kai lahmlegen muss. Wenn sich also irgendjemand bei dir beklagt, dann liegt das nicht an mir.«

»Gibt keine Klagen«, entgegnete Preben und musterte eingehend das Boot. »Eduardo hat mir erzählt, dass du die Bianca verkaufen willst.«

»Ja, und?«

»Wie viel willst du für sie haben?«

Thomas unterbrach seine Arbeit an der Pumpe und richtete sich auf. »Willst du sie etwa kaufen?«

»Kann schon sein.« Preben zuckte die Schultern. »Wenn der Preis stimmt.«

Thomas konnte sich ein Lachen nicht verkneifen. »Hast du sie nicht letztes Mal als schwimmende Umweltkatastrophe bezeichnet?«

»Hab ich. Man müsste ja auch so einiges reinstecken, um sie wieder in Stand zu setzen. Ich kann dir also kein Vermögen anbieten, aber ich helfe dir gerne, sie loszuwerden.«

»Danke, Preben, das ist sehr nett von dir, aber ich glaube, ich werde sie doch behalten.«

Preben blinzelte. Ein beleidigter Zug umspielte seine Lippen. »Ach so? Na, es ist natürlich deine Entscheidung. Wollte dir nur einen Gefallen tun.«

Thomas nickte in seine Richtung und nahm die Arbeit an der Pumpe wieder auf.

»Das Boot verliert immer noch Öl, Ravn. Dagegen musst du dringend was unternehmen.«

Thomas pumpte schweigend weiter Wasser nach oben. Kurz darauf hörte er das Klappern von Prebens Holzschuhen, die sich auf dem Kopfsteinpflaster entfernten.

Am Nachmittag kam Eduardo vorbei. Er steckte den Kopf durch die Kajütentür, während Thomas in der kleinen Küche Kaffee kochte. »Was ist mir da zu Ohren gekommen?«

»Keine Ahnung. Willst du einen Becher?«

»*Sí, gracias.* Du willst dein Boot doch nicht verkaufen?«

Thomas lächelte. »Da haben die Buschtrommeln ja mal wieder ganze Arbeit geleistet.«

»So wie immer. Preben war im Havodderen und hat sich bitterlich beklagt.«

»Preben ist wirklich der Letzte, an den ich die Bianca verkaufen würde«, sagte Thomas mit einem Grinsen und füllte zwei Becher mit Kaffee.

»Kannst du dir das denn leisten? Ich meine, jetzt, wo du keinen Job mehr hast.«

»Nö.« Thomas nippte an seinem Becher und setzte sich auf den niedrigen Stuhl am Steuerpult. »Nur, wenn ich die Wohnung verkaufe.«

Eduardo stellte den Becher auf den Tisch. »Hast du dir das auch gut überlegt?«

»Glaub schon. Ich würde mich da sowieso nicht mehr zu Hause fühlen.«

»Aber es ist eine wunderschöne Wohnung.«

»Stimmt. Deswegen werde ich bestimmt auch ein hübsches Sümmchen dafür kriegen.«

»Und du meinst nicht, dass du es später bereuen wirst?«

»Das weiß ich nicht. Aber im Moment habe ich das Gefühl, dass es das Beste ist, um weiterzukommen. Um die Vergangenheit hinter mir zu lassen, verstehst du?« Er senkte den Blick.

»Glaubst du, dass sie Evas Mörder je finden werden?«

»Man kann es natürlich nicht ausschließen, doch ehrlich gesagt, glaube ich es nicht.« Er stand auf. »Møffe fühlt sich an Bord übrigens auch pudelwohl.«

Eduardo betrachtete den Hund, der neben der Treppe zur vorderen Kajüte schlief.

»Hat jetzt der Hund das Sagen?«

Thomas zuckte die Schultern. »War doch schon immer so.«

»Wenn du die Wohnung verkaufst, dann zieht ihr also erst mal fest auf die Bianca?«

»Ja, zumindest so lange, bis ich eine andere Bleibe gefunden habe.«

Eduardo ließ seinen Blick schweifen. »Wird ganz schön kalt werden.«

»Ich hab doch einen Heizstrahler an Bord.«

»Und funktioniert der?«

Thomas schüttelte den Kopf. »Nein, aber der lässt sich bestimmt reparieren. Das wird eine richtig schicke kleine Yacht, du wirst sehen.« Er zwinkerte Eduardo zu. »Die hübscheste *Señorita* auf dem ganzen Kanal.«

Samuel Bjørk
Engelskalt

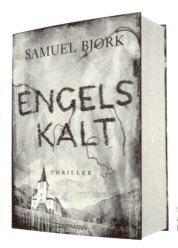

544 Seiten
auch als E-Book und
Hörbuch erhältlich

Ein Spaziergänger findet im norwegischen Wald ein totes Mädchen, das mit einem Springseil an einem Baum aufgehängt wurde und ein Schild um den Hals trägt: Ich reise allein. Kommissar Holger Munch beschließt, sich der Hilfe seiner Kollegin Mia Krüger zu versichern, deren Spürsinn unschlagbar ist. Er reist auf die Insel Hitra, um sie abzuholen. Was Munch nicht weiß: Mia hat sich dorthin zurückgezogen, um sich umzubringen. Doch als sie die Bilder des toten Mädchens sieht, entdeckt sie ein Detail, das bisher übersehen wurde – und das darauf schließen lässt, dass es nicht bei dem einen Opfer bleiben wird ...

www.goldmann-verlag.de
www.facebook.com/goldmannverlag

Die Victoria-Bergman-Trilogie – die Sensation der schwedischen Spannungsliteratur!

480 Seiten
ISBN 978-3-442-48117-0
auch als E-Book und
Hörbuch erhältlich

512 Seiten
ISBN 978-3-442-48118-7
auch als E-Book und
Hörbuch erhältlich

448 Seiten
ISBN 978-3-442-48119-4
auch als E-Book und
Hörbuch erhältlich

Kommissarin Jeanette Kihlberg ermittelt in einer Mordserie an Jungen in Stockholm. Sie bittet die Psychologin Sofia Zetterlund um Hilfe, die auf Menschen mit multiplen Persönlichkeiten spezialisiert ist; eine ihrer Patientinnen ist die schwer traumatisierte Victoria Bergman. Während der Ermittlungen müssen sich Jeanette und Sofia fragen: Wie viel Leid kann ein Mensch verkraften, ehe er selbst zum Monster wird?

www.goldmann-verlag.de
www.facebook.com/goldmannverlag

GOLDMANN
Lesen erleben